Das Erste, was Leif an Oola auffällt, ist die Biegung ihrer zarten
Schultern, angespannt, als wolle sie damit fliegen. Fasziniert
nimmt er sie mit in die leerstehenden Villen seiner wohlhabenden
Freunde, wo sie ausgelassen die Hausbars leertrinken und sich
an den exklusiven Kleiderschränken bedienen. Bis der Sommer
kommt und es sie in eine einsame Hütte im kalifornischen Big
Sur verschlägt. Die Isolation wird zur Probe. Die Liebe wird
zur Obsession. Leif studiert jede Bewegung von Oola, jede
Eigenart und jedes Muttermal. Als Oola krank wird und plötzlich
verschwindet, beginnt auch Leif sich zu verändern…

BRITTANY NEWELL studierte an der Universität von Stanford.
Sie ist Künstlerin und Autorin. »Ein Sommer in Big Sur« ist ihr
erster Roman.

Brittany Newell

Ein Sommer
in Big Sur

Roman

Aus dem Englischen
von Frauke Fentloh

btb

Die Originalausgabe erschien 2017 unter dem Titel
»Oola« bei The Borough Press, London.

 Dieses Buch ist auch als E-Book erhältlich.

MIX
Papier aus verantwor-
tungsvollen Quellen
FSC® C014496
www.fsc.org

Verlagsgruppe Random House FSC® N001967

1. Auflage
Deutsche Erstveröffentlichung Januar 2020,
btb Verlag in der Verlagsgruppe Random House GmbH,
Neumarkter Straße 28, 81673 München
Copyright © der Originalausgabe 2017 by Brittany Newell
Umschlaggestaltung: semper smile, München
Umschlagmotiv: © Arcangel/Nikki Smith
Redaktion: Marcus Jensen
Satz: Uhl + Massopust, Aalen
Druck und Einband: GGP Media GmbH, Pößneck
SL · Herstellung: sc
Printed in Germany
ISBN 978-3-442-71733-0

www.btb-verlag.de
www.facebook.com/btbverlag

Für meine Ratten und meinen Wurm:
auf ewig meine Liebe

X

Oola trug einen Poncho, durch den ihre Brustwarzen schimmerten.

So sehe ich sie vor mir.

Sommer. Sie war gebräunt und glattgeschmirgelt vom Strand, es war unsere zweite Woche in Florida. Sie saß mit gekreuzten Füßen auf dem hölzernen Küchentisch und aß eine Avocado. Sie aß mit bloßen Händen. Ihre Fingerknöchel fuhren durch die Innenseite der Schale, um das weiche Fleisch herauszudrücken. Sie leckte es von ihren Fingern, die mit öligem, prallem Grün befleckt waren. Theo, die Katze, saß neben ihr, den Schwanz zu einem Fragezeichen gebogen.

Es war drei Uhr nachmittags an einem Tag spät im Mai, und ich war müde auf diese träge und unsinnige Art, in der dein Körper immer eine entfernt erotische Position einnimmt, ganz gleich, was du tust, und entgegen deiner eigentlichen Bedürfnisse.

Die feuchte Luft wog schwer wie eine Hand, die pausenlos mein Haar nach hinten strich. Ich rutschte im Türrahmen hinab, eine Tüte Lebensmittel auf der Hüfte balancierend. Sie bemerkte mich nicht. So war es oft, sie war die Show und ich das Publikum. Doch an diesem Tag wurde mir mit einem Schlag klar, dass sie genau die gleichen Dinge auch tun würde, wenn ich gar nicht hier wäre.

Die Vorstellung kitzelte mich. Sie erinnerte mich an eine alte Highschool-Fantasie: mich im Umkleideraum zu verstecken und das Objekt meiner Schwärmerei dabei zu beobachten, wie es sich auszog und über ältere Jungs redete. Doch mein Vergnügen wurde von einer unbekannten Panik getrübt: Wie viele solcher Augenblicke hatte ich verpasst?

Behutsam stellte ich die Einkäufe ab.

Die Tatsache, dass sie auch ein Leben führte, in dem ich nicht vorkam, hatte mich nie zuvor gestört. Ich hatte Eltern, wie wir alle, aber ich hatte sie nie als Menschen betrachtet, die einmal Kinder gewesen waren oder Liebhaber gehabt oder Musik gemocht oder Röcke getragen hatten, deren Leben zu einem verschwommenen Großteil ohne mich stattgefunden hatte. Wenn ich überhaupt einen Gedanken an sie verschwendet hatte, dann bloß, um sie als Zeugen in meinen Erinnerungen zu platzieren – die beiden Salzsäulen meiner Jugend, die mir dabei zugeschaut hatten, wie ich real wurde.

Während Oola das grüne Fleisch von den Schwimmhäuten ihrer Finger lutschte, verschob sich etwas in mir. Sie stülpte die Avocadoschale um, begann sie mit den Vorderzähnen abzuschaben. Sie sah nicht schöner aus als sonst; es wäre falsch, mich für einen Schmetterlingsjäger zu halten. Eher noch war ich in diesem Moment ein Mathematiker. Ich begriff, wie wenig von ihr ich bisher für mich beansprucht hatte. Der Gedanke machte mich kribbelig. Ich stupste die Einkaufstasche mit dem Fuß an. Ich wollte sämtliche Facetten ihres Unbeobachtetseins sehen, ihrer Gleichgültigkeit und Schluderei. Ich wollte sie ganz allein sehen, dem Irrsinn nachgebend, der einen schon in kurzen Momenten der Einsamkeit ergreift. Bis heute erscheint mir die Erinnerung daran, wie sie sich vorbeugt, um die Avocadoschale auf Theos Kopf zu legen, die dunklen Schatten ihrer Brustwarzen seltsam glasiert vom wasserdichten Plastik des Neunundneunzig-Cent-Ponchos, viel erotischer als die Vorstellung ihrer Nacktheit, ihrer sommersprossigen Brüste, die über mir schweben.

Theo miaute wütend. Sie entdeckte mich im Türrahmen und fing erst dann an zu lachen. »Ich hab ihm einen Hut gebastelt«, sagte sie.

Sie stand auf und begann, die Einkäufe auszupacken. Nun war sie die Oola, die ich kannte. Fast unmerklich hatte sich etwas an ihr verändert, sie schien mir wieder vertraut. Sie sah genauso aus wie vor zehn Minuten. Wo war das andere Mädchen hin, das Zwillingstier?

»Soll ich Kaffee machen?«, rief sie über die Schulter.

In einer betrunkenen Nacht am Anfang unserer Reise hatte Oola mir von einer Freundin erzählt, die immer genau sagen konnte, wann sie ihren Eisprung hatte; sie behauptete, sie würde es spüren, wie das Ei mit einem winzigen Plopp den Eierstock verlasse. Damals verschluckten wir uns vor Lachen am Wein. Doch wenn ich ehrlich bin, fühle ich mich genau so, wenn ich von einer Idee heimgesucht werde. Ich spüre, wie die Besessenheit in mir Form annimmt. Ich spüre das Klicken.

Nun starrte ich Oola an und fühlte es, das Einrasten. »Ja, stark«, murmelte ich. Ich hatte einen Baum im sprichwörtlichen Wald umstürzen sehen und mühte mich, einen Begriff für das Geräusch zu finden. Vielleicht war es ein dunkles Seufzen, wie wenn man sich im Schlaf umdreht. Ein dumpfes *Oh!* oder *Ach, schön.*

Warum ist es so einfach, sein Behagen für sich allein in halbwachem Gebrabbel auszudrücken, aber so schwer und seltsam jemand anderem gegenüber?

Wir setzten uns hin und tranken unseren Kaffee. Ich erinnere mich nicht, was wir den Rest des Tages taten. Wir hüteten das Haus von Mr. Orbitson und seiner jungen Braut (der Ex-Nanny), eine kaum genutzte Strandvilla in Florida, die wir mit unseren fremden Gerüchen und schlechten Angewohnheiten markierten. Nach zwei Wochen würden die Handtücher nie mehr die gleichen sein. Theo war ein Streuner, der an Oola Gefallen gefunden hatte; nach einer sehr kurzen Balz schlief er in unserem Bett.

Ich erinnere mich bloß, dass ich ihr später, als wir uns fürs Bett umzogen und die vor Kuchenkrümeln und Katzenhaaren gesprenkelte Tagesdecke zurückschlugen, erzählte, ich hätte eine Idee für ein neues Projekt.

»Eine Fernsehsendung?«, fragte sie. »Das wäre gut, bringt ein bisschen Geld rein. Aber wenn's Gedichte sind, erschieß ich mich.«

Sie betrachtete mich. »Geht es um Vampire?«

Ich quetschte ihr ein Kissen ins Gesicht. »Ich frag doch bloß«, rief sie und schlängelte sich frei. »Sag schon.«

»Ich bin mir noch nicht sicher. Jedenfalls bist du die Hauptfigur. Oder sie basiert auf dir. Egal. Mal sehen.«

Sie warf ihr Haar zurück. »Ich? *Fuck*, dann würde ich es natürlich lesen. Garantierte Fünf-Sterne-Bewertung von mir. Ich hab übrigens gestern Abend das Licht ausgemacht. Also los, Dickerchen.«

Das war alles. Vielleicht glaubte sie mir nicht. Ich stand auf und knipste das Licht aus.

»Ach, schön«, seufzte sie. In der Dunkelheit nahm ich sie als bloßen Klumpen wahr. Ich stolperte durch den Raum und hockte mich auf ihrer Seite vors Bett. Ich versuchte, ihr Haar auszumachen. Weißblond – man sollte meinen, dass es im Dunkeln leuchtet. Doch es ebnete sich in das Kissen ein, wurde zur Bettdecke. Alles, was Oola war, verbarg sich in der Nacht, lüftete seine Bestandteile und trieb in einer namenlosen Suppe. Ich brauchte einen Hexenkessel. Ich brauchte ein Fangnetz.

Ich biss sanft in die Spitze ihres Fingers.

»Hau ab«, flüsterte sie.

Ich legte mich neben sie und schlief fest ein.

Strandhaus

Wir erfanden ein Spiel, während wir im Strandhaus der Or-bitsons wohnten. Das war nach Europa, aber vor Big Sur und vor unserem Pakt, als uns noch Zeit für unbedeutende Spiele blieb. Wir spielten abends und trugen dazu Kleider, die wir aus den Schränken der Orbitsons gepflückt hatten.

Wir betraten das Wohnzimmer. Ich durchsuchte die gut sortierte Hausbar und schenkte uns Drinks ein. Dann setzten wir uns aufs Sofa, jeweils in eine Ecke gedrückt, so dass zwischen uns ein Platz frei blieb. Normalerweise sprang Theo hinein, um in der Lücke ein Nickerchen zu machen. Wir hielten ungelenk unsere Drinks und ähnelten Kindern mit angeklebten Ansteckblumen, unsere eigene Tiefgründigkeit abschätzend, Mutmaßungen über die Liebe anstellend. Die Fenster waren geöffnet, Meergeruch flutete den Raum. Er fraß an den Gardinen und verzog die hellen Holzrahmen, tat all das, was wir als Housesitter verhindern sollten, doch als mit uns selbst beschäftigte Liebende verzeihlich und rührend fanden. Wir hatten eine Schwäche für Atmosphäre, weswegen wir uns in Abendgarderobe kleideten und den ikonisch scharfen Geruch von verbranntem Holz und Salz hineinströmen ließen, der, einmal von den Vorhängen aufgesogen, nicht nur die Ehe der Orbitsons überdauern sollte, sondern auch unsere Zeit der Sorglosigkeit. Oola und ich lebten in einem von der Außenwelt abgetrennten Exhibitionismus, der darin bestand, uns gegenseitig unser Innerstes zu enthüllen.

Ich trug gerne Mr. Orbitsons Handschuhe aus Zickleinleder (zum Teil deswegen, weil mir die Kombination dieser Worte so anrüchig erschien) und einen seiner grauen Kaschmirpullover. Manchmal zog ich einen weinroten Smoking an und einmal (und nur einmal) einen Kummerbund ohne Hemd. Ich genoss es, die glatten Handschuhe über die Knöpfe der Stereoanlage gleiten zu lassen, wenn ich aufstand, um traurige Musik aufzulegen: Lieder mit den Worten *verloren* oder *Herz* oder *gebrochen* im Titel. Es war die Sorte Musik, die ich gerne hörte, wenn ich von einer Party nach Hause kam, betrunken und geil und allein. Inzwischen hatten Oola und ich unsere Musiksammlungen fusioniert; sie gewöhnte mir behutsam den Hardcore ab *(von dem Zeug tun mir die Nippel weh,* sagte sie*)* und machte mich mit Massenet bekannt. Wie ein Bankräuber, der einen Safe knackt, fummelte ich so lange an der hochmodernen Stereoanlage der Orbitsons herum, bis das gewünschte Dröhnen oder Heulen den Raum einbalsamierte. Dann kehrte ich an Oolas Seite zurück, kreuzte die Füße. Es mochte Otis Redding sein, Maria Callas, ANOHNI, Kate Bush, ein weinerlicher Teenager mit einer kaputten Gitarre, eine alte Jungfer, die sich Chopin hingab. Ziemlich oft war es Enya. Wer immer auch sang, wir saßen stocksteif und nippten an unseren Drinks.

Irgendwann zog Oola sich eine Nylonstrumpfhose über den Kopf. Wir hatten sie auf der Duschstange im Gästezimmer gefunden, wo sie Gott weiß wie lang zum Trocknen gehangen hatte, die Form fremder Füße (die der ersten Mrs. Orbitson? Einer alten Freundin? Der Haushälterin?) hatte sie behalten.

Oola trug Mrs. Orbitsons Parfum und ein dem Wetter unangemessenes Kleid, ein langärmliges Samtteil, dessen Rock über den Boden raschelte mit fellbesetztem Saum, neckisch wie ein Burschenschaftler. Der Einfachheit halber trug sie ihr Haar zurückgekämmt, frisch gewaschen und in einem tiefen Zopf. So konnte sie die Strumpfhose leicht über den Kopf ziehen, den Zopf einschließen und sie in einem bedeutungsschweren Ritual bis hinunter zum Kragen rollen. War der Strumpf einmal in Position gebracht, drehte sie sich zu mir, und es ließ mich jedes Mal erschauern, das verformte Ex-Gesicht hinüberschwenken zu sehen, das mein Gesicht suchte wie ein blindes Tier die Wärme.

Ihre Züge verschwammen unter dem gedehnten Stoff, als seien sie von einem Linkshänder gezeichnet worden, der stets den letzten Strich mit der Hand verwischt. Ihre Wimpern waren gekräuselt, die Nase zerdrückt, der Mund aufgebrochen, die Wangen nach hinten gebotoxt. So gut es ging, trafen sich unsere Blicke. Nina Simone säuselte leise weiter, gab Versprechen, während ich ein Gesicht studierte, das weniger zerstört als ausgelöscht schien. Wir begannen uns damit abzuwechseln, wer die Strumpfhose trug, und tauschten sie nach jedem Song. Wenn ich die Nylons überzog, fühlte ich mich, als würde ich tauchen. Das Wohnzimmer wirkte durch meinen beigefarbenen Schleier gespenstisch und Oola wie der silbrige Streif auf einer Fotografie mit dem Vermerk PARANORMAL. Es gefiel mir, angesehen zu werden, ohne sehen zu können. Der Boden versank unter meinen Füßen; Marianne Faithfull raunte. Die Atmosphäre war violinenverhangen. Meine Sitzknochen wurden taub, weil ich versuchte, mich nicht zu bewegen, um Oolas Mund (einen pinkfarbenen Poststempel) mit meinem Blick zu fixieren. Wie sie dort saß, hätte sie jede sein können, meine Großmutter oder meine erste große Liebe, eine feine, feminine Schliere.

Wir spielten dieses Spiel bis tief in die Nacht. Das Eis in unseren Getränken schmolz, und unsere Augen begannen zu schmerzen. Der Meergeruch mischte sich mit der Süße ferner Frühstücke. Wir hörten erst auf, wenn die ersten Strahlen des Tages drohten, durch das Strumpfgewebe zu dringen und das Gesicht preiszugeben, seine Knochen erkennbar zu machen und ihm ein Geschlecht, eine Geschichte zurückzugeben. Wer immer die Strumpfhose in diesem Moment trug, zerrte sie herunter und knüllte sie peinlich berührt zusammen, um sie in die Ritze zwischen den Sofapolstern zu stopfen. Dort blieb sie bis zu dem Abend, an dem wir unser Spiel erneut spielen würden. Tagsüber setzte sich Theo darauf und hielt sie warm. Mehr als einmal verschluckte ich mich an seinen Haaren.

London

Das erste Mal sah ich sie auf einer Party, die ein Freund ausrichtete, von dem wir nicht wussten, dass wir ihn gemein hatten. Es war in London.

Vielleicht hatte ich sie auch schon vorher getroffen, und vielleicht wusste ich, dass sie dort sein würde, und vielleicht war es gar nicht direkt in London, sondern in irgendeinem obskuren Bezirk. Wenn man billig reist, neigt man dazu, Schlafentzug mit Ekstase zu verwechseln. Zu Beginn meiner Reisen durch Asien und Europa bildete ich mir ein, mein Unbehagen enthalte eine gewisse Eloquenz. Monatelang lief meine Nase so schnell, dass niemand glauben konnte, ich würde Taschentücher benutzen. Menschen rückten in der U-Bahn von mir ab. Ich rannte meilenweit zu einer Vernissage oder einem zweitklassigen Landgut, wobei ich mich nicht für die Kultur interessierte, sondern mich bloß auszehren wollte, um davon abzulenken, dass kein Mensch mich kannte. Ich stellte fest, dass ich Friedhöfe mochte, weil sie Kreisbahnen begünstigten. Wenn ich später wieder in meinem Hostel aufschlug, unterhielten mich die unbestimmten Schmerzen in meinem Körper. Es war eine deprimierende, aber effektive Alternative dazu, etwas trinken zu gehen – nie zuvor hatte ich allein an so vielen kleinen Tischen gesessen. Lieber als mich mit einem billigen Bier an noch einen weiteren zu setzen, entledigte ich mich mit befremdlichem Vergnügen meiner Schuhe oder versteckte mich in unsynchronisierten englischen Filmen. Manchmal schloss ich mich den Menschenmengen an, die sich zur Abendzeit auf der Hauptstraße oder an der Bahnstation drängten, und tat, als hätte auch ich jemanden, der mich erwartete, und einen Zeitplan, den ich einhalten müsste.

Oola bekannte sich zu einer ähnlichen Selbstzerfleischung. »Ich konnte in kein Restaurant hineingehen«, erzählte sie mir. »Ich schlich draußen herum, las die Speisekarte und machte einen Rückzieher, wenn die Kellnerin herüberkam. Ich ertrug es nicht, wie die Essenden mich anschauten.« Warum nicht? »Die Menschen misstrauen ziellos herumstreifenden Frauen. Ich schaffte es nicht, mich schnell genug zu entscheiden. Zum Abendbrot aß ich dann meistens Nutella.«

Kalte Duschen zu den unchristlichen Zeiten, an denen ich nackt die Flure des Hostels entlangschlich, versetzten mich in einen Zustand, den ich nach diesem überlangen Sommer, in dem ich allein reiste, selten wieder erlebt habe. Bei mir funktionierte der Grundsatz verkehrt herum: Das eisige Wasser regte meine Sinne an, eröffnete mir ein Bewusstsein für meinen Körper, das vielleicht nur insofern erotisch war, dass ich mich liebenswert menschlich fühlte. Wenn ich die Dusche abstellte und mit verschränkten Armen dastand, um meinen Körper qualvoll langsam trocknen zu lassen, war mir so kalt und schwach zumute, dass sich mein Geist völlig zu entrollen schien, bis wie am Ende eines Films nur eine verschrammte Leinwand zurückblieb. Kein Wort konnte in dieses glänzende Weiß eindringen. Ich musste an einen Zahn und seinen harten weißen Schmelz denken, und während ich für zwanzig, dreißig Minuten zitternd dort verharrte, wurde ich mir plötzlich immer sicherer, dass es sich bei den harten weißen Oberflächen der Waschbecken, bei der Kante der Duschwanne und dem fleckigen Fußboden um die Einkerbungen und Furchen meiner eigenen Zähne handelte, dass ich mich, einigermaßen überraschend, selbst durch den Mund betreten hatte.

Manchmal erschien mir dieses Erlebnis so cartoonhaft, dass ich an ein Anatomiebuch für Kinder dachte, in dem die Figuren durch Adern und glitschige Täler sausen, und andere Male, wenn meine Zehen blau anliefen und Muskeln zu schmerzen begannen, an die ich sonst keinen Gedanken verschwendet hatte, erinnerte mich die ganze Angelegenheit eher an eine Operation, einen unvermeidlichen Gewaltakt. Ich konnte mich nicht erinnern, in welcher Stadt ich mich befand und warum ich dort war. Oft gab es auch gar keinen Grund. Ich floh zurück in mein Etagenbett und zog jedes einzelne T-Shirt über, das ich dabeihatte (es waren, traurigerweise, nicht sehr viele). Und zitterte mich zurück in den Schlaf.

Ich stamme aus einer Neuengland-Familie mit einigen Mitteln, von denen sich der Zugang zu einem weitläufigen Netzwerk leerer Häuser als besonders nützlich erweisen sollte. Auch deswegen fand ich mich plötzlich in Europa wieder, frisch vom College und wild entschlossen zu beweisen, dass ich anders war als all die anderen weltfremden Jungs mit ihren Rucksäcken, die unter einem Stern des Privilegs wandelten, der ihre Knutschflecken beleuchten sollte. Inwiefern ich mich unterschied, konnte ich nicht recht sagen; vielleicht war ich stärker im Einklang mit der Welt oder ihr weniger eine Bedrohung, besonders sensibel statt einfach nur locker drauf. Die Freunde meiner Eltern reisten viel und brauchten immer einen halbwegs verantwortungsbewussten jungen Menschen mit wenigen Verpflichtungen, der sich um ihre Stadthäuser, großfenstrigen Villen oder charmant heruntergekommenen Blockhütten kümmerte, während sie sich auf irgendeiner New-Age-Kur befanden. Ich glaube, es gefiel ihnen, mich anzurufen, den eigensinnigen jüngsten Sohn der Kneatsons: *Ist das nicht der, Schatz? Der Künstler, jetzt erinnere ich mich, der mit den Haaren bis hier, aber höflich. Ich wette, der hat Zeit.* Und das hatte ich. Nach einer teuren Ausbildung und einem Sommer im Ausland, der sich zu fast zwei Jahren auswuchs, in denen ich versuchte, mich vom WASP-tum reinzuwaschen (wobei meine Lieblingstaktik im Trampen bestand, einem Zeitvertreib, den jedes Kind meiner Generation mit extravaganter Vergewaltigung zu verbinden gelernt hatte), kehrte ich zurück in die Welt bewachter Wohnanlagen und weitschweifiger Auffahrten (niemals Einfahrten genannt), von denen ich mich als Teenager abgegrenzt hatte. Ebenso gut hätte ich einen Aufkleber auf die Stoßstange meines Trucks kleben können, der die Rückkehr des VERLORENEN SOHNS verkündete.

Ich erinnere mich an die erste Nacht, in der ich die Pariser Wohnung eines Cousins hütete: unerhört sonnendurchflutet, blau mit cremefarbenem Dekor und einem wahnwitzigen Bidet, es war die erste von vielen Behausungen, in die ich für zwei bis fünf Wochen einziehen würde. Nach unzähligen Monaten, in denen ich zusammengerollt auf Hostel-Etagenbetten die Fürze meiner unsichtbaren Zimmernachbarn gezählt hatte, bis ich davon auf irgendwie perverse Weise in den Schlaf gelullt wurde, schien mir dieses in einer ruhigen Straße gelegene Apartment im sechsten Stock noch fremder als das Schweigen in der Pariser Metro (jedes Gesicht zum Fenster gedreht und jeder üppige Mund fest verschlossen). Die dezente und geschmackvolle Wohnung war wie ein Vergnügungspark, mein Jahrmarkt für Einsiedler. Ich ging eine Woche lang nicht vor die Tür, lebte von Bohnen aus dem Vorratsschrank. Weil mir das Kranksein zum Hals heraushing, war ich heilfroh, in häusliche Sphären zurückzukehren. Ich wusch täglich Wäsche und wechselte meine Laken mit unverhältnismäßiger Heiterkeit. Hatte ich, wenn ich auf der nackten Matratze saß und beobachtete, wie das Sonnenlicht den Raum verwandelte, eine Vorstellung davon, dass mein künftiges Leben genauso aussehen würde? Wäre das der Fall gewesen, hätte ich vor Freude geweint. Denn ein leeres Schlafzimmer begeisterte mich mit seinen Möglichkeiten; ich sollte erst noch den Punkt erreichen, an dem kein Schlafzimmer, das ich betrat, je völlig leer erscheinen würde.

Mach dir ein Bild von mir dort. Ein sich suhlendes Schweinchen: im Schneidersitz, ohne Hemd, auf dem eierschalenfarbenen Teppich, an einem Baguette kauend, noch vor Mittag eine Schachtel Zigaretten aufrauchend, die Packung auseinanderpflückend und die Plastikfolie gegen das Licht haltend. Was du siehst, ist das Frühstadium einer langwierigen, unmerklichen und schleichenden Verwandlung vom Junggesellen zum Einsiedler, deren Analyse völlig bedeutungslos ist. Ersterer widmet sich dem Studium seiner selbst. Letzterer sucht verzweifelt nach etwas vergleichbar Interessantem. Etwas, das nur er, in seiner Höhle, meistern kann: Seifenschnitzerei? Hutmacherkunst? Verschwörungstheorien? Ich beobachtete, wie die Mittagssonne an der Folie spielte, und fragte mich, was mich als Nächstes erwarten würde. Die Antwort war so naheliegend, dass ich nie darauf gekommen wäre: ein Mädchen, mir vorgestellt durch den Jungen, den ich einmal geliebt hatte.

Als Taylor mich zu seiner Party einlud, versuchte ich erst, mich herauszureden. Ich reiste in einer nachweihnachtlichen Krise über London und war gerade in einem Nachtbus, umgeben von Schinkengeruch, fünfundzwanzig geworden. Ich hatte so lange für mich allein gelebt und mir die Nase an den Ärmeln abgewischt, dass es mir unmöglich schien, unter

Leute zu gehen und vor allem dann, wenn es sich bei diesen Leuten um Tays Clique handelte. Er war ein Freund aus der Kindheit, der bei einem angesagten Magazin arbeitete und nichts lieber tat, als sich derart zuzudröhnen, dass er vergaß, welchen Wochentag wir hatten. Dann stieg er auf einen Stuhl und schwadronierte von der Netflix-Apokalypse, schwenkte seine Glieder, die trotz einer lebenslangen Verachtung körperlicher Betätigung immer dünn gewesen waren. Wegen seiner Größe sammelte sich das Fett an eigenartigen Stellen und formte einen kleinen Bauch, der sich von seinen kaum vorhandenen Hüften wölbte (was mich an ein klein geschriebenes b erinnerte) und ihn in seinem schlaff herabhängenden Pullover noch attraktiver machte. Er war zur Hälfte jüdisch und zur anderen japanisch und seit dem reifen Alter von zwölf Jahren in unserem Schulbezirk Greenwich ein Objekt erotischer Faszination gewesen. *Deine Beine!*, pflegten gut aussehende Mütter zu raunen. *So feminin!* Woraufhin er verständig entgegnete: *Sie können mich Tay nennen.*

»Komm schon«, sagte er. Wir hatten uns zum Kaffee in einem schlecht beleuchteten Café in Soho getroffen, das meine schlimmsten Befürchtungen über die Kreise, in denen er verkehrte, bestätigte. Der Kaffee schmeckte salzig, wie nur teurer Espresso es zu tun pflegt, und die Gesichter der Gäste waren unheimlich beleuchtet vom Licht ihrer diversen High-Tech-Geräte. »Schließlich bist du hier, oder?«

Ich nickte vage aus dem Nest meiner T-Shirts heraus. Das schien mir diskussionswürdig. Das Mädchen am Nebentisch machte dem Spiegelbild im dunklen Bildschirm ihres Laptops schöne Augen.

Tay stupste meinen Arm an. »Leif, komm schon. Du kannst ein bisschen Gesellschaft gebrauchen. Außerdem bekomme ich dich sonst nie zu Gesicht.«

Den letzten Teil konnte ich nicht bestreiten. Ich rupfte an einer Papierserviette und zuckte mit den Schultern. Ich stellte mir seine Clique überqualifiziert und unterernährt vor, zu geistreich, um über sie zu lachen, zu schick, um sie zu vögeln, und, wenn ich mich nicht vorsah, leicht zu imitieren.

Er redete weiter. »Musik, Menschen, eine Menge Drogen. Du kannst ja für eine Stunde vorbeikommen und wieder gehen, wenn du dich langweilst, aber ich verspreche dir, das wird nicht passieren.«

»Pfadfinderehrenwort?«, feixte ich.

Er verdrehte die Augen. Er hasste es, an die Harmlosigkeit unserer Vergangenheit erinnert zu werden. Wenn ich könnte, würde ich ihm ein Bündel frisch gemähtes Gras ins Gesicht drücken und seine Arme auf den Rücken drehen, bis er zugeben würde, dass er bloß mit seiner Schwester und mir Flaschendrehen gespielt hatte. Tays schicker Job und sein neues Auftreten machten mir nichts vor; an seiner Lippe sah ich noch die Narbe jener Stelle, wo früher ein Titaniumring gesessen hatte. Ich war Kronzeuge, dass er einst in eine Tüte gefurzt und bei *Edward mit den Scherenhänden* geweint hatte (*Kann ich gut nachempfinden, Mann!*). Wir hatten Gesichtsmasken aus Honig und zerriebenem Aspirin aufgelegt und geschworen, es niemandem zu verraten; als unser Präparat nicht wirkte, bestellten wir einen Hightech-Pickel-Vernichter, der uns ebenfalls enttäuschte.

Ich erwog, zur Party zu kommen, bloß um sein Image zu verderben, um seine hochtrabenden Geschichten von lebensmüden Cheerleadern und Zwischenstopps auf der endlosen Straße zwischen Junge (aufgewachsen außerhalb von Vermont, genaue Koordinaten unbekannt) und Mann (Kalifornien, natürlich, an einem der letzten unberührten Strände), die eines Pynchon würdig gewesen wären, mit den Geschichten der bierseligen amerikanischen Sommer zu überlagern, die wir miteinander an einem Ort verbracht hatten, der zu bedächtig und zu sicher war, um einen Namen zu verdienen. Wir hatten in unseren Zimmern gelegen und Musik gehört, und keiner von uns war auch nur eine Spur ironisch gewesen. Ich war eine Bohnenstange, mochte Screamo und Foucault und dachte, ich hätte das Rad neu erfunden, als ich einmal ein wenig Lippenstift trug. Endlich der Beweis, dass ich anders war (zumindest, wenn ich über die Massen von Muttis hinwegsah, die Raisin, Soft Pink, She's the One trugen). Die Farbe meiner Wahl hieß Schocktherapie. Wir fanden unsere Ziellosigkeit provokativ und nähten mit Zahnseide situationistische Aufnäher auf unsere Jacken; ich würde ein Prüfstein für seine Nerven sein, das war ihm auch klar. Ich hatte plötzlich Lust, seinen Freunden davon zu erzählen, wie er seine Unschuld in einem Moshpit verloren hatte (genauer gesagt, nur teilweise). Welches Zitat könnten sie sich dazu aus der Nase ziehen?

»Ja, ja«, seufzte er. »Pfadfinderehrenwort. Homos verboten.«

»Was ist los?«, fragte ich lächelnd. »Bin ich nicht mehr lustig?«

Entschuldige dieses burschenschaftlerische Zwischenspiel. Oola wird bald auftauchen.

»Tut mir leid, dass ich nicht in der gleichen komischen Welt lebe wie du.« Er sagte es scherzend, doch das Eingeständnis wog schwer, und er errötete sofort. Tatsächlich lagen die Tage, in denen wir nebeneinander auf seinem Hochbett wegdämmerten, lange hinter uns. Wenn ich ihn mir jetzt anschaute, mit seinem sauber gescheitelten Haar und den blassen geometrischen Tätowierungen, die einem laut und deutlich LOCKER-LÄSSIGER INTELLEKTUELLER zuriefen, fragte ich mich, ob sich meine Erinnerungen verschoben hatten wie Gepäckstücke in einem Flugzeug und das Gesicht, das ich vor mir sah, auf dem Körper eines ganz anderen Jungen platziert hatten. Mir fiel auf, dass er seinen Kaffee mit Milch und Zucker nahm, und fühlte mich ihm instinktiv überlegen, weil ich meinen schwarz trank. Er versuchte, sich zu verteidigen. »Ich bin schließlich kein Dichter.«

»Miss Lee wäre anderer Meinung.«

Endlich lächelte er, und die Spur eines Zahns verschob die kleine Narbe. »Dass du dich daran noch erinnerst. Arme Miss Lee. Ich war ein Monster.«

»Du warst nicht ihr einziger Verehrer. Jeder, den ich kenne, stand auf seine Lehrer.«

»Aber ich hab's übertrieben.«

Ich überlegte. »In aller Öffentlichkeit mit Selbstmord zu drohen, war vielleicht ein bisschen extrem für einen Viertklässler.«

Er wiegte den Kopf in den Händen. »Erinnere mich bloß nicht daran.«

»Tut mir leid.« Tat es nicht.

Er lächelte schief. »Weißt du was, ich hab sie noch einmal getroffen.«

»Du meinst, als die Schulband zum Maifeiertag spielte? Da hab ich sie auch gesehen. Ich musste an dich denken.«

»Nein«, sagte er. »Später. Im Sommer vor unserem Abschlussjahr. Bin ihr beim Einkaufen über den Weg gelaufen.«

»Oh.«

»Erst hab ich auf dem Absatz kehrtgemacht. Ich fand es peinlich, ihr gegenüberzutreten. Aber dann stand sie an der Kasse genau hinter mir. ›Bist du etwa, wer ich denke, der du bist?‹, fragte sie mich. ›Das gibt's doch nicht.‹ Das war wohlgemerkt während meiner Punkphase. Ich glaube, ich hatte nur ungefähr siebzig Prozent meiner Haare.«

»Hab's nicht vergessen.« Ich war derjenige, der sie ihm abrasiert hatte, mit verschwommenem Blick auf gestohlenem Xanax.

»Und weißt du, was sie gemacht hat? Sie hat die Hand ausgestreckt und sie berührt. ›Alle Lehrer schließen Wetten darauf ab, was aus ihren Schülern wird‹, erzählte sie mir. ›Ich glaube, ich habe gerade verloren.‹ Sie lächelte, als sie das sagte, und ich konnte sehen, dass sie eine Plastikzahnspange trug. Gott, mir war schwindlig. ›Was dachten Sie denn, was aus mir werden würde?‹, schaffte ich zu fragen. Sie begann zu lachen. ›Ich dachte, Tierarzt.‹ Wir lachten beide, und sie berührte mein Handgelenk und sagte: ›Mach's gut.‹«

»Das ist eigentlich ziemlich romantisch.«

»Ja, oder? Und sie war genauso schön, wie ich sie im Kopf hatte. Man erwartet doch sonst immer eine Enttäuschung, ich meine, wenn man älter wird und auf die Dinge zurückblickt, die man früher angebetet hat. Obwohl sie definitiv gealtert war, konnte ich es noch erkennen.« Er wedelte mit den Händen in der Luft. »Und ich erinnere mich auch genau, was sie gekauft hat: Wegwerfrasierer, tiefgekühlte *Macaroni And Cheese*, Dove-Seife und eine Klementine. Die, die sie in den orangefarbenen Netzen verkaufen. Sie hat nur eine einzige genommen.« Er schüttelte den Kopf.

»Ich bin neidisch«, sagte ich. Und das war ich. Statt in Liebeskummer hatten alle meine Kindheitsschwärmereien eher in einer Art Sodbrennen geendet. Sämtliche Vernarrtheiten (Heather, Jackie …), die mir so poetisch erschienen waren, hatten sich zu einem Gefühl von Übelkeit verflüchtigt, zu: *Hab ich was zwischen den Zähnen? Dieser Leif starrt schon wieder rüber. Ein Stück Sonnenblumenkern? Uh, der ist echt unheimlich.* Wie viele andere bekam ich nie die Gelegenheit, meine Unbeholfenheit zu büßen, selbst Jahre später trug ich sie noch mit mir herum wie die motorische Erinnerung an eine schwere Verletzung: all das Zucken und Zerren und die Momente, in denen ich mir die Ohren zuhielt und *OH, VER-DAMMT* rief, weil ich so gerne mal das Richtige gesagt hätte.

Ich ließ sie vor meinem geistigen Auge auftreten. Miss Lee, die vom Land eingeschlossene Erdkundepriesterin. Tay, ihr Jünger, der endlich, endlich in seine Begierde hineingewachsen war, die er so offen zur Schau trug wie seine Jeans. In gewisser Weise hatten sie nun weniger gemein als damals, als er ein kleiner Junge war, denn zumindest er ließ sich inzwischen nicht mehr von seinem Körper verwirren. Sie trug Hosen mit Tunnelzug und getönten Lippenpflegestift. Er war groß, dunkelhaarig und eindeutig verdorben. Ihre Blicke trafen sich über dem Zeitschriftenregal. Eine Jahresration Schokoriegel schmolz.

In der Jetzt-Zeit grinste Tay. »Also, pass auf, falls du Entspannung suchst, fällt mir genau das richtige Mädchen ein. Sie kommt heute Abend. Sie hat ganzheitliches Heilen in einem Hexenzirkel in Helsinki studiert. Jetzt ist sie eine Masseurin für Todkranke. Nennt sich Pumpkin.«

»Klingt, als hättest du mich durchschaut.«

»Wenn du Glück hast. Du kommst also?«

Ich hob die Hände. »Hab wohl keine Wahl.«

»Das hat Miss Lee wahrscheinlich auch gesagt.« Er stand auf, und ich tat es ihm gleich.

Ich brachte ihn zu seiner U-Bahnstation. Wir umarmten uns zum Abschied. Er fühlte meinen gut ausgepolsterten Bizeps und schaute mich fragend an.

»Das sind die T-Shirts«, murmelte ich mit einer hilflosen Geste.

Er grinste und wandte den Blick nicht ab. »Es ist schön, dich zu sehen, Leif.« Er hatte die Stimme gesenkt, und es fiel mir schwer, seine Worte vom Rumpeln der Bahn zu unterscheiden. »Ich werd dich immer seltsam finden, Mann.«

»Soll das eine Beleidigung sein?«

»Deine Entscheidung«, sagte er. Er fasste mein Ohrläppchen zwischen Daumen und Zeigefinger. »Scheiße, bist du kalt. Ich seh dich aber später, oder? Mach nicht den Leif.«

»Werde ich nicht.« Ich ließ meinen Blick zu seiner Lippe schweifen; das Narbengewebe sah aus wie Frost auf einer Windschutzscheibe. Wenn ich es probierte, konnte ich immer noch den verwirrten Jungen erkennen, dessen Schwanz einmal meinen berührt hatte. Das war gar nicht der Höhepunkt unserer Beziehung gewesen, wehte mir aber in diesem Moment wie eine zartbittere Windböe durch den Sinn. Bloß ein weiterer Vorfall unserer schlaksigen Jugend, ein Ausflug ins Kornfeld. Ich mache Witze. Es geschah in seinem Zimmer, und es lief My Bloody Valentine. Ich glaube, sein Hund beobachtete uns von unten. Später taten wir es mit einem Lachen ab, schoben es auf die Drogen; da waren wir simpel. Manchmal tauschten wir T-Shirts, Black Flag gegen Bad Brains, und schliefen im Mief des anderen. Es war einer unserer vielen unerklärlichen Einfälle, der erst Bedeutung gewann, wenn man an einem Regentag die Wäsche zusammenlegte. Ich würde das zerknitterte T-Shirt an die Nase drücken, und ja, es roch noch immer nach Moschus.

»Ausgezeichnet.« Er ließ mich los und eilte die Treppe hinunter. Ich trödelte noch einen Moment am Eingang herum und saugte die Wärme der Körper auf, die sich an mir vorbeidrängten.

So landete ich in einer Wohnung in East London, klammerte mich an einen Drink und wünschte mir den Tod. Ich war kaum fünfzehn Minuten da, und schon hatte mich ein Mädchen in die Ecke gedrängt. Sie erläuterte mir unter einigen Schwierigkeiten die Vorzüge und Freiheiten eines Lebens als Frutarier.

»Es gibt keine Grenzen!«, keuchte sie. »Bei anderen Diäten musst du Kalorien zählen. Seit ich auf Rohes umgestiegen bin, hab ich alle Einschränkungen über Bord geworfen. Es ist himmlisch.« Sie schwenkte ihr Glas, um ihren Worten Nachdruck zu verleihen, und ich war versucht zu fragen, ob es ein Mimosa sei. »Zum Frühstück hab ich heute dreizehn Pfirsiche gegessen.« Sie grinste, und ich bemerkte Flecken auf ihren Zähnen. »Zum Mittag hatte ich Wassermelone. Drei Stück, um genau zu sein. Ich muss aus Salatschüsseln essen. Anschließend war ich noch ein bisschen hungrig, also habe ich fünf Datteln genascht.«

Ich bemerkte, dass ihre Finger zitterten. »Was ist mit Proteinen?«

»Ich bekomme alles nötige Protein aus Früchten!«, rief sie. Die Frage wurde ihr oft gestellt. »Es ist am wichtigsten, ausreichend Kohlehydrate zu sich zu nehmen. Und dann behaupten die Leute, Kohlehydrate machen dick!« Ihr Lachen war schrill, ihre knubbeligen Schultern gekrümmt. »Du *glaubst* gar nicht, wie viel Zucker in einer Dattel steckt. Die sind wie kleine Bomben! Winzige Zuckerbomben!«

Ehrlich gesagt kam mir ihr Gebrabbel sehr gelegen, weil ich nebenbei die anderen Gäste beobachten konnte und es mich vor einer anspruchsvolleren Unterhaltung bewahrte. Mir graute davor, so tun zu müssen, als würde mich irgendwas auch nur einen Dreck interessieren. Metaphorisch gesprochen ließ ich mein Kinn auf ihrem Kopf ruhen und inspizierte die Menge, während sie von fleckigen Bananen schwärmte: »Braun! Sie müssen braun sein!« Mein Blick fiel auf Tay, der in einer Ecke Hof hielt. Er trug einen schwarzen Pullover, ein

Stirnband (oh, er war aalglatt) und um den Hals das riesige, selbstgebastelte Ziffernblatt einer Uhr, das er alle paar Minuten mit strenger Konzentration befragte.

»Macht euch bereit!«, schrie er. »Noch zehn Minuten!«

Das Motto der Party lautete *Der allerletzte Silvesterabend* (obwohl Februar war). Tay hatte sämtliche Uhren in der Wohnung versteckt und Armbanduhren an der Tür konfisziert. Wenn er jemanden dabei erwischte, aufs Handy zu schielen, stürmte er hinüber und verlangte nicht nur, dass man ihm das anstößige Gerät herausgab, sondern dazu auch das jeweilige Getränk. Er war ein irrer König, der in der Wohnung herumstolzierte und erst jede Stunde, dann alle fünfzehn Minuten, dann jedes Mal, wenn er ein hübsches Gesicht sah, verkündete, es habe Mitternacht geschlagen. Jemand hatte den Fehler begangen, ihm Topf und Löffel zu reichen, die er mächtig aneinanderscheppern ließ, wenn seiner ganz privaten Logik folgend die Zeit gekommen war.

»Countdown, Leute!«, brüllte er, während er von Couch zu Couch sprang wie ein kleiner Junge, der den Teppich zur Lava erklärt hat. »Bildet Paare! Das ist das Ende, das Ende aller Tage und die letzte Chance, die ihr kriegt! *Zu vögeln!*« Er hielt inne, um seine Uhrenattrappe zu befragen, ein Bein aufgestellt auf dem Sofarücken und posierend als ein Erforscher der Neuen Welt. »Bereit? Drei... zwei... eins... Frohes neues beklopptes Jahr!« Er sprang vom Sofa auf den schlagartig festen Boden und lief mit seinem in die Luft erhobenen Löffel durch die Wohnung, um die Hinterköpfe der Gäste zu halten, während sie sich küssten, damit es auch wirklich zählte.

Selbst für eine Party gepflegter Mittzwanziger war die Stimmung ungewöhnlich aufgekratzt. Tay lebte in einem hyperbolischen Universum, in dem Küsschen mit Begeisterung verteilt wurden. Und das Partymotto schien dazu zu führen, dass jeder Gast eine Liste derjenigen im Kopf hatte, mit denen er herumknutschen wollte. Ich schätze, das tut wohl jeder auf jeder Party; doch in dieser Nacht erschien selbst die Aussicht, nur zweite Wahl zu sein, unbedenklich, und man akzeptierte seinen mittelmäßigen Platz auf dieser Liste, geschmeichelt, überhaupt dort vermerkt worden zu sein. Die Tatsache, dass jeder von uns mindestens eine Stunde vor dem Spiegel verbracht und seinen Marktwert abgeschätzt hatte (und wir zwischendurch immer wieder ins Badezimmer huschten, um es erneut zu tun), wurde durch Tays vorgetäuschte Mitternachtsstunden noch betont. Ja, wir waren auf der Jagd, beäugten alle Schenkel, wollten aber auch bloß kuscheln. In den Minuten zwischen Tays Ansagen waren sich plötzlich selbst die betrunkensten Partygänger ihres Aufenthaltsorts sehr bewusst, sie schoben über den Teppich wie Schachfiguren, um sich günstig zu einem bestimmten Pferdeschwanz zu positionieren, so dass sie, wenn die Zeit kam und Tay seinen Topf schlug, ganz zufällig nach links schauen konnten, um den Blick eines ganz bestimmten Auges aufzufangen, als wollten sie sagen: *Gott, das ist so dämlich, aber wenn wir denn müssen…*

Sollte dieser Körper schon besetzt sein, gab es immer eine nächste Runde und eine okay aussehende Person in Reichweite, deren Mund man bemustern und mit der man sich vielleicht unterhalten konnte, bevor man einen im Gedächtnis gebliebenen Pullover den Raum verlassen sah und plötzlich sehr dringend pinkeln gehen musste; man konnte dem auserkorenen Schulterblatt über die Tanzfläche in den Flur folgen und sich dabei nicht etwa die Worte vorflüstern, mit denen man sie ansprechen wollte, sondern den nächsten Countdown bis Mitternacht, zu dem Tay, der wie drapiert auf einer Ottomane lag, erst noch ansetzen musste. Man würde beten, dass das Timing passen würde und sich das Gefühl von Torschlusspanik, das sich in der Magengegend breitgemacht hatte, in einem rauschenden Öffnen von Lippen und/oder Türen auflösen würde, das einen heimwärts, in irgendein Bett lenkte. Tay verkündete: Es sei bloß ein Witz, dieses Ding, worauf wir unsere Leben gründeten. Ich hab in der Bahn hierher an dich gedacht; ich hab dieses Kleid nur für dich angezogen, so wie ich meine Haut nur für dich trage; doch lass uns lachen, während wir uns in der schwülen Mitte dieser Scheißveranstaltung küssen, weil der Moment ein Konstrukt ist und wir am Ende sowieso alle runzlig werden.

Ich war neugierig. Wie wäre es, ein dickes Mädchen zu küssen? Was wäre mit dem jungen Techie, dessen Gesichtsbehaarung ich normalerweise unentschuldbar gefunden hätte? Um 23 Uhr 17 kannte ich die Antwort. Anschließend berührte er mein Handgelenk und sagte: »Toll.« Ich trieb zurück in meine Ecke wie ein Fisch nach der Fütterung.

»Da ist er, da ist er!« Tay brach aus der Menge hinaus und warf mir die Arme um den Hals. »Hast du Spaß?«

»Immer.« Meine Worte wurden von seinem Pullover gedämpft. »Wo ist Pumpkin?«

»Pfeiffersches Drüsenfieber.«

»Oh.« Ich prüfte mich selbst auf Enttäuschung: keine. »Schwerer Schlag. Also, wie bist du auf das Motto gekommen?«

»Durchs Internet natürlich.« Er löste sich, stützte sich aber auf mich, um nicht das Gleichgewicht zu verlieren; er roch wie ein Arzneischrank. Für einen Moment hoffte ich, dass er hier und jetzt Mitternacht ausrufen würde. Er benahm sich inzwischen so anders, besaß eine neue Eitelkeit, einen neuen Akzent; würde er noch so schmecken wie früher? Er blinzelte mich an. »Ist gut, oder? Sehr lehrreich.«

Ich nickte.

»Man kommt ja nie dazu, seine Freunde zu küssen«, sagte er im gedankenvollen Ton eines Professors. »Nun, es geht.« Er kicherte, als wolle er sagen: *Wir müssen es ja wissen.* »Aber ab einem bestimmten Alter wird es kompliziert. Küssen bedeutet halt, sein Revier zu markieren. Es wird zu einem Akt, der erstarren lässt, statt zu… entfesseln. Aber was, wenn ich dir einfach nur sagen will, dass ich dich vermissen werde? Wäre es nicht am einfachsten, das so zu tun?« Er packte mich am Kragen und drückte mich gegen die Wand, so dass das Zifferblatt zwischen unseren Oberkörpern hin und her prallte, und ließ mich wieder los, noch bevor ich zu Atem kommen konnte. »Heute Nacht«, fuhr er fort, »fühle ich mich jeder Verantwortung enthoben. Ich küsse und tratsche! Ich küsse und texte.« Er hielt inne, um nachzudenken, grinsend. Genau so hatte ich ihn in Erinnerung, so hübsch und prätentiös. »Also echt, ich fühle mich wie ein Hare-Krishna-Jünger, der Pamphlete verteilt.«

»Der Weg des Tay«, schlug ich vor. »Klingt doch gut. Vielleicht trete ich bei.«

»Oh, oh.« Er lächelte. »Ich sehe schon, dir ist es ernst.«

Er rückte sein Stirnband mit einer Bewegung zurecht, die mir nervös vorkam. Ich fühlte mich erinnert an einen ähnlichen Moment, als er und ich sechzehn waren. Wir waren mit seinem Auto unterwegs, saßen bis zu den Knien in Fast-Food-Tüten, die nie ganz ihren köstlichen Geruch verloren, und fuhren höchstwahrscheinlich ziellos umher. Ich riss einen Witz über das Mädchen, in das Tay verknallt war, eine schüchterne Jahrgangszweite namens Sophie. Die beiden hatten herumgeknutscht, als sie angemessen beschwipst gewesen war, und jetzt zerbrach er sich den Kopf darüber, wie er den nächsten Schritt einleiten könnte.

»Würden Poppers helfen?«

Ich lachte laut auf. »Wir sind doch hier nicht in San Francisco.«

Er zuckte mit den Schultern. »Ich hab welche im Arzneischrank gefunden. Die müssen meinem Onkel gehört haben. Gut, was ist mit Gras? Ich glaube, sie lässt mich ran, wenn sie sich entspannt.«

»Riesenchance«, sagte ich, ohne wirklich zuzuhören. Ich interessierte mich mehr für den Joint, den ich auf meinen Knien rollte. »Wenn nicht mal ich richtig wollte, wie kommst du darauf, dass sie es würde? Ich meine, sie ist im Chor.«

Er hörte auf, am Radio herumzufummeln, und blickte mich von der Seite an. »Das war was anderes. Wir haben uns gelangweilt.« Er sagte es nicht unfreundlich, aber seine zusammengekniffenen Augen und seine gesenkte Stimme versetzten mir einen Stich.

Er hatte mich kalt erwischt. Ich konzentrierte mich auf den Joint.

Ich wusste, dass ich Tay liebte; ich war mir bloß nicht sicher, ob ich in ihn *verliebt* war. Ich ritzte mir nicht seinen Namen in den Oberschenkel oder fragte mich auch nicht, wonach seine Scheiße roch, weil ein Engel wie er bestimmt nur Pfirsichkerne und gute Wünsche aus seinen Innereien presste. So ähnlich sprachen wir über unsere Angebeteten: als wären sie mystische Wesen, die funkelnden Kleiderhaken, an denen der Sinn des Lebens zum Auslüften hing. Tay hinterließ selbst dann einen schlechten Geruch in meinem Bett, wenn wir bloß Fernsehen schauten; ich allein war Kenner seiner ungehörigen Ausdünstungen. Nichts, was ich bis dahin gelesen hatte, hatte Liebe so beschrieben – als schlurfende Gewohnheit. Ich dachte, Liebe wäre etwas, das seltsam weich über eine Leerstelle wächst; sie könnte nur einen Körper zur Zeit ergreifen, den des Anbetenden, allein im Raum. Aber weil ich ihn fast mein ganzes Leben gekannt hatte und mit ihm im Schwimmteam gewesen war und ihn zweimal täglich nackt und tropfnass gesehen hatte, schien mein Zugriff auf Tay vollkommen. Als beste Freunde waren wir praktisch ein Paar.

Den Ellenbogen gegen das verschmierte Autofenster gelehnt, mein Knie bloß zwei Zoll entfernt von seinem, ging ich vorsichtig vor. »Musst du mir doch nicht sagen«, sagte ich und zwang mich zu einem Lachen. »Wahrscheinlich hat sie einen Terminplaner für solche Dinge.« Ich rollte den Joint fertig, und wie so oft in diesem Sommer verlagerte sich das Gespräch auf die besondere Transparenz von Sophies Haar in der Klassenzimmerbeleuchtung.

Zurück auf der Party rettete ich mich in eine ähnliche vorgetäuschte Nonchalance und stürzte mein Getränk herunter. »Kennst mich doch. Ich suche immer nach Veränderungen. Also, wie viele hast du heute Abend rekrutiert?«

Tay lächelte schuldbewusst und wurde wieder ausschweifend. »Bin nicht ganz sicher. Fünfzehn vielleicht? Mein Kult lehnt Mathe ab.« Er war vorübergehend abgelenkt von einem Mädchen am anderen Ende des Raums. Er stieß einen Finger in ihre Richtung. »Perfektes Beispiel! Schau dir mal Lilith an. Kennst du Lilith? Ich will nicht mit ihr schlafen. Aber ich hab ein- oder zweimal von ihr geträumt. In einem Traum haben wir ein Früchtebrot gebacken und sind darauf gerodelt wie auf einem Schlitten, während Donald Trump uns applaudierte. Ich kenne sie nicht gut genug, um ihr davon zu erzählen. Aber heute Nacht werd ich sie küssen. Und das war's. Lilith! Komm rüber!«

Ich drehte mich um, um zu sehen, auf wen er zeigte, und wurde von der betäubenden Schönheit zweier Schulterblätter getroffen.

Ich dachte, es sei Liliths Rücken, und wartete darauf, dass

er näher käme. Ich starrte auf diese unbewegliche Gestalt und verpasste die Ankunft der tatsächlichen Lilith (einer reizenden Lesbe, die Jeans zu Jeans trug) und verpasste auch die schrille Unterhaltung zwischen ihr und Tay. Schließlich musste das Objekt meines Interesses, angesengt von den Mikrowellen meines prüfenden Blicks, mein Starren bemerkt haben, denn es drehte sich um, den einen Arm um die Taille geschlungen und mit dem anderen ein Getränk vor die Mulde des Halses haltend, eine Geste von Gedankenversunkenheit oder angenehmer Langeweile.

»Hey!« Tay rief etwas, das ich dann als Namen identifizierte, weil sich seine Trägerin durch die Menge schlängelte, den Drink noch immer vor dem Hals balancierend wie das Zentrum eines Kreises, dessen Ausmaß mir nicht ersichtlich war. Sie griff mit der freien Hand nach seiner Brustwarze. Er wiederholte den Laut von eben, spitzte die Lippen und formte die Vokale eines Doo-Wop-Sängers. »Oola, du Hund.«

Oola. Ein Wort, das seltsam klang, wenn man es wiederholte, wie jedes Wort, das man zu oft ausspricht. Als Kind tat ich das häufig, ich wiederholte meinen Namen oder die Worte *Buch, Brot, Brust*, bis diese grundlegendsten Dinge (*Menschenrechte* gar, sagte ich mir) sich fremd anhörten und ich mich kaum noch entsinnen konnte, was sie bedeuteten. *Oola* brach ganz ähnlich auf der Zunge auf, wie etwas mit einer Sahnefüllung oder eine unvermeidliche Peinlichkeit, zum Beispiel während eines gruseligen Films vor Schreck *oh!* zu rufen oder zu pusten, wenn man mit Schwung geküsst wird. Es machte einem plötzlich den eigenen Mund suspekt. Ich sagte mir den Namen im Kopf vor und fürchtete den Moment, wenn ich ihn laut aussprechen müsste. Er erinnerte mich an Bebe, eine Filmproduzentin und Freundin meiner Eltern, deren österreichische Skihütte Oola und ich Monate später verwüsten und dann hektisch wieder in Ordnung bringen würden. Als Kind graute mir davor, sie zu begrüßen und auf ein Zeichen meiner Mutter *Bonjour, Bebe!* zu zwitschern. Wenn ich ihren Namen laut sagte, stellte ich mir diese mittelalte Frau unvermeidlich nackt vor, ob nun als schmaläugige Trägerin eines Kosenamens oder als tatsächliches Baby, konnte ich selbst nicht sagen.

Oola benetzte Tay mit einem Lächeln. Sie war die Art Mensch, die einen Moment braucht, um mit ihrer Umgebung warm zu werden und das Getümmel ihrer Gedanken in eine stimmige Form zu sortieren. Dann wurde sie selbst fest, unter den weiten Kleidern nahm ihr Körper Kontur an, als mache er sich die Position jedes einzelnen Zahns bewusst und reiche sie dar, einen nach dem anderen, wie Pistazien, Zigaretten, gelegentliche *Ahas*. Sie brauchte eine Weile, um den Heiligenschein, der ihre Laune verdunkelte, zur Ruhe zu bringen, diese Unschärfe, die einen überhaupt erst zu ihr hinzog, so wie man genau auf das Dummerchen blickt, das sich, im Nachhinein nicht mehr identifizierbar, während des Familienfotos bewegt hat. Bei Oola musste ich immer an einen Gasbrenner denken, der violett aufflackert, bevor sich die Flamme setzt. Sie war beweglich, aber bestimmt; wir beobachteten, wie sie sich einköchelte, und gaben Wetten auf ihre Körpertemperatur ab.

Sie schien sich langsamer zu bewegen als die meisten Menschen, wegen dieses Zusammenfließens, dieses Justierens der Wangenknochen und Armhaare, wie das Bild eines alten Fernsehers, der sich ins Kenntliche entflimmert, ein erleichtertes *oh, du bist's!* Sie war eher entrückt als exzentrisch: weit auseinanderstehende Augen, lange Glieder, schlaffes Haar, große Zähne und, natürlich, ihre unglaubliche Größe. *Lass mich kurz meine Gedanken sammeln*, pflegte sie zu sagen, und man konnte sich gut vorstellen, wie sie das tat, indem sie ihre Worte wählte, wie Kinder in Bilderbüchern Sterne mit einer Schnur vom Himmel herunterziehen. Dann wandte sie sich einem zu, wobei jede Wimper einzeln auf ihrer winzigen Achse rotierte, und pustete den Dampf von der Suppe ihres Innenlebens; sie härtete aus und wurde verfügbar.

Je besser ich sie kennenlernte, desto mehr hatte ich das Gefühl, dass diese Eigenschaft weniger ein Charakterzug war als ein Gedankenraum, eine üppig bewachsene Höhle, aus der man sie zurückrufen musste. Sie schien stets aus einem Pool oder einem Umkleideraum zu treten, es hatte nichts von einem großen Auftritt, sondern vom schüchternen Zusammensuchen diverser Kleidungsstücke und Taschen, was sie noch begehrenswerter machte. Wenn sie sprach, war ihr Gesicht erhellt wie ein von innen erleuchteter Kürbis, doch wenn sie still irgendwo saß, fragte man sie oft, ob alles in Ordnung sei. Sie sah nicht traurig aus, bloß, als hätte sie etwas aus den Augen verloren. Frühpubertierende schlichen sich mit verschwörerischem Lächeln an sie heran und flüsterten: *Bist du high?*

Sie schien nicht zu bemerken, dass ihr Tempo ungewöhnlich war, denn es überraschte sie jedes Mal aufs Neue, selbst wenn sie erst innehalten musste – und ihre sprichwörtliche Bluse glattstreichen, an der zuvor noch die Sorgen der Welt gehangen hatten –, um die Worte herauszubringen, die ein heiteres *Nee* ausdrückten. Und wenn sie lächelte, war es das Lächeln einer Sprachschülerin, ernsthaft und flehend, weil Monsieur mit seinem Stift gegen die Tischkante klopft und alle zu ihr herüberschauen und sie sich beim besten Willen nicht erinnern kann, wie man *pain* sagt. Monsieur souffliert, *Möchten Sie ein Stück von…*

Mir?, schlägt sie scherzend vor, und da ist es, dieses hilflose Lächeln.

Das war eins der ersten Dinge, die mir an ihr auffielen: wie unbefangen sie Menschen warten ließ und wie wir alle uns diesem sonderbaren Zeitgefühl fügten, uns buchstäblich bückten, um ihrer heruntergeregelten Stimme zu entsprechen.

Es ist natürlich unmöglich, sich diesen ersten Eindruck noch einmal ganz vor Augen zu führen, obwohl ich mich mit beängstigender Klarheit an die Hitze und das Geschrei der Party erinnere, die Liebessongs aus der Anlage, wie schneidig Tay ganz in Schwarz aussah. Zu viele andere Assoziationen verstopfen den Rückweg zu diesem jungfräulichen Vorfall, zu dem kaum merklichen Kitzel, den ich spürte, als ich ihre Schulterblätter erblickte. Ich kann nicht an ihre Schultern denken, ohne dass tausend andere Momente in den Vordergrund drängen, in denen sie eine Rolle spielten – das Bild von ihr, wie sie im beigefarbenen Spitzen-BH Klavier spielt (Saint-Saëns), kämpft um Vorherrschaft. Ich kann mir nicht sicher sein, was ich tatsächlich in diesen wenigen ersten Sekunden von ihr hielt, weil ich mein Gedächtnis von allen Oola betreffenden Dingen befreien müsste, um zu diesem Stadium zurückzukehren, und das wäre jetzt, nach all dem, was wir zusammen durchgemacht haben, und nach all der Zeit, die ich investiert habe, praktisch Selbstmord. Sicher weiß ich nur, wie überrascht ich war, sie auf mich zukommen zu sehen, dieses große, große Mädchen, und dass ich mich, als sie sich näherte, anstrengte, gerade zu stehen.

»Was geht?«, fragte sie.

»Wir haben gerade besprochen, wie fantastisch meine Party läuft«, krähte Tay.

»Ach ja?« Sie sah mich an und lächelte. »Entschuldige, wie ist dein Name?«

»Leif.« Ich bellte, ich weiß nicht, warum.

»Leif und ich kennen uns schon ewig«, sagte Tay. »Er kennt alle meine Geheimnisse. Wir sind praktisch Brüder.«

»Haben wir uns schon mal getroffen?«, brachte ich heraus. Sie blinzelte mich an. »Ich weiß nicht. Ich glaube nicht.«

»Woher kommst du?« Meine Stimme fühlte sich belegt an. »Dein Akzent. Amerika?«

Sie nickte. »Kalifornien. Die Leute hier sind netter, wenn man sagt, dass man aus Kalifornien stammt.«

»Vielleicht denken sie, du bist ein Filmstar.« Das bereute ich auf der Stelle.

Sie lächelte und zuckte mit den Schultern. »Oder irgendwie weniger schuldbeladen als der Rest des Landes. Sie haben ja keine Ahnung. Ich bin in der Nähe von L.A. aufgewachsen, beschissener Ort.«

»Ist das skandinavisch? Oo-la?«

Sie lachte mit weit geöffnetem Mund. »Nein. Ich hatte bloß Analphabeten zu Eltern. Und du?«

»Bloß theoretisch. Ich bin ein Neuengland-Mischling.«

»WASP also?« Sie lächelte, als wollte sie mich aufziehen.

»Ah.« Ich hob die Hände. »Du hast mich erwischt.«

Tay hatte sich wieder Lilith zugewandt und ärgerte sie mit seiner Uhr. »Ich sag's dir nicht, du musst raten«, hörte ich ihn sagen.

Oola rührte sich nicht. Ihr Gesicht trug den Ausdruck vorsichtiger Belustigung, sie lächelte müde, als würde das, was um sie herum passierte, nicht viel Sinn ergeben, sie aber dennoch mitspielen. Sie war eins achtzig groß.

»Also, was hat dich nach London verschlagen?«, fragte ich, wobei mir plötzlich beißend bewusst wurde, wie lange ich nicht mehr geduscht hatte.

»Ach, du weißt schon.« Sie wedelte bedeutungslos mit den Händen. Sie trug schwarze Strumpfhosen, Turnschuhe und ein viel zu großes ärmelloses T-Shirt, auf dem die Worte PLEASURE IS A WEAPON prangten. »Ich gammle ein bisschen rum.«

»Studentin?«

»War ich. Eigentlich hätte ich dieses Jahr meinen Abschluss gemacht, aber ich nehme mir eine Auszeit. Wofür, weiß ich noch nicht.« Sie lachte, als hätte sie das schon oft sagen müssen.

»Warst du vorher schon mal hier?«

»Ja. Zusammen mit einer Band, wir waren überall. Aber ich war zu jung und zu kaputt, um wirklich etwas zu tun.« Ich sah es vor mir, wie sie mit einem Bandshirt bekleidet in einen Eimer kotzte, die Vorstellung war seltsam reizvoll. »Also dachte ich, ich komme zurück, als richtiger Mensch sozusagen. Ich bin mit einem Stipendium nach Suffolk geflogen, aber irgendwann war das Geld verbrannt, und jetzt ... Warte ich einfach.«

»Was hast du studiert?«

»Musik. Wie gesagt, ich bin ein Gammler.«

»Und dadurch kennst du Tay?«

»Sozusagen. Wir haben uns im Museum kennengelernt. Wir saßen auf derselben Bank vor einer vergoldeten Tube Vaseline. Das Ding hieß *The Midas Touch*. Die Fingerabdrücke des Künstlers waren drauf und die aller Menschen, mit denen er je geschlafen hat. Tay flüsterte mir zu, sie sollte besser *Greatest Hits* heißen. Ich plädierte für *Slip'n'Slide*. Der Rest ist Geschichte.« Sie beugte sich vor, die Augen plötzlich hellwach. »Tay ist der Beste. Weißt du, was ich gehört hab?«

»Was?«

»Seine Ex-Freundin ist in eine Mauer verliebt.«

Ich stieß ein lautes Lachen aus, zu verblüfft, um verlegen zu sein. »Wie meinst du das?«

»Ich glaube, er war's. Oder vielleicht einer seiner Freunde.« Sie nagelte mich mit ihrem Blick fest. »*Du* aber nicht, oder?«

»Gott, ich hoffe nicht.«

Sie dachte angestrengt nach. »Sie hieß … Karma?«

»Ich erinnere mich an eine Karma. Die Künstlerin?«

»Genau!« Oola kam näher, getragen von der Wucht einer Geschichte, deren Schlüpfrigkeit sie kannte. »Die Performance-Künstlerin. Ich glaube, sie war bekannt für extremes Zeug: in eine Tamponfabrik einbrechen oder einen Monat lang nur Lippenstift essen oder so was. Jedenfalls begann sie ein neues Projekt, für das sie jeden Tag eine bestimmte Mauer aufsuchte. Irgendeine Backsteinmauer in einer Gasse in Shoreditch, direkt hinter einem chinesischen Restaurant, einem von der zweifelhaften Sorte, bei dem ewig die Gardinen zugezogen sind. Lange nachdem sie und Tay sich getrennt hatten. Sie brachte Blumen, Magazine, Schokolade mit, so als würde sie wen im Krankenhaus besuchen. Und jedes Mal eine große Flasche Fanta, daran erinnere ich mich. Wenn jemand wissen wollte, warum, sagte sie, die Mauer möge die am liebsten. Wenn Leute sie fragten: *Was tust du dort bloß?*, sagte sie, sie würden miteinander abhängen. Manchmal nahm sie einen alten Ghettoblaster mit, und sie tanzten. Zu langsamen Liedern lehnte sie sich mit dem Rücken an die Wand und wiegte sich von einem Fuß auf den anderen. Von weitem sah sie aus wie jemand, der auf den Bus wartet. Kann man sich ganz gut vorstellen, oder?«

Ich nickte.

»Das lief fast ein Jahr so, bis die Leute merkten, dass das kein Kunstprojekt war. Sie hatte sich buchstäblich einfach in die Mauer verliebt. Jemand erzählte dem Paar, dem das chinesische Restaurant gehörte, sie würde einen Schrein für ihren toten Bruder bauen, also ließen sie sie in Ruhe. Das Restaurant war wahrscheinlich eh bloß Fassade. Sie war die Einzige, die einmal reinging, und alles, was sie kaufte, war ein Pfund

Reis, ungekocht, das sie in einer Art Fruchtbarkeitsritual oder so auf dem Pflaster verstreute. Vielleicht eine Hochzeit.«

»Irgendwie süß.«

»Ja. Bei Graffiti verstand sie keinen Spaß, sie schrubbte alle mit einer elektrischen Zahnbürste ab. Das Ganze wäre fast vorbei gewesen, als sie einen Betrunkenen beschimpfte, der gegen die Mauer pinkelte. Schließlich gab sie ihr sogar einen Namen. Bist du bereit für den Namen?«

»Ich bin bereit.«

»Wallis.«

»Ach, komm.«

Sie hob die Hände zum Schwur. Mir rutschte das Herz in die Hose, denn ihre Achseln waren nicht rasiert. Zwei verschleierte Sonnen, ein wenig klamm, richteten sich auf mich. Um ehrlich zu sein, fühlte ich mich überrumpelt. Sie bemerkte es nicht und sprach weiter. »Karma war hingebungsvoll. Ihre Freunde wollten sie erst davon abbringen, doch als sie merkten, wie ernst es ihr war, ließen sie es sein. Zumindest konnte Wallis sie nicht verletzen. Sie beschlossen, nicht nach Sex zu fragen. In meiner Erfahrung unterscheidet sich das gar nicht so sehr davon, wie Mädchen mit Freundinnen umgehen, die mit Idioten zusammen sind, oder vielleicht mit Libertariern. Einfach nicht nach dem Sex fragen. Ein paar Mädchen haben sie mal zu Wallis begleitet und ein Teekränzchen auf einem Müllcontainer ausgerichtet. Es schien wie ein Pakt für die Ewigkeit, bis sie sich Hals über Kopf in eine Brücke verliebte.«

»Du nimmst mich auf den Arm.«

»Tu ich nicht! Sie verliebte sich in die Millennium Bridge.«

»Sie und Wallis trennten sich also?«

»Sie betrog ihn sozusagen. Aber wie ich es verstehe, hat *er* mit *ihr* Schluss gemacht.«

Ich schüttelte den Kopf in Verwunderung. »Genau Tays Geschmack. Zierlich und labil.«

Oola berührte den Rand ihres Glases. »Findest du das seltsam?«

»Bin mir nicht sicher. Du?«

Sie zuckte mit den Schultern. »Ich glaube, ich kann es verstehen. Es ist wie bei Kindern mit ihren Teddybären oder bei manchen Frauen mit Pferden. Väter mit ihrem technischen Spielzeug. Okay, eine Mauer ist im Vergleich dazu ein bisschen, naja, karg, aber zumindest verlässlich. Vielleicht konnte sie gar nichts Solideres tun. Sich in etwas zu verlieben, was nicht wegläuft, ha-ha. Das einzige Problem, war, glaube ich, dass sie komisch zusammen aussahen. An sonnigen Tagen legte sie ihre Wange an die warmen Steine. Das habe ich selbst schon mal gemacht.«

»Ich auch.«

»Offenbar lief sie stundenlang die Gasse hoch und runter und berührte die Steine. Um Wallis' Gesicht zu streicheln. Deswegen schnitt sie immer ihre Nägel kurz. Ihre Freunde sagten, wenn sie nach Hause kam, bluteten ihre Finger.«

»Wow.«

Oola senkte den Blick, bebend von der Anstrengung eines Gedankens. Sie blinzelte mich an, bevor sie es sagte, in freimütigem, aber leicht wehmütigem Ton. »Ich würde es ja gerne mit einem japanischen Schnellzug treiben.«

Da ich die Welt der Bücher besser kannte als das richtige Leben, erklärte ich diesen Moment zu dem, in dem wir uns verliebten. Ja, ich habe diesen Moment mit einer Fußnote versehen, in Gedanken Notizen zur Erinnerung gemacht – das Lied, das gerade lief (Leonard Cohen), ihr leicht verzögertes Lächeln, Tays wirbelnde Nähe, während er neben uns mit einem Pärchen Armdrücken spielte.

»Echt?«, war das Einzige, was ich sagen konnte. »Mit einem Shinkansen, meinst du?«

Sie nickte einmal. »Stell ihn dir vor. So glatt, so sauber. Das muss ich nicht erklären, oder?«

Musste sie nicht. »Nein.«

»Wie sieht es mit dir aus?«

Ehe ich antworten konnte, krachte es hinter uns. Tay hatte eine partyweite Partie Marry/Fuck/Kill ausgerufen. In seiner Begeisterung hatte er eine Vase umgestoßen. »Es ist eure letzte Nacht auf Erden!«, jaulte er und schwenkte die heimatlosen Blumen in der Luft. »Ihr könnt alles tun! Die Frage ist bloß, wie sehr!«

»Oh nein«, seufzte Oola. »Ich will ganz sicher nicht spielen.«

»Was willst du dann machen?«

Sie überlegte kaum. »Ich möchte Drogen nehmen und mich seltsam zur Musik bewegen.« Sie lachte über sich selbst. »Ach, Gott. Große Träume, Baby.«

Hättest du ihr widerstehen können, selbst wenn du geahnt hättest, dass diese Schönheit ein Schauspiel war? Ich hatte diese Ahnung und warf mich trotzdem hinein; tatsächlich war ich neugierig, was sich hinter ihr verbarg, welche Bärenfalle die schillernde Folie versteckte. Auf welche Seite des Und-Zeichens fiel ich im S&M-Konstrukt? Ich wollte, dass sie es mir sagt.

In der Mittelstufe hatte ich einmal eine Zellophantüte Gummiwürmer in das Schließfach meiner Angebeteten gelegt. Am nächsten Tag entstand große Hysterie, weil die Würmer in ihren Turnschuhen geschmolzen waren und sie dachte, es handle sich um Killerschimmel. *Schaut euch die Farbe an!*, brüllte sie. *Habt ihr so was schon mal gesehen?* Die Mädchen versammelten sich um sie, um die neonfarbene Monstrosität zu begutachten (das habe ich jedenfalls gehört). *Was, wenn das radioaktiv ist?*, hauchte eine. Schlimmer noch, sie wurde von unserem Sportlehrer, einem früheren Marine, wegen Unpünktlichkeit gerügt, weil sie sich weigerte, die Turnschuhe anzuziehen, und tapfer in Ballerinas und den vorgeschriebenen Jogginghosen zur Laufbahn marschierte. Ich war der König der gescheiterten Gesten. Ich pflanzte Blumen, die Mehltau trugen.

Ich sollte erwähnen, dass ich kein heiterer Mensch bin. Kurz gesagt, der Anblick eines alten Manns, der allein sein Frühstück isst, bewegt mich zu Tränen. *Du Perversling*, rufen meine leichtherzigeren Freunde, *lass ihn doch mit seinem Apfelmus in Frieden.* Aber der Gedanke an Essensdinge deprimiert mich noch mehr. Als Leser solltest du dich über meinen Hang zur Schwermut freuen. Glückliche Menschen backen Brownies, retten beruflich Leben, schreiben nur, um sich zu *entspannen* oder ihre tiefsten Gefühle für den Menschen, den sie lieben, in umständlichen, handgeschriebenen Briefen auszudrücken. Sie kleben drei Briefmarken auf den Umschlag (*Motive mit Vögeln*, sagen sie gewitzt, *symbolisieren Freiheit*) und sind am Boden zerstört, wenn X nicht zurückschreibt. Unglücklich zu sein, hat mein Leben im Großen und Ganzen erfreulicher und besser gemacht als das meiner Freunde, die sich gekränkt, beleidigt fühlen, wenn es bei ihnen den Bach runtergeht; sie schauen sich mit offenen Mündern um, als wollten sie sagen: *Kannst du das glauben?* Sie laufen vor dem Briefkasten auf und ab. Sie rupfen sich glänzende Haarsträhnen aus und schicken sie an ihre jetzt noch entsetzteren Expartner. Derweil sonne ich mich in meinem *Ich hab's dir doch gesagt.* Und nicke dem Desaster zur Begrüßung zu.

Als ich mir Oola damals ansah, mit ihren verschwommenen Bewegungen und dem verspäteten Lachen, dachte ich, dass auch sie unglücklich sein könnte, auf eine grundsätzliche, neutrale Art, die einen empfänglich macht für Okkultismus und ernste Filme, und das, man kann es sich denken, brachte meinen Geist in Wallung. Vielleicht hatte ich endlich jemanden zum Hadern und Schimpfen gefunden, einen Körper, der ungefähr an der gleichen Achse gebrochen war. Vielleicht würde sie meine traurigen Gene auf Springsteen-Art sexy finden.

»Hör dir das an«, sagte sie gerade. »Ich liebe ihn einfach.« Noch immer lief Leonard Cohen, der mit seinen harten Liebesschwüren eine unsichtbare Frau erwählte. Sie und ich waren zwischen ihren unsichtbaren Schenkeln gefangen, Monolithen, die uns näher zueinanderschoben, während das Schlagen ihrer unsichtbaren Wimpern die Luft im Raum neu verteilte. »All diese einsamen Musiker mit ihren Songs über die Liebe zu Frauen. Fragst du dich manchmal, wie das gehen soll?«

Flirtete sie mit mir? Ich wusste es nicht. »Manchmal.«

»Ich dauernd. Ein Musiker allein hat doch schon so viele Lieder über die Liebe, mehr Lieder als Geliebte.« Sie fuhr sich mit der Hand übers Gesicht. »*Meiner* Schätzung nach zumindest. Und ich meine nicht Liebe im abstrakten Sinne, sondern eine ganz bestimmte Liebe, für ein bestimmtes Mädchen. Bis ins Detail: *Your pale blue eyes. Visions of Johanna. Lola Lola. Aaaaaangie.* Diese Mädchen würde ich gerne alle zusammen in einem Raum sehen. Glaubst du, die sind echt?«

»Bin mir nicht sicher.«

»Denk doch mal an Serge Gainsbourg. Er war hässlich.« Sie spreizte die Finger, wie um Hässlichkeit zu demonstrieren. »War er wirklich jedes Mal verliebt, wenn er einen Song darüber schrieb? Oder gab es einen besonders großen Herzschmerz, den er immer wieder angezapft hat? Ich hab gele-

sen, dass T-Swift das so macht. Sie hat jeden Tropfen rausge-
quetscht. Vielleicht sind Liebeslieder für diese Männer eine
Art Läuterung. Oder Wunschdenken. Oder, ah, wie an einer
Wunde zu kratzen. Oder sie können einfach nicht anders.
Oder vielleicht nehmen sie einfach irgendein Mädchen, mit
wem auch immer sie zuletzt geschlafen haben.« Sie lächelte
vor sich hin und entblößte ihre leicht abgerundeten Zähne.
»Vielleicht ist das Liederschreiben wie Alchemie. Macht ein
farbloses Mädchen plötzlich aufregend. Was glaubst du?«

Ich wurde ein wenig rot, weil ich an eine seltsame Angewohnheit denken musste, die ich mir zugelegt hatte, als ich
allein reiste. In besonders schönen Momenten, etwa wenn ich
mein Lager in einem ausgebombten Bauernhaus an der bos-
nisch-kroatischen Grenze aufschlug, dachte ich an Fremde,
Mädchen und Jungen, auf deren Vornamen ich keinen recht-
mäßigen Anspruch hatte, geschweige denn auf eine überar-
beitete Erinnerung an ihre lichtgesprenkelten Augen. Ähnlich
wie man das Gesicht einer Geliebten überall zu sehen glaubt,
auf Werbetafeln oder auf den Körpern von Jugendlichen, hal-
luzinierte ich die wahllosesten Gesichter, bis sie die vertrauten Eigenschaften geliebter Menschen annahmen – benommen, schläfrig, verärgert. Ich stellte mir diese verhältnismäßig
Fremden neben mir am Strand vor, ebenso sonnenverbrannt
wie ich, meine Ehrfurchtsgenossen. Ich stellte mir vor, dem
ernstlich skoliotischen Mädchen, das am Empfang der Bibliothek meiner Heimatstadt arbeitete, die hiesigen Köstlichkeiten zu erklären (von denen ich keine Ahnung hatte). Ihr
Name und ihr Alter waren verloren gegangen, doch etwas in
der Architektur von, sagen wir, Stockholm hatte ihre spitzen
Schultern heraufbeschworen. Fußballtrikots traten in meinem Geist hervor, schlaffe Handgelenke, übersehene Stellen
auf einem rasierten Schenkel oder die blonde Heimsuchung

eines Bartes. In einem Club in Tokyo hatte ich eine unmöglich junge Drag Queen erblickt, die ich, ob zu Luft oder Schiene, bei mir trug, und deren haarlose Glieder sich nur entfalteten, wenn ich eine Pause machte, um in einem öffentlichen Park ein Schläfchen zu halten. Während die Sonne auf mein Gesicht schien, stellte ich mir vor, dass sie mir schräg gegenüber im Gras saß, etwa zehn Zoll entfernt, und mich beobachtete.

Kellner waren die leichteste Beute. Ich verliebte mich in gnadenloser Geschwindigkeit: Ich konnte vier Tage lang pausenlos an irgendjemanden denken, neben dem ich als Letztes während einer besonders rumpligen Busfahrt gesessen hatte, solange sie nur jung waren. Ich benutzte das Profil als eine Art Regal, auf dem ich mein Gehirn ausruhen konnte, ein weicher Körper (so stellte ich es mir jedenfalls vor), mit dem man die Köstlichkeiten des Lebens teilt. Das heißt, bis die nächste Kellnerin mich *Sir* nannte oder, ganz gefährlich, an der Schnur ihrer Schürze herumnestelte. Der Übergriff (und ich wusste, dass es einer war), lag nicht darin, wie oder in welchen Lagen ich mir diese Körper vorstellte, sondern einfach darin, dass ich mich überhaupt an sie erinnerte, die 0,001 Prozent zu Tage förderte, die ich über sie wusste, und meiner Fantasie für den Rest einen Freifahrtschein ausstellte – eher einem Kleptomanen ähnelnd als einem gewöhnlichen Widerling. Konnte Oola diese Bedürftigkeit an mir schon spüren?

»Vielleicht schreiben sie die Texte zuerst«, sagte sie vorsichtig an einen Punkt gerade über ihrem Kopf gerichtet, »und müssen dann jemanden finden, der die Rolle ausfüllt. Ein Mädchen mit einem kurzen Rock und einer langen Jacke oder wie auch immer dieser Song geht.«

»Könnte sein.«

Sie nickte energisch, ergriffen von der Wendung der Unterhaltung. »Seltsam, dass Liebeslieder dauernd in der zweiten Person geschrieben sind. Ist dir das mal aufgefallen? *Hey, little girl, is your daddy home; your body is a wonderland; you make me feel like a natural woman.*« Sie stieß die Verse kraftvoll hervor. »Selbst wenn das Mädchen nicht benannt wird, ist es anwesend. Sein Geist schwebt in der Luft. Ein seltsamer Reflex, oder? Die zweite Person? *I – want – you – so – bad.* Sie ist so öffentlich. Überall tun Mädchen und Jungen so, als wären sie dieses *du* oder *dich.* Selbst wenn es *dein* du ist, also wenn du *weißt,* dass wirklich du gemeint bist! Wie viele arme Mädchen wissen nicht mal, dass sie Gegenstand eines Songs sind? Oder *glauben,* dass ihr Freund über sie schreibt, während er eigentlich an eine alte Affäre denkt?« Wieder lachte sie. »Ich laber rum.«

»Ich mag's.«

Sie versuchte ihren Blick scharfzustellen und kniff die Augen zusammen, als würde das ihrer unsteten Aura helfen, sich zu sammeln. »Was machst du noch mal?«

»Das ist eine umstrittene Frage. Aber ich versuche zu schreiben.«

Damals hasste ich das Schreiben, bezeichnete mich aber trotzdem als Schriftsteller. *Willkommen im Club,* wie Tay gesagt hätte. Ich musste mich zum Schreiben überwinden, meist in der gedankenlosen Grauzone zwischen zwei und vier Uhr morgens, so wie ich mich überwinden musste, mit attraktiven Menschen zu reden, zu ganz ähnlicher Uhrzeit, wenn hoch gegriffene Idealvorstellungen (schlau, vollbusig, nett) zur medizinischen Basisuntersuchung herabgestuft werden (zwei Brüste, halbwegs jung, atmet noch). Beim Schreiben und Flirten hoffte ich auf das Beste und verabscheute mich anschließend.

Sie dachte nach. »Das ist ziemlich mutig von dir.«

»Das würde ich so nicht sagen. Vielleicht schreibe ich Jugendliteratur über essgestörte Lesben aus dem Mittleren Westen.«

»Tust du?«

»Nee. Bloß über krebskranke Buchstabierwettbewerbgewinner mit Interesse an bisexuellen Erfahrungen.«

»Ha-ha.« Sie sprach es so aus, wie man es schreibt. »Klingt doch okay.« Es entstand eine Pause, die wie Asche zwischen uns auf dem Teppich glühte. Unser Geplänkel war versandet; der Moment einer ehrlichen Einschätzung war gekommen.

Was wollten wir? Was könnte ich ihr bieten?

Als ich zum College ging, schrieb ich ein Drehbuch. Vielleicht hast du davon gehört. Es war, um die *Lower Connecticut Bee* zu zitieren, ein *semi-feministisches Sci-Fi-Abenteuer über eine Meerjungfrau namens bell (kleingeschrieben), die sich in einen querschnittsgelähmten Kriegsveteranen verliebt.* Es war sexy und traurig. Ich entwarf es während eines Einführungsseminars in die Dingtheorie auf Karteikarten und tippte es, siebzig Prozent der Zeit bekifft, an einem langen Mai-Wochenende runter. In einem wüsten Moment kurz vor Tagesanbruch gab ich ihm den Titel *Flipped Out*. Ich erinnere mich, dass ich das Hinterzimmer einer dubiosen Pizzeria anmietete, um eine Lesung für all meine Freunde zu geben. Wer während einer der Liebesszenen (es waren fünf) lachte, musste sein Getränk in einem Zug herunterkippen. Was dazu führte, dass der Ausgang des Skripts von mehreren Schluckaufanfällen und viel verfrühtem Applaus gestört wurde. Nichtsdestotrotz verkaufte ich das Ding für eine nicht unerhebliche Summe Geld an einen der vielen Kontakte meiner Eltern, einen geschwürgeplagten Manager, dessen finnische Villa ich zweieinhalb deprimierende Wochen lang hütete. Ich las alle seine Selbsthilfebücher und tötete fast seinen Koi.

Selbst heute, drei Jahre später, ist der Film noch nicht gedreht. Wie ich höre, wurde die Sache von einem Produzenten auf Eis gelegt, dem die Sexszenen zu heikel und die Protagonistin zu queer war. Nichtsdestotrotz kam der Scheck eine Woche nach meinem Abschluss. Seitdem habe ich mehr oder weniger von diesem Geld leben können, während ich für eine Handvoll intellektueller Erotikmagazine mit Namen wie *Rubberneck* oder *J.A.Z.Z.Z.* schrieb, wann immer ich mich nützlich fühlen wollte (hier eher vage definiert). Wie um alles in der Welt hätte ich Oola diese Informationen zusammenfassen sollen? Stattdessen begann ich, die Haare auf ihrem Arm zu zählen.

Sie war diejenige, die das Schweigen brach. »Wir sollten lieber gehen, bevor es zu spät ist.« Sie meinte Tays Marry/Fuck/Kill-Spiel, das auf unerklärliche Weise zu einer Reise nach Jerusalem geworden war.

Also taten wir, wie sie befohlen. Wir wurden high, gingen in das Multiplexkino eines Vierundzwanzigstunden-Einkaufszentrums und liefen umher, ohne etwas zu kaufen. Das Gebäude und die Menschen in ihm waren Spektakel genug. Fahrstuhlmusik erfüllte den Raum: noch mehr altmodische Liebeslieder. Wir warfen Pfundmünzen in den Springbrunnen. Wir liefen die Rolltreppen hoch und runter, albern kichernd. Als wir zum fünften Mal auf dem Weg nach unten waren, sah sie mich mit sonderbar glänzenden Augen an. Und sagte etwas, das ich nicht verstand. »Was?«, brüllte ich. Meine Stimme hallte vom polierten Fußboden zurück, niemand schaute zweimal zu uns herüber. Sie sagte es noch einmal: »Du machst süchtig.« Sie ergriff mein Handgelenk und öffnete den Mund wie zum Lachen, schloss ihn aber wieder, ehe ein Ton herauskommen konnte. »Da fällt mir ein: Ich will Popcorn.«

Plötzlich überschwänglich, rannte ich zum oberen Ende der Rolltreppe hinauf und winkte zu den Verkaufstheken hinüber. »Hier bist du genau richtig«, heulte ich und versperrte den Eingang. Hab Geduld, wenn ich bei diesen Bildern verweile, von uns, wie wir waren, anstrengend jung und bereits dabei, uns zu verlieben, selbstgefällig in unseren Körpern trotz ihres leichten Miefs. Schon bald *wird* alles den Bach runtergehen; der Witz wird sich in unverhülltem Schmerz verflüchtigen. Sie rollte auf mich zu wie auf der langsamsten Flutwelle der Welt. »Gott sei Dank«, sagte sie. »Gott sei Dank.«

Arizona

Es lässt sich nicht bestreiten, dass unsere Beziehung zu Beginn, in ihrem ersten Rausch, hauptsächlich auf Sex beruhte.

Ich zögere, es so deutlich zu sagen – dass wir uns erst richtig verliebten, während wir vögelten –, weil es einen falschen Eindruck von uns vermittelt, von mir als triebgesteuert, von ihr als frei. Tatsächlich war ich damals fast jungfräulich, und sie leerte jede Nacht eine Flasche Wein, um »sich locker zu machen«. Diesen Hürden zum Trotz fanden wir uns schon bald verzaubert vom Körper des anderen, waren mit dem Geschmack unserer Achselhöhlen vertraut, bevor wir überhaupt auf die Idee kamen, einander die grundlegendsten Dinge zu fragen. Ich erinnere mich sehr deutlich an die Nacht, als wir nach drei Wochen Kameradschaft zum ersten Mal miteinander sprachen. Wir waren allein in Arizona. Der Mond war voll, voller, als ich ihn mir je hatte vorstellen können, und alles in der Wüste leuchtete geisterhaft blau, unser Abwasch und unsere Tagesdecke und unsere verschwommenen, aufwärts blickenden Gesichter eingeschlossen. Als ich über die Bettkante hinweg zu unseren sauber aufgereihten Turnschuhen spähte, schimmerten auch ihre Sohlen und Schnürsenkel in sanftem Blau.

Nach Tays Party trieb ich mich noch für ein paar Wochen in London herum und nahm seine Einladungen zu Abendessen und Partys nur an, wenn ich vermutete, dass O. auch da sein würde. Man kann wohl sagen, dass ich verknallt war, eine Ahnung hatte von der Zärtlichkeit, die sie einigen wenigen vorbehielt. Sie und ich unterhielten uns weiter auf diesen Partys, steckten die Köpfe in den Ecken von Bars zusammen, um den anderen besser zu verstehen und sich in ihm zu sonnen, manchmal wagte ich es, ihr an den weichen, erhitzten Unterarm zu tippen: »Wie bitte?« Nach zehn Minuten Geplänkel schien bei ihr eine Grenze erreicht, und sie fand eine Entschuldigung, um sich aus dem Staub zu machen. Sie stellte sich als Person mit sehr kleiner Blase dar. Mir machte das nichts aus; nach diesen Momenten völliger Nähe zu dem Körper, neben dem aufzuwachen ich mir auszumalen begann, benötigte ich selbst einen Augenblick, um wieder zu Verstand zu kommen, mich an eine Wand zu lehnen und tief durchzuatmen. Ich war nervös; das nahm ich als gutes Zeichen.

An meinem letzten Tag in London trafen wir uns im Park. Aus einer Laune heraus bat ich sie, mit mir nach Arizona zu fliegen; nach einer Pause (während der ich mir innerlich zweimal »Happy Birthday« vorsang) sagte sie: »Klar. In London hält mich höchstens eine Todessehnsucht.« Sie zuckte mit den Schultern. Es war ein besonders graupeliger, kackfarbener Tag. »Ich könnte bessere Aussichten vertragen.«

Wenn die Nacht im Kino unser improvisiertes erstes Date war und alle anderen Treffen ein mutwilliges Zusammenfallen gegenseitiger Anziehung, war dieser Spaziergang im Park unser zweiter richtiger Ausflug. Wir hatten uns noch nicht auf irgendeine bahnbrechende Weise berührt; bis dahin bestand unser intimster Kontakt aus einem Begrüßungskuss auf die Wange, und es lag bloß daran, dass wir Amerikaner waren und so sehr dem Konzept von körperlichem Abstand verbunden, dass uns selbst diese routinierten Schmatzer zu denken gaben. Es ist seltsam, an diesen Nachmittag zurückzudenken, an dem wir, gelenkt von den Kieseln ordentlich geharkter Wege, über das Anwesen irgendeines Lords schlenderten, gebannt durch die Schüchternheit des zweiten Dates, an dem alle schmeichelhaften Dinge des ersten Treffens plötzlich zweifelhaft erscheinen und ein falsches Wort, ein wenig Speichel auf der Lippe das Herz Lügen strafen kann. Oola trug einen Gänsedaunenparka, der sie von der Taille aufwärts verbarg; ich hatte zwei Stücke Kuchen in der Tasche, die ich mit ihr teilen wollte, aber umgehend vergessen hatte, als wir uns zur Begrüßung auf die Wange küssten. Nach allem, was seit diesem Tag passiert ist, ist es noch seltsamer, sich klar zu machen, wie stark der Regen, diese zufälligste und banalste aller Naturgewalten, Oola in der Entscheidung beeinflusste, sich an mich zu binden. Die willkürlichen Schöpfungen des Wetters spielten in unserer Romanze eine wichtigere Rolle als glitzernde Lichter und gemischte Gefühle. Du wirst sehen. Sie wollte es warm haben; bei mir würde sie bisweilen Hitze finden.

Zum Teil hatte ich deshalb Arizona erwähnt, weil ich nichts zu sagen wusste. Während wir auf Tays Partys kaum zu halten gewesen waren, wurden mir jetzt, an diesem düsteren Nachmittag, peinlich beklommene Momente des Schweigens bewusst. Das fühlte sich nicht normal an. *Schüchternheit*, versuchte ich mich zu ermahnen, *signalisiert Interesse. Schüchternheit ist die kleine Schwester der Verführung.* Ich beruhigte mich mit einem flüchtigen Blick auf ihr Gesicht, das von meinem abgewandt war, so als wären die anämischen Rosen des Parks besonders interessant. Ich hatte die ganze Nacht an sie gedacht, und jetzt konnte ich ihre daunenweiche Nähe nicht ertragen. Es lässt sich nicht leugnen, dass mich, neben ihrer Anziehungskraft, eine gewisse Sturheit veranlasste, sie anzu-

schauen, ihre behandschuhte Hand zu nehmen und zu verkünden: »Wir sind also im Geschäft!« Und dann, in einem
tragischen Ausbruch: »Yabba dabba doo!«, worüber zu lachen
sie großherzig genug war.

Ich benutzte den riesigen Vielfliegermeilenvorrat meiner
Eltern, um unsere Flüge zu buchen. Unser Ziel war ein Fleck
Wüste außerhalb von Phoenix, wo ein Freund der Familie
und gescheiterter Architekt ein Haus aus Glas und Stahl besaß. Er nannte es die Abode und hatte den Garten mit hässlichen Skulpturen vollgestellt. Oola gefiel die Vogeltränke, die
aus einer alten Toilette gemacht war; ich fand das Mobile aus
Barbieköpfen besonders abstoßend. Es gab einen Salzwasser-
pool auf dem Dach und einen Keller, der derart extravagant
war, dass ich ihn für einen Luftschutzraum hielt. Während
unseres Aufenthalts nutzte ich den Keller als Arbeitszimmer.
Dank diverser Hochbetten mit Indianerdecken und einer mit
den Zutaten für Marshmallow-Sandwiches ausgestatteten
Vorratskammer erschien die Apokalypse *campy* und unter-
haltsam. Es gab gewebte Teppiche auf dem Boden und So-
leri-Glocken in den Türrahmen (doch wer würde sie läuten
hören?). Ich musste ein paar Artikel für ein pseudo-akademi-
sches Magazin namens *Wingdings* fertig schreiben. Wenn ich
prokrastinieren wollte, zeichnete ich Kirchenfenster auf Pack-
papier und heftete sie an die Lehmwände oder schlenderte in
die Vorratskammer, um Astronauteneiscreme zuzubereiten.
Oola verbrachte ihre Tage damit, die schwindelerregenden
Flächen Land zu durchwandern, die sich um die Abode er-
streckten und ihren Glamour fast unzüchtig wirken ließen, so
als störten der harte Schein der Glasfronten und das Geklin-
gel der Skulpturen das gedämpfte Wüstensummen aus Eulen-
rufen und schnörkellosem Tod. Jede Nacht schlugen die Kojoten Alarm; jeden Morgen hing Eis in den Windspielen.

Es ist möglich, dass Oola unsere Verbindung zum Teil als eine wirtschaftliche verstand und deswegen in unserer ersten Nacht in der Abode mit mir schlief. Ich musste einen kurzen Aufschrei unterdrücken, als ich das Schlafzimmer betrat und sie komplett nackt vorfand, auf der Bettkante sitzend, die Hände im Schoß gefaltet wie eine Patientin.

»Es ist heiß«, sagte sie mit halbem Lächeln.

Mein Geist war leer, war es schon seit einer Weile, beschäftigt mit einer amöbischen Art dunkler Vorahnung, so als wartete ich darauf, dass die ganze Welt sich vorbeugen und mich küssen würde. Das Post-Party-Schweigen war uns in die Staaten gefolgt. Wir hatten die Nacht zuvor in LaGuardia verbracht, wo wir Hörbücher auf getrennten Geräten gehört und uns eine Packung Pfadfinder-Kekse geteilt hatten – »Was hab ich Amerika vermisst!«, rief ich, gerade als sie seufzte: »Wie sind diese kleinen Spinner bloß hier reingekommen?« Ich fragte, was sie hörte, und sie hielt mir ihren Bildschirm hin: *American Psycho*. »Gott«, sagte ich, »du bist ein verdammt morbides Mädchen.« Sie lächelte gelassen, die Ohrstöpsel in den Ohren, ohne mich zu hören.

Im Schlafzimmer mit seinen türkisfarbenen Fliesen und Glasschiebetüren war ihr Lächeln ähnlich ruhig, doch die Schlitzhaftigkeit ihrer Augen verriet eine unnatürliche Dringlichkeit. Sie war hier, alles an ihr in diesem Moment nur für mich da. Wenn wir uns auf Tays Partys unterhalten hatten, sah sie genauso aus, kurz bevor sie rief: »Muss pinkeln, bin gleich wieder da!«, und mir über die Schulter zuwinkte, während meine gegen die Wand sank. Nun hatte ich Erlaubnis, ihr Gesicht zu studieren, jenen verschlagenen Ausdruck von Hunger, den zu verstecken sie ins Badezimmer gerannt war.

»Zu heiß für einen Schlafanzug«, sagte ich mit steifem Nicken und setzte mich neben sie aufs Bett. Ich öffnete meine Schnürsenkel.

»Gibt es hier Skorpione?«, fragte sie und lehnte sich vor, als wollte sie unter dem Bett nachschauen. Ihre Brüste schwangen vor, und ihre Masse, der schiere Raum, den sie einnahmen, verblüffte mich. Ich senkte den Blick. »Glaub schon«, flüsterte ich, obwohl ich gar nicht flüstern wollte. »Denk dran, deine Schuhe auszuschütteln.«

Sie lachte, als wäre das lustig. »Wird gemacht«, sagte sie. »Stechen die?«

»Glaub schon.«

Autsch, formte sie lautlos mit den Lippen. »Würdest du mich küssen?«

Schüchternheit glitt wie ein Rock sanft auf den gefliesten Boden. Es ist unmöglich, dir nur annähernd das Ausmaß der Erleichterung zu vermitteln, die ich empfand; am ehesten lässt es sich wohl so sagen, dass mir, während ich eine Hand auf Oolas Knie und die andere an ihren Nacken legte, der hitzig pulsierte, plötzlich in einem fiebernden Taumeln einfiel: Ich war nicht der einzige Autor – *ach!* – und könnte auch von jemand anderem geschrieben werden (Oola? Gott?) und wurde womöglich selbst unvorbereitet getroffen. Als ich auf ihren Hals starrte, dessen Anmut so unwahrscheinlich war, dass mir schwindelte, erkannte ich endlich die Erzählung, in der wir steckten und die wir hilflos vorantrieben, die Erzählung, die für jeden Betrachter glasklar zu erkennen war, langweilig sogar: zwei junge Fremde in einem leeren Haus, die die Minuten zählen, bis ihre Körper sich ablegen dürfen und man ihre Unfähigkeit zu sprechen als sexy deuten könnte. Unser erster Kuss mit seinem kleinen Schmatzen synthetisierte die Unbeholfenheit jeder vorangegangenen Unterhaltung, jedes *ups* und jedes genuschelte *hi*; natürlich, natürlich wollte ich lachen, meine Hände auf ihren Schultern, das hatte uns bevorgestanden, das ist es, was nicht ausgesprochen werden konnte. Alles schien einfach, jetzt, da wir uns ihm endlich gestellt hatten, dem augenscheinlichen Grauen von Sex. Ich schleuderte meine Jeans auf den Boden, und das Geräusch der Gürtelschnalle, die auf die Fliesen schlug, überraschte uns. Wir lachten, überspannt. Ohne Worte hatten wir nur unsere Körper, die in dieser Nacht, die so heiß war, dass sie schwer schien, sehr viel entgegenkommender waren.

In den folgenden Wochen bewegten wir uns langsam, aßen spärlich, gingen tagsüber unseren eigenen Angelegenheiten nach, kamen abends zusammen. Vielleicht war es die reinste Art, einander kennenzulernen, bei Feld eins zu beginnen und keinen Druck zu verspüren, weiterzugehen, nach tieferen Schächten oder höheren Leitern zu suchen. Im gleißenden Wüstensonnenlicht war ihre Möse tief genug. Wenn ich sie dabei beobachtete, wie sie den Skulpturengarten abschritt und leise ABBA-Songs sang, fürchtete ich manchmal auf eine vage, heitere Art, sie könnte planen, mich zu töten, Fotos des Gemetzels zu machen und meine Leber den Vögeln zum Fraß vorzuwerfen. Ich schloss die Tür ab, wenn ich duschte. Sie war so kühl, dass alles möglich schien, und irgendwie stimmt es auch, dass sie es schaffte, mir meine Organe zu rauben, wenn wir in diesem kühlen, blauen Schlafzimmer rauften und fauchten, ohne unsere Schweigegelübde zu brechen. Ich will damit nicht sagen, dass wir überhaupt nicht miteinander sprachen; wir schwatzten, dachten laut nach, entschieden, was wir zu essen bestellen würden, doch all das fand im Präsens statt. Wir vermieden es, über die Vergangenheit oder etwas ähnlich Unanständiges zu sprechen. Außerhalb des Betts unterhielten wir eine Beziehung als gesellige Fremde.

Ganz gleich wie sonderbar unser Zusammenleben schien,

muss ich doch zugeben, dass mich die Verkehrtheit bewegte, als sie mich bat, an ihren Brustwarzen zu kauen, weil das sie an etwas erinnerte, das sie in einem *Saw*-Film gesehen hatte. Einmal erfühlte ich drei vollkommen gerade Striche aus Narbengewebe, jeder einen Zoll lang, an der Innenseite ihres Schenkels und fragte sie, was passiert sei. Bei ihrer leichthin gegebenen Antwort »Es war fast ein Unfall« spürte ich mit einem ausgesprochenen Kribbeln, dass ich mich einem Abgrund näherte. Manchmal, wenn ich sie küsste, war sie so schlaff, als wäre sie nur halb lebendig, doch wenn ich zwischen ihre Beine tastete, war sie schon feucht. Sie besaß eine so vollkommene Kälte, dass sie darin meinem Ungestüm entsprach. Während ich der Ekstase entgegenhastete, seufzte sie und ließ Gott anderswo ein. Manchmal hielt ich sie für eine Masochistin. Da war etwas in ihrer entspannten Art, sich zurückzulehnen, von den Kissen empfangen, oder in dem glückseligen Glänzen ihrer Augen, wenn ich mich während des Leckens zurückzog, um sie anzustarren, das nahelegte, dass das Ausmaß ihrer Lässigkeit nicht natürlich war. Aber sie überraschte mich auch, wenn sie plötzlich innehielt, um eine abwegige Anmerkung anzubringen wie *Wer hat eigentlich Analkugeln erfunden?* oder *Wenn ich Sex mit Mädchen habe, hab ich immer das Gefühl, jetzt gucken Hetero-Jungs zu. Ist das schlimm?*, sich dann auf ihre lockere Art zurücklehnte, während sie auf meine Antwort wartete und wir uns unterhielten, zwanglos wie Schwestern, sie durch ihr Schamhaar fuhr wie ein Pedant, der sich über den Bart streicht, und ich gezwungen war, mein Bild von ihr zu überdenken. Wir einigten uns darauf, dass Sokrates Analkugeln geliebt hätte.

Es gab Zeiten vor Sonnenaufgang, wenn wir uns nirgendwo anders befinden konnten als auf dem Mars, wenn das Land pockennarbig und mondartig war, gesprenkelt von Flecken aus öligem Gras, und scheibenförmige Wolken, veilchenblaue fliegende Untertassen immer näher kamen und selbst Stiefel auf Schotter kein Geräusch erzeugten. Paranoia schien dieser Landschaft innezuwohnen, in dem vom Himmel erstickten Horizont und den weiten Ebenen aus weißem Sand, die bei Einbruch der Nacht plötzlich, auf grausame Weise, violett wurden; auch ein gewisser Sex-Appeal, der Nervenkitzel, ausgehöhlt zu werden, mit gebundenen Händen zu warten. Man konnte endlos den Mond anstarren, so schlank und gleichgültig, der über diesem Nichts thronte, in dem alles möglich ist, dem kaputten Herzen Amerikas, riesig und blassrosa und zerknittert, den Elementen überlassen, wie zum Auslüften. Wenn Verlangen sprachlos macht, war es in Arizona besonders schlimm. Natürlich ist es seltsam, dass wir unsere Affäre bloß eine Zehn-Stunden-Fahrt entfernt von Big Sur begannen, wo wir uns letztlich an allen vieren gefesselt wiederfinden würden, doch so ist der heilige Zufallsschuss des Lebens im Drohnenzeitalter: Wir kauften winzige Flaschen Conditioner in zitadellenförmigen Supermärkten, überquerten Ozeane, bloß um am Ende in einer Hütte zu landen, die nur eine wahnwitzige Fahrt von dort entfernt lag, wo Oola geboren wurde, einer Stadt, deren Namen ich zu diesem Zeitpunkt in unserem Stelldichein noch nicht kannte. Die Wüstentage wirbelten noch: Babyöl, Pad Thai.

»Glaubst du, es gibt Geister hier draußen?«, fragte sie eines Abends, die Wange an das Schiebeglas gedrückt, ein Glas Wein neben sich auf dem Boden.

»Nein«, sagte ich ruhig, obwohl ich anderer Meinung war. »Du?«

»Oh, ja. Wie auch nicht?« Ihr Lächeln formte sich mit unerträglicher Langsamkeit, ihre Mundwinkel schoben Planeten aus der Spur. »Ich hab eine Schwäche für so etwas.«

»Hast du mal welche gesehen?« Ich spielte mit den Fransen eines Kissens. Mein schwaches Herz begann zu dröhnen, so laut wie sonst bloß, wenn sie sich auszog; vielleicht war das der Grund für sein Schlagen in der Nacht.

Sie schüttelte den Kopf. »Nein. Aber ich spüre sie.« Ihr Gesicht war ausdruckslos.

»Und wie fühlt sich das an?«

»Wie dieses Spiel, Stille Post. Oder ...« Sie grübelte. »Eine Zunge im Bauchnabel.«

Ich bestand auf einer Demonstration, der marmorblaue Mond erleuchtete ihren Nacken, während der Rest ihres Körpers unscharf wurde. »Gruselig«, rief ich, als ihre Zunge ihr Ziel traf.

»An manchen Morgen«, sagte sie, »bin ich, ohne Witz, mit geflochtenem Haar aufgewacht.«

Wir kamen auf die Motten im Schrank zu sprechen; sie hatten ein Zuhause in unseren unverschlossenen Müslikartons gefunden. Sie starben geräuschlos und machten das Frühstück knusprig. Während wir uns unterhielten, belagerten sie die Lampen im Garten, verschmutzten das Licht. Unser Hass auf diese weißen, feenhaften Mistdinger: Wir spähten nach draußen zu den abscheulich flackernden Lampen und schmiedeten Pläne, wie sie am besten zu vernichten seien.

Alles, was wir in der Wüste taten, fühlte sich für mich, den klassischen Romantiker aus Neuengland, subversiv an. Statt uns zu umwerben, versuchten wir, uns nicht füreinander zu interessieren. Stattdessen stopften wir Zeitungen in unsere Schuhe aus Angst vor Skorpionen und fühlten uns berauscht vom Himmel (so weit, so blau). Stattdessen biss ich in ihre Nippel, bis sie bluteten, und kam auf ihrer Brust, und beide tauchten wir unsere Hände in die Flüssigkeit, mit halbem Lächeln. In dieser Landschaft, die grenzenlos schien, waren wir gleichsam gespannt zu sehen, wie weit wir gehen konnten, wer als Erster Spielstopp rufen, wer verletzt werden und es nicht sexy finden würde. Ein Moment, in dem ich mich stolpern fühlte, war der, als ich sie, gewissermaßen reflexartig, den Mund voll von ihr, fragte: »Was fühlt sich gut an?« Und sie den Kopf zurücklegte und zufrieden sagte »*Alles!*« und ich von einer solchen Zärtlichkeit ergriffen wurde, dass ich keinen Witz machen, nicht sprechen konnte, sie bloß umarmen, *danke* sagen wollte. Doch bevor ich das tun konnte, steckte sie sich meine Faust in den Mund und hackstückte: »Dickes Häschen.«

So lebten wir einundzwanzig magische Tage lang, bis sie sich eines Abends herüberdrehte und sagte: »Meine Mutter würde mich für eine Prostituierte halten.« Ihr Kichern kam tief aus ihrem Inneren. »Also, buchstäblich eine Prostituierte.«

Es war Vollmond, und die Wüste pulsierte vor kleinen Leben, unzählige Transaktionen vollzogen sich direkt hinter der Schiebetür, die halb geöffnet war.

»Ich habe dir kein Geld gegeben«, sagte ich, zu dumm zu merken, wie dumm das klang.

Sie lächelte und zeichnete mit dem Finger eine Spirale auf ihrem Oberschenkel. »Nicht direkt, nein.«

Ich setzte mich auf, verwirrt. »Das ist nicht fair.«

Sie fuhr mit den Fingernägeln über meine Brustwarzen. »Das Leben ist nicht fair«, murmelte sie völlig unbeeindruckt. »Yabba dabba doo.« Da hing es, unser erstes Klischee als richtige Verliebte, wie die erste Glaskugel an einem Weihnachtsbaum.

Ich lehnte mich vor und wischte mir über den Mund. »Was machen deine Eltern?«

Hier lag die Krux. Sie hielt inne, und ich konnte sehen,

dass sie ihre Möglichkeiten abwog. Draußen schrie etwas, bloß einmal. Zu antworten würde bedeuten, die Trennwand einzureißen, die wir so sorgsam errichtet hatten, mich weit einzulassen, ohne Ausgang.

Sie knipste die Nachttischlampe an und setzte sich gerade hin. Auf ihren Brüsten formten sich Blutergüsse, gelbe Kleckse, unsere armselige Version des Kalifornischen Mohns, der die Highways sprenkelte. »Mein Vater war Roadie für Metal-Bands. Heute verkauft er Schmuck und Gesteine. Meine Mutter ist Hostess im Gold Rush Casino.« Sie lachte. »Hast du von dem gehört?«

»Nein.«

»Dachte ich auch nicht.«

Dann, ohne sich die Mühe zu machen, sich anzuziehen oder den Mund auszuspülen, die Hände geduldig über dem leicht geschwollenen Bauch gefaltet, begann sie, mir ihre Lebensgeschichte zu erzählen, die sie eindeutig schon viele Male vorgetragen und zu einem Monolog perfektioniert hatte, den sie mit halb geschlossenen Augen herunterrattern konnte. Ich fühlte mich komisch, während sie sprach; ich nickte mit, doch mein Puls raste. Bis zu diesem Zeitpunkt war ich davon ausgegangen, dass sie aus reichem Hause stammte. Etwas an ihrer Haltung, an ihrer Art, sich zurückzulehnen, an ihren königlichen Gliedern zeugte von Privileg, oder vielleicht war ich bloß dämlich genug, ihre große blonde Schönheit, die Art, auf die ich flog, mit guter Herkunft und glücklicher Fügung in Verbindung zu bringen. Ich begann, ihren Körper nach Spuren von Not abzusuchen, nach Dreingaben, die zu bemerken ich vorher zu liebestrunken gewesen war: Deutete ihre Zurückhaltung auf Belastbarkeit? Ihre dünnen Arme auf Erdnussbutter-Marmeladen-Sandwiches zu allen drei Mahlzeiten des Tages? War ihr Masochismus in Wirklichkeit eine familiäre Beziehung zu Schmerz? Licht fiel auf die weißen Narbenlinien auf ihrem Schenkel. Wenn Oola bisher eine unerwartete Wendung gewesen war, ein wenig Neuheit in meinem Leben, sah ich sie nun rasend schnell mehr werden – einen Zielpunkt vielleicht. Eine Landschaft. Ich blinzelte und versuchte zuzuhören. Die Möse, die ich mittlerweile zu kennen glaubte, war plötzlich ein Tunnel; ich stand am Eingang. Das Geklapper der Wüste ließ nach. In dieser Nacht hörte ich die Kojoten nicht.

»*Papa was a rolling stone*«, sagte sie und brach in Lachen aus. Ich lächelte matt. Sie wischte sich die Augen. »Das hab ich immer gesagt. Irgendwie stimmt es auch: Er war fast immer unterwegs und immer besessen von Steinen. Darum das Schmuckgeschäft. Er macht Ketten daraus. Inzwischen fährt er die Küste rauf und runter und verkauft seine Steine auf Flohmärkten. Er ist glücklich, glaub ich. Er war auch damals glücklich. Er ist ein ziemlich sorgloser Kerl, mein Vater. Wenn du ihn in einer Bar sehen würdest, würdest du ihn wahrscheinlich für einen Hells Angel oder so halten, aber wenn man ihn erst mal zum Reden bringt, ist er völlig harmlos. Er merkt sich von jedem den Namen, den Geburtsstein auch. Er und meine Mutter waren Herumtreiber – du weißt schon, ein bisschen härter als Hippies. Sie lernten sich auf einer achtundvierzigstündigen Beltane-Feier kennen, beide high. Dad zufolge war er hin und weg. Mom trug Gummihosen, die so eng waren, dass sie sich nicht hinsetzen konnte. Er sagt, deswegen hätten sie die ganze Nacht getanzt. Ich hab ihn wahrscheinlich dreimal im Monat gesehen, und das war immer schön. Es ist nicht so, dass er von mir und meiner Mutter wegwollte, es gehörte zu seiner Arbeit. Ein paar Mal kam Marilyn Manson zum Abendessen zu uns. Er sagte meinen Eltern, er hätte nie einen Teenager getroffen, der so selbstbeherrscht sei wie ich. Daran hab ich mich immer erinnert.

Ich wuchs in einer winzigen Stadt nördlich von L.A. auf, gleich bei der Neverland Ranch um die Ecke. Du weißt schon, Michael Jacksons Haus. Das war ihr einziges Alleinstellungsmerkmal. Alle Eltern arbeiteten entweder gar nicht oder weit weg. Meine Mutter fuhr tagtäglich zur Arbeit über die Grenze nach Nevada. Manchmal schlief sie drüben im Casino, das auch ein Hotel war. Wenn sie nach Hause kam, roch sie wie ein völlig anderer Mensch: zwanzig verschiedene Arten von Parfum. Ich glaube, sie und ich wären uns nahe gewesen, wenn sie die Zeit dafür gehabt hätte. Manchmal machten wir am Wochenende etwas zusammen, und wir füllten unsere Geburtshoroskope aus. Aber meistens duschte sie sofort, wenn sie nach Hause kam, fragte mich, wie die Schule war, fragte Oma, wie es mir ging, hörte bei der Antwort nicht hin und ging ins Bett. Sie schlief den ganzen Sonntag, ihrem einzigen freien Tag. Irgendwann wurde uns, glaube ich, beiden klar, dass wir uns nichts zu sagen hatten, weswegen sie sich an die Vorstellung von mir als guter Schülerin klammerte. *Du solltest Anwältin werden, O.*, sagte sie immer, keine Ahnung, wieso. *Geh aufs College. Bleib nicht hier*. Als ob ich das gekonnt hätte. Solange meine Noten gut waren, genoss ich Narrenfreiheit.

Als ich neun war, zog meine Großmutter bei uns ein, angeblich, um ein Auge auf mich zu haben, während Mom und Dad arbeiteten. Sie tat aber nie etwas anderes als Fernsehen zu schauen und mich anzuschreien. Sie ist der einzige Mensch, den ich je gehasst habe. Meiner Mutter sagte sie, ich führe nichts Gutes im Schilde, hauptsächlich weil ich ihre Zigaretten stahl. Sie war zu senil, um zu beweisen, dass ich es war. Ich dachte immer, dass Omas kochen können müssten, aber das Einzige, was sie machte, waren hartgekochte Eier. Die kamen gemeinsam mit Babykarotten auf Papiertellern, weil sie zu faul war, abzuwaschen. Als ich Veganerin wurde, flippte sie aus. *Steckt ein Junge dahinter? Bist du magersüchtig?* Sie konnte es nicht verstehen. *Wen zum Teufel interessieren denn die verdammten Hühner?*

Als ich dreizehn war, schickte sie Fotos von mir an eine Modelagentur in L.A. Das war ihre fixe Idee: dass ich Model werden sollte. Sie redete endlos davon, wie sie einmal Model gewesen sei, früher, aber ich konnte dafür nie irgendwelche Beweise finden. Als ich Bilder sehen wollte, sagte sie, ihr Portfolio sei in einem Feuer verbrannt. Als ich fragte, warum sie nicht im Internet zu finden sei, sagte sie, sie hätte einen anderen Namen benutzt. Sie war sicher groß genug, größer als ich, und dünn, weil sie nicht mal die Eier aß, die sie kochte, bloß die Karotten, in Senf getunkt. Als die Agentur anrief und mich einlud, jubelte sie. Es war eins der wenigen Male, dass sie sich freute, mich zu sehen. Die anderen Male waren, wenn wir *American Idol* schauten. Ich musste ihre Seifenblase mit dem Model-Ding platzen lassen. *Wie zum Teufel soll ich da hinkommen?* Keine von uns konnte Auto fahren. *Glaubst du, hier draußen gibt es Model-Jobs? Na ja, vielleicht für eine D.A.R.E.-Kampagne.* Sie rastete aus. *Du bist so selbstsüchtig,* sagte sie. *Willst du uns nicht unterstützen?* Sie warf den gesamten Inhalt des Kühlschranks nach mir, einen Karton Eier eingeschlossen. Ich musste bei einer Freundin übernachten.

Ich fing mit dem Klavierspielen an, einfach um aus dem Haus zu kommen. Wir hatten einen Nachbarn mit einem Steinway, der ließ mich in seinem Wohnzimmer üben. Manchmal stand er in der Tür und hörte zu, was mir unheimlich war, aber es passierte nie etwas Komisches. Ich glaube, er war der einsamste Kerl, den ich je getroffen hab. Er hieß Carlton. Soweit ich wusste, hatte er nie gearbeitet. Er hantierte nur in seinem Wohnzimmer herum, goss die Blumen, rauchte Crack im Badezimmer, als würde ich das nicht merken. Sein

Alter war ein Mysterium. Er zog seinen Morgenmantel über, wenn ich vorbeikam, aber ich vermutete, dass er das Haus nicht besonders oft verließ. Ich nahm an, dass er von einer Art Erbschaft lebte. Ich fragte ihn, ob er spielen könnte. *Ich spiele nicht mehr*, sagte er. *Aber ich war mal gut.* Er war derjenige, der mir eine Klavierlehrerin vermittelte. Miss Spoons. Sie lebte anderswo, kam aber jede Woche zu Carlton gefahren, und die beiden lobten mich bis zum Abwinken. *Ein Ausnahmetalent, völlig unverfälscht, das Beste, was ich seit Jahren gehört habe*, blablabla. Ich fragte mich, was es überhaupt bedeuten sollte, die Beste in einer Verliererstadt wie meiner zu sein. Ich meine, natürlich war ich die Beste. Wer zum Teufel war denn meine Konkurrenz? Der Crackhead von nebenan? Nun ja. Sie gaben mir ein gutes Gefühl.

Sie halfen mir, mich an einer Schule für darstellende Künste in L.A. zu bewerben. Jeden Morgen um sechs Uhr wartete ich vor der Stadtbibliothek, die eigentlich nur ein Wohnwagen voller Liebesromane war, ein spezieller Bus kam nur für mich. Ich war ziemlich beliebt an meiner neuen Schule. Die anderen fanden mich wohl exotisch. Ein Mädchen nannte mich süß. *Du trägst immer Kleider, die nicht richtig passen! Total süß.* Ich freundete mich mit ein paar Models an, Mädchen, die sogar noch größer und dünner waren als ich. Ich verbrachte Zeit mit meinen neuen Freundinnen, übernachtete in ihren Häusern im Valley oder in den Palisades. Wir taten normale Dinge wie Filme gucken und Pizza holen und Jungs schreiben, dass sie vorbeikommen sollen, um ihnen dann in letzter Minute abzusagen, und ich war so glücklich, dass ich hätte heulen können. Ich brachte nie jemanden mit nach Hause. Zum einen roch unser Haus. Es hatte schon immer gerochen – nicht schlecht, aber *stark*. Nach Hamster und Milch. Vielleicht bin ich deswegen Veganerin geworden. Ich hatte immer solche Angst, dass der Geruch mir folgen würde, sich in meinen Kleidern einnistete. Ich rauchte Mentholzigaretten, um ihn zu überdecken. Zum anderen dachte ich, dass sich meine alten Freunde nicht mit diesen Mädchen verstehen würden. Sie hielten mich sowieso schon für versnobt, was ich wahrscheinlich war, und hörten irgendwann auf, sich mit mir zu treffen. Nun ja. Mehr Zeit zum Üben. Ich war die ganze Zeit allein. Kein Wunder, dass ich irgendwann ein wenig zum Flittchen wurde. An den Wochenenden übte ich zwölf Stunden am Tag, machte Abendessen für Carlton und hatte immer noch Zeit übrig. Im Sommer nach meinem ersten Highschool-Jahr drehte ich ein bisschen durch. Ich hatte wirklich keine große Wahl: Schwänze lutschen oder vor Langeweile sterben. Irgendwann konnte ich's nicht mehr ertragen, die Nacht allein zu Hause zu verbringen, wo meine Großmutter fernsah bis fünf Uhr morgens, wenn meine Mutter aufstand, um zur Arbeit zu gehen, und sie dazu brachte, den Fernseher auszuschalten. Es gab eine Reihe Jungs von überallher, denen ich schrieb. Manche waren Verlierer, manche waren reich. Ich blies einen Typ mit einem Rothko an der Wand. *Ist der nicht öde?*, sagte er. Die, die in meiner Stadt lebten, fanden mich auch exotisch, glaube ich, weil ich kein Crack rauchte und nicht auf Raves ging oder Kinder hatte. *Hast du mal einen Star gesehen?*, fragten sie, und ich log, um glamouröser zu wirken, obwohl der einzige Star, den ich je gesehen hatte, Danny DeVito war, in einer Drogerie an der Kasse.

Weil ich nicht Auto fahren konnte, fuhr ich überall mit dem Fahrrad hin, vom Haus eines Jungen zum nächsten. In dem Sommer geriet ich in ein paar brenzlige Lagen, aber ich bin immer davongekommen. Ich bin die Königin der heiklen Situationen. Wahrscheinlich ist dir das schon aufgefallen. Ich konnte high sein von den Schmerzmitteln, die den Eltern von irgendwem gehörten, dann mit einer anderen Gruppe Jungs kiffen und eine halbe Adderall sniffen, bloß um nach Hause radeln zu können und noch fünf Stunden bei Carlton zu üben, stinkend. Ihn störte das nicht. *Du bist ein Wildfang*, sagte er immer. Er meinte das nett. Einmal hielt mich ein Polizist an, als ich so high war, dass ich kaum noch klar denken konnte. *Kenne ich dich?*, fragte er. Er roch genau wie meine Großmutter, und je länger ich ihn anstarrte, desto mehr sah er auch aus wie sie. *Ich bin Model*, flüsterte ich, und er lächelte seltsam. *Ich wusste es. Hab dich bestimmt auf einem Magazin gesehen.* Er wies mich an, einen Helm zu tragen, und fuhr davon. *Du musst deinen hübschen Kopf schützen!* Ich hatte Glück gehabt, das ist mal sicher.

Ich dachte lange, ich hätte ein Vollstipendium für die Highschool, doch später fand ich heraus, dass Carlton mein Sponsor war. Woher er das Geld hatte, werde ich nie wissen. Ich fand auch heraus, dass er als Achtzehnjähriger wegen Unzucht mit Minderjährigen verurteilt worden war und deshalb keine Arbeit bekam. Meine Mutter zeigte mir online sein Haus, gekennzeichnet mit einem pinkfarbenen Punkt, auf dieser Website für Sexualstraftäter. Ich fragte sie, ob sie sich Sorgen machte, weil ich so viel Zeit mit ihm verbrachte. Sie zuckte mit den Schultern. *Kommt darauf an, wie alt das Mädchen war.* Armer Carlton. Das war, nachdem er auf Meth umgestiegen war und die Tür nicht mehr aufmachte. Mein letztes Jahr an der Highschool. Ich übte nur dort. Ich hätte ihm gerne von meiner Zulassung fürs Curtis erzählt. Er wäre in dem Kaff einer der wenigen Menschen gewesen, die gewusst hätten, wie man darauf reagiert. Meine Eltern waren erfreut, aber alles freute sie. *Oola ist so verantwortungsbewusst*, sagte mein Vater den Leuten. *Immer für sich, eine kleine Dame.* Manchmal spielte ich für ihn, und er war jedes Mal den Tränen nahe. *Das ist eine Gabe, die du für den Rest deines Lebens haben wirst. Kannst du ›Danny Boy‹ für deinen Paps spielen?*

Als ich Miss Spoons bei der Abschlussfeier umarmte, erzählte sie mir, dass Carlton wenige Wochen zuvor in der Badewanne an einer Überdosis gestorben war und ihr den Steinway vermacht hatte. Damals war ich verletzt. Aber was hätte ich damit anfangen sollen? In das Wohnzimmer meiner Eltern passte ja kaum der neue Flatscreen meiner Großmutter. Sie kaufte ihn, nachdem ich bekanntgegeben hatte, dass ich ans Konservatorium gehe. *Konservatorium*, spuckte sie aus. *Seit wann magst du Blumen? Du bist immer drinnen, darum ist deine Haut auch so schlecht. Wie stellt man dieses Ding an?* Sie sitzt wahrscheinlich jetzt gerade davor. Riechst du das?«

Oola beugte sich vor, die Augen seltsam erleuchtet. »Hamster – ich hab's gewusst. Nicht meine Schuld.«

Und sie lehnte sich zurück, zufrieden.

In der Mittelstufe lieh mir ein Lehrer *Into the Wild*. Ich las es so oft, dass der Taschenbuch-Umschlag in Fetzen abfiel. Ich war rasend in Chris McCandless verschossen, den Schutzheiligen der Adrenalinjunkies und hibbeligen weißen Jugendlichen. Seine Arroganz und sein Dumme-Jungs-Verlangen, das Unbekannte zu unterwerfen, reizte mich. Würde es Sinn ergeben, wenn ich sagte, dass Oola mein Alaska war?

»Wildfang«, flüsterte ich. Es fühlte sich an wie ein Code. »Wildfang.«

Während unseres Wüstengelages aus Haut und Spucke (würzig von der Dehydrierung) dachte ich, ich hätte die Wildnis gefunden, bloß indem ich in sie vordrang. In der Nacht, in der wir zu reden begannen (und scheinbar nie mehr aufhörten), merkte ich, dass ich übereilig gewesen war. Oolas Absolutheit breitete sich vor mir aus wie Wüstenmorgen, die nach Belieben ihre Farben wechselten. Es gab so viel zu lernen, so viele Orte zu bereisen. Ihre Beine, bequem übereinandergefallen, während sie sich eine Zigarette ansteckte, schienen für Endlosigkeit zu stehen. Sex war bloß Weideland, der wenig originelle Hochpunkt, die Nullebene von Nähe. Während ich mit vom Küssen geschwollenen Lippen durch die Abode streifte, hielt ich unsere Liaison für poetisch, radikal auf die sanfte Art, weil wir unsere zweiten Vornamen nicht kannten, obwohl sie eigentlich gewöhnlich waren, Kinderkram selbst ohne die Gefahr, erwischt zu werden. Ich spürte mich schlittern und hielt mich am Bettgestell fest. *Wildfang.* Ein Entschluss formte sich geschwürartig in meinem Magen: Ich würde dorthin gehen, wo bisher kein Mensch gewesen ist. Ich würde tief hinunter reisen in die Liebe und auf ihr herumtrampeln. Ich dachte nicht darüber nach, was passieren würde, wenn ich mir die Liebe unterworfen hätte (als würde Chris auf ewig in ein noch seltsameres, entfernteres Land weitertrampen), oder dass die Extreme der Liebe meinen Körper mit einem Totalschaden zurücklassen könnten, der geschmeidigere Gefäße benötigte. Nackt und im sonderbaren Blau des Monds schimmernd vertraute ich meinem Körper – beim Sex eine Seltenheit. Ich vertraute auch ihrem, der vor mir ausgebreitet lag wie Grasland, an dem eine unsichtbare Brise zerrte und mich einlud.

»Was ist?«, sagte sie und atmete aus. Der Rauch war blau, wie ihr Bauch, wie meine zitternden Hände, als ich sie ausstreckte und ihn berührte. Ich strich mit der Hand darüber, wie man Blätter von einer Windschutzscheibe wischt.

»Jetzt bist du dran«, lachte sie.

»Womit?«

Sie setzte einen Valley-Akzent auf: »Dich *mitzuteilen.*«

»Was soll ich denn erzählen?«

»Alles.« Sie ließ Asche aufs Bett fallen. »Ich komm schon damit klar, Babe.«

Oh, Oola, so lässig und schlank und blau. Wenn sie gewusst hätte, was sie lostrat.

On the Road

Es begann als Experiment, unser Zusammensein. Es hatte immer leicht sein sollen: ein Willenstest, eine Art Spiel, bei dem man so einfach eine Auszeit nehmen, eine Regenpause einlegen könnte wie beim Grundschulfußball. Wir gaben uns das Ehrenwort: nichts Wildes. Eine Reise an unsere Grenzen, bloß um zu beweisen, dass es sie gibt.

Oola war die Starspielerin ihrer Zwergenfußball-Liga gewesen, es war ihre erste und einzige sportliche Errungenschaft. Sie sprach mit heiterem Spott davon und versuchte ein Lächeln zu unterdrücken, als sie ihren Trainer beschrieb. »Freud'scher Traummann. All die kleinen Mädchen waren in ihn verknallt, oder eher in seinen Schnurrbart. Ein großes, unübersehbares Ding. Ich träumte mit offenen Augen davon, mich daran entlangzuhangeln, klettergerüstmäßig. Guck nicht so! *Ich* bin nicht darauf angesprungen. Okay, der Schnurrbart. Okay, ein bisschen. Sein Akzent war traumhaft. Okay, in der Saison brach mein Herz. Aber schau, seitdem bin ich immer mit glattrasierten Männern zusammen gewesen. Was schließen Sie daraus? Ich bin jetzt bereit, Doktor, sagen Sie's mir. Befreien Sie mich aus dem Käfig weiblicher Hingabe.«

Ihr erstes Experiment in Sachen Liebe, vor mir, war Disco, der Familienkater. Ein freundlicher Kerl, ein schläfriger Tiger, der nicht einmal bemerkte, wenn man ihn hochhob, der kaum blinzelte, wenn man ihn hin und her schwang oder ihn in eine Tasche stopfte. Eines Tages kniete Oola, sechs Jahre alt, sich hin, drückte ihre Nase gegen seine – »warm und kratzig, sie erinnerte mich immer an die Lasche einer Limo-Dose« – und rieb sich an seinem Gesicht. Nach einer Pause leckte sie ihn zwischen den Ohren. Er tat nichts weiter als zu miauen. Sie öffnete ihren Mund, so weit sie konnte (»ich stellte mir mich als Müllwagen vor, ich drückte einen Knopf und klappte den Kiefer runter«), und versuchte, seinen Kopf zu verschlucken. »Ich wollte ihm zeigen, dass ich ihn liebe«, erklärte sie. »Außerdem war ich neugierig, ob ich es schaffen könnte. Er ließ sich von mir abduschen, also dachte ich, was ist schon dabei?«

Sie erzählte mir davon in einem Zug durch die Normandie, während wir verschiedene Provinzen passierten. Von Arizona waren wir nach Frankreich geflogen, um die Hochzeit meines Cousins dritten Grades zu besuchen. Der Vater des Bräutigams bezahlte unsere Flüge, auch wenn er dachte, unsere Namen seien Lola und Steve. Wir hatten uns an die Merkwürdigkeit der Dinge gewöhnt und akzeptierten diese Extravaganz, sagten Lebewohl zu den Skorpionen und den Zahnschmerz verursachenden Sonnenuntergängen. »So ein hübsches Paar«, rief er betrunken, als er uns traf. »Volltreffer, Steve-O!« Von der Hochzeit reisten wir weiter nach Österreich, wo die Skihütte auf ihre Verwüstung wartete.

Mit dem Zug fuhren wir an Rapsfeldern entlang, die so gelb waren, dass uns die Augen wehtaten. Keiner von uns kannte zu diesem Zeitpunkt den Namen jener Pflanzen, was das Ganze noch zauberhafter machte; Oola lehnte sich gegen die Fensterscheibe und formte mit den Lippen die Worte *Senfgas*, *Senfgas*, während die gelben Flächen wie brennende Kähne vorbeitrieben. Keinen der Franzosen an Bord schien das zu kümmern, oder sie hatten keine Lust, von ihren Zeitungen aufzublicken. Der Mann, der uns gegenübersaß, wurde nur ein einziges Mal aus seinem Roman gerissen, als sich Oola aufsetzte und den Rücken durchdrückte, die Arme ausgestreckt vom Fenster bis zur Abteiltür. Sein Blick war flüchtig, teilnahmslos, landete leicht wie eine Fliege auf ihrem Dekolleté. Seit ich mit Oola reiste, hatte ich begonnen, die Kopf-bis-Fuß-Musterungen und Schulterblicke zu zählen, die Fremde ihr über den Tag zuteilwerden ließen. Das erwies sich schnell als eine kompliziertere Sache und erforderte ein spezifisches Kategorisierungssystem, dessen Werte oft noch vor dem Abendessen im dreistelligen Zahlenbereich landeten. Während ich mich in die Frage hineinsteigerte, ob der Fahrkartenkontrolleur sie *beäugt* oder *angegafft* hatte, blieb Oola unbeeindruckt, den Blick auf die entfernten Hügel gerichtet, die entgegen dem Gerücht keine Augen hatten, mit denen sie zurückstarren konnten. Einmal erwischte sie mich dabei, wie ich meine Ergebnisse auf der Rückseite eines Kassenbons zusammenrechnete. Ich versuchte, es zu erklären, und sie stöhnte: »Das kann wirklich nur einem Mann bemerkenswert erscheinen.« Als ich versuchte, mein Interesse vage anthropologisch zu rechtfertigen, wedelte sie mit der Hand vor meinem Gesicht: »Oh, bitte, Leif! Mach, was du willst, aber erwarte nicht von mir, dass ich mitspiele.« Ihre Worte verwundeten mich. Ich erinnere mich, dass wir an diesem Abend zu Hause blieben, nur wir, eine stille Mahlzeit aus kalten Nudeln und ein unverhältnismäßig großer Fernseher.

Doch von da an, vielleicht, weil sie die Eigenartigkeit meines Interesses entlarvt hatte, versuchte ich nicht länger, es in Schach zu halten. Ich widmete mich der Sache noch engagierter und entwickelte ein Rangsystem, das von *harmloser*

Begutachtung über *ältliches Gaffen* zu *unverhohlenem Sex-Starren* reichte. Ich trug Sonnenbrillen, um die Tatsache zu verschleiern, dass ich nicht Oola anschaute, deren Fleisch ich mittlerweile kannte, sondern die Männer, die so kühn waren, Vermutungen anzustellen. Dass wir ununterbrochen reisten, verschärfte mein Problem noch: Menschenmengen schienen sich um Oola zu scharen, obwohl ich natürlich wusste, dass das nicht stimmen konnte, und oft fühlte ich mich wie ein Fabrikvorsteher, der Arbeiter von einer Liste abhakt, während sie an ihr vorbeischlurften, an einer himmlischen Stechuhr, die kraft ihrer Augen in unsere Welt hineinstieß. Dieser Franzose, adrett schwarz gekleidet, war keine Ausnahme; ohne es zu merken, hatte ich die ganze Fahrt lang auf den Moment gewartet, in dem er weich werden würde und einen Blick riskieren müsste.

»Ich schaffte es, Discos Kopf zu achtzig Prozent in meinem Mund unterzubringen«, fuhr Oola fort, unbeeindruckt von seiner Aufmerksamkeit. Natürlich war sie das. Wie jedes hübsche Mädchen hatte sie gelernt, mit ihrer Energie hauszuhalten, und sparte sich ihre Spucke für Männer ohne jegliche Grenzen auf; ich hatte sie einen gefühlsduseligen Senioren anschreien sehen, dass Demenz für jemanden seines Schlages noch ein zu mildes Schicksal wäre. »Der alte Disco beschwerte sich nicht. Ich hätte ihn ganz hineinbekommen, aber meine Mutter kam in den Garten. Sie schrie und riss ihn mir aus den Armen. Von da an hatte ich den Spitznamen T-Rex weg. Disco vergötterte mich immer noch.«

Der Franzose widmete sich wieder seinem Buch, und Oola hatte angefangen, sich zu langweilen. Ihr Blick schweifte zum Fenster. Es waren nur wir drei im Abteil; in dieser seltenen Zelle, in der bloß mechanische Klänge den Raum füllten, schaute sie niemand an. Die Landschaft taumelte vorbei, und ich tat mein Bestes, mich ihr zu widmen, aber ich war selbst nicht besser als meine Studienobjekte. Ich war der Arzt, der seine Infusionen zweimal benutzt, und nach einer Minute aufmerksamen Aus-dem-Fenster-Starrens warf ich einen Blick auf Oolas geneigten Hals, der nach so viel Gelb blaugefleckt war. Dieses Phänomen kannte ich aus Kindertagen: Damals starrte ich auf meine grünkarierte Tagesdecke, bis mir die Tränen in die Augen stiegen, zwang mich, nicht zu blinzeln und dann schnell zur weißen Wand meines Schlafzimmers aufzublicken, die, zu meiner großen Freude, von roten Quadraten überlagert wurde. Nun älter, fiel es mir leichter, nicht zu blinzeln. Es gab zu viel zu verpassen.

Der Rest der Zugfahrt verlief also friedlich: Der Franzose las, Oola schwankte zwischen Schlafen und Wachen, und ich wusste genau, wann ich aufblicken musste, um Bruchstücke von ihr (ein Handgelenk, ihr spitzer Haaransatz) blau werden zu sehen.

Sie hätte mich jederzeit aufhalten können. Sie hätte bloß *Nicht fair!* zu rufen brauchen, um abzupfeifen, oder *Moment mal!*, um das Spiel auf unbestimmte Zeit zu unterbrechen.

Sport?, kann ich sie feixen hören. *Kenne deine Zielgruppe, Leif.*

Oola, würde ich ihr geduldig erklären, *du hättest bloß sagen müssen: genug.*

Genug ist genug, was? Eins dieser Worte, die immer seltsamer klingen, je öfter man sie sagt.

Oder einfach nein sagen.

Ahh, verstehe. Ein schiefes Lächeln. *Jetzt geht es um ein anderes Spiel.*

Es stimmt, dass dem Gedanken an Oola, die *nein* murmelt, noch immer ein liederlicher Klang anhaftet. Ich stelle sie mir vierzehnjährig vor, Lipgloss von hier bis zum Mond, wie sie die Worte vor dem beschlagenen Spiegel einübt. *Nun mal langsam, Mister. Nein heißt nein.* Es würde eine Weile dauern, bis wir den Punkt erreichten, an dem sie es ernst meinte, als jede Art von Berührung eine Entschuldigung verdiente, als Oola lange Ärmel trug.

Doch zu Beginn unseres Experiments packten wir unsere Habseligkeiten entzückt ein und aus. Wir waren unterwegs. Wir wedelten mit unseren Pässen, auf extravagante Weise mobil in einer sich schnell verdichtenden Welt. Wir mussten uns nicht mal entscheiden, wohin wir als Nächstes reisten: Allzu oft lenkte eine E-Mail meiner Mutter unser Schicksal. Aus Österreich fuhren wir nach Rumänien, von Rumänien nach Kroatien, von Kroatien nach Dubai, von Dubai nach Montreal, von Montreal nach Vermont, von Vermont zum Strandhaus der Orbitsons in Florida, von dort in die geduldig schimmelnde Hütte tief in Big Sur. Es gefiel uns, herumzuflippen und an nichts gebunden zu sein als den anderen; unsere Verdauungskreisläufe synchronisierten sich schnell. Wir waren Kinder Amerikas und daher mit Götzen vertraut. Xanax, College, Reisen, *core strength, hardcore sex*… Das Zusammensein war ein weiterer Monolith, an den man sich klammern konnte.

Als Erstsemester im College belegte ich ein Seminar mit dem Titel »Das Gesicht Gottes (ent)stellen«. Damals war es angesagt, über Nostalgie zu sprechen, wobei das zu jeder Zeit auf Gruppen von Achtzehnjährigen zutreffen mag. Ich überstand vier Jahre an einem jener absurden geisteswissenschaftlichen Colleges, an denen die Studenten zwischen Marmor und Ahornbäumen ihre eigenen Hauptfächer zusammenstellen und dauernd vögeln, um der Winterdepression entgegenzuwirken. Frisch entlassen aus den Codes und Clubs einer

Privatschule in Connecticut schlug ich ein wenig über die Stränge. Ich begann stark mit Kritischen Kiwi-Studien und träumte von einem Leben als Dichter-Schäfer in der neuseeländischen Wildnis; im Frühling des zweiten Jahres nahm ich Vernunft an und wechselte zur noch erfolgversprechenderen Philosophie des Pornos. Doch als mein Studienberater mich bat, meine Interessensschwerpunkte zu präzisieren – *Kiddie, Kink?*–, bekam ich kalte Füße. Schließlich entschied ich mich für Zeitgenössisches Denken und Literatur, weil es vage genug klang, um dort meine damalige Obsession mit dem wenig erforschten Leitmotiv des Desserts in der modernen Prosa unterzubringen. Einige meiner Notizen aus dieser Zeit gibt es noch:

Eiscreme (Schoko) als geläufiger Signifikant weiblicher Scham. Ursprung in »Sex and the City«?

mary gaitskill vs. lorrie moore: Meisterinnen der traurigen Backwaren

Schokoladentorte = neokapitalistische Untertöne?

PUDDING!!!!

Als kritischen Denkern innerhalb der locker verbundenen Geisteswissenschaftlichen Fakultät wurde in diesem Seminar von uns erwartet, Kämpfer gegen die Nostalgie und ihre perlenbesetzten Verwandten zu sein. Wie Kuchen(!) an einem Kuchenstand wurden unsere Erinnerungen auf dem Seminartisch ausgewickelt und arrangiert: *Verlust der Unschuld* und *Der Moment, in dem ich mich lebendig fühlte* und *Der Geruch von Xs Parfum*. Dann trampelten wir wie böse Jungs darauf herum. Wir zerquetschten *Mutters Kochkunst* unter unseren Kunstlederstiefeln. »Haltet nicht an diesen Götzen fest«, redete der Professor uns zu. »Macht euch frei!« Aus irgendeinem Grund hatten sich keine Mädchen für den Kurs eingeschrieben. Wir hockten uns hin und lauschten Chads Erzählung von dem Moment, an dem er wusste, dass er sterben würde. Wir analysierten Lukes Fetisch für Highschool-Umkleideräume, »was seltsamer ist, als es klingt, weil ich, na ja, nicht mal Sport gemacht habe.«

Wir schauten IKEA-Werbespots, Spaghettiwestern, Filmmaterial von Rolling-Stones-Touren. »Lügen!«, schrie unser Prof. Mick Jaggers Gesicht rammelte das Fenster hinter ihm. »Herrliche Lügen!« Das College-Gebäude wurde von Micks Lippen verschluckt, oder sollte ich sagen, dem Konzept dieses geheiligten Kussmunds. Wir verbrachten zwei Wochen damit, die Themen *Der Schwarm*, alternativ *Große Liebe* genannt, *Anführerin der Cheerleader* und/oder *Die Eine* auseinanderzunehmen. »Ich hab das damals nicht gewusst«, stöhnte Dale, »aber wenn ich jetzt zurückblicke, glaub ich, dass sie *es* war.« Ich war geplättet von unserem kollektiven Mangel an Originalität. Derweil klopfte der Professor Dale auf die Schulter. »Lass es raus«, sagte er besänftigend, »lass es raus. Du liebst nicht Beth, sondern das Fantasiebild von Beth. Miste deinen Dachboden aus. Sie steht zum Verkauf.«

Obwohl wir wussten, dass sie ausgedacht war, waren wir alle verliebt in Beth, die süße Beth mit ihren Kniestrümpfen und ihren Skrupeln, was Schamhaare betrifft. Es spielte keine Rolle, dass sie ewig vierzehn blieb oder uns durch eine unmögliche Sehnsucht zurückhielt. Abseits der Analyse dachten wir nur an ihr Schambein, das Dale als rutschig beschrieb. Ich dachte an einen Mondstein, der auf einem Regal meiner Kindheit gelegen hatte (verdammte Nostalgie!). Es war ein kleiner Seminarraum, und die beschlagenen Fenster mussten immer offen stehen, selbst mitten im Dezember.

Nach dem Unterricht lag ich wach und dachte an zu Hause, an alle die Dinge, die ich geliebt und darum verbraucht hatte. Punk, Tay, Cape Cod im Juli – die Stimme des Professors verfolgte mich. Lasst diese Schiffe ziehen! Ich putzte die Erinnerung an Meereskrebse von meinen hintersten Zähnen und trauerte still um meinen Golden Retriever. War *ihre* Liebe nicht echt gewesen? Als ich klein war, war Bubba die Einzige gewesen, die die Drehkraft meiner Umarmungen aushalten konnte. »Autsch!«, sagte meine Mutter – und später Mädchen wie Beth –, wenn ich ihre Hand hielt. »Du quetschst mir das Blut ab. Lass los!«

Im Vergleich zu anderen Menschen wollte ich immer *mehr*, mehr als erwartet, mehr als okay. Schon sehr früh drückte ich zu fest; ich machte Fliegengittertüren kaputt. Während andere Kinder in den glitzernden Ruinen einer Feier zum vierten Geburtstag schnieften und dösten, die Hände in den Hosen versenkten und mit lebenssattem Gesichtsausdruck ganze Kuchenstücke hervorholten, trollte ich mich an den Außenlinien und ließ jeden einzelnen Luftballon platzen. In einem Anfall von Leidenschaft enthauptete ich meinen Teddybär. Bubba sah feierlich dabei zu.

»Mit gebrochenem Herzen zur Welt gekommen«, hatte die Grundschulkrankenschwester geseufzt. »Offizielle Diagnose.« Sie war eine dralle Ex-Hippiefrau, die unseren Müttern sonntags Pilates-Unterricht gab und nicht patentierte, alternative Heilmethoden praktizierte, unsere Energien heilte, wenn wir mit aufgeschlagenen Knien kamen und uns so lange *buh-buh, buh-buh* singen ließ, bis der Schmerz plötzlich verschwand oder wir uns langweilten. Sie ließ unsere kleinen Fingerknöchel knacken und verabreichte uns Rosmarin-Pastillen. »Empathische Bauchschmerzen«, verkündete sie. »Armer kleiner Süßer.« Für eine Weile liebte ich sie. Ich dachte mir unendlich viele Gründe aus, um in ihr Büro gebracht zu werden; mindestens einmal pro Woche schützte ich vor, Läuse zu haben, damit sie sich hinter mich setzte und meine Haare mit einem Plastik-Cocktailstäbchen durchkämmte. Das alles ging zu Ende, als die Schule meine Mutter, aus Sorge, mein Kratzen würde zum Problem werden, der elterlichen Vernachlässigung bezichtigte. Sie schrubbte meinen Kopf mit melassefarbenem Shampoo und ließ mich schwören, dass ich nicht mehr zur Krankenschwester gehen würde. »Wenn es juckt«, sagte sie mir, »behalte es für dich. Der Lehrer muss es nicht wissen. Sag es nur Mami. Keine Krankenschwester mehr. Jucken bedeutet Eiscreme. Okay?«

Ich wiegte meine lügenhafte Kopfhaut: okay. Sie händigte mir den versprochenen Push-Pop-Lolli aus. Ich lutschte ihn allein in meinem Zimmer, die Knie vor die Brust gezogen. Ich weinte, ein anderer Zeitvertreib. Für mich würde es keine Gespräche über Chakren in einem sauberen, beigefarbenen Raum mehr geben, zu denen die Krankenschwester meine Lymphknoten abtastete und Worte benutzte, die ich nicht kennen konnte. Ich war aus ihrem sterilen Harem voller Apparaturen und Chai verbannt worden, so wie man mich bereits aus der Bibliothek vertrieben hatte (ein anderer steriler Harem, doch mit einem körperlicheren Geruch, da ich die alten Jungfern beschattete, deren Beruf es war, Bücher in Regale zu sortieren), weil ich zu viel las und doch frische Luft brauchte. Nach draußen genötigt, stand ich auf dem Asphalt und stürzte die Luft hinunter, die mir überschätzt vorkam, und schien trotzdem meine Lunge nicht füllen zu können. Selbst hiervon wollte ich zu viel. Ich hatte einen weiteren Beweis dafür erhalten: Ich war ein Vakuum, und genau das be-

deutete es, ein kleiner Junge zu sein, nämlich Menschen aus-
zusaugen wie die bananenfarbenen Babys, die ich an der Zitze
der Nachbarin hatte saugen sehen, als wäre sie eine Wasser-
fontäne auf dem Spielplatz.

»Die Babys sind hungrig«, hatte meine Mutter fröhlich
gesagt. Ihre Adjektiv-Wahl entsetzte mich nur noch mehr,
und so begann mein zweiwöchiger anorektischer Anfall, den
Mutter bis heute gerne thematisiert, sie bringt Thanksgiving-
Tischgesellschaften zum Schweigen, um von ihm zu erzählen.

»Was war er für ein Klappergestell«, wird sie dann lachen,
selbst auch keine Mauer. Im Kerzenlicht des Esszimmers
ähneln ihre hohlen Wangen Kellertüren. Teurer Schmuck
staut sich an ihren Handgelenken. »So ein sensibles Ding. Ihr
findet ihn jetzt dünn? Ihr hättet ihn damals sehen sollen. Ich
habe ihn dabei erwischt, wie er sein Abendessen nach draußen schmuggeln wollte, Schmorbraten in den Taschen. *Was
hast du denn vor, junger Mann?* Und er schaute mich an und
sagte, *Die Maulwürfe füttern. Die Maulwürfe brauchen auch
Essen, Mom.* Es wäre süß gewesen, wenn ich nicht Angst gehabt hätte, dass er in Ohnmacht fällt. Ehrlich, er hätte einen
meiner Armreifen als Hüfthalter tragen können.«

»Mom…«

»Ich sage doch nicht, dass du das *getan* hast. Aber du hättest es tun können. Die BH-Geschichte erzähle ich nicht,
keine Sorge.« Sie zwinkert über ihr randvolles Glas hinweg.
»Dieses Juwel spare ich mir auf für Weihnachten.«

Die BH-Geschichte: noch ein Beispiel dafür, dass ich
mehr wollte, als möglich war, mehr des seidigglatten Mate-
rials, das ich mit Frauen verband, eine solidere Antwort auf
die Frage, die mich schließlich beherrschen würde – *Wer bist
du?* –, etwas Glaubwürdigeres als ihr vergnügtes *Ich bin deine
Mami!*, das in meinen Drittklässlerohren genauso kryptisch

klang wie *Ich bin deine erste Dosis des Anderen* oder *Ich bin der Sack Fleisch, aus dem du gekommen bist.*

Vielleicht war ich deswegen so besessen von der Idee, eine Belastung zu sein, vielleicht stammte meine Überzeugung, in mir gebe es einen Schlot, der nie abgelöscht werden könnte – weder von guten Taten noch von Eiscreme oder später von Ketamin –, teilweise daher, dass ich solch eine zerbrechliche Mutter hatte. Ich würde nie wagen zu behaupten, dass ihr Kampf mit ihrem Gewicht, mit Depressionen, mit den kleinen pinkfarbenen Pillen, die sie Die Guten nannte, wirklich etwas mit mir zu tun hätte oder dass sie Schuld daran hat, wie es mit mir ausging. Genau wie die Krankenschwester sagte, als sie meine Tränen mit patschulibenetzten Fingern wegwischte, werden manche Babys in Steißlage geboren, andere mit gebrochenem Herzen. Aber es kann meinem teigigen Herz, noch im Begriff aufzugehen und eine Form zu entwickeln (Zopf? Gugelhupf?), nicht geholfen haben, meine Mutter zu- und abnehmen zu sehen, ihre schicken schwarzen Hosen vergeblich geschneidert. Bevor ich überhaupt die entfernteste Vorstellung von Fleischigkeit als persönlicher Präferenz hatte (*magst du sie knorrig oder plüschig?*, gackerten die älteren Jungs), umschlang ich ihr Bein und wollte mehr und sei es bloß, um sicherzugehen, dass sie am nächsten Morgen noch da wäre, den Kopf über eine Geschichte im Radio schüttelte und meine Rühreier briet, ohne jemals das Eigelb zu berühren.

An besagtem Nachmittag passte mir ihre Unterwäsche überraschend gut, die Hosen verzogen sich bloß hinten ein wenig, und der BH ähnelte zwei an meine Brust geklebten Kippot. Ich war eine neunjährige Granate. Am schmerzvollsten ist mir nicht die Peinlichkeit in Erinnerung geblieben, als meine Eltern mich entdeckten (während ich Hampelmänner vor dem Spiegel sprang) und lachten, bis sie weinten und mein Vater in seiner Eile, die Kamera zu holen, fast die Katze umbrachte, sondern vielmehr der feine Spitzenbesatz auf den Unterhosen meiner Mutter und ihre Muster: Granatäpfel auf einer, Punkte auf einer anderen, eine Schleife von der Größe meines kleinen Fingernagels auf dem Paar, in das ich mich mühevoll hineingeschlängelt hatte. Wie für ein Mädchen gemacht, in Stil und Größe. Damals war ich erstaunt. Ich war nicht vertraut mit der Sorte Humor, die sich in Form von Höschen mit Katzentatzenabdrücken am Hintern ausdrückte, oder hatte auch nur in Betracht gezogen, dass meine Mutter zwischen meinem Händeverdrehen und Augenreiben und trotz ihres bescheidenen schwarzen Gewands auch irgendetwas wollen könnte.

Dies ist kein ödipales Rührstück. Jetzt tut mir meine Mutter bloß leid, fühle ich eine unerträgliche Zärtlichkeit, wenn ich mir vorstelle, wie sie sich fürs Bett fertig macht, sich am Bettpfosten festhält. Sie ist noch immer eine zurückgezogene Person. Eigentlich sollte ich nicht mit ihr im Schlafzimmer sein, nicht einmal mittels meiner eunuchenhaften Vorstellungskraft, und dennoch sehne ich mich danach, ihr meine Hilfe anzubieten. Wenn ich daran denke, wie sie den pfirsichfarbenen Spitzen-BH wusch, den sie kaum brauchte, jedes Wäschestück ausbreitete, dämmert mir, dass sie, während die Zahl auf ihrer Waage immer kleiner wurde (99, 97), auch versuchte, rückwärtszugehen. Oder ich verstehe es völlig falsch: Vielleicht wollte sie gar nicht leichter oder jünger oder weniger werden, als sie war, sondern sich einfach an die Reste dessen klammern, was sie besaß, ihr Leben bei einem Näherungswert von Perfektion anhalten, wie jemand, der Poker spielt, während sein Kleinkind ein paar hundert Meter entfernt in einem zu heißen Auto wartet. Würde sie weiterspielen, könnte sie mehr gewinnen, den Jackpot knacken, aber sie könnte auch gewaltig verlieren oder jede Runde ein bisschen mehr Geld verlieren, also warum Öl ins Feuer gießen? Das ist der Unterschied zwischen uns, denke ich. Ich würde bis zum Morgengrauen spielen, bis mein Verlangen mich umwerfen würde. Wäre sie diejenige auf dem Parkplatz, wartend in der Stille von Nevada, ich würde spielen, bis das Auto die Siedestufe erreichen und sie mit dem Kopf aufs Armaturenbrett sinken würde.

Während ich an die Decke meines Schlafsaals starrte, dachte ich an meine Mutter, meine Kindheit, und ich dachte an Beth, das Mädchen, das zum Star wurde, weil sie so gewöhnlich gewesen war, dazu verdammt, eine Klasse von Jungs Herbstnacht um Herbstnacht in den Schlaf zu lispeln. Unser Verlangen war so lavaglühend, dass wir ihre Pubertät wie Pompeji begraben hatten: Wir kämmten die Asche mit stillschweigender, professioneller Sorgfalt aus ihren erogenen Zonen. Als ich um halb vier morgens so wach lag, war ich ein aufstrebender Schriftsteller und Archäologe. Nun, eigentlich war ich keins von beidem; ich war bloß ein Kind, unbekleidet, die nackten Beine ausgebreitet und die Ideale wie Schnickschnack auf dem kleinen Vorsprung über meinem Bett aufgereiht. Geschah es in diesen schlaflosen Nächten, dass mir zum ersten Mal klar wurde, in welch großer Gefahr ich mich befand, genauso zu werden wie alle anderen? Ich dachte an die Jungs in meinem Kurs, tief empfindend, großsprecherisch, rotgesichtig vor Leidenschaft. Teilten wir das gleiche Bücherregal, die gleichen Familienverhältnisse, die gleichen Vorstellungen von Liebe und somit das gleiche Trauma, plötzlich, zum ersten Mal, benachteiligt dazustehen, im Angesicht von Labellos mit Geschmack, von unerträglich weichen Brüsten? Unsere Fantasie war tragisch sauber, wie die Cartoonzeichnung besagter Brüste (Kreis und Punkt). Wenn Beth nicht trimmte, würden wir es selbst tun, dabei Barthes zitieren, *Baby* sagen. Während ich mich hin und her warf, wurde mir eins klar: Ich musste eine brisante, neue Art zu lieben finden oder Vernichtung riskieren.

Ich hörte meinem Mitbewohner beim Atmen zu. Ich fühlte einen nichtsexuellen Kitzel, wenn er sich umdrehte und seufzte – ein langes, hartes *fwahhh*. Sie beruhigten mich enorm, diese menschlichen Geräusche. Wenn er hustete, hätte ich ihn küssen können. Tagsüber versuchte ich, mich in die Rolle des bissigen Studenten einzupassen, mithilfe schäbiger Pullover und einer monolithischen Augenbraue; doch trotz aller Bücher, die ich durchwatete, wurde meine akademische Abneigung gegen die Gesellschaft augenblicklich verwässert, sobald ich aus der Bibliothek trat und merkte, dass die Dämmerung hereingebrochen war, jenes langsame Unheil, wenn ein weiterer Tag erlischt und alle Welt nicht anders kann, als zu seufzen und die Schultern hängen zu lassen. Ich teilte diese tägliche Tragödie mit den Joggern und Senioren, während wir durch die lilafarbene Luft schlenderten und an Abendessen dachten. Der Anblick einer sinkenden Schulter zu dieser Geisterstunde oder im Bus oder eine Ecke weiter in der Bibliothek bedeutete mir mehr als Sex (ich schwöre es), weil er den Körper in seiner reinsten Form zeigte: nicht den leergeistigen Leibeigenen des Geschlechts oder die Selbstlosigkeit von Büchern, sondern das stille Klicken der Resignation, wenn man in sich selbst hineinschlüpft. Das ist der Grund, warum ich es, viel später, während unseres Häuserhütens liebte, Oola unter der Dusche zu beobachten. Selbst mit zugezogenem Vorhang fühlte ich mich verzaubert vom langen Schatten ihres Körpers, dessen Aufgaben sie erledigte, die Hände in verschiedenartigen Kreisen bewegend, während sie sich abspülte, wusch und wieder von vorne begann.

88

»Das hat nichts mit Sex zu tun«, warnte ich sie, als sie mit eingeseifter Hand winkte.

»Kommst du nicht rein?« Sie schmollte.

Ich setzte mich auf den Toilettendeckel. »Nö. Ich will dich so sehen, wie du bist.« Damals lachte sie. »Okay, Nancy Drew, ich hoffe, du hast dein Notizbuch dabei. Das könnte langweilig werden.« Oder: »Bin ich jetzt ein Pornostar oder Alleinunterhalter?« Aber nachdem ihr Lächeln verklungen war und ihr Bauch sich entspannt hatte, passierte haargenau das Gleiche: Ihre Schultern sanken. Sie ließ sich vom Wasser lockern. Sie hob die Arme, um ihre Hände auf den Haaren zu platzieren, und die bloße Bewegung schien sie zu erschöpfen. Sie verweilte in dieser Pose. Sie drehte sich auf den Fersen, wobei Wasser von mehreren Ebenen ihres Körpers tropfte, und summte seltsam. Sie blickte zu mir hinaus, unvorbereitet. Der Wasserdampf lag wie ein Kontinent zwischen uns. Sie hatte natürlich recht: Ich hatte mein Notizbuch mitgebracht, um mitzuschreiben. Ich begann, mir ihre Körperstellungen einzuprägen, den hygienischen Kreislauf (Abspülen, Waschen, Wiederholen), der mir wie Gebete oder Verdauung durch das Banale einen kurzen Blick in die Unendlichkeit ermöglichte.

»Ist Gott gelangweilt oder langweilig?«, fragte Oola einmal gedehnt, halb schlafend, an Bord eines weiteren Zuges. Endlose Morgen Landschaft spulten vorbei. Sie starrte mit Verdruss die identischen Kühe an. »Überall sein, die ganze Zeit … Immer wieder den gleichen Scheiß sehen und erschaffen …«

»Vielleicht ist Gott ein Kiffer.«

»Oder Autist«, entgegnete sie. Damals lachte ich und legte ihr die Hand über die Augen, doch bloß ein paar Monate später saß ich dort, lehnte mich auf dem Toilettensitz zurück und beobachtete sie mit religiöser Fixierung beim Waschen.

Am Ende meines ersten Semesters im College schien es, als sei jeder aus dem Nostalgie-Kurs dünner geworden. Wir hatten nicht nur Pfunde verloren und standen nun Schulter an Schulter im überfüllten Seminarraum wie Männer, die die Pest überlebt hatten, bis aufs T-Shirt ausgezogen, entblößt wie Beth (im spirituellen Sinne), unsere Salbung zu Hütern des Wahrhaftigen erwartend.

»Es war nicht einfach«, begann unser Professor, eine drahtige Auswahl an Wollarten. Heute trug er einen Pullunder aus Schafwolle, was irgendwie die Dramatik erhöhte. Wir konnten selten seine Arme sehen. Er stand vor dem Fenster und blickte jedem von uns in die Augen. »Ich möchte euch Jungs für euren Mut danken.« Vielleicht bildete ich mir nur ein, dass er uns Jungs nannte. »Der Lohn für eure harte Arbeit darf nicht unterschätzt werden. Die Vergangenheit ist unwiederbringlich. Ich hoffe, dass ihr mit diesem Wissen in der Lage sein werdet, ergiebigere, ehrlichere Leben zu führen. Ihr könnt nun eure geplatzten Träume genau wie das ganze Konzept eines geplatzten Traums hinter euch lassen. Gratulation.«

Er nahm seine Aktentasche und ging gelassen zur Tür hinaus. Ich beobachtete durch das Fenster, wie er sein Fahrrad bestieg, die dünnen Arme im rechten Winkel. Das Klassenzimmer lag auf einem Hügel, und so folgte mein Blick ihm, während er den grasbedeckten Hang hinunterglitt. Zu meiner Überraschung fuhr er am Parkplatz, auf dem die Studenten klumpenweise herumstanden, vorbei, und radelte stattdessen auf eine Reihe Eichen zu, die den äußersten Rand des Campus markierten. Dahinter befand sich ein verschlafener Vorort von der Sorte, in denen es Gassen und Wendekreise gibt statt Straßen, inoffiziell Narnia genannt. Ich sah zu, wie er eine dieser schattigen Gassen hinuntersegelte, ein Tor öffnete, sein Fahrrad gegen die Zaunlatten lehnte und in einem Bungalow verschwand. Mit dem Rad waren es wenige Minuten zum College-Gebäude, ein Steinwurf zu den Studentenwohnheimen. Eine Reifenschaukel hing an einer Eiche im Garten.

In dieser Nacht ließ ich mich volllaufen, um den Betrug zu vergessen.

Als Junge lief ich gerne in benachbarten Vororten herum. Meine eigene Gegend der Hecken und hohen Tore taugte nicht zum Herumstreifen, also fand ich mich oft in Wohnsiedlungen drei Meilen entfernt von unserem Haus wieder. Niemand beachtete einen pickeligen weißen Jungen in Schulkleidung, trotz der bereits fragwürdigen Haarlänge. Ich lief viele Stunden, die Hände in den Taschen, dachte über nichts Besonderes nach. Es kam mir vor, als würde ich meinen Platz in der amerikanischen Erzählung einnehmen, wie man es sich im Kino in seinem Sessel bequem macht. Es wühlte mich auf, an einem Haushalt vorbeizulaufen, in dem man sich gerade zum Abendessen setzte, mit rosigen Wangen von fettigem Essen und der Zeit mit der Familie, oder auf dem Fußweg zu stehen und durchs Erkerfenster über jemandes Schultern zu blicken, während er Fernsehen schaute. Ich war ein wohlwollender Voyeur, vor-begehrlich: Es gefiel mir, andere Leben zu probieren, ohne ihnen Wert beizumessen. Es gefiel mir, Menschen, meistens Frauen, dabei zu beobachten, wie sie Kleider falteten oder Abendessen kochten. Ich wartete auf den Moment, wenn sie innehielten, wenn sie den eigenen Bann brachen und verharren mussten, die Kartoffel aus der Hand legten, die sie noch vor Sekunden begeistert geschält hatten, um sich für eine Sekunde zu sammeln. Ausnahmslos legten sie ihre Hände ab (auf einem Tresen oder der deckenbehangenen Lehne eines Sofas) und starrten in die Luft. Ich sah ihre Brust sich heben und senken. Auf vage Weise hatte ich den

Eindruck, dass ich diese Unterbrechung bewohnte, dass ihre leeren Blicke nicht auf mich gerichtet waren, sondern mich irgendwie umgaben, wie eine Wetterlage oder eine Redewendung – *müßige Jugend*, *Kältewelle*, aufgeladene Phrasen, in denen wir uns treiben ließen.

Das Verbotenste, das ich je ausspionierte, war ein Mann, der in seinem Wohnzimmer Pornos schaute. Ich war zwölf. Seine Jalousien waren heruntergelassen, aber flüchtig. Durch die schmalen Rillen konnte ich ein Gestöber ausmachen, eine Art verwässerte Gewalt, die ich sofort als Sex identifizierte. Ich sah sein licht behaartes Haupt und beobachtete eher ihn als den Fernsehbildschirm; sein roter Nacken und seine Schultern schienen recht bewegungslos im Vergleich zu den Fleischtönen, die vor ihm durchdrehten. Nach zehn Minuten ging ich nach Hause. Ich fühlte mich ein wenig schuldig, aber nicht auf lähmende Weise. Ich setzte mich zum Abendessen, ohne mir die Hände zu waschen. Was hatte ich getan, wofür man mir etwas hätte anhängen können? Ich war nicht einmal hart geworden. Sehr viel belastender war der Tag, an dem ich eine Hausfrau sich in den Finger schnitzen sah, während sie Parmesan rieb; ich musste lange duschen, um das Bild davon auszulöschen, wie sie zurücktaumelt und »Heilige Scheiße« ruft, und dennoch trieb ihr Geheul abends zu mir zurück an den Esstisch. Meine Eltern bemerkten nichts. Sie kauten jeden Bissen hundertmal, weil ihnen das ein Medizinmann, den sie in einem marokkanischen Hotel kennengelernt hatten, aufgetragen hatte; es verhinderte jede Konversation, die über ein *Wie war's in der Schule?* hinausging. Der greise Schwall Essen, zu Flüssigkeit reduziert, bevor er geschluckt wurde, erfüllte das dunkel getäfelte Esszimmer, und ich sehnte mich, wie so oft, nach den Zankereien und dem Schund anderer Häuser.

Im College, als das Weintrinken und Beine-Aneinanderreiben im Wohnheimzimmer von irgendwem mich nicht mehr interessierte, ließ ich mich volllaufen und lief durch Narnia, durch jene Straßen, in denen unsere Professoren lebten. Bis zehn Uhr abends war jedes Auto gemütlich in seiner Garage verstaut, jedes Fenster dunkel. Reihenweise saubere Rasenflächen führten ohne Zuschauer ihre Wasserschauen auf. Ich wunderte mich über diese Menschen, vermutlich mittleren Alters, die sich entschieden hatten, gleich neben einer Institution der Jugend zu leben. Ich stellte mir vor, dass es ihnen gefiel, von unseren Partys wachgehalten zu werden, wobei die wildesten fast nie am Wochenende stattfanden.

Diese Taugenichtse, würde der Mann zu seiner Frau sagen. Die harten Beats unserer Musik rüttelten an ihrem Bettgestell. *Verzogene Gören*, würde sie zustimmen, und keiner von beiden würde es ernst meinen. Durchs Fenster würden sie nach den Körpern schielen, die draußen vorbeistolperten, niemals dem Wetter angemessen gekleidet, und sich aus der Gruppe je einen Stellvertreter aussuchen. Stumm würden sie für diese Bohnenstange oder jenen Bücherwurm beten, für ihr Wohlergehen und/oder eine sexuelle Eroberung, und erst einschlafen, wenn sie jenen Punkt erreicht hätten, an dem Fantasie und Erinnerung kollidieren und zu einem einzigen geschmeidigen Körper verschmelzen, von dessen Gliedern man fast meinen könnte, sie hätten einem selbst einmal gehört. Es schmerzte mich zu wissen, dass mein Professor einer von ihnen war, diesen schlaffen Schlaflosen, und seinen Garten pflegte, während er an Brüste dachte.

Ihr erstes Experiment zum Thema Sex fand im zarten Alter von zwölf statt. Es überschnitt sich mit ihrem ersten Experiment zum Thema Drogen, was ja oft der Fall ist. Wir besprachen es in gedämpftem Tonfall während eines Nachtflugs nach Dubai. Sie trank Pepsi Light, und ich arbeitete mich durch drei Dosen V8-Gemüsesaft, drückte dabei die leeren Aluminiumdosen besonders leise flach. Ich werde es wie folgt skizzieren:

1. Sie war gerade ihre Zahnspange losgeworden. Ihre Zähne fühlten sich nun fremd an, zu groß für ihren Mund. Bei jeder Gelegenheit schlich sie ins Badezimmer, um sie im Spiegel zu begutachten. Sie waren glitschig wie Früchte. Sie tat, als würde sie für das Schulfoto abgelichtet, und posierte mit der Hand an der Hüfte, dachte: *Cheese!*

2. Ihr Outfit war wichtig: ein meergrüner Turnanzug mit Frotteeshorts und paillettenbesetzten Flip-Flops. Der Turnanzug würde eine Herausforderung darstellen; man konnte ihn nicht einfach ausziehen wie ein Tanktop. Er musste ihn mit beiden Händen herunterrollen, wie man die Unterhosen eines viel jüngeren Kindes herunterrollt und genauso behutsam. Der Turnanzug blieb für den Großteil des Abends um ihre Taille gerafft.

3. Es war das Ende des Sommers, eine Hitzewelle im August, als keiner sich bewegen konnte, weil es so schwül war und Sprechen zwar ging, aber nur gerade so, und man sich meistens entschloss, es nicht zu tun. Sie sagte, diese Lähmung machte das ganze Unterfangen einfacher. »Kein üblicher Small Talk. Nur Körper in einem Raum. Die klassischen Zutaten für Ärger.«

4. Sie verbrachte die Nacht im Haus der Cousine einer Freundin. Den Namen der Freundin hat sie vergessen, aber er begann fast sicher mit einem D. Ihre Freundin hatte einen äl-

teren Bruder, der wiederum Freunde mitbrachte. An diese Namen erinnerte sie sich sehr gut: Jared, Jason, Tom und Tom.

5. Während der Autofahrt zum Strand hielten sie zum Mittagessen bei einem McDonald's. Als D. nicht guckte, nahm Jared seinen Strohhalm und stach ihn durch den Deckel von Oolas Cola. Er rieb seinen Strohhalm an ihrem. »Schau«, sagte er, »sie tanzen.« Damals fand sie das urkomisch. Für den Rest der Fahrt lachten sie wie Komplizen. »Was ist so lustig?«, quengelte D. Aber es konnte nicht erklärt werden.

6. Es lief »Some Velvet Morning« von Nancy Sinatra. Die Jungs hatten die Macht über das Radio, spielten vor allem Sachen, die sie nicht kannte, und schwankten seltsam zwischen verschiedenen Stimmungen hin und her, doch in Lee Hazlewoods Part erkannte sie das, was ihr Vater während des Rasierens sang. (Als sie es ihn viele Wochen später summen hörte, wurde ihr mulmig.) Im Radio lief der örtliche Universitätssender, was sie allerdings erst später verstand, daher der abrupte Übergang von Nancy zu Tupac und der verquaste Kommentar einer schläfrigen Männerstimme, die sie zu dem Zeitpunkt nicht recht einordnen konnte.

7. Tequila mit Honiggeschmack wurde unfachmännisch mit Cola Light gemischt und aus schmutzigen Tassen getrunken. Sie spülten kleine weiße Pillen hinunter, nach deren Namen zu fragen Oola sich nicht traute (»wahrscheinlich Koffeintabletten«, erzählt sie mir). Auf ihrem Becher war ein Comic-Biber zu sehen und eine Sprechblase, in der *Oh-ver-dammt!* stand. Sie hatte reichlich Zeit, den Biber zu studieren, seine zwei cremefarbenen Nagezähne und seinen verkniffen-fröhlichen Gesichtsausdruck.

8. Es passierte auf einem Sofa aus Cordsamt. Zweifarbig, dachte sie bei sich. Der Cordsamt fühlte sich weich an, und sie weiß noch, dass sie Muster darauf strich, als sie sich ein wenig langweilte. Die Kellertür war mit regenbogenfarbenen Plastikperlen besaitet; sie beim Schwingen zu betrachten, gefiel ihr ebenso. Sie waren im sogenannten Spielzimmer, einem jener Hobbykeller mit Teppichboden, die das Markenzeichen der amerikanischen Mittelklasse sind, inklusive dem Scheppern versteckter Warmwasserrohre und dem Geruch vergangener Pizza-Partys.

9. Es war an sich kein Sex. Jedenfalls nach ihrem Eindruck. Sie hatte gelernt, dass Sex ein gemeinsamer Akt war, doch größtenteils lag sie einfach still. Sie versuchte, seinen Kopf zu tätscheln, doch er reagierte nicht. Sie erinnert sich, dass die anderen Jungs zuschauten und dass Jared, als er sich aufrichtete, um sie zu küssen, nach Pfefferminz schmeckte und zu ihrer Erleichterung nicht nach dem Abendessen, das D.s Mutter ihnen zubereitet hatte. Sie war gerührt und dann dankbar, als ihr klar wurde, dass er sich zwischen dem Abendessen und jetzt die Zeit zum Gurgeln genommen hatte. Es veranlasste sie, sich in einer verwirrten Geste von Dankbarkeit an ihn zu lehnen. Er riss seinen Mund von ihrem und beschleunigte das, was immer er vorher getan hatte. Sie hörte einen Jungen »Abgefahren!« sagen.

10. Sie ertappte sich dabei, dem Biber nachzusprechen. »Oh-ver-dammt!« Aus irgendeinem Grund begannen alle zu lachen, also stimmte sie auch mit ein. »Oh-ver-dammt, verdammt.«

11. D. tat anschließend so, als sei sie wütend. »Dreckige Schlampe!«, schleuderte sie ihr am Strand entgegen. Oola

machte das Wort *Schlampe* nichts aus; sie fand, dass es nach einem Fahrrad klang, dessen Speichen *schlamp-schlamp-schlamp-schlamp* machten, wenn es bergabwärts an Fahrt gewann (*das Mädchen ist auf der Überholspur*, würde ihre Mutter womöglich anmerken). Es war das Wort *dreckig*, was ihr zusetzte. Sie versuchte verzweifelt, sich zu erinnern, wann sie das letzte Mal geduscht hatte; und wenn D. nun etwas Ekelhaftes gesehen hatte, eine inakzeptable Kruste, quer durch den Raum, die zu erwähnen Jared zu höflich (oder zu beschäftigt) gewesen war? Sie wusste kaum, wie ein Körper aussehen sollte, geschweige denn ein sexbereiter. Sie brach in Tränen aus, und D., einigermaßen verwirrt, umarmte sie. Sie schliefen in D.s Bett ein, nach einem langen albernen Nachtspaziergang, auf dem sie ihr neues Wissen und die verblüffende Grobheit von Jungs diskutiert hatten. »Mein Bruder ist echt krank«, hatte D. fröhlich gesagt. »Auf der Autofahrt hierher hat er mir gesagt, dass er das schon ewig machen wollte.« Oola hatte sich geschmeichelt gefühlt, aber die Nase krausgezogen, D. zuliebe. »Eklig.«

12. Oola zuckt mit den Schultern, wenn sie diese Geschichte erzählt, was nicht oft vorkommt. Immer vergisst oder verfälscht sie ein paar Details. Manchmal ist Jared sechzehneinhalb, manchmal ist er neunzehn und hat Ferien vom College. Meistens trägt sie während des Vorgangs ihre Sandalen; in einer Version steht Tom (welcher Tom, ist irrelevant) an der Armlehne und nimmt sie ihr ab. Mit zwölf war sie stolz auf das, was sie durchgemacht hatte. »Wenn ich es damals nicht seltsam fand, als es mir noch frisch im Gedächtnis war, warum dann jetzt? Alles ist seltsam, wenn man zwölf ist.« Und wie sieht es aus mit dem Konzept des Einverständnisses? »Das ist die Pubertät«, sagte sie platt. »Alles ist Trauma. Du

wirst *feucht* von Trauma. Trauma definiert dich.« *Kannst du das bitte erklären?* »Jedes zwölfjährige Mädchen will auf eine gewisse Weise vergewaltigt werden. Nach meiner Erfahrung.« *So etwas kannst du nicht sagen, das ist furchtbar, das meinst du doch wohl nicht ernst.* »Ich sage nicht, dass es moralisch ist. Ganz sicher nicht logisch. Gott, es hat ja niemand behauptet, dass Teenager gut darin sind, klar zu denken. Weshalb auch immer, in dem Alter schien es mir einfach wie etwas, das passieren müsste. Wie seine Periode zu bekommen. Alle warnen dich vor Männern, doch in dem Moment, wenn sie dir einbläuen, dich vor Widerlingen in Acht zu nehmen, betonen sie auch, dass du begehrenswert bist. Ich meine, wie kann das nicht aufregend sein? Herauszufinden, was alle die ganze Zeit im Sinn haben: Sex! Es schien simpel.« *Verstehe.* »Dir wird eingehämmert, wie geil Männer sind, dass sie *nur das Eine* wollen.« Hier imitierte sie ein großmütterliches Brummen und drohte mit dem Zeigefinger. »Warum darf man also nicht auch etwas wollen, selbst wenn es etwas Schlechtes ist?« *Ich nehme an, das ergibt Sinn.* »Außerdem wollte ich es auf gewisse Weise hinter mich bringen. Da jeder es als unausweichlich darstellte. Beschissen natürlich, aber so lagen die Dinge. Ich dachte, es wäre, wie ein Pflaster abzureißen, dass man, wenn man vergewaltigt worden war (oder was immer es gewesen war), mit seinem Leben weitermachen könnte. Als hätte man dadurch das Recht erlangt, nachts allein nach draußen zu gehen. Ich war nicht auf der Suche nach Ärger, okay? Auf meine eigene, gestörte Art hab ich bloß versucht, dem ein Ende zu bereiten. Gott, ich fühle mich wie ein Betreuer im Ferienlager. Hast du Hunger? Mir reicht's mit dem Predigen. Wo ist die Stewardess? Ich brauche welche von diesen Ingwerkeksen.« *In Ordnung. Da kommt sie. Nur noch eine Frage.*

13. Es gefiel ihr nicht. Nun, vielleicht eine Sekunde lang. Größtenteils kitzelte es, und dann wurde es langweilig. Sie dachte an die Flossen in einer Autowaschanlage. Das einzig Angenehme war, die Augen zu schließen und an D. zu denken, in einer Ecke schmollend. D. hatte große Brüste und einen coolen, älteren Bruder und ein Familienstrandhaus. Doch schau sie dir jetzt an, wie sie in einem Sitzsack die Knie an die voluminöse Brust gezogen hat und die Show widerwillig beobachtet. Oola tat, als interessiere sie sich für die Kreise, die Jareds Hände zogen. *Und jetzt schau mich an*, dachte sie bei sich. Sie machte ein Geräusch, das sie im Fernsehen gehört hatte. *Ich gewinne.*

Ihr erstes Experiment zum Thema Promiskuität bestand darin, sich vor einem Bus voller Veteranen, die auf dem Weg zu Red Lobster waren, zu entblößen. Das wuchs sich ein bisschen zu einer Phase aus, ihr exhibitionistischer August. Nach dem Sommercamp – einer angeblich erschütternden Angelegenheit mit ausgiebigem Kordelknüpfen und vielen Läuseuntersuchungen – radelte sie zur Fußgängerbrücke, lehnte ihr Fahrrad gegen den Maschendrahtzaun (per Gesetz zu hoch, um ihn zu überklettern) und entblößte sich vor den Kleinbussen auf der Autobahn unter ihr. Sie brach nicht auf, ehe sie zehn erwischt hatte. Sie kaufte eine übergroße Armeejacke ausdrücklich zu dem Zweck, sie eilig aufzureißen und wieder zu schließen, und legte ihre Brust für einen solch kurzen Moment frei, dass die einzigen Schaulustigen, bei denen sie erfolgreich Anstoß erregte, die Tauben waren, die auf dem Zaun patrouillierten (so hatte sie jedenfalls gewettet). Sie erinnert sich an das Beißen des Windes auf ihrer sehr nackten Haut: »Ich stellte mir vor, dass die Busfahrer sehen konnten, wie heftig mein Herz schlug, und dass die gelangweilten Pendler nach oben schauen und die subtile Bewegung sehen würden, während es raste.« Ihr fällt das leichte, aber nicht unangenehme Scheuern von Nippel gegen Leinen ein, als sie ein paar Stunden später nach Hause radelte, eingewickelt in ihren XXL-Mantel.

»So friedlich«, seufzte sie, »wieder unsichtbar zu sein. Ich fühlte mich wie ein Vampir. Ja, wie ein Vampir, der an Stoppschildern mit Blutatem anhält. Mua-ha-ha. Wie später, im College, wenn ich zum Unterricht ging, nachdem ich die Nacht mit einem Typen verbracht hatte. Ich saß mit hundert anderen Menschen in einer Vorlesung zur Musiktheorie, während Sperma aus mir heraussickerte, und keiner ahnte es. Ich schrieb wie besessen mit. Das Sperma selbst faszinierte mich nicht; ich dachte nicht mal an den Jungen. Mir gefiel einfach die Vorstellung, dass es niemand wusste. Ich dachte an die Person neben mir, irgendein unscheinbares Mädchen in einem College-Sweatshirt, das sich ebenfalls Notizen machte und vielleicht ebenfalls tropfte. Vielleicht leckte insgeheim jeder im Raum, einschließlich der Professorin und der studentischen Hilfskraft und der alten Gasthörerinnen, Sperma streifte ihre Schenkel, und nur um das zu verheimlichen, machten wir uns Notizen. Wen kümmert Statistik? *Dies* war eine, die mich interessierte: Wie viel Sperma trat aus einer Anzahl von x Körpern aus und aus welchen Arten von Körpern, und wann könnte es nicht länger abfließen, wann hätten wir sozusagen den Sättigungspunkt erreicht und würden unsere kollektive Tarnung auffliegen lassen? Wann würden Professor Kamaguchis Kniestrümpfe überlaufen? Darüber dachte ich nach, während ich mitschreiben sollte. Falls du mir nicht glaubst, schau dir meine Noten an.«

Ihr erstes Experiment zum Thema Verbrechen bestand darin, eine Sexszene in einem Bibliotheksbuch zu unterstreichen; es gab Wörter, die nachzuschlagen sie nicht vergessen durfte (darunter *Undulation*).

Ihr erstes Experiment zum Thema Grausamkeit bestand darin, Catalina, Gerüchten zufolge bulimisch, einen Zettel zuzustecken, auf dem geschrieben stand: *Du riechst nach Fish & Chips*. Das gab es montags in der Schulcafeteria zum Mittagessen. »Das ist nicht so schlimm«, sagte ich. »Komm schon.« Oola schüttelte den Kopf und seufzte. »Ich habe den Zettel am Dienstag geschrieben. Und, verdammt noch mal, es stimmte.«

Sich selbst Knutschflecke zuzufügen, war ihr erstes Experiment zum Thema Masturbation und wohl auch zum Thema Selbstverletzung. »Ich tat es, ohne darüber nachzudenken, es war wie ein Tick«, sagte sie. »Meine Lehrer dachten, ich würde misshandelt. Sie konnten sich keinen Reim darauf machen, warum meine Arme und Beine mit blauen Flecken bedeckt waren. Ich fand, dass sie hübsch aussahen. ›Ich batike mich‹, sagte ich ihnen. Ziemlich schlau von mir, oder?«

Ich war ihr erstes Experiment in Monogamie. »*Echte* Monogamie«, betonte sie, »das ganze Keine-Ausreden-von-wegen-ich-war-betrunken-vergib-mir-Programm.« Am nächsten war sie dem zuvor in einer Langzeit-Internetbeziehung mit einem Schuljungen gewesen, der in Slowenien auf dem Land lebte (das hatte sie jedenfalls glauben sollen), Pseudonym BadBoiSquishMe666 (»Kein Kommentar«, seufzte sie, als ich um eine weiterführende Erklärung bat). Sie hatte gelogen und gesagt, dass sie achtzehn sei, obwohl sie tatsächlich zwölf war. »Das Beschämendste, was wir taten« – sie schaudert – »war, Gedichte auszutauschen.« Als ich sie bat, mir welche vorzulesen, schlug sie mir auf die Hand. »Ganz sicher nicht!« Das sagte die Frau, die mich später Proben ihres Urins nehmen ließ.

Es fällt mir manchmal schwer, konkret über unser Zusammensein nachzudenken, im Sinne von: eine Frau plus ein Mann, ein Körper plus ein anderer ungefähr gleich großer Körper. Manchmal hatte ich den Eindruck, ich sei zuvor noch gar nicht ich selbst gewesen, dieses von Adjektiven verwöhnte Ding, bis sie kam und sie auswählte (*knochig, picklig, schüchtern, anstrengend*), oder ich sei zuvor ein Wirrwarr von Lichtpartikeln gewesen und Oola diejenige, die diesen Tumult als ein Objekt sah, wenngleich ich nicht anfechten konnte, welches (*Stein, Papier, Schere, Schlampe*). Sie war die Sprache, durch die ich mich mir selbst erklärte; ihre Reaktionen auf meine Geschichten bestätigten oder verwarfen meine Mutmaßungen darüber, wie ich mich verhalten sollte. Ich hatte etwa nie gedacht, dass meine Beziehung zu Tay merkwürdig sei, bis sie meine Hand drückte und »Oh, Babe« sagte. Sie massierte meine Traumata in Form. Und gleichermaßen sagte sie, sie habe ihre Knie nicht nur nie attraktiv gefunden, bis ich alle ihre Konturen geküsst hatte, sondern sie habe überhaupt kaum an sie gedacht: »Ich konnte sie mir nicht vorstellen. Also, vielleicht schemenhaft wie zwei Knoblauchzehen. Sie hätten genauso gut nicht existieren können.« Ich leckte sie zurück ins Licht. Wir filmten uns jeden Tag und spielten das Filmmaterial ab, wenn wir vögelten – metaphorisch gesprochen, natürlich.

Vor allem in Big Sur, wo wir schließlich landeten. Dort schien es oft, als würden wir das gleiche unterdurchschnittliche Frühstück schon seit zweiundzwanzig Jahren in den gleichen Socken im gleichen Lichtkegel einnehmen. Sie hatte das Raynaud-Syndrom, was bedeutete, dass ihre Zehen blau anliefen, wenn sie keine Socken trug, die von der dicken, wollenen Bergsteigerart. Darum war es schwer, sie kommen zu hören. Mir gefiel es besonders, wenn sie ihre Extremitäten wie winzige hässliche Kunstwerke zur Schau stellte. Vor

Oola glich ich einem Loch, das sich dem Hunger nähert, bis sie mich als Mund las. Sie fand diesen Einschnitt wesentlich. Schließlich küsste man ihn und hörte ihm zu, klar. Oh, höre, wie ich gehe. Ich bin bloß ein Mund für dich, oder? Und O., ein Ausbruch lauter Blondheit, plus zehn immergrüne Zehen.

Alles, was zwischen uns geschah, begann, nach Europa und so vielen Städten, erst ernsthaft im Strandhaus, wo der Plan für Big Sur Form annahm. Wir waren seit zweieinhalb Wochen bei den Orbitsons, nach knapp drei Monaten gemeinsamer Fahrten. Der Sommer nahte. Wir hatten keine Pläne für die Zukunft, keine Ambitionen, die über Brunch hinausgingen. »Dies ist eine Wochenendwelt«, nuschelte Oola. Ich zog an ihrem Pyjamahemd und benutzte es, um meinen verschütteten Wein aufzufeudeln. Niemand schien das Durcheinander zu bemerken, das wir verursachten, die Spuren, die wir hinterließen; ich vermute, die Besitzer jener Häuser waren nie lange genug dort, um sich darum zu kümmern. Mittlerweile fühlte sich unsere Liebe sicher an, die einzige Konstante in einem haltlosen Leben auf der Durchreise, mal beengt und limonadenbeschwipst, mal anderer Menschen Tafelsilber benutzend. Je mehr schlimme Dinge auf der Welt passierten, desto unabdinglicher schien unser Bund; wenn wir an einer Zeltstadt von Flüchtlingen, die vor einem Flughafen campierten, vorbeikamen und bloß eine Stunde später Erdnüsse im Luftraum aßen, griffen wir einander bei der Hand, nickten schließlich so ein und schämten uns auf abstrakte Weise für uns selbst und für diese wertlose Zurschaustellung von Zuneigung, ließen aber trotzdem nicht los, aus Sorge, sonst würde die Welt, wie wir sie kannten, sich in fantastische Fukushima-Schläge und bürokratische Countdowns auflösen, würde beschleunigen, bis sie schmolz, und wir mit dem Arsch nach oben in der Luft hängen.

Der Anruf meiner Mutter wirkte, als sei ein Neonlicht eingeschaltet worden. O. und ich hatten uns so lange in diesem Halbdunkel, diesem Limbus aufgehalten, dass ich vergessen hatte, wie schrecklich hell es sein konnte. Meine Mutter, die Sonnengöttin, gab den nächsten Umzug bekannt. »Deine Großtante ist im Hospiz.«

»Das tut mir leid.«

»Braucht es nicht. Wir kannten die Ziege ja kaum.«

»Jesus, Mom.«

»Was denn? Sie hat sich die letzten zwanzig Jahre in einer Hütte in Big Sur verkrochen. Es steht schlecht um sie. Krebs des Dings, du weißt schon, das kleine Teilchen, das irgendwelches Zeug absondert. Ihr Haus muss *auf unbestimmte Zeit* gehütet werden.«

Ich war allein in der Küche. Die Orbitsons würden in wenigen Tagen nach Hause kommen. Ich starrte auf das Telefon in meiner Hand und fragte mich, wo Oola gerade sein mochte. Wahrscheinlich fischte sie im Bach unseres Nachbarn nach Flusskrebsen und passte auf, seinen Rottweiler nicht zu wecken. Wenn er sie erwischte, würde sie in Stücke gerissen; sie trug bloß einen von Sternen übersäten Bikini, hinter dem ich stets ein Relikt ihrer Jugend vermutet hatte, bis sie zugab, ihn aus der Jugendabteilung von Target gestohlen zu haben. Es war Sommer, und ich sah oft ihre Zehen. Vermutlich würde sie nicht mit mir kommen wollen, denn das hieß, angemessene Kleidung anzuziehen und ihre Tage in der Sonne abzukürzen.

»Ich ruf dich zurück«, sagte ich meiner Mutter. »Ich muss eine Nacht darüber schlafen.«

»*Vite, vite. C'est la vie.*«

»*Très bien*, Mom.«

»Ich versuch's, Liebes.«

»Bei dir alles gut?«

»Oh, eine Wucht, Liebes! Eine Wucht!«

Ich legte das als ein Ja aus.

Ich fand Oola auf der Veranda. »Wie geht's deiner Mutter?«, fragte sie über ein altmodisches Design-Magazin gebeugt, das sie im Badezimmer gefunden hatte. »Ich erforsche die Reichen und Schönen. Was für gewagte Einrichtungen.«

Ich beschrieb ihr die Hütte in Big Sur und blickte wehmütig über die floridianischen Sanddünen. »Es war früher ein Künstlerhaus«, erklärte ich. »Meine Großtante lebte weiter dort, nachdem es geschlossen wurde. Dort gehen wahrscheinlich noch Dichter und wenig geliebte Schlagzeuger um. RIP, Ringo. RIP, ich.«

»Klingt traumhaft.« Sie blickte nicht von ihrem Magazin auf.

»Sicher. Ich nehme an, es ist der perfekte Ort, um mein Zölibatsgelübde abzulegen. Und so beginnt meine langsame Auslöschung des Namen Kneatson vom Planeten Erde.«

»Wie langweilig für mich.«

Ihr nonchalanter Ton verletzte meine Gefühle. »Also, nur weil ich mich verkrieche, bedeutet das ja nicht, dass *du* schon nach Hause fahren musst. Es ist nur für ein paar Monate. Ich kann schauen, ob meine Eltern andere Freunde in Kalifornien haben.«

»Was?« Sie faltete ein Eselsohr in die Seite. »Ich meinte, wie langweilig für mich, wenn du das Mönchsding durchziehst. Ich kann nicht für einen Quickie in die Bar runtergehen, oder?«

»Du willst mitkommen?«

Sie schnaubte. »Wo sollte ich denn sonst hin, Leif?«

»Na ja … Eigentlich überall, wohin du möchtest.« Ich versuchte, beiläufig zu klingen. »Ich will dich nicht vereinnahmen.«

Sie legte ihr Magazin ab und inspizierte mein Gesicht. Ihr Ton wurde sanfter, als sie merkte, dass ich es ernst meinte. »Warum sollte ich nicht mit dir kommen wollen?«

»Na ja …«

»Glaubst du, du würdest irgendwann genug von mir haben?«

Ich war ehrlich: »Niemals.«

»Ich wollte immer im Wald leben.« Sie lächelte halb. »Big Sur. Klingt nach einem Abenteuer.«

Ja, das Klischee ließ mir einen Schauer über den Rücken laufen. »Denke schon.«

»Wir werden uns zu beschäftigen wissen. Du hast dein Schreiben. Und ich kann … Ich weiß nicht, mit den Rehen reden. Deutsch lernen. Collagen kleben. Vielleicht hab ich eine ökofeministische Phase.«

»Vielleicht gibt's dort ein Klavier.«

»Vielleicht.« Sie überlegte kurz. »Du könntest diese Sache tun, die du tun wolltest.«

»Welche Sache?« Die Sonne blendete meine Augen, so dass ich blinzeln musste.

Sie zuckte die Achseln. »Ein Buch über mich schreiben.«

»Ich schätze, ich könnte es versuchen.« Die Sonne wanderte in meinen Bauch.

»Es gibt nicht genug Bücher über Frauen«, sagte sie, »vor allem nicht über Frauen, die so verdorben sind wie ich.«

»Das ist ein Rund-um-die-Uhr-Job«, imitierte ich eine Warnung, obwohl meine Eingeweide schon vor Hoffnung barsten. Meine Zehen kribbelten, so wie ihre es in meiner Vorstellung oft taten.

»Leg los.« Sie kehrte zu ihrer Lektüre zurück, schaute dann, nach einer Weile, mit einem schiefen Lächeln auf. »Du könntest eine ganz neue Seite an mir entdecken.«

»Ach, wirklich?«

Sie nickte, noch immer lächelnd. »Du könntest es be-reuen.«

Und mit einem Seufzen wandte sie sich wieder ihrem Fetzen zu.

Ich starrte ihr Profil an, in meinen Ohren klingelte es plötzlich; schon formte sich ein üppiges Bild unserer Zukunft. Es wäre das Orbitson-Leben hoch n, mit einem anderen Ozean, weniger alten Menschen und erstklassigem Gras. Wir würden das Kinderspiel mit den Nylons hinter uns lassen. Ich hatte mein Schreiben, sie hatte ihre Musik, wir hatten uns und sonst nichts als Zeit. Ruhige Abende, Bohnen zum Essen, Oola in langer Unterwäsche, geliehene Bücher, ein Radio, Oolas Taucheranzug zum Trocknen aufgehängt, während Ratten im Dachstuhl umherrannten und der Himmel in Sterne ausbrach. Eine radikale Langeweile, die auszuschmücken uns überlassen war. Ich könnte gärtnern, sie könnte quilten, wir könnten Drogen nehmen und auf die Steckrüben treten und auf die Decken scheißen und im überhellen Morgen zurück auf Feld eins ziehen, noch nach Rosmarin riechend, Kletten im Schamhaar.

Nackt auf einer ziemlich glatten Oberfläche stehend drehte sie sich vor meinem inneren Auge um 360 Grad, ihr Haar (länger, blonder) im Nacken hochhaltend. *Hab ich Zecken?*, fragte sie ungeduldig. *Siehst du welche? Schau in den Falten nach. Nein*, nein, *das ist ein Muttermal!* Notiert – ein weiteres Sternchen für mein Diagramm. Semikolons standen für Sommersprossen; für Spaß, ihr Bauchnabel war ein Pentagramm. Mit zweiundzwanzig beziehungsweise fünfundzwanzig fühlten wir uns in unseren Körpern ausreichend zu Hause (*hohe Decken und Dielenböden*, höre ich sie witzeln). Diese Waldhütte würde ein Experiment sein, nur eins von vielen Projekten, die uns für jene Menschen definierten, die uns in unserer Einbildung stets beobachteten.

Und erlaube mir, es zu wiederholen: Oola hatte das Kommando gegeben.

Wir glitten in den Pick-up-Truck, schnallten uns nicht an und sagten dem Sonnenstaat Lebewohl. Theo saß auf Oolas Schoß und ließ ihre nackten Beine schwitzen. Elf Stunden später nahmen wir die falsche Abfahrt vom Highway und zogen unsere Kreise durch einen soliden Mittelklassevorort; wir passierten ein Haus nach dem anderen mit pastellfarbenem Stuck und eierschalenfarbenen Zierleisten, und als sie das Radio leiser drehte, um vorzuschlagen: »Lass uns eins aussuchen, in dem wir alt werden«, und auf ihren Favoriten zeigte, ein zitronengelbes zweistöckiges mit einer Reifenschaukel im Garten, war ich felsenfest von ihrem Einverständnis überzeugt, ihrem Wunsch, mit mir zu verfaulen, kannenweise Tee zu trinken, alte Geschichten zu erzählen, unsere halbjungen Körper zu zwingen, still zu sein und abzuwarten. Neue Unterhaltung erwartete uns, am ausgefransten Rand der Welt.

Oola, das Starlet, war ein Wurm unter Licht (stell dir eine große, schlaksige Frau im engen Bleistiftrock vor). Sie wand und entzog sich. Wie die besten Geschichtenerzähler war sie meistens still; mit abgewandten Augen nahm sie sich ihre liebe Zeit, wenn sie schließlich doch etwas sagte. Aber ich war da, um alles zu hören, jedes Schlängeln zu dokumentieren, jedes Zucken zu sonografieren. Was sie ungesagt ließ, lockte ich aus ihr heraus. Der beste Zuhörer ist der, der sein Skalpell gezückt hält. Ich halbierte sie, und wenn jede Hälfte einen neuen, entzückenden Kopf ausbrachte (einer mit blonden Zöpfen, der andere duschnass), war ich bereit und gewillt, für beide den Gastgeber zu spielen. So wurde unser Haus in Big

Sur ein Harem, eine kleine Holzhütte, die bis zum Rand gefüllt war mit meinen Oolas – Oola-Imitaten; frischgebackene Oolas; die kranke Oola, schläfrig und schwach in unserem Bett, ohne die Energie, ihr eigentliches Selbst zu verbergen, geschweige denn seine zahlreichen Wiederholungen, die sich Schmuck ausliehen oder am Krankenbett fläzten, auf eine Weise, die ich noch nicht als unheilvoll zu erkennen gelernt hatte. Stattdessen schien das Haus aufregend: Wenn ich im Gemischtwarenladen Lebensmittel kaufte oder Schecks einlöste, gesellte ich mich zu den anderen Männern, denjenigen in Arbeitsschuhen und starren Jeans, deren Knie im rechten Winkel knitterten, und mir schien, dass ich ihre protestantischen Clint-Eastwood-Plattitüden zum Thema Familie nachvollziehen konnte.

Ein volles Haus, mochte einer seufzen. *Das ist das Schönste, heimzukommen in ein Haus voller kleiner Racker. Eine Socke über dem Heizkörper rührt mich zu Tränen. Und nachts ist es niemals still, nicht mal hier draußen, weil ich jeden von ihnen schlafen hören kann. Das mag ich am liebsten.*

Und ich würde nicken und an meine Schar denken.

Dennoch hätte ein Schrei genügt, um alles abzublasen. Ein *He, das tut weh!,* um einen Bösewicht in seine Schranken zu weisen, auf Neu-laden zu klicken, auf Löschen.

Und glaub mir, ich hörte zu. Ich horchte mit dem Ohr auf dem Boden, dem Arsch in der Luft. Ich kam mit ausgefahrenen Antennen nach Kalifornien. Die Erde drehte sich auf ihrer Achse, und Oola drehte sich im Schlaf, und ich machte in diesem Sommer und Herbst und hasserfüllten Winter kein Auge zu. In manchen Nächten in der Hütte, nachdem wir uns eingerichtet hatten, zog ich mir einen Stuhl ans Fußende des Bettes, damit ich sie beobachten konnte. Ihr Körper verriet nichts außer einer Neigung, schräg zu schlafen, wie der

Sicherheitsgurt des Bettes, die eine Hälfte eines X, das auf gerichtliche Schließung wartet. Meine Augen gewöhnten sich an die Dunkelheit, ich war eine Katze im Dunkel. Theo saß auf meinem Schoß, ein bisschen verärgert. Mein Mund war nicht so groß wie Oolas. Ich kam nur bis zu seinen Schnurrbarthaaren.

Im Schlafzimmer wurden wir drei zu Quallen. Wir kreisten stumm umeinander, verfolgten nicht notwendigerweise uns, sondern suchten vielmehr irgendeine menschenähnliche Form. Es war still bis auf das Mahlen ihrer Backenzähne. »Du knirschst«, sagte ich, als sie mich fragte, warum ich so müde aussehe. »Davon wach ich manchmal auf.«

Sie fuhr mit verblüfften Fingern ihren Kiefer entlang. »Scheiße. Das wusste ich gar nicht.«

Sie wusste es. Falls du mir nichts anderes glaubst, glaub mir das. Sie wusste es.

Big Sur

Und so begannen die Tage seltsamen Wetters. Es waren Tage der Recherche, des entfesselten Forschens. Das Projekt beherrschte unser Leben, aber diskret, wie eine Krankheit; wir erwähnten es nie geradeheraus, außer wenn Oola leichthin fragte: »Also, wie läuft das Schreiben?«, und ich mit den Schultern zuckte: »Ach, du weißt schon«, und mich davonschlich, während eine Pluot, in die sie hineingebissen hatte, meine Brusttasche durchnässte.

Ich richtete ein behelfsmäßiges Arbeitszimmer auf dem Dachboden ein, und Oola verstand es, mich dort oben in Ruhe zu lassen. Sie dachte, dass ich dort schrieb, dass dort Nägel mit Köpfen gemacht würden, während ich tatsächlich in den vielen Stunden, die ich zurückgezogen verbrachte, während mein Scheitel die schrägen Balken schrammte und die Fensterluke weit offen stand, nicht mehr tat, als ihre Zigarettenstummel aus dem Meerohr-Aschenbecher zu klauben, den ich von der Veranda gemopst hatte. Ich drehte sie in den Händen wie Perlen, noch sandig, frisch aus der Brandung. Ich versuchte ein paar zu rauchen, wurde umgehend zum uncoolen Teenager, während ich ein chemisches Gemenge und Überreste von Spucke paffte. Einige waren mit Lippenstift betupft, ich drückte sie mit besonderer Überzeugung an die Lippen.

Halte das nicht für die Eitelkeit des Schriftstellers oder

einen Vorwand dafür, schon mittags am Gin zu nippen: Das Wunderbare geschah, ganz sicher, auf irgendeiner unterbewussten Ebene, in meinem Rattenloch, während ich jeden Tag ein neues Objekt die Treppe hinaufbeförderte, um es zu zerlegen und gegen das Licht zu halten, das sich bernsteingelb und winkelförmig über meinen Schreibtisch warf wie ein Speer. Ich präsentierte meine Artefakte in diesem seltsamen Scheinwerferkegel: ihre Haarbürste, noch verklettet von Fusseln. Das T-Shirt, das sie auf Tays Party getragen hatte, die Armlöcher bräunlich wie Apfelgehäuse, weil ich es gestohlen hatte, bevor sie es waschen konnte. Ein verwittertes Album mit Babyfotos. Halb ausgetrunkener Kaffee in Pappbechern, deren Böden fleckig wurden und schließlich nachgaben und Flüssigkeiten anatomisch über meinen Schreibtisch rinnen ließen.

Vielseitigkeit und Innovation waren der Stolz meiner Sammlung. Ein Curtis-Sweatshirt, in dem sie stets schlief, ohne erkennbaren Grund, sie zog es luftigeren Kleidungsstücken oder den Dessous vor, die sie als Geschenk von entfernten weiblichen Verwandten erhalten hatte. Seine Schweißflecke enthielten einen Rorschachtest, die Art, wie es knitterte, etwas Freudianisches. Alles Schriftliche: Kassenzettel mit Songtexten auf der Rückseite, Post-its, die sie an kommende und vergangene Termine erinnerten, Briefumschläge, auf die sie wieder und wieder ihren Namen geschrieben hatte, während sie mit jemand Langweiligem am Telefon festhing. Ich würde diesen Jemand ermitteln, wenn ich könnte, sein nasales *Aloha!* oder seine Sicht auf Trump ertragen, bloß um herauszufinden, worüber sie damals gesprochen hatten. Ein Bündel Haare, aus dem Abfluss geklaut, lag am Rand meines Schreibtisches wie eine deplatzierte Seeanemone. Dort, wo andere Menschen ein gerahmtes Foto ihrer Liebsten in Bikini oder

Ballkleid aufstellen mochten, befand sich ein benutztes Wattestäbchen aus dem gleichen goldenen Zeitalter.

Ich leerte ihre Taschen: Sand, Tampons, Zahnseide, abgerissene Tickets, sorgenvoll zu farbigem Zellstoff zerrieben. Ich konnte vor mir sehen, wie ihre Hände sich in der Dunkelheit bewegten, beruhigt bloß durch den ersten Ausbruch der Musik und den folgenden Applaus. Kaugummi, bescheiden eingewickelt in Strohhalmpapier, zu Noppen versteinert, die immer noch nach Pfefferminz rochen. Vertrocknete Blumen, die ich sie nie hatte pflücken sehen.

Zwischen welchem Plunder wir leben, dachte ich bei mir, *was für eine Fährte von angehäuftem Scheiß.* Die wahllosen Reste unserer Existenz, die sich in Aktenmappen und auf dem Boden von Handtaschen häufen, deren lackledernes Glänzen längst abgescheuert ist, und, überraschend oder nicht, wie schmutziger Schnee in Badezimmerecken. Meine Zunge war ausgestreckt: Ich fing die Flocken. Es war überwältigend, wie viel ich finden konnte, selbst für jemanden, der so zerstreut war wie Oola, die mit zwei Seesäcken in die Hütte eingezogen war. Ich hatte einen Alptraum, in dem einer ihrer früheren Liebhaber – ein Blind Date namens Henry, der tatsächlich blind war – einer Spur aus XL-Kleideretiketten und HIV-Broschüren (wie sie stets auf Straßenfesten verteilt werden) gefolgt war, die zu unserer Tür führte, die wir hier in der Pampa nie verschlossen, um einen Gutenachtkuss von ihr einzufordern. *Ich hab's getan!*, rief Oola, die aus irgendeinem Grund eine Jagdmütze für Männer trug. *Aber nicht auf den Mund*, schrie er, und Oola gab mürrisch zu: *Ich hab ihn aufs Kinn geküsst, ich dachte, er würde es nicht merken.* Wir drei setzten uns, um das Ärgernis zu besprechen. Oola schleuderte ihre Mütze fort und entblößte einen rasierten Kopf; Henry ertastete sich den Weg über den Tisch und küsste sie aufs Haupt.

Ich lehnte mich zurück wie ein Schiedsrichter und zählte die Follikel.

Oola war nicht schüchtern, was ihren Körper betraf, sie sprach offen über Verstopfungen und hatte eine Phase, in der sie mich jeden Abend vor dem Duschen ihren Rücken nach Pickeln absuchen ließ. Wenn ich einen fand, machte sie sich bereit.

»Zerquetsch das kleine Miststück«, forderte sie. »Dachte wohl, es würde mir entkommen. *No, Sir.*«

Es ärgerte mich, dass irgendwo namenlose Ärzte über vertrauliches Wissen zu ihrem Blutkreislauf verfügten, zum Geruch und Farbton ihrer Körperflüssigkeiten. Wenn ich halb scherzend mein Ohr an ihre Brust legte und sie bat zu husten, brachte ich nicht mehr in Erfahrung als den Geruch ihres Schweißes (schwach nach Knoblauch an manchen Tagen, süß wie Brotteig, wenn sie trainiert hatte, seltsam scharf, wenn sie Drogen genommen hatte); diese unbekannten Ärzte, die das Gleiche taten, durften sie praktisch betreten. Genug davon. Ich würde der Cartoon-Forscher sein, der durch ihre Eierstöcke steuert.

Da waren ihre Highschool-Jahrbücher, die sie in einer Plastikhülle aufbewahrte und in ihren Seesäcken herumtrug. Als ich sie fragte, warum sie mit ihnen reiste, zuckte sie die Achseln und sagte: »Wenn ich sie zu Hause lasse, werden sie nur weggeschmissen.« Ich brütete nicht nur über ihrem Foto (eine minderjährige Oola, die ein Kropfband trägt), sondern auch über den Fotos ihrer Klassenkameraden und den Anmerkungen, die sie dazu geschrieben hatten. Wie war ihre Beziehung zu Dean (*Stirbt wahrscheinlich jung*), und was hatte er gemeint, als er *Du bist die Beste* gekritzelt hatte? Was hielt sie von seinen Sommersprossen oder Sommersprossen im Allgemeinen – es war ein Thema, das wir noch nicht angeschnitten hatten. Während ich Abschnitte ihres Lebens auswickelte, häuften sich meine Fragen wie Taschentücher, die aus einer Geschenkbox gezogen werden, über die Schulter geworfen zum Gewimmel all der anderen Trivialitäten. Dort türmten sie sich sanft, aber vernehmlich in einer Ecke: Wo lernte sie gerne? Konkurrierte sie mit Jenny, einer Starathletin, deren lange Glieder und träges Grinsen das ungeschulte Auge an Oola erinnern mochte? Hatte sie schon immer gewusst, dass Federico in sie verknallt war? In seiner Abschiedsnotiz wurde es glasklar: *Du bist eines der coolsten Mädchen, die ich kenne. Weißt du noch in Chemie? Werde ich nie vergessen, wie du einen Bunsenbrenner benutzt hast, um einen Joint anzuzünden. Ich hoffe, du bleibst, wie du bist.* Wir hatten die großen Fragen abgehakt, die Glaubst-du-an-Gott-Unterhaltung in einem Nachtbus geführt und den Themenkomplex Gefängnisindustrie auf einem kaputten Trampolin erörtert, und dennoch brannte ich, während ich durch Fotos farbloser Teenager in Schulpausen blätterte, darauf zu wissen, was sie lieber mochte – Pizzabagels oder Bagel Bites? Wie hatte ich in all dieser Zeit, die wir zusammen verbracht hatten, vergessen können, sie nach ihrem liebsten ABBA-Song zu fragen?

Es war schwindelerregend, sich vor Augen zu führen, dass die beschissene, klebrige Welt, die in diesen (ebenfalls leicht klebrigen) Highschool-Büchern enthalten war, vor nicht allzu langer Zeit existiert hatte, und dennoch war in dem halben Jahrzehnt, das vergangen war, seit sie um 7 Uhr 55 morgens einen McMuffin im Minivan ihrer besten Freundin gegessen hatte, während sie den Soundtrack von *Les Misérables* aufdrehte und sich Old Spice unter die Achseln spritzte (»es roch sexy, fanden wir«), genug passiert, um diesen wunderlichen Engel fast völlig fremd erscheinen zu lassen gegenüber dem Mädchen, das meine Zahnbürste benutzte (»oh, bitte, jetzt sag nicht, dass *du* zimperlich bist. Was bringt es, zwei zu haben?«), dessen Ohrläppchen, einst geschmückt mit silberfarbenen Gänseblümchen, meine Schneidezähne belästigt hatten, sanft das Narbengewebe von den Löchern schürfend. Es schien ein wenig schäbig, über die siebzehnjährige Oola nachzudenken, und dennoch war sie immer noch da, unter der Oola-die-ich-kannte, auf ewig den Knoten ihres Neckholder-Tops zurechtrückend und Polizisten schöne Augen machend, bloß um zu sehen, was passieren würde. Oola fasste ihre Teenagerjahre zusammen als den »Höhepunkt meines Idiotentums« und »drei Jahre, in denen ich meine Unterwäsche und meinen BH aufeinander abstimmte, weil irgendeine Tussi mir gesagt hatte, das sei klasse«.

Ich hatte Glück, dass sie so jung war, direkt aus der Universität gefallen. Man verlor nicht so schnell die Übersicht, wenn man ihre Vergangenheit durchforstete, diese Erzählung von albernen Partys (zu Halloween verkleidete sie sich als Rinderwahn) und Highschool-Eroberungen, eine Vergangenheit, die ziemlich sauber war im Vergleich zu meinen fünfundzwanzig schlüpfrigen Jahren. Manchmal blicke ich zurück auf Entscheidungen, die ich getroffen habe, als ich jünger war, und bin verblüfft über die Verwegenheit dieses Fremden. Vielleicht wird sich dieses Buch eines Tages großartig für mich anhören; ein Jahrzehnt später wird es eins meiner Lieblingsbücher, weil eine andere Person es geschrieben hat, nicht diese Röhre voller Sehnsucht, als die ich mich kenne, sondern jemand Diskretes in vertrauter Kleidung.

In der achten Klasse packte meine Lehrerin in Physiologie ein Stück PVC-Rohr aus. Sie zeigte auf die Öffnung oben. »Euer Mund«, sagte sie. Sie zeigte auf die Öffnung unten. »Euer Anus.« Sie schüttelte das Rohr herzhaft. »Mehr oder weniger der menschliche Körper.«

Ich fühlte mich am Boden zerstört. In dem Jahr war ich vierzehn und noch nicht dem Gefühl entwachsen, eine Belastung für die Welt zu sein. Nach dem Unterricht schwärmte ich aus hinter die Turnhalle, wo die üblen Jugendlichen gerne Zigaretten rauchten. Ich war mit vielen von ihnen befreundet, aber niemand war da. Ich steckte mir einen Finger in den Hals und übergab mich. Erbrochenes besprengte die gipsverputzte Wand, klumpig und beigefarben. Ich starrte die Sauerei an und brachte mich dazu, alles, was ich in den letzten eineinhalb Wochen gegessen hatte, laut aufzusagen. Dann lief ich zurück zum Unterricht und hielt bloß an, um meinen Pullover in ein leeres Schließfach zu stopfen.

Ich erkenne mein gegenwärtiges Selbst in diesen Erinnerungen überhaupt nicht wieder. Ich lagere sie in meinem Gehirn wie Drogen, die man für einen Freund aufbewahrt. Gleichermaßen schien auch Oola vor mir eine völlig andere gewesen zu sein. Zu Übungszwecken zwang ich mich, mir vorzustellen, jede Person auf den Fotos, die ich fand, zu küssen. Ich testete, wann meine Moral einsetzte. Ich fühlte mich pervers, als mir die Bilder von ihrem Abschlussball in die Hände fielen, obwohl ich wusste, dass *diese* Oola, größer gewachsen als ihr allzu cooles Date, liebend gern einen Mann meines Alters geküsst hätte, vor allem beim Abschlussball. Tatsächlich sah ihr Begleiter, irgendein New-Wave-Nosferatu, mindestens aus wie einundzwanzig. Wenn ich mir ihr glossiges Grinsen anschaute, konnte ich fast das Smirnoff Ice schmecken, das er ihr sicher gekauft hatte. Sie hatte seine Initialen auf die Rückseite geschrieben – *Oola + LR, 2012* –, wie ein Indiz für ihr zukünftiges Selbst. Aber ich konzentrierte mich auf sie, auf die in ihr Haar geflochtenen Plumeria, die weißen Riemchensandalen, die in ihr Fleisch schnitten, statt auf den dunklen Fremden im glatten Anzug mit Krawatte; das war ein Flüchtigkeitsfehler, der mich schon bald heimsuchen sollte. Bei einem Polaroid, das Oola auf einem riesigen Plastikpilz sitzend zeigte, musste ich die Grenze ziehen; sie war höchstens elf und trug Gel-Sandalen und keinen BH. Dennoch war ein dunkler Teil von mir neugierig, als ich durch ihre Babyfotos blätterte. Nicht erregt, wohlgemerkt, aber neugierig. Irgendwo da drin war Oola angelegt. Warum schmerzte dieses Wissen in meinem Magen? Selbst die Vorstellung eines keuschen Küsschens auf ihre runde Wange zerstörte mich. Es gab Grenzen. Eilig blätterte ich weiter.

Ich fand Frauenmagazine ungemein lehrreich für mein Projekt, mit ihrer Vorliebe, jeden Teil des Körpers zu kategorisieren. Einige wurden an die Hütte geschickt, ungekündigte Abonnements der alten Tante Kneatson; andere wurden stapelweise von Oola auf unseren Streifzügen durch den Ort gekauft. War ihr Teint schneeartig, pfirsichfarben, warm oder wie Kakao? Waren ihre Strähnchen honigfarben, oder lagen sie eher im Spektrum der Goldrute? War sie eine Sexbombe oder ein Sweetheart? Fettig oder trocken? Nässend oder rot? Bananen-, Apfel-, Nashi-Birnen-, Ofenkartoffel-förmig (Gott stehe der traurigen Knolle bei)? Die abgedroschene Sprache der Frauen war unwillkürlich schön. Sie sprachen verschlüsselt: Moschus gehörte zu Jasmin, Koralle zu Asche, zusammengeschweißt durch *flirty*, flockig oder manchmal *Pep*. *Niedlich* war ein Euphemismus für die Unförmigen. Sportliche Mädchen bekamen Pilzinfektionen; Sperma schmeckte wie Popcorn und/oder ein Kuss. Wenn ich eine Beschreibung fand, die passte, schnitt ich das dazugehörige Foto aus und pinnte es an die Wand wie ein Pantone-Farbmuster und betrachtete es aus der Entfernung. Wo war Oola in all dieser Verlautbarung, diesem sexpositiven Wirbel? Ich suchte nach Hinweisen auf den Seiten, die sie mit Eselsohren markiert hatte, doch es passte gleichermaßen zu Oola, sich eine Seite bloß wegen einer witzigen Verwendung des Wortes *cremig* zu merken, oder für einen Ratschlag dazu, wie man Typen im Dunkeln tappen lässt (*Tipp Nummer eins: Parfums mischen*).

Hin und wieder schien es, als seien die Staubpartikel, die durch meinen einsamen Lichtpfeil trieben, nicht Staub, sondern trockener Hautabrieb, Flocken vergangener Zusammentreffen, die nun in der Luft hingen, vom Händeschütteln und dem Rückwärtsgriff, mit dem man seinen BH aufmacht, die Arme angewinkelt wie Hühnerflügel, dann die unvermeidliche Pause, obwohl man das seit der achten Klasse zweimal täglich getan hat. Es war eine der ersten Arten, auf die sie in mich eindrang: über meine Lunge. Zwischen sechs Uhr morgens und ein Uhr mittags war ich umgeben von den schwebenden Rückständen meines Lieblingskörpers, die sich auf ebenen Oberflächen niederließen, sich mit Pollen aus der Umgebung und Chemikalien aus der Ferne vermengten, eins wurden mit den Fusseln fabrikmäßig hergestellter Pullover und dem Stoff meines eigenen gedämpften Niesens. Es war, als wäre sie schon tot.

Fiberglaspartikel schwebten ebenfalls durch die Luft oder zumindest Gerüchte über sie; der Dachboden sei unbewohnbar, wurde meine Mutter nie müde zu erklären, ihre Stimme tauchte auf und ab, wenn es genug Empfang gab. »Es hat seinen Grund, dass da oben nichts ist«, wieherte sie. Ich akzeptierte Asbest für das Streben nach tiefer Liebe und entschädigte meine Lunge durch Joggen am Abend. An Wochentagen war es die einzige Gelegenheit, zu der ich unser Grundstück verließ. »Gehabt euch wohl, Dickerchen«, rief O. am ersten Abend, an dem ich zum Laufen aufbrach, über das Gartentor gelehnt wie eine kriegsgebeutelte Braut. »Ohne dich hab ich bloß Mäuse zu Freunden.« Und obwohl ich wusste, dass sie scherzte, kam es einem Teil von mir so vor, dem gleichen Teil, der sich daran erfreute, ihr den Schlaf aus den Augen zu wischen, als wäre sie wahrhaftig traurig, mich gehen zu sehen, und sei es nur für eine Stunde. Wenn ich irgendeine Vorstellung davon gehabt hätte, wie schnell sich das ändern würde, hätte ich womöglich ein Laufband gekauft und mich geweigert, jemals das Haus zu verlassen.

Ich perlte den Highway 1 in schwarzen Jogginghosen entlang, so nah an den Autos, die nordwärts nach San Francisco oder südwärts nach L.A. fuhren, dass ich die Lieder aus ihren Radios hören konnte, drei Sekunden heller, vollmundiger Gesang, *Baby* oder *won't you* oder ein langgezogenes *hello*, bis der Ton sich verformte, den Klang änderte, um sich dem Rauschen der Luft anzupassen, und mitten im Satz, mitten im Wehklagen abriss. Liebe blieb doppelt unerwidert, wurde hier draußen in der Pampa sogar von seiner Grammatik sitzen gelassen. Bittgebete hingen in der eisigen, leicht fauligen Luft. Ich atmete sie bereitwillig ein, meine Lunge mit ebenso viel *Oh Gott* füllend wie mit Sauerstoff. Vielleicht zog ich den Highway deswegen den Redwood-Wäldern oder den verkohlten Hügeln zum Joggen vor; ich fühlte mich nicht ganz so allein. Die Autoradios erinnerten mich ein wenig an unser Spiel aus dem Strandhaus, mit den Drinks und dem Strumpf und Janis Joplin. Das Versprechen unseres neuen nächtlichen Rituals schwebte im Raum wie für andere Männer das eines großen Essens; ich stellte mir Oola vor und wurde getrieben, natürlich von der Erregung, aber auch der Verantwortung, als ob auch sie ein unvollendeter Satz wäre, einer, den nur ich skizzieren und in dünnen Morgenstunden mit einem Ausrufezeichen versehen konnte.

Mein Herz wallte auf, wenn ich unseren Briefkasten erblickte, seine rote Fahne zu einem sinnlosen Gruß aufgestellt, sich der Straße entgegenneigend. Vom Highway konnte man die Auffahrt nicht sehen, die sich zur Hütte hinaufwand; der Weg war eingewickelt in Giftefeu, durch Erdrutsche halb verschüttet. Unser Truck hatte einen mageren Pfad durch das Gestrüpp gemäht, aber er war noch immer unsichtbar, es sei denn, man wusste, wonach man suchte. Ich sprang diesen Pfad hinauf wie ein betrunkener College-Junge. Natürlich hatte Oola im Erdgeschoss alle Lampen eingeschaltet, ich fühlte den gelben Schein der Fenster in meinem Bauch, bevor ich die letzte Biegung der Auffahrt umrundet hatte und ihn sah, schwebend in der Dunkelheit des Big Sur. Ich dachte manchmal darüber nach, mich zum Fenster zu schleichen und sie zu Tode zu erschrecken, aber wenn ich das Gartentor erreichte, hinderte ich mich selbst daran, war ich jedes Mal zu aufgeregt und rannte doch die letzten Meter. Oola blickte von ihrem Buch auf. »Ah.« Sie markierte die Seite und lächelte vage. »Er bringt die Beute heim.« Zunächst bemerkte ich ihr zerzaustes Haar nicht; ich bemerkte nicht die Beeinträchtigung des Staubs auf dem Klavier, dessen Tasten frisch abgewischt waren und dessen Saiten in unmenschlicher Tiefe nachhallten.

Hier ist eine Gleichung: Wenn sie bloß dadurch, dass sie *meine Güte* seufzt, Teile ihrer selbst von sich gibt, wie viel gewinnt er, der tief einatmet, hinzu? Wie viel seines Gewichts ist ihres? Sollte er durch den Mund einatmen, wie wenn man schrecklich verkatert ist, oder durch die Nase wie eine sehr alte Frau im Garten der Jugend?

In unserer ersten Nacht drehte ich eine Runde durch sämtliche Zimmer des Hauses. Ich versuchte, mir vorzustellen, wie unsere Anwesenheit es verändern würde, wo genau unsere Mäntel drapiert werden würden und welche Ecke des Teppichs auf geheimnisvolle Weise alle unsere Krümel sammeln würde. Es war ein großes Haus mit hohen Decken und vorhanglosen Fenstern, die freigiebig Licht einließen, einem Mischmasch an Möbeln, keinem Fernseher, einer 50er-Jahre-artigen, pink gekachelten Küche und einem ramponierten Stutzflügel. Ich fand Oola im letzten Zimmer, das ich betrat und das unser Schlafzimmer sein sollte, wo sie die altertümliche Matratze unseres Himmelbetts testete. Bald würden wir herausfinden, dass sie mit Gänsedaunen gefüllt war, denn wir begannen, Federn auszuspucken, perlmuttfarben, nicht länger als unsere kleinen Finger, oder fanden sie eingeklemmt in den Falten unserer Leisten. Es versteht sich von selbst, dass ich diejenigen sammelte, die Oola zwischen ihren Zähnen heraushebelte, ich bewahrte sie in einer alten Streichholzschachtel auf, und am Anfang lachten wir beide, wenn ich eine aus ihrem Schamhaar zog, der graue Flaum eine merkwürdige Mahnung an das grausige Schicksal dieses Blondschopfes. Das Zimmer hatte zwei große Fenster, eins mit Blick zum Meer, das andere zum Wald, und dazu Möbel aus einer anderen Zeit – ein dreihundert Pfund schwerer Eichenschrank, ein Schreibpult mit Tintenfässern, eine Ottomane aus marineblauem Samt mit himmelblau abgeriebenen Stellen. »Du siehst aus wie ein Exorzist«, bemerkte sie an die Deckenbalken gerichtet, »so wie du das Haus inspizierst. Hast du die Hände hinter dem Rücken gefaltet?«

Ich ließ meine Hände los. »Verdammt seist du.«

»Sag das nicht leichtfertig!« Sie lag schräg auf der weißen Bettdecke; sobald sie aufstünde, würde ich meine Schuhe ausziehen und dieselbe Position einnehmen, meinen Körper in die Vertiefungen einpassen, die ihrer hinterlassen hatte. Wir waren gleich groß, aber ihr Oberkörper war kürzer. Meine Beine würden vom Bett baumeln, die nackten Füße auf irgendwie linkische Weise in die leere Mitte des Raums hineinragen.

Manchmal verblüffte mich die Tatsache, dass sie und ich zusammenlebten. Wenn sie nicht im selben Zimmer war, begann ich daran zu zweifeln, dass es wirklich stimmte. Auf Partys – als wir noch Partys besuchten und vor allem deswegen Speed nahmen, um auf der langen Fahrt in die Stadt und zurück wach zu bleiben – fühlte ich Panik, wenn ich sie aus den Augen verlor. In einem schallgedämpften Loft würde sie um eine Ecke biegen und mir für immer verloren sein. Wenn wir uns zum Ausgehen fertig machten, flehte ich sie an, leuchtende Farben zu tragen, damit ich sie besser aufspüren konnte.

»Wenn du nicht darüber nachdenkst, existiert es nicht«, pflegte meine Mutter zu sagen, wenn ich schlecht geträumt hatte. Manchmal hörte ich ihre Stimme, während ich das Grundstück inspizierte, den ungemähten Rasen umrundete und in die Schlucht spähte. *Ruhig, mein Schatz*, riet sie. *Lass es los.*

Ich war eins dieser Kinder, die zu viel lesen, von Erwachsenenfilmrezensionen bis zur Geschichte des ehemaligen Jugoslawiens. Wenn ich nicht schlafen konnte, setzte sich meine Mutter an mein Bett und strich mir mit ihrer kalten Kinderhand übers Haar, ungeduldig darauf wartend, sich wieder ihrem Cocktail zuwenden zu können. »Denk an Mami. Nicht an die Opfer der Maya. Nicht an Bosnien. Wenn du nicht darüber nachdenkst, existiert es nicht.«

Vielleicht dachte ich deswegen ständig an Oola. Ich hatte sie immer im Sinn, aus Angst vor dem Moment ihres Verschwindens. Das ist nicht so obsessiv, wie es klingen mag. Wenn ich eine gute Idee habe, flüstere ich sie so lange vor mir hin, bis ich sie aufschreiben kann. Nur Worte sind für mich real, und ich weiß, dass Worte nicht real sind.

Außerdem beschlich mich, je mehr ich Oola erforschte,

immer öfter das Gefühl, sie habe eigentlich nie existiert. Wenn es mich auf dem Dachboden erwischte, musste ich still-sitzen, sehr still, bis ich drei Stockwerke tiefer ein körperloses Husten hörte oder den Klang ihrer Stimme, während sie Theo einen Vortrag über Chemtrails hielt. Dennoch waren die Be-weise für sie so schwach wie das ferne Rauschen eines Fern-sehers. Ich hatte etwas Ähnliches im College erlebt, wenn ich mein Fahrrad in den stillen Stunden zwischen den Seminaren zum Wohnheim schob. Während ich über die leeren Campus-Grünflächen lief, dem Weg folgend, den ich nicht nur jeden Morgen eingeschlagen hatte, sondern auch viele Male bis zur Besinnungslosigkeit betrunken, stieg ein seltsames Gefühl in mir auf, schrittweise, wie der Drang zu niesen. Hatte ich wirklich die vergangenen drei Stunden in der Bibliothek ver-bracht? Es gab keine Zeugen. Ich griff den Lenker fester, um seine Gegenständlichkeit zu prüfen. Je länger ich mich um-blickte, desto stärker wurde mein Eindruck, dass alles, was ich sah, irgendwie propagandistisch war – dass das Gras je-mand anderes Idee von Grün entsprach und dass ich ein *jun-ger Mann* war, in notwendiger, aber nicht wahrnehmbarer Kursivschrift. Ich konnte mir leicht mein Foto vorstellen, auf-genommen, während ich lief. Der einzige Weg, zur Normali-tät zurückzukehren, lag darin, mir einen Fixpunkt zu suchen, meistens das Gesicht eines Bekannten, wenn wir stehen blie-ben, um zu plaudern oder eine Tüte zu teilen, und es so lange zu betrachten, bis ich es für echt hielt. Seine Haut war Haut, und das war die Grenze meines Wissens; vielleicht könnte ich sie berühren, nach einem Sixpack Bier und im dämmrigen Hof eines Verbindungshauses, seinen Flaum entlangfahren und seine Rückenakne umschiffen, aber selbst das war un-wahrscheinlich.

Ich beobachtete eine ähnliche Abgeschnittenheit bei Oola,

ohne sie je darauf anzusprechen. Sie hatte die Angewohnheit, sich zu berühren. Ich bemerkte es erstmals zu Beginn unserer Reisen, schrieb es jedoch einer gewissen Paranoia zu, davon ausgehend, dass sie ihren Pass, ihr Portemonnaie, den Gurt ihrer Tasche antippte, um Taschendiebe zu bannen. Doppelt fiel es mir auf, als wir nach Big Sur gezogen waren und sie sich weiter abtastete, obwohl sie sich gegen nichts schützen musste als die Länge des Tages. Während sie in der Hütte umherwanderte, berührte sie immer wieder wahllose Teile ihres Körpers leicht, einen Ellenbogen oder die Nasenspitze. Beim Abendessen erwähnte ich es einmal, und sie starrte mich ahnungslos an. »Ist das ein Masturbationswitz?«, fragte sie. »Kapier ich nicht.«

Es war keine Geste der Eitelkeit, wie wenn andere Menschen ihren Bizeps streichelten, sondern vielmehr eine Rückversicherung, ihre Finger verweilten bloß lange genug, um festzustellen, dass, ja, diese Kniescheibe intakt war. Wann immer ich sie dabei beobachtete, kam mir ein Kinderliedchen in den Sinn, ein altes Lagerfeuerlied zum Mitsingen über einen gewissen Tony Chestnut, bei dem man *toe knee chest nut* (was hier leider Kopf bedeutete) berührte, und schließlich konnte ich sie nicht mehr ihre Nase putzen oder ihre Unterwäsche zurechtrücken sehen, ohne innerlich diese Melodie zu hören, den Soundtrack ihres Ticks; mein postmodernes Covergirl, das sich mit den Fingern durchs Haar fuhr, um sicherzugehen, dass es noch da war.

Auch ich ging sicher, dass sie noch da war.

Mit neunzehn blieb ich über Thanksgiving zu Hause und platzte in das Zimmer, in dem mein Vater schlief. Es war ein Uhr mittags, und er lag auf der Decke, bloß mit Boxershorts und einem makellosen Unterhemd bekleidet. Ich hatte nie zuvor seine Schenkel erblickt und hatte nichts, womit ich diese schlaffen, Hot-Dog-farbenen, seltsam schorfigen Schienbeine vergleichen konnte. Sie erinnerten mich an die jungen Schweine, die ich einmal in einem Lastwagen aufgestapelt in Chinatown gesehen hatte, die blassen Bäuche mit Frost überzogen und die Zitzen in rechten Winkeln. Um die Geschichte noch trauriger zu machen, war der einzige Grund, warum ich mich im Zimmer meiner Eltern befand, dass ich nach Vaseline suchte. Es waren noch drei Stunden bis zum Thanksgiving-Essen, einer Mahlzeit, die sich von einer Million anderen, die wir geteilt hatten, nur durch die Pappmaché-Truthähne unterschied, die neben jedem Weinglas hockten. Ich war weniger geil als zu Tode gelangweilt. Ich musste mir einen runterholen, um Kalorien zu verbrennen, und hatte in einem letzten verzweifelten Versuch beschlossen, im Arzneischrank meiner Eltern nachzuschauen.

Solche Schränke hatten mich immer interessiert, und dieser ganz besonders: die verspiegelten Schließfächer, in denen sich wie in einem Gehirn die Sehnsüchte eines ganzen Lebens aufreihen, die abgelaufenen ins oberste Fach verbannt, aber nie weggeschmissen, die einschlägigen auslaufend. Ich bin nie in einer katholischen Kirche gewesen, aber ich stelle mir vor, dass der Arzneischrank einem Beichtstuhl ähnelt, jenem schmalen Raum, in dem Sünden durch ihre Benennung gerinnen. Pickelcreme, unbenutzte Durex, parfümierte Damenbinden mit dem rätselhaften Schriftzug *Sauberer Geruch!* Worte wie *Extra, Jumbo, Super, Max,* mit denen man sich an seinen Schattenseiten berauscht. Auf Partys konnte man mich oft im Badezimmer finden, wo ich an den Deodorants des Gastgebers herumfummelte und Dosen mit unbekanntem Glibber inspizierte. Immer interessierte mich Make-up in seiner tatortartigen Verstreuung über die gesamte Ablagefläche und dank unerklärlich literarischer Namen: Naked Lunch für beigefarbenen Puder, Feminine Mystique für pinkfarbenen Lippenstift (*eine starke Frau braucht ein stärkeres Lächeln!*), Blue Velvet für einen gelockten Stab, dessen Zweck ich nicht ergründen konnte. Ich beäugte die Seifen der Weiblichkeit, probierte die mit der hübschesten Verpackung sogar aus. »Gott«, schwärmte einmal meine Begleitung, als ich von meiner Schnüffelei zurückkehrte, »du riechst gut! Wie, ich weiß auch nicht, ein Mojito.«

»Tropisch topisch?«, schlug ich vor.

»Aha«, sie verzog die Lippen zu einem dünnen Lächeln.

Während einer besonders öden Weihnachtsfeier, die meine Paten veranstalteten, wurde ich von jemandem überrascht. Ich wirbelte zur Tür herum, eine riesige Dose Vitamin D in der erhobenen Hand. Ich hatte mich gerade mit etwas eingesprüht, das ich für Eau de Cologne gehalten hatte, das aber eigentlich Insektenspray war, und ein stechender Geruch erfüllte den Raum. Mein Blick traf den eines unscheinbaren Mannes, ein Kollege meines Vaters, Professor einer Sprache, die niemand mehr sprach, mit seinem ergrauenden, über die Glatze gekämmten Haar der perfekte Pressesprecher des Ausradierten. Ein Lächeln strich über sein fahles Gesicht. »Oh-oh.« Er schlich heran, schloss die Tür hinter sich. »Da sind wir schon zwei. Auf der Suche nach dem guten Zeug, hm?« Er klopfte mit den Fingern gegen die Dose. »Lass nur.« Er schob eine Hand in die Tasche und holte eine orangefarbene Röhre mit blauen Pillen hervor. Sein Grinsen klirrte auf den spiegelnden Oberflächen des Badezimmers. »Da bist du mir zuvorgekommen. Aber, hey...« Er schüttelte drei Pillen heraus und begann, sie unter der herzförmigen Seifenschale zu zerdrücken. »Ich kann teilen.«

Ich erwiderte sein Lächeln und stellte die Vitamine behutsam ins Regal zurück. »Was ist das?«

»Klonopin.« Er holte seine Kreditkarte hervor und begann,

zwei Lines zu legen. »Hab auch ein halbes Fläschchen Oxy beiseitegeschafft, aber die rücke ich nicht raus.« Er kicherte. »Hier, bedien dich.« Wir nahmen unsere Lines Seite an Seite, er mit besonderem Schwung und einem lauten Schniefen. Plötzlich erkannte ich in ihm den Mann, der während des Toasts gekichert hatte. »Ah!«, sagte er und wischte sich die Nase. »Dieser Abend ist gerade erträglich geworden.« Sein Lachen trieb ihn zur Tür hinaus und überließ mich erneut meinen Salben und Problemen, die nie zueinander passten.

Selbst jetzt erscheint das, was ich dir von ihr zeige, dürftig im Vergleich zu all dem, was ich auf meinem Dachboden versammelt hatte. Ich hoffe, du weißt das. Worte werden meiner Ausbeute an Pistazienschalen nicht gerecht, meiner Ausstellung an Hotel-Shampooflaschen von belanglosen Wochenendtrips, aus denen sie nur einen Spritzer benutzt hatte. Worte werden dem Bacchanal unserer täglichen Begegnungen nicht gerecht, wenn ich gegen Mittag die Treppe herunterkam und sie noch immer nicht angezogen vorfand, ihre Zehennägel lackierend.

Ich starrte sie an, sie starrte mich an, und obwohl wir zu diesem Zeitpunkt der beste und einzige Freund des anderen waren, entstand zwischen uns eine angespannte Pause, in der keiner wusste, was er sagen sollte. Ich kam mir vor wie ein Reh in einem Walt-Disney-Zeichentrick, bebend und taufrisch. *Schau*, mochte ich sagen und auf den Küchentresen deuten, *Weintrauben*. Bloß, um irgendetwas zu sagen, um sie wissen zu lassen, wie ekstatisch ich war, ihr nah zu sein, nah genug, um ein und dieselbe Traube Wein zu betrachten, die unser Herumdrucksen bezeugte.

Ja, murmelte sie. Wir waren wie Jugendliche beim ersten Date, verwirrt von der Verfügbarkeit des anderen Körpers. *Was gibt es zum Mittagessen?*, wollte sie schließlich wissen, und die Großzügigkeit dieser Frage zusammen mit der Beweglichkeit der Antwort (*Lass mich überlegen!*) erlaubte uns beiden, uns zu entspannen und uns Stück für Stück an all die Dinge zu erinnern, die dem anderen zu erzählen wir uns in der Stille der Zimmer, die wir gerade verlassen hatten, vorgenommen hatten. Bis das Wasser kochte, waren wir wieder verliebt.

Vielleicht liegt das wahre Privileg an dem Umstand, ein wohlhabender weißer Mann zu sein, darin, dass man mitentscheiden darf, was einen verletzt, wer oder was einen kaputt macht, wenn die Stimmung stimmt und der Zeitpunkt passt – Oola im Bett etwa, wie sie die Narben auf ihren Schenkeln befühlt und von mir fordert, sie schlecht im Bett zu nennen, eine Versagerin, zu sagen: *Du verdienst keine schönen Dinge*, während ich eigentlich nichts mehr will, als davonzulaufen und um Gnade zu flehen. Was macht man, wenn der Sex verschwindet, aber die Liebe bleibt? Vielleicht lag es an der plötzlichen Häuslichkeit unseres Arrangements in den Wäldern, oder vielleicht hatten wir die sogenannte Flitterwochenphase im Schnelldurchlauf absolviert, doch kurz nachdem wir gen Westen gezogen waren, hörten wir auf, das zu haben, was die meisten Menschen tatsächlichen Sex nennen würden. Natürlich fanden wir andere Wege, um auszuflippen. Ich hätte ewig mit ihr Lebensmittel kaufen und darüber lachen können, wie sie Milchtüten mit den Handflächen beiseiteschob und wie ernsthaft sie Mais- gegen Weizentortillas abwog. »Was ist so lustig?«, fragte sie. Ich konnte es nicht erklären. »Lass dir Zeit«, sagte ich mit ernster Miene. Costco war unser Königreich. Wir hatten den ganzen Tag. Einmal im Monat fuhren wir zur Einkaufsmeile eine Stunde von uns entfernt, um uns mit Kaffee und Ramen-Nudeln und Streichhölzern und Seife einzudecken und manchmal mit Sechserpacks grauer Unterwäsche. Ich aß Frozen Yoghurt, bis mir übel wurde. Derart waren unsere Freuden, derart waren unsere Leiden.

Während ich auf dem Dachboden arbeitete, konnte ich ihre Hitze durch die Dielenbretter spüren. Das Bewusstsein ihrer Gegenwart war ein unsäglicher Trost, ähnlich dem eines Hundes, den man am heftigsten liebt, wenn er bereits gestorben ist, weil man gar nicht bemerkt hatte, wie sehr man sich auf sein nächtliches Poltern verlässt. Ich beobachtete sie, das stimmt, aber sie beobachtete mich auch; während sie ihre Nase in ein Magazin steckte und die Carpenters dudelten, beobachtete sie mich irgendwie. Egal, ob ich eingepfercht in meinem Dachboden-Labor saß oder ihrer Fährte durch die Hütte folgte, wobei mir bloß noch der Aluminium-Hut fehlte, schwebte sie über mir, außerirdisch sowohl in ihrer Allgegenwart wie in ihrer Fähigkeit, mich erschauern zu lassen. Sie hinterließ Kornkreise in der Bademmatte. Sie weidete die Brotdose aus wie Marsmenschen Kühe und ließ nur gelbliche Krusten zurück. Diese Verbindung hatte ich hergestellt, lange bevor sie aufhörte zu schlafen, lange bevor die Raupen begannen, sich auf unserer Veranda zu häufen. Sie hatte immer etwas Außerirdisches an sich gehabt.

Später studierte ich ihre Nagellackflaschen und beschloss, die Farben auswendig zu lernen, deren Namen zu beweisen schienen, dass sie in der Tat ein Leben lebte, das gegenüber dem Rest leicht erhaben war: Midnight, Eel, Rendezvous. Meine persönliche Lieblingsfarbe war Rapunzel, ein Grün-Pink, so stellte ich mir ein Atom von innen vor. Bei Einbruch der Dunkelheit suchte ich die Dielenböden nach abgeschnittenen Fußnägeln ab wie ein Cracksüchtiger, der einer verschwundenen Line hinterherjagt. Ich bewahrte die durchscheinenden Cs in einem Einmachglas auf wie ein Junge im Märchen. Einmal, als ich es auf dem Küchentisch stehen gelassen hatte, sah Oola das Glas. Sie begutachtete seinen Inhalt mit neutralem Gesichtsausdruck. »Wozu ist das gut?«

»Für meine Charakterstudie, wozu sonst?«

Sie schüttelte es wie einen Salzstreuer. »Du könntest sie einpflanzen.«

»Im Garten?«

»Klar. Da kommen die Babys her.«

»Ich notiere.«

»Natürlich tust du das.« Und weg war sie, um ihre Haare zu waschen.

Bei der Körperpflege – eigentlich weder ihre noch meine starke Seite – entwickelte sie allmählich einen Hang zum Manischen. Sie lackierte ihre Nägel, kämmte zum ersten Mal in ihrem Leben täglich ihr Haar und experimentierte unaufhörlich mit Hautpflegeprodukten. Einmal schob sie mir ihre hohle Hand vors Gesicht. »Iss«, befahl sie. Ich tat ihr den Gefallen. »Das ist meine Gesichtsmaske«, sagte sie. »Haferflocken, Sojajoghurt und Honig.« Ich schaute zu, wie sie das auf T-Zone und Wangen strich.

»Wenn du das abwäschst«, sagte ich, »spül es nicht den Abfluss herunter.«

»Ich *weiß*. Er verstopft.«

Ich schüttelte den Kopf. »Das meine ich nicht.« Ich grinste. »Ich hab noch Hunger.«

»Oh *Gott*.« Eine Viertelstunde später kratzte sie augenrollend das klebrige Zeug in meinen wartenden Mund. Der Konsistenzunterschied war sensationell.

Sie badete stundenlang, erst in unserem winzigen minzgrün gekachelten Badezimmer, dann in dem hölzernen Waschzuber, den sie am Straßenrand gefunden und so umgebaut hatte, dass er japanischer aussah. Sie schloss ihn an den Gartenschlauch an und fand einen Weg, das Wasser mithilfe eines Solarmoduls zu erwärmen, das sie im Keller gefunden hatte. »Du gewieftes Stück!«, rief ich, als ich ihrem Erfindergeist begegnete. Sie lächelte bescheiden und fuhr fort, sich mit Babyöl einzureiben. In ihrem Streben nach der perfekten Ganzkörperbräune war sie wie ein Teenager, mit einem im Gras ausgebreiteten Handtuch und aufgeschlagenem Magazin. Vielleicht beneidete sie mich um meine Zielstrebigkeit, meine Fähigkeit, vor Freude in die Luft zu springen, wenn ich einen vom Regen aufgeweichten Kassenbon fand.

»Ich wusste es!«, schrie ich. »Ich *wusste*, dass du Skippy magst!«

»Das ist kein Geheimnis.«

Ich schaute mir die Liste an.

»Warum benutzt du keinen Rasierschaum?«

Sie zuckte die Schultern. »Reine Abzocke. Ich nehm einfach Seife.«

»Darum ist sie immer so schnell aufgebraucht.« Die Offenbarung veranlasste mich, die Hände gen Himmel zu heben.

Sie schüttelte den Kopf, lächelte unwillkürlich. »Ich dachte, dieses Buch, das du schreibst, soll interessant werden.«

»Keine Sorge«, versicherte ich. »Es wird gut.«

Ich klopfte gegen das Glas ihrer Privatsphäre, wie ein Kind im Zoo. Sie starrte mit gelblichen Tieraugen zurück.

Weil wir selbst Tiere waren, brauchten wir nicht lange, um eine gewisse Routine zu entwickeln. Das mussten wir, ganz allein im Schwall des Big Sur, wo die Hügel sich um uns ausbreiteten wie eine Kindheitserinnerung, halb wirklich, halb ausgedacht, wie das Gesicht deines ersten Schwarms: am nächsten Tag nie dasselbe, doch immer da, glänzend und gebräunt, unauslöschlich ins Gewebe gebrannt. Wenn ich morgens um 5 Uhr 05 auf der Veranda meinen Kaffee trank, verhakten sich bestimmte Formulierungen in meinem Halbbewusstsein, zum Beispiel *das Fett des Landes*, was mir, wenn ich die gesäuerten Hügel betrachtete, plötzlich unheilvoll erschien, oder *Gottesperspektive*, ein Begriff, den ich nie gemocht hatte, aber umgehend auf unsere Hütte anwandte, als wir am ersten Abend die Einfahrt hinauffuhren und den Rasen mit unseren grellen Scheinwerfern zerschnitten.

Wir zogen Anfang Juni ein, und eine Weile lang schien es, als würde es nie aufhören, Juni zu sein. Die Sonne war gleicher Meinung. Wir glitten und rutschten in der Zeit umher wie in einem zu großen Kleid (einem karierten Sommerkleid, würde ich vermuten). Wir ließen uns davon überwältigen, bis wir jeden Sinn für die tatsächlichen Verhältnisse verloren hatten. Wir wurden dick, dann dünn, oder vielleicht war es andersherum. Unsere Glieder ragten durch Epochen, passten nicht in Badewannen, durchbohrten das Raum-Zeit-Kontinuum. Wahrscheinlicher ist, dass wir vögelten und zu essen vergaßen. Später mochten wir uns mit Reis und Sriracha-Soße vollstopfen, dem Einzigen, was wir im Schrank hatten, und im Sternenschein auf der Veranda Twister spielen. Die Redwood-Bäume in unserer Schlucht, der Blick über den Ozean, der irgendwie dralle Himmel zur Mittagszeit – all das war gewiss, trotzdem beweglich, wie die Möbel in einem Geisterhaus. Bei Einbruch der Nacht mochten Geister die Küchenstühle umstellen oder den Warmwasserhahn laufen lassen oder überhaupt nichts tun; die einzige Konstante bestand darin, dass sie dich, genau wie die geschwärzten Redwoods oder die frischgebackenen Hügel mit ihrem kniehohen Gras, am Morgen finden würden und du sie. Wir brauchten unsere Routine. Wir brauchten sie wie ein Mädchen Prinzipien braucht, wenn sie es mit einem Draufgänger zu tun bekommt (Oolas Metapher).

Anfangs versuchten wir mit Freunden in Verbindung zu

bleiben. An den Wochenenden zogen wir los, um Bekannte in San Francisco oder Santa Cruz zu besuchen. Manchmal gingen wir in die örtliche Kneipe, eine dunkle Bar namens Fernwood, wo Oola von tief gebräunten Männern umschwärmt wurde. Sie bestellten Bier für sie und erzählten Geschichten aus ihren wilden Zeiten, als sie mit Henry Miller gefeiert hatten, während ich die Jukebox fütterte. »Ich will surfen lernen«, lallte Oola auf der Fahrt nach Hause, »Rocko hat mir erzählt, dass ihn dabei Delfine begleitet haben.« Ich bekämpfte den Impuls, »Ich bin super auf dem Bodyboard!« zu rufen, und konzentrierte mich auf die Straße. Doch das Wochenprogramm stand fest: Verkatert oder nicht, wir hielten uns daran wie Kinder, die noch nicht verstanden haben, dass sie frei sind.

Morgens studierte und hantierte ich in meinem staubigen Krähennest.

Nachmittags beschattete ich sie. Schriftsteller haben eine natürliche Furcht vor dem Nachmittag, und so ließ ich mir meinen von Oola vorschreiben. Diese Furcht ist am Morgen weniger ausgeprägt, wenn die Welt still und überschaubar ist, der Körper schwach und leer, während die Nacht zumindest die Rückkehr des Morgens verspricht. Der Nachmittag dagegen ist wie eine Achselhöhle. Man weiß nie so recht, was man mit ihm anfangen soll. Ist er lustig oder neutral oder ein kleines bisschen sexy? Er fühlt sich nie ganz richtig an. In der Highschool versuchte ich eine Woche lang, Tagebuch zu schreiben. Das Ergebnis war niederschmetternd öde. Stundenlange Mahlzeiten flankiert von soliden Blöcken Nichts. Ich kiffte und holte Bücher ab. In den Stunden zwischen halb fünf und acht Uhr abends hielt ich mein Telefon in der Hand und wartete darauf, dass jemand mich wollen würde. Ich zog Kleider an, um sie auszuziehen. Es machte zwar einen Unterschied, ob ich mich für ein kleines berauschtes Publikum meiner Jeans entledigte oder mit kichernder Beihilfe, änderte aber nichts an der Tatsache, dass jedes Vergnügen, dem ich beiwohnte, oder jede Ehre, die mir zuteilwurde, bloß Ablenkung war von der eigentlichen Tätigkeit meines Lebens. Die bestand meiner Feldstudie zufolge darin, meine Hand diskret, aber zielstrebig in die makellose Rille zwischen Hosenbund und Hüftknochen zu schieben, wenn ich endlich keinen Vorwand mehr hatte, mich zu bewegen, und meine kaum erschöpften Knochen auf einer Bank ausruhen konnte, die ich so schnell nicht verlassen würde. Glücklich wie ein Pädophiler mit Spielplatzaussicht verrauchte ich die Stunden, bevor ich überhaupt angefangen hatte zu rauchen. Bloß meine Jugend machte es weniger deprimierend: Wenigstens sah ich hübsch aus in meiner stundenlangen Übellaunigkeit; wenigstens lagen die Gedanken an Sex, die meinen Geist bevölkerten, im Rahmen des Möglichen, mochten sie auch unbrauchbar sein.

Wie sich zeigen sollte, war Oola nicht anders.

Von dem Zeitpunkt, wenn wir unser Mittagessen beendet hatten, gewöhnlich gegen halb eins, bis zu dem Moment, wenn die Sonne am Rand des Ozeans kratzte, folgte ich ihr möglichst leise und gewissenhaft. Ich beobachtete sie dabei, wie sie die abscheulichsten Stunden des Tages mit der gleichen Leichtigkeit vertrödelte, mit der man eine Wimper vom Daumen pustete. Sie tat nicht viel, meine Liebste. Sie las ihre Magazine. Sie machte das Bett und spielte mit Theo. Sie absolvierte jeden Tag einhundert Crunches, deren geisterhaftes Endprodukt feine Rillen entlang ihres Bauchs waren, die ich später nachfahren würde. Unter uns gesagt, noch lieber war mir die winzige Wölbung, die er manchmal hatte, ein hartes und warmes Hallo, das ich gerne in meiner Handfläche hielt.

Selbst wenn sie sich betätigte – Essen kochte oder Socken suchte –, schien die größte Anstrengung darin zu liegen, ihre Glieder zu koordinieren, diejenigen Muskeln zu identifizieren, die angespannt werden mussten, und die, die sich dankbar lockern konnten. Sie machte Kaffee und trank einen Schluck, bevor sie ihn vergaß. Sie bereitete seltsame Lebensmittelkombinationen zu, die sie im Stehen zu essen begann und nach zwei Bissen zurückließ. Schüsseln voll braunem Reis und Senf oder mit Tabasco beträufelten Kohlblättern waren wie Punkte in einem Koordinatensystem, die, eingezeichnet nach einer mysteriösen Gleichung, ihrem umständlichen Weg durch die Hütte folgten. Sie selbst lachte über ihre Unfähigkeit, irgendetwas zu Ende zu bringen, während sie bäuchlings auf dem Rasen lag und schwach nach Meerrettich roch.

»Ich bin Kalifornierin«, war ihre einzige Erklärung. »Wir sind alle kleine Kätzchen. Darauf programmiert, in der Sonne zu dösen.«

Ich sah sie nie üben. Sie achtete darauf, es nur nach dem Abendessen zu tun, wenn ich laufen ging. Sie sprach nicht besonders gern über Musik, außer wenn es darum ging, schonungslos genau die Menschen zu beschreiben, mit denen sie studiert hatte. »Die Soprane«, schimpfte sie, »waren grundsätzlich Schlampen. Unglaublich vollbusige Mädchen, die zu Hause unterrichtet worden waren und Gott sausen ließen, als sie Mangas entdeckten. Standen auf Mieder. Diese Ziegen *lebten* für den Mittelaltermarkt. Ich hab nie eine flachbrüstige Sopranistin getroffen, die etwas taugte. Und die Oboisten – buchstäblich durchscheinend.« Selbst diese Reminiszenzen waren selten, wurden ausgelöst von einer bestimmten Melodie im Radio und mir ohne jeden Kontext dargereicht.

»Hast du noch mit irgendwem Kontakt?«, fragte ich, dürstend nach mehr. »Vermisst du manchmal die Musik? Willst du zurück?«

»Nee«, sagte sie, und ich konnte förmlich spüren, wie der Wind sich drehte, während sie ihr früheres Selbst wieder zusammenfaltete, es gemeinsam mit Stapeln von Notenblättern, die nun im Prinzip Müll waren, verstaute, mit Erinnerungen an die Übelkeit vor Auftritten und an Lehrer, die sie einst begabt genannt hatten, an den Grusel einer im Übungsraum verbrachten Nacht mit hineinwabernden Phantomtrompeten – das ist allerdings bloß meine Vermutung.

Dass sie Musikerin war, verriet allerdings schon ihre Art, in der Sonne zu sitzen. Das Kinn geneigt, der Blick ohne Fokus oder vielmehr: fokussiert auf das unsichtbare Voranschreiten des Liedes, das sie in der Neigung des Sekundenzeigers entzifferte, während der Nachmittag sich vier Uhr näherte. Manchmal rauchte sie. »Im Konservatorium haben sogar die trotteligsten Trottel geraucht«, sagte sie. »Das war für sie der einzige Grund, jemals nach draußen zu gehen. Sie ließen sich ihre Pizza in den Übungsraum liefern. Einer baute sich sogar seinen eigenen Katheter, damit er nicht aufstehen musste.« Sie zog die Augen zusammen. »Billy Lang. Mein größter Rivale. Roch wie Vorschule, spielte wie Gott.«

Wenn ich sie beobachtete, musste ich oft daran denken, was Tay gesagt hatte, als wir achtzehn waren und er versuchte, mit dem Rauchen aufzuhören. Ich persönlich fand es bewundernswert, dass er überhaupt abhängig geworden war, da sonst alle, die ich kannte, nur dann rauchten, wenn sie betrunken waren oder in großen Gruppen herumzogen und ewig fürchteten, dafür bloßgestellt zu werden, dass sie nicht richtig inhalierten. Tay sah zittrig von der Entwöhnung genauso sexy aus, wie wenn er in der Mittagspause Kette rauchte, das hintere Fenster einen Spalt breit geöffnet. »Am schlimmsten«, seufzte er, während er mit den Nägeln auf das Armaturenbrett trommelte, »ist, dass man keine Ausrede mehr hat, um auf Partys vor die Tür zu gehen.«

Ich lachte laut auf. »Meinst du das ernst?«

Sein Trommeln wurde stärker. »Jetzt werde ich immer so tun müssen, als würde ich mit jemandem reden. Niemand *lässt* einen einfach mal eine Minute in Ruhe, verstehst du?«

Ich tätschelte seinen Arm und gab ihm den Rat eines Dichters. »Du kannst dich immer noch im Badezimmer verstecken.«

Oola war ein ganz ähnlicher Kick, indem ich Gewohnheiten um sie herum entwickelte und sie als Ausrede benutzte, um stundenlang unbeweglich und mit leeren Händen dazusitzen. Wir waren beide auf unsere stille, unerklärliche Art und Weise beschäftigt. Musik bewegte sie immer, mit der Dezentheit und Regelmäßigkeit eines inneren Organs. Wenn der Ofen klingelte oder jemand hustete, stimmte ihre Gallenblase ein *Schubidubidu* an. Liebe hatte meiner Traurigkeit Struktur gegeben, wie in den Büchern, die ich las, die Korsettstangen den Petticoats. Oola selbst verlieh meinem Müßiggang eine eindrucksvolle Gestalt, meine Zeit wurde mit der Präzision eines auf dem Bett ausgebreiteten grasfleckigen T-Shirts graphisch dargestellt, während der Körper, an den es erinnerte, sich im Badezimmer nebenan das Knie stieß und »Oh verdammt« rief.

»In den Jahren, bevor ich verliebt war, war ich langweilig«, bemerkte sie einmal aus heiterem Himmel. Vielleicht waren es die Zeilen irgendeines Songs, den sie gerade hörte, wenn sie sich dem Glanz der Blätter entzog, der uns umgab. »Ich wurde traurig über Krieg oder mein Abendessen. Ich hatte keinen Elan.«

Ich nickte zustimmend. »Die Liebe hat mir ein Hobby beschert.« Ich dachte an eine Tutorin, in die ich ein Semester lang rasend verliebt war, eine spindeldürre Austauschstudentin, die ihre Strickjacken bis oben zuknöpfte, ohne etwas darunter zu tragen. Sie kritzelte *Braucht mehr Fleisch an den Knochen* über meine Aufsätze. Das Verlangen machte meine Langeweile prismatisch. Wenn ich aus dem Fenster des Klassenraums starrte, träumte ich davon, den denkbar fleischigsten Aufsatz zu schreiben. Ich lauschte auf das Knallen ihres Nikotinkaugummis.

»Die Liebe hat ein Arschloch aus mir gemacht«, erzählte ich O. »Ich hab jemanden zum Stottern gebracht.«

Sie nickte weise, schnipste ihre Zigarette weg. »Ich habe ganze Unterhaltungen allein in meinem Zimmer geübt. Dann, wenn der Moment gekommen war, brachte ich nicht mehr raus als *Wie geht's?*« Sie lachte. »Genauer gesagt hab ich's dreimal wiederholt.«

»Ich hab spezielle Playlisten zusammengestellt, die den Anfangsbuchstaben meiner Angebeteten als Titel trugen und die ich hörte, wenn ich mir einen runterholte.«

»Ich hatte spezielle Slips«, konterte sie. »Von denen ich *wusste*, dass er ihnen nicht widerstehen könnte.«

»Und was für welche waren das?«

Sie kicherte. »Die einzigen, die keine Menstruationsflecken hatten.«

Das verdiente eine Inspektion aktueller Slips: verwaschenes Pink, bedruckt mit violetten Herzen und Klecksen, die zu einem ähnlichen Farbton verblichen waren.

Im College fand ich nur einmal den Mut, das Büro meiner Tutorin zu besuchen. Wir saßen in dem vollgestopften und lichtlosen Raum, den sie sich mit einem deutschen Doktoranden teilte. Er hatte sein Schnitzel auf dem Schreibtisch liegen gelassen. Ich konnte sie beim Brummen seines Luftentfeuchters kaum hören. Als ich sie fragte, worüber sie ihre Dissertation schrieb, sagte sie leise: »eine post-marxistische Analyse der Vogel-Symbolik in sächsischen Palimpsesten«.

Wegen meiner außerordentlichen Nervosität stieß ich einen sichelförmigen Briefbeschwerer um. Es herrschte Stille. »Also«, brachte ich heraus. »Surfen Sie gerne?«

Ich sprach nie wieder mit ihr, obwohl meine Liebe noch immer in den hinteren Reihen des Klassenzimmers gedieh. Schnell wurde mir klar, dass es sogar besser war, als die Schenkel zu besitzen, herrlich eingerahmt durch jenen fadenscheinigen Filzrock, sich zwischen ihnen wiederzufinden – oder, im Falle meiner Tutorin, fünf Reihen hinter diesen Schenkeln, geflissentlich übereinandergeschlagen. Oder dass wir, trotz all unserer hochtrabenden Wahnvorstellungen über die Erforschung des Raums, eigentlich einen Platz unter den Sternen jenem über oder zwischen ihnen vorziehen.

Wenn es im Sommer zu heiß war, um irgendetwas Nützliches zu tun, machten wir Siesta. Nicht aus Müdigkeit, sondern wegen eines generellen Überdrusses am Bewusstsein zog es uns ins Schlafzimmer, von dem wir wussten, dass es selbst um halb drei Uhr nachmittags durch Fensterläden verschlossen und aquariumstill wäre. Oola zog ihre Kleider aus und legte sich zuerst auf die eine Seite des Betts, in Embryohaltung. Nach einer respektvollen Pause entkleidete ich mich und legte mich auf die andere Seite. Wir drehten uns voneinander weg, sie sich zum Fenster, ich mich zum Schrank, der wie ein Wachmann herüberschielte. Es ist eine seltsame Konstante meines Lebens, dass ich immer, wenn ich einnicke, in weiter Ferne die diffuse Gewalt spielender Kinder höre. Einen Ball, der auf Beton schlägt, einen Chor schriller Schreie. Wir schliefen nicht, aber wir berührten uns auch nicht. Das wäre vorschnell gewesen, ein Verstoß gegen unsere Routine. Stattdessen hörten wir dem anderen beim Atmen zu und schätzten den Abstand unserer Wirbelsäulen am Punkt ihrer stärksten Wölbung ab. Wir hätten Zwillinge sein können und dieser Raum unsere pränatale Ruhezone. Wir trieben in der gleichen Gedankenblase, berührten die Stille geradezu. Doch wenn sie aufstand und ich ihr eine halbe Stunde später folgte, hatten wir kaum die Decken in Unordnung gebracht. Welche Abdrücke oder Gerüche wir auch immer hinterlassen hatten, sie waren verschwunden, wenn wir das Zimmer das nächste Mal betraten.

Vielleicht war es auch wie Oolas und meine Unterhaltungen ganz zu Beginn unserer Reisen. Wir spielten *Würdest du eher...*, und es fühlte sich an wie ein Schwur. Langweilige Busse waren zehnmal mehr der Ort der Liebe als Hotelzimmer. Wenn unser Zug für fünf volle Stunden auf den Gleisen stand, den Schaffnern zufolge wegen eines *großen umgestürzten Baumes*, der eigentlich ein Selbstmord war, teilten wir eine Ration Kit Kat aus und waren glücklich in unserem dämmrigen Limbo.

»Ich wünschte, ich könnte hier leben«, seufzte Oola nach einer erfolgreicheren Busfahrt zwischen Ljubljana und Zagreb. Wir standen unter einer Straßenlaterne vor einem Café, und ich hielt mit einer Hand ihr Kinn. Sie war furchtbar romantisch, wenn sie betrunken war.

»Auf dem Balkan?«

Sie schüttelte den Kopf wie ein nasser Hund, genoss die Bewegung. »Im Moment vor einem Kuss. In der Anbahnung, im Rauschen.«

Es war eine schöne Empfindung, aber ich kam mir wie ein Spielverderber vor, als ich mich vorbeugte, um sie zu küssen. »Schon okay«, nuschelte sie, als sie mein Zögern bemerkte. »Es gibt einen Trostpreis.«

Was ich bisher beschrieben habe, sind die Momente, in denen es funktionierte. Vielleicht sind die Brüche interessanter, die Santa-Ana-Böen, die durch die Hütte jagten und alle Türen gleichzeitig zuschlagen ließen.

Eines heißen Nachmittags wandte sie sich gegen mich. Wir waren im Schlafzimmer, und sie probierte ein paar Leinenshorts an, die sie in der antiken Eichenkommode gefunden hatte. Sie hatte Schwierigkeiten, sie zuzuknöpfen. »Jesus«, sagte sie. »Wann bin ich so dick geworden?« Die Gelassenheit in ihrer Stimme kündigte Ärger an. Sie drehte sich vor dem Spiegel, deutete wahllos auf die Hinterseite ihrer Schenkel. »Guck doch.« Sie zerrte an dem störrischen Reißverschluss. »Ich bin gigantisch.«

Ich tat, wie mir geheißen, vom anderen Ende des Raumes aus, wo ich mich gegen einen Fensterrahmen gelehnt hatte. Ich war ehrlich. »Du siehst genauso aus wie immer, O. Ich glaube, der Reißverschluss ist kaputt.«

Sie schüttelte den Kopf mit einer Macht, die mich überraschte. »Verarsch mich nicht, Leif. *Fett* sehe ich aus.«

Sie rüttelte an einem Bein, das sich, Pfadfinderehrenwort, kaum bewegte. Sie streifte mich mit ihrem Blick. »Siehst du?«, rief sie. Sie platzierte ihren Fuß auf der Ecke des Bettrahmens und schlug mit der offenen Handfläche gegen ihren Schenkel wie ein Hausierer, der die Schärfe seiner Messer demonstriert. »Siehst du? Ekelhaft!«

Beim besten Willen nicht. Ich ging hinüber auf die andere Seite des Zimmers, rieb mir die Augen, legte mich sogar auf den Boden und blickte zu dem unverschämten Gliedmaß hinauf. Doch aus jedem Winkel war es das gleiche Bein – länger als die der meisten Mädchen, schlank wie eine eingerollte Zeitung, stoppelig am Knie und zu 85 Prozent gebräunt – ein Bein, das ich genau studiert und ausdrücklich als *mager* kategorisiert hatte. Ich versuchte, meine Fachkenntnis anzubieten, aber sie schien mir nicht zuzuhören. Sie sah an mir vorbei. Sie begann, ihren Oberkörper von einer Seite zur anderen zu drehen, beobachtete, wie das Fleisch sich zusammenschob. Sie schnipste gegen ihre Brüste und blähte den Bauch, indem sie Luft herunterschlang. Sie versteifte sich auf die Schlaffheit ihres Innenschenkels. Alles, was ich auswendig kannte, war derart neu für sie, dass ich irgendwann das komische Gefühl bekam, dass ich mich, als wir gerade ein Paar geworden waren, genau gleich benommen hatte, als auch ich die gefleckten Ausmaße einer Fremden bewunderte, die silbrigen Furchen am Innenschenkel, die unerklärte Textur, die nicht Haut war, sondern Fleisch.

»Ich habe noch nie ein Bein gesehen, das sich nicht am Hintern eindellt«, versuchte ich es.

Sie begann, eine Reihe aggressiver Aerobic-Ausfallschritte zu vollführen, scheinbar mehr, um ihre Beine zu bestrafen, als sie zu straffen.

»Es liegt in der Natur eines Bauches, weich zu sein«, stimmte ich gegen das Geräusch ihres Ausatmens an.

Wieder ignorierte sie mich. Sie war zum Hampelmannspringen übergegangen.

Ich verfolgte einen kurzen Tagtraum, in dem wir zum Gericht fuhren, um, obwohl wir nicht verheiratet waren, die Scheidung einzureichen, wegen von uns beiden für unüberbrückbar befundener Differenzen. Sie trug hautenge kamelhaarfarbene Anzughosen, die von den Geschworenen Szenenapplaus bekamen. Der Fall würde gemeinsam mit anderen Schicksalsschlägen abgelegt werden wie Raps gegen Olive, Halbfett gegen Vollfett. Ich konnte ihr nicht die Augen öffnen! Ich wollte O. davon erzählen, sie vielleicht zum Lachen bringen, aber sie schien ihren Rhythmus gefunden zu haben.

Statt sie aus dem Takt zu bringen, kehrte ich zu meinem Posten am Fenster zurück, mit einem letzten, entschuldigenden Blick auf ihre Schenkel, die beide kaum greifbar waren, vielleicht so breit wie ein Strauß Rosen oder ein übergroßer Bettpfosten, und sich ebenso wenig bewegten wie ein Bettpfosten in einer durchschnittlichen Nacht, an einem Dienstag mit wenigen, nichtssagenden Zärtlichkeiten, die über acht Stunden verteilt werden, bloß, um mit den Laken zu rascheln und das alte Eichenkopfteil zum Knarren zu bringen; ihre gescholtenen Beine rannten auf der Stelle, und Oolas Gesicht war ausdruckslos, während sie etwas anstarrte, das ich einfach nicht sehen konnte.

An einem weniger harmonischen Nachmittag war ich nicht so still, wie ich es hätte sein sollen. Sie saß auf der Veranda und trank ihre dritte Tasse Kaffee. Sie hatte die Knie vor die Brust gezogen und die Ellbogen auf die Knie gelegt, die Hände hingen herab, um den Becher zwischen den Schenkeln zu halten. Ich blieb im Türrahmen stehen, versucht zu summen, weil das Licht so perfekt die Veranda traf, das Blond ihrer Haare noch verstärkte, einen fast weißen Schein erzeugte und sich mit dem Dampf aus ihrem Becher mischte. Sie trug ihren schäbigen blauen Bademantel, einen wahrhaft abscheulichen Fetzen, der durch zahllose Mahlzeiten in allen Farben des Regenbogens befleckt war, dessen Frottee jegliche Gerüche absorbierte und ihren Körper zu einem länglichen Klecks picasso-te. Jeder normale Liebhaber hätte ihn verabscheut. Heute war er locker mit einer Satinkordel gegürtet. Er war von jener Schulter gerutscht, die in meine Richtung zeigte. Ich starrte auf ihr Schlüsselbein und dachte, wie sehr es doch einem Hundekuchen ähnelte. Sie blickte auf, und zu meiner Überraschung lächelte sie.

»Erwischt«, murmelte ich aus dem Türrahmen.

»Alles okay«, sagte sie, immer noch lächelnd. »Es ist traurig, hübsch auszusehen, wenn keiner da ist. Ich bin froh, einen Zeugen zu haben.« Wieder das überirdische Lächeln. Es war, als wäre die Welt eins dieser Puppenhäuser, die sich in der Mitte öffnen lassen, und indem sie es aufbrach, konnte sie sich selbst sehen, perfekt positioniert im Scheinwerfer des Sonnenlichts, ohne je einen Tropfen Kaffee zu verschütten. Sie drehte sich von mir weg und nahm wieder ihre Pose ein, sanft die Vorderseite des Puppenhauses verriegelnd.

Erst im Nachhinein erscheint mir ihre Aussage morbide.

Je heißer die Tage wurden, als der Juli sich in einen langen August verwandelte, desto stärker wurde mein Gefühl, dass ich schon bald bekommen würde, was ich verdiente. Die Haushaltsgegenstände bestätigten diesen Verdacht; ich war zu glücklich, so wie ein Kind in den halluzinatorischen letzten Tagen des Sommers, das darauf vertraut, dass seine die Zeit anzeigenden Geräte (der Herd, der Fernseher, das Bimmeln des Eiswagens) den Nachmittag endlos am Leben erhalten würden. Ich amüsierte mich zu sehr über das Stück Brot, das Oola im Toaster vergessen und das die Mäuse mittlerweile durchlöchert hatten. Ich war zu vergnügt, wenn sie den Nachmittag mit Sonnenbaden verbrachte, nicht nur, weil es meine Arbeit als Stalker erleichterte, wenn ich von der beschatteten Seite der Veranda herüberschaute, sondern auch, weil sie Sommersprossen bekam, winzige Abweichungen von ihrem amtlichen Braunton, als drohten mir die Dinge auszugehen, über die ich Bescheid wissen könnte.

Etwas war im Anzug. In all meinem Tun akzeptierte und umhegte ich schließlich das sanfte Gefühl von Gefahr. Rückblickend betrachtet traf ich unentwegt Vorkehrungen: Als ich bemerkte, dass Oola ein wenig Blut auf das Strandtuch getropft hatte, das wir bei einem Picknick benutzten, faltete ich es rasch und leise zusammen, wissend ohne zu wissen, dass ich irgendwann mein Kissen damit bedecken, meinen Mund auf gleiche Höhe mit dem nierenförmigen Fleck bringen würde.

Als die Raupen zu sterben begannen, die Veranda und den Garten und schließlich das Badezimmer mit ihren durchscheinenden Skeletten pflasterten, die so groß wie abgeschnittene Nägel waren und die Farbe von Grünteeeis hatten, war keiner von uns beiden überrascht. Ich dachte an die Abode. Wir fegten die Körper zusammen, die bei der Berührung zerbröckelten, und zündeten den Haufen nach einer kurzen Unterredung mit Oolas Las-Vegas-Feuerzeug an, einem langlebigen Last-Minute-Souvenir. Sie brannten schnell und verströmten den Geruch von Teelichtern, also fast gar keinen.

Ich traf diese Vorkehrungen friedlich, denn obwohl ich gelernt hatte, mit meinem nahenden Unglück zu leben, glaubte ich noch immer, dass es mir fern war, so fern wie meinem knubbeligen und heiteren Körper der Bierbauch meines Vaters oder der leere Blick meiner Mutter waren. Es ist ein bisschen schwer zu erklären. Es lief zu gut für Oola und mich, und das schon zu lange; ich wusste, dass es bloß eine Frage der Zeit wäre, bis sich etwas verschob und etwas uns traf. Es ähnelte dem Gefühl, das ich, als ich klein war, immer hatte, wenn ich meine Cousins besuchte. Sie waren Teenager, massig vom Lacrosse, mit einem sträflich köstlichen Geruch: Rauch, der etwas Primitives und Schmieriges überdeckte. Während der Autofahrten zum Country Club und wieder zurück vergaßen sie oft, dass ich hinten auf dem Rücksitz saß. Sie beschwerten sich über Mädchen, deren Namen allein schon provokativ klangen – *Cecily, Sasha* –, und hörten Musik in haarsträubender Lautstärke. Sie hatten nie etwas Gutes über diese Mädchen zu sagen, konnten aber ebenso wenig über sie schweigen. Vom Rücksitz aus spürte ich, wenngleich bloß verschwommen, dass welcher Schmerz auch immer sie dazu brachte, über Helen herzuziehen, eines Tages mich treffen würde, dass eine Samantha, die irgendwie noch besser roch als die beiden selbst, in mein Leben platzen und mich so verbrecherisch zurückweisen würde, wie meine Cousins von Samantha und ihrer Clique zurückgewiesen worden waren. Ich erlebte eine Vorschau, auch wenn der Rauchgeruch von den Vordersitzen diese verschattete, und ich fühlte mich in übler Weise aufgeregt und geschmeichelt zugleich.

Die Vorahnung kehrte ein paar Jahre später zurück, als ich auf ein Punkkonzert ging und in der spärlich beleuchteten Toilette über ein wunderschönes Mädchen fast stolperte, das auch ein Junge war oder vielleicht etwas völlig Neues. »Entschuldigung«, kreischte ich. Sie zog ihren Reißverschluss hoch. Wir hatten nur kurz Blickkontakt, aber ich hörte ihr gleichgültiges »jetzt flipp nicht aus« für den Rest des Abends in meinem Kopf. Sie trug Schwarz, wie ich, und ihre Augenbrauen waren abrasiert. Sechs ihrer Nägel hatte sie ebenfalls schwarz lackiert und einen weißen Schnürsenkel wie ein Kropfband um den Hals geknotet. Ihre Schönheit brach mir den Kiefer. Später entdeckte ich sie zwischen zwei Sets in der Menge und fasste sie am Ellenbogen. »Hallo«, brüllte ich.

»Hi.«

»Wie heißt du?«

»Shenandoah«, seufzte sie und ging davon. Selbst ihr Hinterkopf war zu cool.

»Was ist los?«, fragte Tay, als er mich fand.

Doch ich schüttelte bloß den Kopf, unfähig, meine Aufregung in Worte zu fassen. Ich konnte nicht sagen, ob ich gerade gesehen hatte, wer ich sein wollte oder zu wem ich, ob es dir passt oder nicht, eines Tages werden würde. Ich wäre beinahe draufgegangen, als ich den Hals aus dem Moshpit reckte, um sie zu beobachten. Wie sich herausstellte, spielte sie den Bass in einer halbberühmten Queercore-Band namens *Something Wicked This Way Cums*.

Ich bin nicht so derb, Shenandoah für ein Omen zu halten, aber doch für jemanden, der älter und größer war als ich und besser Bescheid wusste. Man vergisst schließlich nie den ersten Menschen, der einem mit einer roten Warnflagge vor dem Gesicht herumwedelt, der einen zugleich wachrüttelt und verdammt, oder? Der einen ins Bein kneift und einen mit gedämpfter Stimme wissen lässt, dass Fleisch zwar entbehrlich ist, aber *so-o-o* viel Spaß bringt? *Still*, rufen die Kinder, *es kommt jemand!* Doch was tut man, wenn dieser jemand langsam zu einem herüberkommt und einem eine Zigarette reicht, fertig gedreht, und sagt: *Die Brandung ist hoch*, mit einem Zwinkern? Und das ist sie, oh, das ist sie, beim Anblick ihrer Jeans. Nach dem Konzert träumte ich ein Jahr lang unruhig.

Dieses Gefühl trieb in Big Sur zu mir zurück, wenn ich vorsichtig das Geschirr abwusch, von dem Oola gegessen hatte und das sie um sechs Uhr erneut beschmutzen würde. Ich war nervös, obwohl ich nichts brauchte und absolut nichts zu tun hatte. Es war die gleiche Verzweiflung, die jeder herrliche Frühlingstag im Schlepptau führt, weil man weiß, dass er sich schließlich zum Abend verflüchtigen muss und auf jede Minute Vogelgezwitscher eine Minute Aufgedunsenheit folgt. Glück fordert seinen Preis. Ich spähte aus dem Fenster über dem Waschbecken und wusste mit einem Schlag, dass das Spiel aus war. Das Zentrum hält nicht stand. Diese Formulierung kam mir in den Sinn, ein Spruch, den ich zum ersten Mal in einer Werbung für extrastarke Binden gehört und nie vergessen hatte. Das war im Juni; unsere besten Tage lagen noch vor uns.

Wenn wir in diesem Sommer schlafen gingen und das Salz in unserem Haar rochen, war es daher schwierig, den Stachel von der Schönheit zu unterscheiden, weil eins das andere hervorbrachte, genau wie meine traurigen, stoischen Eltern mich hervorgebracht hatten. Oola und ich saßen auf der Veranda, zwischen uns ein Blech Saltine-Cracker, und teilten dieses Gefühl, das bald wie eine Blumenknolle in unseren Mägen sprießen und aus unseren Hälsen schäumen würde. Wenn wir Drogen gehabt hätten, wir hätten sie alle genommen, bloß um einen Vorwand zu haben, uns nicht vom Fleck zu rühren und zu lauschen.

Und so wohnte diesen vollkommenen Nachmittagen, an denen sich das Licht durch Schichten von Blättern, die vor Vögeln und den Geräuschen winziger Kreaturen schwirrten, über uns ergoss, ein gedämpfter, doch sehr realer Nervenkitzel inne, während wir unsere guten Tage lutschten wie Bonbons, deren schwindende Größe uns nur vage bewusst war.

»Hey«, sagte sie eines Abends beim Essen mit vollem Mund. »Warum liest du eigentlich gar nicht mehr?« Sie faltete ihre Serviette und spuckte vorsichtig etwas hinein.

»Was?« Mein Herz hämmerte wie das eines Ehebrechers.

Sie zuckte mit den Schultern, offenbar mehr an einem verfärbten Huckel in ihrer Handfläche interessiert.

»Ich seh dich nie lesen.« Sie breitete ihre Serviette aus, während ich krampfhaft versuchte, mich an das letzte Buch zu erinnern, das ich gelesen hatte.

»Unsinn«, sagte ich. Doch in Wahrheit hatte sie recht; ich hatte aufgehört, Bücher zu lesen. Weil mir weder Informationen noch Schönheit noch Bedeutsamkeit noch Fiktion fehlten, oder was immer Bücher einem geben können, war es mir nicht einmal aufgefallen, bis sie es erwähnte. Ich fühlte mich wie ein Verräter und suchte eine Antwort.

»Schau dir das an«, sagte sie wundersam. »Ich glaube, das ist ein Zahn.«

Nach näherer Untersuchung musste ich zustimmen. Eine graue Perle ragte aus einem verflüssigten Häufchen Pastinaken. Diese Entdeckung katapultierte mich aus meiner Schuld heraus. Wir räumten das Geschirr ab, und ich legte Oola auf den Tisch. Ihr *ahhhh* war entschieden theatralisch. Ich inspizierte ihren Mund über eine Stunde lang, doch kein Zahn fehlte. Wir wuschen den Zahn in der Küchenspüle und hielten ihn ins Licht: Er sah menschlich aus, wie der eines Erstklässlers, glatt auf der einen Seite und zerfurcht auf der anderen, wo eine sandige Substanz in den Rillen lagerte. Am Ende mussten wir den Zahn zu einer Myriade anderer Mysterien hinzuzählen.

Während wir in der Pampa lebten, passierte uns aller möglicher Scheiß. Wir akzeptierten die Natur als pervers, genau wie wir einst Kinos und rassistische Nachbarn als normal akzeptiert hatten. Ohne elektrische Lampen und Straßenlärm, der uns störte, wurden wir in Big Sur mit der Nacht hinweggeschält. Der Mangel an Ablenkung enthüllte die Hexereien des Alltags wie eine Stripperin ihren stolz geschwellten Bauch. War ein abtrünniger Zahn sonderbarer als die Tatsache, dass Blumen Phallusse hatten oder dass Pilze in Kreisen wuchsen wie gemeine Mädchen oder dass die Weichheit von Schimmel wirklich so aussah wie Beinhaar? Wir zählten die Zufälle ohne Wertung zusammen, fegten die toten Insekten weg und entdeckten letztlich seltsamere Dinge in unseren eigenen Interaktionen – zum Beispiel Oolas plötzliche Fixierung auf die Apollo-13-Verschwörung, die zu einer zweistündigen Fahrt in die nächste Fachbuchhandlung führte, eine von Räucherstäbchen erstickte Bude, die Geburtssteine und falsche Karten zu J. D. Salingers Haus verkaufte. »Du glaubst nicht ernsthaft, dass die Mondlandung echt war, oder?«, befragte sie mich mindestens dreimal am Tag.

»Ich bin mir nicht sicher.«

Das war ihr Stichwort, um in die Luft zu gehen. »Aber sie ist so *offensichtlich* inszeniert. Schau dir doch bloß die Bilder an. Das war eine Hollywood-Produktion. Wer soll das gefilmt haben? Wusstest du, dass australische Zuschauer berichteten, sie hätten eine Cola-Flasche über den Bildschirm rollen sehen? Sei kein Schaf, Leif.«

Nach zwei Wochen unentwegter Diskussionen erlosch plötzlich ihr Interesse. Sie sprach nie wieder davon.

Oder, noch seltsamer, die Reaktionen, die keiner von uns vorhersagen konnte: Oola, die sich kerzengerade aufrichtete, als ich sie fragte, ob sie sich an Dubai erinnere. »Hab ich dir von dem einzigen Mal erzählt, dass ich mit meinen Großeltern essen ging?«, fragte sie. »Ich war fünf. Der Kellner wickelte meine Reste in Alufolie ein und befestigte einen Griff daran. Wie ein kleiner Korb. Ich war begeistert. Verstehst du, was ich meine? Ich habe sie im Taxi vergessen.«

Ich werde wohl nie erfahren, warum sie das überhaupt erwähnte.

Oder der Tag, als ich sie den Garten wässern sah, bekleidet mit einem Männerpolohemd und Gummischuhen, sie selbst begossener als die Blumen.

Sie richtete den Strahl auf mich. »So ist dein Gehirn«, sagte sie, lautlos lachend, und hielt ihren Daumen auf die Öffnung des Schlauchs. Wasser sprühte chaotisch nach außen, ein zerstobener Kegel. Gebrochene Regenbögen durchdrangen meine Augen.

Ich war überrascht, dass sie mich so sah; und war noch

überraschter, dass es mich verletzte. Ich hatte mich bisher im Gegensatz zu ihrer Verschwommenheit, ihren Launen und ihren Aussetzern definiert. *Wenigstens trage ich Kleider, die passen*, wollte ich protestieren, *und ich kaue, bevor ich schlucke. Wenigstens esse ich keine Margarine.*

Also sagte ich das Erste, das mir in den Sinn kam, höflich lächelnd: »Du bist ein Flittchen.«

Wir waren beide geschockt von der Kraft meiner Stimme, die einen gewissen Wahrheitsgehalt andeutete. Noch immer lachend drehte sie den Schlauch herum und zielte auf ihre Brust. Sie durchtränkte ihr Hemd. Es klebte an ihrem Körper wie Frost an einem Fleischersteak. Erst wurden die Striche ihrer Rippen sichtbar, dann das Punktum ihres Bauchnabels. Sie hatte so viel Wasser in den Augen, dass sie die Zinnien zertrampelte, doch sie hörte erst auf, als ich ihr den Schlauch aus den Händen wand. Sie musste Wasser ausspucken, um sprechen zu können. »Und?«

Wir starrten einander an und machten dann weiter wie gehabt. Wir nahmen uns die Natur zum Vorbild. Die Bäume schauten gleichgültig zu; das Meer brüllte leise. Sie fragte mich nicht aus. Sie wischte sich den Mund ab und ging zurück in die Hütte. Nachdem ich bis zehn gezählt hatte, wickelte ich den Schlauch wieder auf und folgte ihr durch die ruinierten Zinnien, vorbei an den Tomaten, über den Rasen, zur Veranda.

Während des Abendessens quetschte ich sie aus.

Weil wir ein modernes Paar waren, lebten wir bequem im Dreck. Ich war kein Ernährer (ich punktete nur beim Abendmahl), Oola kein Hausmütterchen aus dem Mittleren Westen. Wir wechselten uns damit ab, wer kochte und wer hinterher aufräumte. Wenn ich kochte, aßen wir Spaghetti und

Salat, beides angemacht mit einem No-Name-Olivenöl und Thymian aus dem Garten, dazu gab es Kaffee zum Dessert. Oola probierte gern neue Dinge aus und benutzte den Ofen, sie schnitt anspruchsvolle vegane Rezepte aus ihrer Schiffsladung Magazine, vergaß aber immer einen wichtigen Arbeitsschritt. Wenn ich in der Küche hinter ihr herumschlich, fiel es mir manchmal schwer, sie nicht daran zu erinnern, Backpulver hinzuzufügen oder die Temperatur herunterzudrehen. Doch ich blieb meiner Rolle als Geist treu und ertrug zur Essenszeit die Konsequenzen.

Sie nahm ihr Scheitern mit Humor; wenn sie einen napffreien Napfkuchen inspizierte, schüttelte sie den Kopf und murmelte »Bastarde«. Sie übergoss ein unerträglich salziges Curry mit scharfer Soße – »um den Geschmack auszugleichen« – und pickte die Schokoladenstücke aus einer ruinierten Ladung Kekse, damit wir noch den Anschein eines Desserts hätten.

Sobald der Tisch gedeckt und unsere Bettlermahlzeit ausgeteilt war, plauderten wir ein wenig, vage und freundlich. Wenn ich den Wein entkorkte, kamen wir zur Sache. Für gewöhnlich schrieb ich eine Liste mit Fragen, die sich im Laufe des Tages ergeben hatten und die ich während des Essens abhakte. Oola hatte einigen Spaß an dem Format (ich habe sie oft gefragt), obwohl sie eine Weile brauchte, um aufzutauen, ihre ehrlichen Antworten wurden von einem sarkastischen Lächeln und einem Schluck Wein temperiert. Ich begann mit den flachen Bällen, den Marotten und Vorlieben, über die jeder gern spricht.

Sternzeichen? »Wassermann.«

Figurtyp? »Groß.«

Lieblingsfarbe? »Malve.«

Unentbehrliches Kosmetikprodukt? »Crippling Shyness

oder Rose-Tint My World.« Abdeckstift beziehungsweise Augencreme.

Ihr Lieblingsessen? »Sauerkraut.«

Ihr Lieblingswort? »Wachstuch.«

Das Reiseziel ihrer Träume? »Island. Cape Cod.«

Wenn sie eine Droge wäre, wäre sie… »Quaaludes. Nie probiert, klingen aber nach meinem Geschmack.«

Wenn sie ein Tier wäre, dann ein… »Tintenfisch. Ein stiller Mörder.« Sie zögerte. »Oder wenn man nach dem Aussehen geht, wahrscheinlich eher ein Emu.«

Früheste Erinnerung? »Irgendwo auf einer Eingangstreppe zu sitzen und die Wange an die Backsteine zu pressen. Sie waren warm. Außerdem der Geruch von Gardenien. Ich weiß, dass sie es sind, weil es jemand sagte, immer wieder. *Schau dir die Gardenien an.* Wie in einem David-Lynch-Film.«

Ein Wort, das dich beschreibt? »Fake.« Das sagte sie nur, um mich zu ärgern.

An einem anderen Abend öffnete sie ihren Mund zu einem lautlosen Lachen. »Helter-Skelter.«

Und bei noch einem weiteren Abendessen, vom Wein gedankenvoller gestimmt, neigte sie den Kopf zur Seite und nahm sich für ihre Antwort eine Minute Zeit. »Aufgestellt.«

»Aufgestellt?«, lachte ich unwillkürlich. »Du meinst wie munter? Nippel in der Kälte? Mütter am Morgen? Oder meinst du kratzbürstig?«

Sie schüttelte den Kopf. »So wie ein Hund die Ohren spitzt. Du weißt schon, nach zufallenden Türen horcht. Mit zu Berge stehendem Nackenhaar.« Sie streckte ihren Arm aus und, Hand aufs Herz, seine zarten Haare waren aufgestellt.

Ich fragte nach den typischen Online-Sicherheitsfragen. Name des ersten Haustiers? »Cordon Bleu. Dann kam der alte Disco.«

Name der Mutter? »Iris.«

Mädchenname der Mutter? »Smutt.«

Name der Straße, in der sie aufgewachsen ist? »Santa Inés. Wie die Missionsstation.«

Liebstes körperliches Merkmal? Sie tat, als würde sie mir ein High-Five geben. »Meine Hände. Groß genug für Rachmaninow.«

Am wenigsten geliebtes körperliches Merkmal? »Meine Zähne. Eindeutig zu groß. Ich hatte immer Angst, dass sie beim Küssen im Weg sind.«

»Sind sie nicht«, sagte ich.

Sie lächelte kryptisch. »Ich hab bisher jeden Jungen gefragt, und sie haben immer gesagt, dass sie es sind.«

Beste Eigenschaft? »Jugend.«

Auf mein Augenrollen hin fügte sie hinzu: »Meine Klavierlehrerin sagte immer, dass sie am liebsten verträumte Kinder unterrichtete, und ich wäre wegen meines leicht ablenkbaren Naturells zu, ähem, *großen Gefühlen und erstaunlicher Tiefe fähig.*« Sie dachte weiter nach. »Ich bin schüchtern, aber offen. Dinge stoßen mir zu. Ich kann alleine in eine Bar gehen und weiß, dass jemand sich mit mir unterhalten wird. Das mag ich.«

Schlechteste Eigenschaft? »Dass ich verdammt noch mal alles verliere.«

Laster? »Kiffen und das ganze heiße Wasser beim Baden aufbrauchen.« Das war mir bekannt.

Größte Unsicherheit? »Dass andere nur über meine Witze lachen, um nett zu sein.«

Motto? »Such dir einen hübschen Ort zum Sterben.« Sie blinzelte. »Ich weiß nicht, wo das jetzt herkam.«

Helden? »Michael Jackson. Ruhe in Frieden.«

Schmutziges Geheimnis? »Ich bin mir nicht sicher, ob ich

Musik je gemocht habe.« Pause. »Ich rieche *immer* an meinen Fingern.«

Date deiner Träume? »Leif Kneatson auf Drogen.«

Ich zog eine Augenbraue hoch, und sie berichtigte ihre Antwort. »Serge Gainsbourg. Allein wegen des Akzents!«

Manchmal war ich eigennützig. Was fand sie am attraktivsten an ihrem Partner? Sie musterte mich, lachte aber nicht. »Als wir uns kennengelernt haben, hab ich deine Gravitation bewundert. Du hättest verrückt sein können, trotzdem hatte ich das Gefühl, ich könnte dir vertrauen.« Ich wiederholte das Wort im Kopf: *Gravitation*. Ich nahm an, dass sie *Gravitas* meinte, doch wenn ich jetzt an dieses abendliche Abfragen denke, bei dem Oola in ihrem Bestreben, sich auszudrücken, am Tischtuch herumfummelte und an ihrem Haar zog, die Stimme vergnügt, aber zaghaft, so denke ich, dass sie auch die andere Definition gemeint haben könnte, Gewicht und Raum betreffend.

Sie fuhr fort: »Selbst wenn du Witze gemacht hast, hattest du noch etwas Ernsthaftes. Die ernsten Menschen, die ich aus dem Konservatorium kannte, konnten sich nie zu einem Lächeln durchringen. Sie dachten nur an eins: Musik, von dem Moment, in dem sie aufwachten, bis zu dem Moment, wenn sie einschliefen, noch mit den Schuhen an. Wenn man ihre Wohnungen betrat, gab es dort keine Möbel, keine Fenster, kein Essen im Kühlschrank. Es roch immer schrecklich. Das war ihnen scheißegal. Die Studenten meiner Schule wurden immer ausgeraubt oder vergewaltigt. Sie mieteten die beschissensten Zimmer in den beschissensten Nachbarschaften, und wenn ihr Fernseher verschwand, merkten sie das erst zwei Wochen später. Sie besaßen eh nichts Wertvolles, wenn sie überhaupt irgendwas besaßen, bloß ihre Instrumente, und die hätten sie mit dem Leben verteidigt. Ich kannte Leute, die mit ihren Instrumenten schlafen gingen, die in der U-Bahn zwei Sitze belegten und sich weigerten, ihren Instrumentenkoffer herunterzunehmen, um eine schwangere Frau sitzen zu lassen. Das galt als normal.« Sie fuhr mit den Fingern über den Rand ihres Glases. »Ich glaube, du warst der erste Mensch, von dessen Ernsthaftigkeit mir nicht übel wurde. Ich war überrascht, dass ich es schön fand.«

Während die Mahlzeit andauerte und wir unser Essen aßen oder nicht, die seltsam gefärbten Überreste einer eierfreien Quiche über unsere Teller schmierend, gab sie interessantere Dinge preis, Geschichten, die ihre Augen in verfrühtem Lachen aufblitzen ließen oder die ihre Schultern mit etwas versteiften, das nie richtig zum Vorschein kam, aber Scham zu sein schien. Manchmal erzählte sie mit nachdenklicher Stimme, als sei das, was sie sagte, auch für sie eine Überraschung. Manchmal verlegte sie sich darauf, zum Tischtuch zu sprechen, die Papierserviette fest mit der Hand umklammert.

Was vermisste sie am meisten? »Butterkuchen.« Sie antwortete so rasch, dass ich dachte, es sei ein Witz, doch sie blickte wehmütig in ihren Schoß und sprach weiter. »Meine Mutter hat ihn manchmal gebacken, bevor ich Veganerin wurde. Es war der Lieblingskuchen meines Vaters. Er schnitt ein Stück durch und strich noch mehr Butter drauf. Wir hoben ihm immer ein Stück im Kühlschrank auf, bis er nach Hause kam. Er tat dann so, als würde er es nicht sehen. *Ihr gierigen Mädels habt alles aufgegessen! Ihr braucht gar nicht zu lügen, Daddy weiß Bescheid!* Das war so eine dumme Familien-Nummer.« Sie wischte Krümel von ihrem Rock. »Erst jetzt erscheint es mir wie etwas Besonderes.«

Ihr Ton beunruhigte mich. Wir sprachen kaum über unsere Familien; alles, woran ich mich halten konnte, war ihre Rede aus Arizona. Für mich war Familie etwas zu Heikles, um es in Worte zu fassen, eine Mischung aus Spott und Zuneigung, die ich für dieses letztlich langweilige Tableau empfand, während schon die geringste Erwähnung von Oolas Familie sie ausschließlich zu schmerzen schien. Sie wandte sich von mir ab und war für lange, lange Zeit still. Ich konnte nicht sagen, welches Lied sie dann aus der Luft griff – etwas Trauriges, kein Zweifel, mit einem Hauch von Okie. Ich selbst hörte Joan Baez, wenn ich sie so sitzen sah, »Babe, I'm Gonna Leave You« waberte über einem unbebauten Grundstück oder ein Dylan-Cover in einem Zimmer mit an die Wände gehefteten Tüchern. Vielleicht stieg mir aber auch bloß Kalifornien zu Kopf; ich habe sie nie gefragt, um das in Erfahrung zu bringen. Die Art, wie sie bei neunzig Meilen die Stunde aus dem Fenster spuckte, oder ihre gottlosen Mischungen aus Soda und Schnaps verrieten so einiges. »Ich verberge meine White-Trash-Wurzeln *ziem*-lich gut, oder, Liebes?«, fragte sie wehmütig, während sie ihren dritten Gin Squirt durch einen Strohhalm schlürfte.

Warum trug sie weite Kleidung? »Oh, das ist leicht. Ich hab's satt, meine Haut zu sehen.« Sie ließ ihre meilenlangen Arme fallen. »Es gibt so viel davon.«

Was würde sie an sich ändern, wenn sie könnte? »Ich schätze, ich wäre gerne durchsetzungsfähiger. Wenn ich Nein sage, denken die Leute immer, ich scherze. Ich bin zwar nicht unbedingt ein Fußabtreter ... Aber wenn Menschen auf mir herumtrampeln, stört mich das nicht. Ich finde es genauso interessant, wie selbst das Sagen zu haben. Ich beobachte gern, wie Dinge sich entwickeln. Die Sanftmütigen werden erben, aber nur, weil sie zugeschaut und sich Notizen gemacht haben.« Oh, wir waren Seelenverwandte. »Dabei bin ich gar nicht entspannt. Männer sagen immer, dass ich entspannt bin. Ich glaube, das ist ein Euphemismus für alle Mädchen, die schlucken. Was ich meine, ist … Ich denke mit meiner Milz, nicht meinem Herzen. Ich fühle die Dinge anderswo, und die Tatsache, dass mir etwas egal ist, lässt sich nicht gut übersetzen. Verstehst du?«

Ich nickte energisch.

Wann war sie am glücklichsten? »Unmittelbar nach einer Ohnmacht.« Das erforderte eine Erklärung, und, zu meiner Freude, eine kleine Liste. »Ich bin dreimal ohnmächtig geworden. Einmal in einem Club. Er war voll bis unters Dach. Die Band meines Freundes spielte, aber ich konnte ihn ums Verrecken nicht sehen. Neben mir zündete sich jemand die ungelogen größte Tüte an, die ich je gesehen hab. Er reichte sie mir, und das war's – ich fiel um. Glücklicherweise standen alle so dicht, dass ich sozusagen von den Menschen um mich herum zurückprallte. Mein Kopf landete auf einem Paar Moonboots. Keine Verletzungen. Ein anderes Mal rannte ich einen Hügel hinab, ich war viel jünger, das war auf einem Feld in der Nähe unseres Hauses. Der heißeste Maitag seit Beginn der Wetteraufzeichnungen, das weiß ich noch. Ich trug einen Badeanzug und rannte auf jemanden zu, der unten stand. Ich schätze, ich hatte einen Sonnenstich oder etwas in der Art. Meine Freunde dachten, ich wollte den Hügel hinunterrollen und machten mit. Mein letzter klarer Gedanke war: *Hoffentlich rutscht mein Unterteil nicht hoch.* Ich hatte Angst, dass meine Schamlippen zum Vorschein kommen könnten. Das dritte Mal passierte auf dem Footballfeld meiner Schule. Ich erinnere mich genau, wie alt ich war und wohin ich unterwegs war, denn ich erinnere mich an das Datum: 25. Juni 2009. Der Tag, an dem Michael Jackson starb. Die meisten in meinem Alter wissen noch genau, wo sie waren, als sie davon erfahren haben, ganz gleich, ob sie ihn mochten. Das ist wie mit Prinzessin Di bei unseren Eltern oder 9/11 bei uns, würde ich sagen. Ich war ein Highschool-Freshman, und es war halb vier am Nachmittag. Ich lief mit meinen Freunden zum Parkplatz. Es muss einer der letzten Schultage gewesen sein. Wir nahmen immer eine Abkürzung über das Footballfeld, einmal quer rüber. Das Leichtathletikteam wärmte sich am Rand auf. Sie liefen ihre Runden und ignorierten uns. Ich hörte, wie ein paar Läufer davon sprachen, sie waren älter und hatten Handys, und ihre Eltern hatten ihnen die Neuigkeit getextet. Einer von ihnen sah mich fallen, er rannte herüber, um mich aufzufangen.«

»Wie galant«, sagte ich.

»Mmh«, stimmte sie zu. »Das ist das Schöne daran. Am Ohnmächtigwerden, meine ich. Wenn du wieder zu dir kommst, kannst du gar nicht anders, als dich in den ersten Menschen zu verlieben, den du siehst. Es ist nicht romantisch. Es ist ein seltsames, ekstatisches, menschliches Bedürfnis, eine plötzliche Dankbarkeit, wieder zum Leben zu erwachen. Denn so fühlt es sich an: Du tauchst auf aus einem sehr dunklen, sehr weichen, sehr einsamen schwarzen Loch. Ich stelle es mir als See vor, mit Wasser, das wie Öl ist. Wenn du genau am Rande einer Ohnmacht stehst, wenn deine Sicht fleckig wird und du versuchst, stehen zu bleiben, ist es, als würde der See zu dir hochlecken. Es ist einfach *verlockend*. Du willst ihm nachgeben. Und du tust es. Du sinkst hinein … Und es ist so schön, sich mit diesem samtigen Druck auf der Brust nach hinten fallen zu lassen. Und wenn du dann aufwachst, fügst du den Menschen zusammen, der dort über dir schwebt, und seine Hände sind so behutsam, und seine Stimme ist so sanft, und für einen Moment ist *er* die ganze Welt, in die du zurückkehrst. Und irgendwie scheint es, als sei er derjenige, der auftaucht, so wie im Film der Angebetete aus dem Pool steigt. Und du weißt, dass du alle Zeit der Welt hast, um ihn einfach zu beobachten. Du hast dieses Gefühl im Bauch, es hat wahr-

scheinlich mit dem Adrenalin zu tun: flatterig, warm, wie…
Ein angehaltener Orgasmus. Oder ein Atompilz, bevor er sich
ausbreitet. Sich aus dem Bauch hochschiebt. Alles sirrt vor
Energie, aber in Zeitlupe. Und dein Körper ist wie ein Auto,
das angelassen wird, und du kannst jedes winzige Teilchen an
ihm spüren, jeden Muskel, jeden aufblinkenden Knopf. Alles
mit dem Kopf im Schoß eines Sportlers. Mir war, als hätte ich
Jahrhunderte Zeit, mir zu überlegen, was ich zu ihm sagen
soll. Schließlich sagte ich: ›Engel.‹ Das tat ich tatsächlich, zu
einem Jungen, an dem ich sonst auf dem Gang vorbeilief. Und
dann sagte ich: ›Michael.‹ Der Typ war echt lieb. Er verstand
mich falsch. In seiner höflichsten Stimme sagte er: ›Nein, ich
bin Ned. Michael ist da drüben, am Torpfosten.‹«

Wie sehr ist ihr Leben von ihrer Schönheit beeinflusst worden? Sie musste innehalten und nachdenken. »Ich schätze,
ich hab mich daran gewöhnt, Dinge umsonst zu bekommen.
Extra-Ketchup, den Kinderpreis beim Busticket, unwichti-
ges Zeug. Aber du würdest dich wundern, wie sich das sum-
miert. Die Leute vertrauen dir, wenn du hübsch bist. Sie lei-
hen dir Sachen aus, verraten dir Geheimnisse. Ich war mir
sicher, dass ich auf der Titanic einen Platz im Rettungsboot
bekommen hätte. Irgendwie dachte ich auch, falls ein Atom-
krieg ausbricht, kann ich mich immer nach Kanada durchhu-
ren. Im Ernst, der Gedanke lässt mich ruhiger schlafen.« Sie
machte eine Pause. »Alles in allem laufen die Dinge runder, es
sei denn, sie tun es mal nicht – dann ist man gleich zum Ab-
schuss freigegeben. Der Busfahrer, der einen vor fünf Sekunden noch aufgefordert hat zu lächeln, wird sauer. *Was ist los,
Schätzchen? Zu gut für mich? Ne kleine Vergewaltigung würde
dich geraderücken.*«

»Hat das wirklich jemand zu dir gesagt?«

Sie nickte. »Es ist komisch. Sie haben das Gefühl, dass du

ihnen etwas schuldest, für Dinge, um die du nicht gebeten hast. Dass du dankbar sein sollst, dass sie so nett waren zu verbergen, dass sie es dir besorgen wollen.« Sie schnaubte. »Als wäre das nicht eh klar.«

In diesen Unterhaltungen war sie immer fröhlich, fast unbeteiligt, selbst wenn wir auf unangenehmeres Territorium steuerten. »Ich fühle mich durch mein Geschlecht unterdrückt«, bemerkte sie am Anfang meiner Studie so unbekümmert, als hätte sie gesagt, dass sie Bluegrass hasse.

»Ich auch«, sagte ich, vielleicht etwas zu eifrig, mit dem Gedanken an mein eigenes Verlangen, meinen Körper, diesen faden Behälter, loszuwerden und in ihre Haut zu schlüpfen.

Sie lächelte geduldig. »Ich glaube nicht, dass du das verstehst.«

Keine Aussage hätte mich mehr verletzen können.

An unbeschwerteren Abenden gingen wir über das Frage-Antwort-Format hinaus. Sie sprach offen, sprang zwischen Themen hin und her wie ein Star, der auf sein Leben blickt.

»Weißt du«, sagte sie und lehnte sich nach vorn, wie um das Studiopublikum ins Vertrauen zu ziehen, »es klingt vielleicht komisch, aber manchmal, wenn ich noch nicht ganz wach bin, kommentiere ich mich in Gedanken selbst. Kennst du den Radiomoderator vom Late-Night-Jazz-Sender? Den mit der langsamen, tiefen Stimme, der alles *smooooth* nennt? Das ist die Stimme, die ich benutze. Er widmet meine Morgendusche *all den einsamen Seelen da draußen*. Wenn ich meinen Kaffee trinke, brummt er: *Das haut rein*.«

Oder sie schüttelte den Kopf über die Dussligkeit der Jugend: »Ich hab meine Identität beim Fernsehschauen gefunden. Vor allem Cartoons. Ob es dir gefällt oder nicht, Cartoons waren sehr wichtig für meine, unsere Entwicklung zu Kindern der Neunziger.«

»Soll das bedeuten, dass du eine Karikatur bist?«

»NEEIIIN«, quietschte sie und zuckte mit den Augenbrauen hoch und runter. Außerdem furzte sie wie aufs Stichwort.

An einem anderen Abend Ende Juni wurde sie nostalgisch. »Ich habe altmodisches Hofieren immer idealisiert.« Ich glaube, wir hatten uns über *West Side Story* unterhalten, den ersten Film, der sie zum Weinen gebracht hatte. »So wie meine Großmutter es beschrieb. Von einem Jungen, den man nicht kennt, abgeholt zu werden und eine Spritztour zu machen. Zum Teufel mit Persönlichkeit. Heutzutage bleiben die schüchternen Mädchen auf der Strecke. Die herrischen Verbindungsmädchen übernehmen alles. Was ist falsch daran, sich jemanden bloß wegen seines Äußeren auszusuchen? So wie meine Großmutter es erzählte, sprachen sie bei ihren Verabredungen nicht mal miteinander. Sie tranken Eiscreme-Sodas in völliger Stille und ›knutschten‹. Was für eine Erleichterung.«

Manchmal spielte sie Fragen zu mir zurück. »Dein Spirit Animal ist auf jeden Fall eine Ratte.« Sie betrachtete mich. »Kränkt dich das?«

Ich stellte mir mich selbst in einem Bau vor, der eher wie eine Arterie aussah. »Ergibt Sinn.«

Eines anderen Abends, mit plötzlicher Dringlichkeit: »Wie viele Stücke Toilettenpapier benutzt du?«

Ich war überrumpelt. »Ich zähle normalerweise nicht mit, warum?«

»Ich hab in einem Magazin gelesen, dass man nur eins pro Wischen, maximal zwei nehmen soll.« Sie schüttelte ungläubig den Kopf. »Das hat mir nie jemand gesagt. Ich liebe es, die Rolle abzuwickeln und fünfzehn Stück in einer langen Fahne abzureißen. Ich wickle sie um meine Hand, wie einen Verband.« Sie schlug sich die Hand vor den Mund, was mich angesichts der Unterhaltung kurz befremdete. »Mir war nicht klar, dass ich eine Öko-Verbrecherin bin.«

Nach dem Abendessen stand ich in der Eingangstür, trug meine Laufsachen, lungerte noch herum. »Ich geh jetzt«, teilte ich O. mit.

»Okay«, sagte sie. »Viel Spaß.«

»Wenn ich in einer Stunde nicht zurück bin, verständige die Behörden.«

»Okay.«

»Hast du die Nummer?«

»Ja«, sagte sie, ohne nachzuschauen. »Ich weiß sie auswendig.«

Sie würde das Radio einschalten und mich zum Gehen drängen. Und obwohl sie normalerweise darauf achtete, das Üben zu beenden, bevor ich zurückkam, ließ sie sich gelegentlich mitreißen. Während ich den Rasen überquerte, konnte ich sie durch das verdunkelte Fenster sehen, Klänge von Chopin kaum hörbar. Um ganz ehrlich zu sein, die wenigen Male, die das passierte, machte es mich nervös. Wenn ich ihre Silhouette vor- und zurückschnellen sah, die Schultern vor Emotion ganz angespannt, war ich eifersüchtig, ohne genau sagen zu können, auf was oder wen. Ich wartete auf der Veranda, bis sie fertig war. Wenn ich hereinkam, erschien mir ihr Lächeln immer schuldig.

Freitags gingen wir Eiskrem kaufen. Es war eine Art Ritual, eine Gelegenheit, den unmöglichen Nachmittag im Mittelpunkt aller Interaktionen zu füllen. Natürlich war es bloß ein gefühlter Nachmittag, kein tatsächlicher, da wir den Rest unseres Abendessens verdauten und unsere Pullover und Wanderschuhe anzogen. Der Himmel war marmoriert, wenn wir zur Straße aufbrachen, immer zu Fuß. Bis zum Gemischtwarenladen waren es dreißig Minuten. Wir sprachen unterwegs nicht und marschierten hintereinander auf den Waldpfaden in den Ort, noch immer geklammert an die Vorstellung von etwas Zeremonienhaftem. Ich lief natürlich hinter ihr und beobachtete interessiert das Schaukeln ihres Pferdeschwanzes.

Der Gemischtwarenladen war nicht viel mehr als eine Tankstelle, halbherzig mit Gebetsfahnen geschmückt, wo man Snacks, losen Tabak, Erotikmagazine und Kugeln unterdurchschnittlicher Eiskrem an der kleinen Glastheke am Eingang kaufen konnte. Sie hatten fünf Geschmacksrichtungen, die nie wechselten. Eine hieß Regenbogen-Sorbet; es war die einzige, die Oola essen konnte.

Manchmal deckte sie sich mit Magazinen ein. Oola las sie ungeachtet ihres Genres, weswegen sie genauso viel über Fliegenfischen und Fingerfood wusste wie über Feng Shui. Sie hortete auch Kataloge, Land's End und Dessous und eine Zeit lang Prom R Us. Ich zog sie damit auf. »Du bist wie ein Prärie-mädchen, das auf seinen Sears Roebuck wartet.« Aus einem japanischen Haus- und Gartenmagazin stammte ihre Idee für die japanische Sitzbadewanne – doch dazu später mehr.

Unter allen Katalogen hatte sie die von Williams-Sonoma und dergleichen besonders gern, Luxushäuser mit dick aufgeschüttelten Betten und unnötigen Mengen Hartholz. Fast sicher war das der Grund, warum Häuserhüten so gut zu ihr passte. »Ich *begehre* dieses Leben nicht«, erläuterte sie, die Wange an das 2D-Gras eines wunderschön gepflegten Rasens gelegt. »Es ist bloß wohltuend, es sich vorzustellen. Ähnlich wie Neuengland. Vielleicht ist es komisch, angesichts der Tatsache, dass wir so viel gereist sind, aber immer wenn ich mich selbst beruhigen muss, stelle ich mir vor, in Neuengland zu sein, einen Krebs von weißem Porzellan zu essen, mit einem extra Krug für Butter. Jeder ist sonnengeschädigt, groß, trägt

Pullover mit Zopfmuster. Ich denke an … Fensterplätze.«
Schon flackerten ihre Augenlider. »Ich denke an Backformen,
aus denen individuelle Kuchen in Muschelform werden. Ich
denke an das Wort *Kristallglas*. Weiße Tenniskleidung…«

Falls sie sich nach Monaten in verschiedenen Villen an den
nicht gerade glamourösen Verhältnissen dieser Hütte störte,
ließ sie es sich nicht anmerken. Sie lächelte den Kassierer an,
einen Ex-Surfer, den das Meth stumm gemacht hatte, und bezahlte mit Kleingeld für ihre Eistüte. In der Tür blieb sie stehen, um ihre Jeans hochzukrempeln, wobei ihre Bergsteigersocken zum Vorschein kamen. Wir aßen unser Eis auf dem
Bordstein, fühlten uns törichterweise wie Landstreicher und
lächelten entsprechend. Unser Haar war fettig, meins schon
schulterlang, unsere Kleidung irgendwie nie dem Wetter entsprechend. Wir nickten jedem vorbeifahrenden Auto zu, un-
termauerten dadurch unseren Status als Menschen, die nicht
oft aus dem Hause kamen, und saßen auf unseren Jacken, die
wir nicht gebraucht hatten.

Obwohl wir es nie in Worte fassten, waren diese Exkur-
sionen in die Stadt wichtig für uns. Als wir nicht mehr auf
die Einladungen unserer Freunde aus Santa Cruz oder der
Bay zählen konnten, die merklich zurückgingen, während
der Sommer voranschritt, waren sie unsere einzigen regelmä-
ßigen Ausflüge. Ich verübelte es den Freunden nicht, wenn
sie uns vergaßen oder unauffällig aus Gruppennachrichten
löschten; wir waren berüchtigt für unsere Unzuverlässigkeit,
immer zu spät und schlimmer noch, in den weich konturier-
ten Worten einer College-Bekanntschaft ausgedrückt: *Ihr
richtet euch nach niemandem, oder?* Als ich ihn fragte, was er
damit meinte, führte er aus: *Es ist doch offensichtlich, dass dir
einiges durch den Kopf geht. Sprich mit mir, Kumpel, oder tu
einfach, wonach dir ist!* Er klopfte mit einem Knöchel gegen

meine Stirn. *Sei im Jetzt!* Das fand ich heuchlerisch aus dem Mund eines zum Yogi bekehrten Techie, der sich geradezu überschlug (manchmal buchstäblich), um sich über Burning Man zu unterhalten. Mich langweilten die Sticheleien über unsere sogenannte Co-Abhängigkeit, und ich hörte auf, SMS zu beantworten. Mich ärgerte es, abgelenkt zu werden. Und dass aus den bewundernden Blicken, wenn O. und ich zusammensaßen, eine geiernde Besorgnis geworden war, nach dem Motto: *Oola und Leif, mal wieder in Aktion! Er erdrückt sie! Nein, ihr gefällt die Aufmerksamkeit! Machen sie eigentlich alles gemeinsam? Gehen sie zu zweit auf die Toilette? Es ist süß, aber unheimlich. Er steht total unter ihrem Pantoffel. Sie ist total deprimiert. Glaubt ihr, sie haben Dreier? Glaubt ihr, er ist labil? Glaubt ihr, dass sie fremdgeht? Wenn sie es täte, wüsste er es. Sie sind wie siamesische Zwillinge. Vielleicht gefällt ihm das, ihr wisst schon, ein Hahnrei-Ding. Früher konnte man mit ihm Spaß haben. Früher war sie lustig. Jetzt sind sie so beschissen häuslich. Vielleicht ist es etwas Versautes? Ein Trauma? Oder Krebs?*

Ich ärgerte mich über die Ungenauigkeit ihrer Klischees. An Mittsommer knabberte eine Ratte mein Handy-Ladegerät entzwei. Ich verfrachtete den unbrauchbaren Apparat in eine Schublade und war, offen gestanden, erleichtert. Mehr Zeit, die ich Oola widmen konnte.

Eines Abends, wir hatten uns vor den Gemischtwarenladen plumpsen lassen, versuchte ich ihr zu erklären, dass die WASP-Welt, die sie so idealisierte, genau die war, aus der ich stammte und dass sie nicht bloß aus Highballs und Jachten bestand. Sie blinzelte mich nur an. »Du segelst nicht«, sagte sie.

»Nein, aber …« Auf der Suche nach Beweisen geriet ich ins Schwimmen. »Meine Mutter ist eine ehemalige Schönheitskönigin.«

Sie lachte. »Meine auch, wenn du sie fragst.« Sie wandte sich ab, da sie die Angelegenheit geklärt hatte. »Hättest du gesegelt, könntest du es vielleicht verstehen.« Jachtclubs gehörten zu ihren Lieblingsvorstellungen.

Oder der Abend, als ich sie fragte, wie ihr Sorbet schmeckte. Ihre Antwort: »Ich mag es nichts besonders.« Das war bereits spät im Sommer, Ende August.

»Stimmt was damit nicht?«

»Nein.«

»Bist du krank?«

»Nei-ein.«

»Warum magst du es dann nicht?«

Sie zuckte mit den Schultern. »Ohne Grund. Ich meine, es war immer ziemlich beschissen.«

»Aber du kaufst es dir jedes Mal«, sagte ich nach einer langen Pause.

Sie zuckte wieder mit den Schultern. »Weil sie nichts anderes haben.«

Ich versuchte, desinteressiert zu klingen. »Ich dachte, das ist dein *Lieblings*eis.«

Sie schüttelte den Kopf. »Ehrlich gesagt hätte ich lieber ein Steak.«

»Ein Steak?« Ich atmete tief durch. »Aber du isst kein Fleisch.«

»Ich weiß.« Sie leckte ruhig weiter ihr Eis, ohne sich des Verrats bewusst zu sein.

Nach einer Pause blickte sie mich an. »Was ist los?«

Ich konnte nicht antworten. »Nichts, O.«

»Du siehst aus, als wär jemand gestorben.« Sie steckte die Zunge heraus, grell gemustert in Orange und Grün.

Wir sprachen oft über das Feuer. Das war unsere bewährte Cocktailparty-Nummer, als wir noch ganz oben auf jeder Gästeliste standen. Wir unterbrachen uns gegenseitig, um sie vorzutragen, wurden aufgeregt, wenn der Höhepunkt nahte, unsere geröteten Gesichter wie Stichwortkarten für die lauschende Menge.

»Es war kurz nachdem wir eingezogen waren«, begann Oola. »Da waren wir also, in der Wildnis. Redwoods als Nachbarn. Niemand, wirklich niemand, im Umkreis von Meilen. Ich saß morgens auf der Veranda, splitternackt, und las die Zeitung. Ich zog mich nur an, um mir selbst eine Struktur zu geben. Kennt ihr das herrliche Gefühl, am Ende des Tages den Reißverschluss eurer Hose zu öffnen? Das fehlte mir, diese Befreiung. Pyjamas fühlen sich irgendwann kränklich an, wenn man sie nicht auszieht. Oder?« Ihre Augen glänzten, und Leute nickten unbestimmt, verstanden zwar nicht, wollten aber ebenso wenig, dass sie aufhörte. »Sie sind himmlisch, wenn man nachts lange unterwegs war. Jetzt gerade träume ich davon, von dem ganz speziellen Nachthemd, das auf mich wartet. Ich hab's auf dem Bett ausgebreitet, bevor ich hergekommen bin. Da hab ich etwas, worauf ich mich freuen kann, wenn die Party langweilig wird. Manchmal ist das sogar das Beste am Ausgehen, vor allem jetzt, da wir so verdammt weit draußen wohnen. Ich denke an meine Pyjamas, wenn ich mein Kleid anziehe. Ja, um sechs Uhr abends. Ich schaue sie liebevoll an und sage ihnen: *noch nicht*. Den Scheiß muss man sich verdienen. Oh, und wenn man betrunken ist! Betrunken ist es am besten, geradezu luxuriös. Die Schuhe ausziehen, das Kleid ausziehen, es auf den Boden werfen, denn wen zum Teufel kümmert das in dem Moment.« Sie begann, leise vor sich hin zu lachen. »Gott, wisst ihr was? Meistens bin ich so aufgeregt, dass ich nackt einschlafe. Ich plumpse ins Bett und schlafe auf dem Nachthemd ein. Wenn ich erwache, ist es auf den Boden gerutscht. Es liegt neben meinem Partykleid, als hätte ich beide getragen. Ganz schön traurig, oder?«

In diesem Moment warf ich ihr immer einen Blick zu. Sie ließ die Menge zu Ende kichern und stellte ihr Getränk ab, um besser gestikulieren zu können. »Also, was ich sagen will, ist: Wir leben im Wald.«

»Wie Gesetzlose«, fügte ich scherzhaft hinzu.

»Wie Gesetzlose.« Sie nickte gewichtig. »In der ersten Woche in Big Sur wussten wir nicht, was wir mit uns anfangen sollten. Wir hatten unser Zeug eingeräumt, alles geputzt. Leif hatte noch nicht mit dem Schreiben angefangen. Es war wie Sommer. Die Zeit gehörte uns und musste verschwendet werden.«

Das war ein Fehler, den ich durchgehen ließ, tapfer in ihrem Schatten lächelnd und ihren Ellenbogen mit meinem Glas berührend. Ich nickte zustimmend.

»Um ehrlich zu sein«, sagte sie, »war die Freiheit beängstigend. Wenn ich spazieren ging, war alles so friedlich, so *still*, dass ich nervös wurde. Paradox, oder? Ich schätze, ich war nicht daran gewöhnt. Ich hab eine Freundin, die neben einem Flughafen aufgewachsen ist und noch immer nicht schlafen kann, ohne die Waschmaschine laufen zu lassen. Sie hat sie in ihr Schlafzimmer gestellt, benutzt sie wie einen Nachttisch. Ich schätze, bei mir war es ähnlich. Ich traute der Stille nicht. Die Tatsache, dass für den Augenblick alles derart ruhig war, konnte nur bedeuten, dass irgendetwas passieren würde. Entropie, nicht wahr?«

»Das ließ sie an mir aus«, seufzte ich in der Rolle des stoischen Freundes. Sie strahlte vor Erinnerungen, drückte sich rückwärts gegen mein Glas. Ich beobachtete, wie sie eine Gänsehaut bekam, der Oberarm furchte sich kaum merklich. »Was für eine Heulsuse. Also gut, ich war kühl. Herrgott noch mal, ich hatte Angst! Das ist das einzige Wort dafür: *Angst*. Es ging so weit, dass alles mir Angst machte. Wenn wir nach draußen gingen und uns die Sterne anschauten und Leif sagte: *Ach, schön!*, blickte ich hoch, und mir wurde übel wie im Auto. Da war zu viel Raum. Ich wollte schreien: *Jetzt ist aber Schluss!* Oder ich spülte das Geschirr und fürchtete mich vor dem Moment, wenn ich damit fertig wäre. Der Stapel Teller beschützte mich. Wenn mir erst die Teller ausgegangen wären, was blieb dann noch? Bloß Bäume. Wir nannten sie *Die Männer*, denn so sahen sie aus. Die Männer beobachteten uns. Die In-qui-si-to-ren. Sie durften mich nicht beim Faulenzen sehen. Ich musste beschäftigt tun. Ich eilte von der Küche ins Schlafzimmer, um sofort irgendwelche Dinge zu richten. Ich machte etwa dreimal am Tag das Bett.«

»Doch dann…«, soufflierte ich sanft und hob die Augenbrauen in Richtung der toleranten Menge. Ich zwinkerte praktisch, während ich Oola mit dem Glasrand vereiste. Sie wappnete sich gegen einen Anfall von Schauern und ließ sich nichts anmerken. »Doch dann«, seufzte sie. »Ah, ja. Es war Freitag. Wir saßen lesend in der Küche. Ohne besonderen Grund blickten wir beide auf. Exakt zur gleichen Zeit. Etwas… Also, ich weiß nicht, wie ich das sagen soll.« Sie schaute aus dem Fenster, sinnierend, ließ dann ihre Augen über mein Gesicht streifen. »Es war ein schöner Morgen. Nicht so still. Zum ersten Mal konnte ich die Bäume knacken und sich wiegen hören. Leif und ich waren uns die ganze Woche aus dem Weg gegangen, liefen wie auf Eiern, wenn der andere in der Nähe war. Aber an dem Tag…« Sie wurde künstlich rot. »Hab ich erwähnt, dass es Morgen war? Das bedeutet, ich war nackt.«

Ich bot dem Raum mein kumpelhaftes Grinsen an. Sie strich sich die Haare hinter die Ohren und sagte mit beneidenswerter Einfachheit: »Wir haben den ganzen Nachmittag gevögelt.«

Sie benutzte den Ausdruck sehr weit.

Es entstand eine kicherige Pause, und statt sie mit einem Witz oder mit einem Wegwerfsatz zu füllen (*es war etwas Besonderes, wir fühlten uns verbunden*), sah sie mich ernst an. Sie gab den Stab der Geschichte weiter. Mein Glas schmiegte sich perfekt in ihr Kreuz.

Ich räusperte mich. »Danach liefen wir herum und öffneten alle Fenster. Plötzlich war es Abend, ungewöhnlich warm. Wir sagten immer wieder, wie gut die Luft riecht.«

»Wie Räucherstäbchen«, sagte O. »Wir legten uns auf die Veranda, atmeten tief ein. Leif sagte, es riecht wie in schwedischen Saunas.«

»Erst später, um neun Uhr, hörten wir die Nachrichten«, fuhr ich fort. »Ich schalte zum Kochen gern das Radio ein. Ich hörte nicht mal hin. ›Hast du das gehört?‹, fragte Oola. ›Leg das Messer weg! Hast du das gehört?‹«

»Ein Feuer«, murmelte sie, indem sie ihren eigenen Tonfall ehrfürchtigen Grauens nachahmte.

»Zweitausend Morgen völlig verbrannt. Die ganze Region war in Gefahr. Sie gaben die Koordinaten durch, und die gehörten praktisch zu unserem Garten. Wir hatten eingeschaltet, als sie den Evakuierungsbefehl gerade wieder aufhoben.«

Oola schüttelte verwundert den Kopf. »Und wir hatten einfach dort auf der Veranda gesessen, als hätte man uns unter Drogen gesetzt oder so. Nackt, verdammt noch mal! Könnt ihr euch das Desaster vorstellen?« Sie lachte, ein überraschend barscher Laut. »Leichte Beute.«

Sie hob ihr Getränk an die Lippen. Während die Menge ohte und ahte, starrte sie mich über den Rand ihres Glases an, forderte mich heraus zu widersprechen.

»Darauf trinke ich«, sagte ich dann immer, munter und ironisch, die Geschichte sauber verschnürend. Ich nahm einen ordentlichen Schluck von meinem Getränk, dessen Eiswürfel durch ihre Körperwärme geschmolzen waren. Der Alkohol schmeckte jetzt nach nichts und der Glasrand leicht nach ihrer Lotion. Ich war entschlossen, es alles herunterzuwürgen.

Wir gingen getrennte Wege, um zu plaudern, und während ich an meinem verwässerten Drink nuckelte, stellte ich mir vor, dass ich ihre Essenz im Mund hin und her bewegte oder zumindest meine Lippen über ihre Abwesenheit stülpte. Sie ging durchs Leben, indem sie Dinge zum Schmelzen brachte; ihre Abwesenheit zeichnete sich nicht durch eine Leere oder einen Mangel aus, sondern durch eine subtile Veränderung. Wie jetzt: Die Menge zerstreute sich, doch jeder Zuhörer trug ein Stück von ihr bei sich, und die Veranda, ihre Angst, der Rauchgeruch wurden zu etwas Neuem zusammengesetzt, dessen Ursprung aber eindeutig oolig war. Ihr Bild war promiskuitiv, weil jeder an ihm festhielt. Ihr Haar war auch promiskuitiv, es tauchte auf Pullovern auf oder am Rand eines Drinks. Selbst gewisse Manierismen machten die Runde – ihre Angewohnheit, sich mit der Zunge über ihre Zähne zu fahren, erschien unerwartet im Mund eines anderen Mannes. Ich konnte nicht zählen, wie oft eine Bekanntschaft ein Gespräch mit den Worten begann: *Ich weiß nicht, warum, aber dabei musste ich an dich denken*... Auf diese Weise hatte sie sich schnell im ganzen Raum verteilt, obwohl sie ziemlich reglos in einer Ecke stand, gefangen im Gespräch mit der Freundin einer Freundin einer Freundin. Ich konnte sehen, dass sie sich zu Tode langweilte; ich musste ihren Blick nicht auffangen, um es zu wissen. Vergiss nicht, ich hielt sie in meinem Mund wie ein Ei im Löffel.

Später, auf der Fahrt zurück zur Hütte, lachten wir über diese Person. »Sie hat mir von ihrem Lieblingsbuch erzählt«, sagte sie. »Ich würde sie an die Hauptfigur erinnern. Wel-

ches Buch denn, fragte ich, und weißt du, was sie gesagt hat?«
Sie schoss in ihrem Sitz nach vorne, die Hände in der Luft.
»Scheiß-*Carrie*!«

»Was hast du erwartet? *Lolita*?«

»Der Zug ist lange abgefahren, Babe.«

»*Justine*?«

»Träum weiter.« Sie konnte vor Lachen kaum sprechen.
»Ich dachte eigentlich, keine Ahnung, warum, aber ich dachte
eigentlich, dass sie Alice sagen würde – wie Alice B. Toklas.
Ich hatte in Gedanken schon eine Antwort vorbereitet.«

»Also bin ich Gertrude?«

Sie tätschelte meinen Schritt. »Es gibt kein Dort dort.«

»Du Ziege!«

Wir waren hysterisch ohne ersichtlichen Grund. Ich fuhr
waghalsig, wollte nicht auf die Straße schauen.

Ich hatte es erst begriffen, als ich sie am Ende besagter
Party im Foyer wiedergetroffen hatte, wo sie die Gastgeberin zum Abschied fünfmal küsste und ich beiden Frauen eine
Hand auf die Schulter legte und tadelte »Oola, jetzt« und alle
in Hörweite lachten: dass ich diese Worte in meinem Mund
längst geformt, meine Lippen schon gespitzt hatte, seit wir
auseinandergegangen waren, und dass sämtliche Unterhaltungen, die ich bis dahin geführt hatte, bloße Vorbereitung
waren auf den Moment, wenn ich wieder sagen könnte: *Oola,
jetzt.*

Jeden Abend vor dem Schlafengehen lotete ich sie aus.
Ich begann stets mit einem Kuss auf ihre Kniekehlen. Er
glich einem Antippen mit dem Taktstock; wenn sie spürte, wie
meine Zunge den ungeliebtesten aller Knorpel berührte, entspannte sie vorbereitend den Rest ihres Körpers. Jeden Abend
freute ich mich darüber, dass sie ein Palindrom war: Ich benö-

tigte ebenso lange dafür, abwärts zu messen, wie dafür, mich nach oben zu tasten. Stets schloss ich, *brava*, mit einem Kuss auf die Braue. Es war kein Sex. Wir waren beim Sex so weit gegangen, wie wir konnten, in jenem ersten, manischen Wüstentraum, und hatten ihn dann irgendwann, anderen Mühen verpflichtet, zufrieden aufgegeben.

Sie reagierte kaum. Ich kannte Oola, wie bereits klar geworden sein sollte, und wusste, wie gern sie sich aus jeglichem Getöse oder Stress heraushielt, und wusste daher auch, dass wir beide diese Überprüfung für sie als besondere Gelegenheit betrachteten, um loszulassen, aber ganz gegen jede Erwartungshaltung. Statt *girls gone wild* gab O. *going, going, gone*. Ihre Milde leuchtete. Bereitwillig entfaltete sie sich auf dem Bett, welk wie ein Blütenblatt, völlig frei. Manchmal musste ich an Virginia Woolf denken, die weichen Taschen gefüllt. Meistens schaute sie aus dem Fenster. Manchmal fuhr sie mir mit den Händen über Wangen und Hals. »Stoppeln sind eklig«, murmelte sie. »Sehen immer unnatürlich aus.« In einer Nacht der aktiveren Art verirrte sich ein Finger auf meinen Adamsapfel. Sie zupfte an ihm wie an einer Basssaite. »Pflaumenkern«, hauchte sie. »Igittigitt.«

Sie hatte eine markante rote Narbe in der Kniekehle, die grob der Form Kaliforniens entsprach. Sie kicherte, als ich es erwähnte. »Kalifornien? Ich nenne sie meinen Hot Dog.« Ich fuhr mit den Fingern über das gummiartige Gewebe und stellte fest, dass sie nicht ganz falsch lag. Sie hatte blondes Fell hinter den Ohren und am unteren Rücken, viel dichter als an den Armen oder Beinen. Sie war weniger kitzlig als die meisten Menschen. Ihre leichte Rückgratverkrümmung (nach links gebogen, fünf Grad) und der überentwickelte Höcker Muskeln auf der guten Seite der Wölbung waren Anlass unendlicher Faszination. »Alle hübschen Mädchen haben Skoliose«, sagte sie stolz. »Schon bemerkt? Sie trifft die Großen und Dünnen.« Ihre Brustwarzen waren empirisch rosa.

Ich liebte ihre Mückenstiche, die radioaktiv unter meinen Lippen pulsierten. Ich beobachtete das Entstehen und das Verblassen ihrer Bräune wie andere die Bewegung von Planeten. Ich zeichnete ihre Schorfe mit meinem Daumennagel nach und verhörte ihre blauen Flecken, von denen es viele gab. »Wo hast du den her?«, stimmte ich an, wenn ich auf die einzelnen frischen oder verblassenden Abdrücke deutete.

Meistens wusste sie es nicht. »Ich glaube, ich hab mich am Bettpfosten gestoßen.«

»Du lügst«, sagte ich und legte meinen Daumen an den länglichen Fleck auf ihrem Schienbein. Ich drückte leicht zu und beobachtete, wie sie vor Schmerz und Entzücken erschauderte. »Bitte, Officer«, seufzte sie, »ich weiß nichts.«

An einem milden Abend Ende Juli schreckte ich mitten in der Inspektion auf.

»Oola!«, rief ich. »Du hast eine Zecke.«

Sie kicherte schwach. »Ich weiß.«

Ich begutachtete den winzigen schwarzen Kiesel, der knapp über dem Steißbein ins Fleisch eingeschlossen war. Ein unbedarftes Auge mochte ihn für eine Ausbuchtung am Gummi ihrer Unterhose gehalten haben. Behutsam wie ein Arzt schob ich den Stoff ein Stück weiter hinunter. Die umliegende Haut war gerötet und glänzend, ein pinkfarbener Heiligenschein um ihr Steißbein, dessen Röte an der Ritze ausfaserte. Zugegebenermaßen war ich fasziniert. Ich stupste die Zecke an; sie rührte sich nicht. Ihr winziger Körper war hart vor Blut. Ich begab mich auf Augenhöhe mit dem Flegel, bis ich seine haarartigen Beine kreisen sah. Mein Magen drehte sich um. »Seit wann ist die da?«

Sie dachte nach. »Etwa zweiundzwanzig Stunden.«

»Das kann nicht dein Ernst sein.« Ich sprang vom Bett auf und versuchte mich zu erinnern, wo wir die Pinzette aufbewahrten. »Jesus, warum hast du nichts gesagt? Hast du noch nie von Borreliose gehört?«

Sie blieb auf dem Bauch liegen, das Gesicht auf die Arme gelegt. Ihre Stimme klang gereizt. »Doch, doch.«

»Also, wir müssen ihn jetzt da rausholen.«

»Oder sie.«

»Ja, ihn oder sie oder den beschissenen Ingmar Bergman.« Ich fand die Pinzette auf der Kommode, halb versteckt in ihrer fröhlichen Stadt aus Nagellackflaschen. Ich stürzte mich auf sie, zog das Fleisch an ihrem Hinterteil mit meiner freien Hand straff. Die Haut fühlte sich warm und seltsam geschwollen an, glänzend wie ein Furunkel. »Das könnte wehtun.«

»Warte!« Oola hob den Kopf, ihre Stimme war schrill. »Warte noch eine Stunde.«

»Was?« Ich taumelte zurück. »Warum zum Teufel sollte ich das tun?«

Sie rollte sich in Sitzposition und zog ihr Hemd über. Sie blickte mich kurz an, rang sich ein beiläufiges Lächeln ab. »Bist du nicht neugierig?«

»Oola, das ist verrückt.«

»Nur eine Stunde«, sagte sie. Sie konnte das Bittende im Ton nicht unterdrücken. Ziellos begann sie, Kleidungsstücke vom Boden zu sammeln, obwohl ich wusste, dass sie nicht aufräumte. Ich kniete immer noch auf dem Bett, schwenkte sinnlos die Pinzette. »Oola«, rief ich. Sie stopfte meinen Pullover in ihre Sockenschublade. »Von all deinen Spielchen ist das hier das dümmste.«

»Du alter Langweiler«, murmelte sie. »Krieg dich mal ein.«

»Lass das sein!«, sagte ich. »Es ist eine Frage von Leben und Tod.« Ich konnte ihre Augen wie Billardkugeln über meinen

Bauch rollen fühlen. »Ist es! Das kuriert man nicht einfach so aus wie eine Grippe. Das hat man ewig.«

Sie drückte ein T-Shirt an ihr Gesicht und schnupperte, um zu prüfen, ob es eine Wäsche brauchte. »Sag das noch einmal«, murmelte sie. Ich starrte sie in stummer Angriffslust an. »Mach schon«, sagte sie. Ich gehorchte, und sie seufzte wie jemand, der sich in ein Bad gleiten lässt. »Aber klingt das nicht schön?«

»Ich hasse dich«, sagte ich, erfüllt vom Gegenteil.

Sie lächelte verstohlen und ließ die Kleider aus ihren Armen wieder auf den Boden fallen. »Es ist fast ... poetisch.«

»Du nutzt meine Schwäche aus.«

»Ich dachte, das wäre deine Stärke«, sagte sie, während sie zurück ins Bett schlüpfte.

»Verarsch mich jetzt nicht.«

Wir fuhren mit der nächtlichen Abfertigung fort, auch wenn sie darauf bedacht war, ihr Hemd anzulassen. Als die Stunde abgelaufen war, entfernte ich feierlich die Zecke (sie zuckte nicht einmal) und spülte sie die Toilette hinunter. Wir standen ernst an den Seiten der Schüssel. »Auf Wiedersehen, mein treuloser Geliebter. So viel zum Thema ewig.«

»Für manche ist es bloß ein Wort.« Ich schüttelte den Kopf mit ernsthaftem Abscheu.

»Nur ein Wort, allerdings.« Sie tat es mir gleich. »Der Mistkerl. Ich hab ihm alles gegeben.«

»Nein!«

Sie verrenkte sich, um auf den Nadelstich zu zeigen, wo die Zecke sich eingeklinkt hatte, der noch immer kreisrund war, aber an Farbe verlor.

»Ich bin jetzt eine gezeichnete Frau.« Sie überlegte. »Und eine hungrige.«

»In Ordnung.« Mit abgeschlossener Inspektion gingen wir

nach unten. Ich briet Kartoffeln mit Zwiebeln und Knoblauch und drängte sie, mehr als ihre Portion zu essen. »Zecken hassen Knoblauch«, unterrichtete ich sie in einem Ausbruch von Volksweisheit. »Darum sagt man, dass er Vampire fernhält.« Der Geruch erfüllte die Hütte und vermutlich auch draußen den Wald.

Wir schlugen uns den Bauch voll und gingen ins Bett. Der morgige Tag würde viel Arbeit bringen, wie jeder morgige Tag. Wir hatten eine Routine, die es zu wiederholen und zu perfektionieren galt. Wir hatten uns selbst und stellvertretend den Bäumen das Versprechen gegeben, bei Sonnenaufgang aufzustehen. Dieses Versprechen zu brechen, hätte katastrophale Folgen, das war so sicher wie das ernste Murmeln des Meeres oder Theos Kratzen an der Tür. Der kleine Teufel merkte immer, wenn ich wach war. Er war in diesem ganzen Unterfangen mein Komplize, der Schatten eines Schattens. Er liebte Oola, aber er verstand mich. Er und ich waren die hässlichen Dinge, die zu lieben sie sich entschlossen hatte. Wenn ich um fünf Uhr morgens eine halbe Stunde vor Oola erwachte, beobachtete er uns beide. Wir ließen uns auf zahlreiche Starr-Wettbewerbe ein, meine Augen trüb vom Schlaf, seine gelb und hexenhaft. In Wirklichkeit war er unser Zeuge.

Manchmal verschwand er tagelang, und Oola fing an sich zu sorgen, die Kojoten hätten ihn dahingerafft. »Glaubst du, ein Kondor würde ihn sich schnappen?«, fragte sie mich. Aber er kam immer zurück, meist mit einem halbtoten Nagetier zwischen den Zähnen. Diese Geschenke legte er stolz schnurrend zu Oolas Füßen ab. Für jemanden, der kein Fleisch aß, war sie von seinen Präsenten schrecklich berührt.

»Für *mich*?«, rief sie aus. »So ein Gentleman!« Sie schaufelte ihn in ihr T-Shirt. Etwas sickerte aus dem eingerissenen Ohr der Wühlmaus, die schnatternde Geräusche von sich gab, doch weder Theo noch Oola schienen es zur Kenntnis zu nehmen. »Mein Held, mein Jäger!« Sie vergrub sich in seinem Nacken, und er zog vor Zufriedenheit die Augen zu Schlitzen. Ich würde lügen, wenn ich sagen würde, ich sei nicht ein wenig eifersüchtig gewesen, als ich das aus der Ecke der Veranda beobachtete.

Später taten Oola die Kreaturen natürlich leid. Falls Theo sie nicht erledigt hatte, hob sie sie mit einem Papiertaschentuch auf, lange nachdem sie verblutet waren.

»Tut mir leid«, flüsterte sie den entstellten Schnauzen zu, überraschend wenig zimperlich, während sie sie in einen wiederverschließbaren Plastikbeutel gleiten ließ. »Theo hat es nicht so gemeint.« Sie errichtete Grabsteine aus Eisstielen. Wir begruben sie im Garten, auf einem beständig wachsenden Areal. »Spielst du eine Fuge?«, schlug ich vor, doch sie schüttelte den Kopf.

Theo war, wie sich herausstellen sollte, ein erstaunlicher Jäger. Als der Sommer endete und der Nebel hereinrankte, summierte sich die Zahl der kleinen Gräber auf siebenundzwanzig, Tendenz steigend.

Freibad

Eines Tages im Spätsommer kam Oola voll bekleidet in ausgefransten Shorts und einem XL-T-Shirt zum Mittagessen herunter. Darauf stand: GO FRACK YOURSELF. »Wir müssen ein bisschen Luft schnappen«, sagte sie.

Sie setzte sich nicht hin, sondern pflückte den Schlüssel vom Haken und lief entschlossen zum Truck.

Ich folgte ihr mit der Tasse in der Hand.

Wir fuhren über eine Stunde zum Freibad, einem Betongraben am Stadtrand von Salinas, dessen Wasser die Farbe durch Haut schimmernder Adern besaß. Die Steinfliesen schäumten vor Löwenzahn; schwerlidrige Kinder in schlecht riechenden Badekleidern pflückten die Blumen, als würden sie für Postkarten posieren. Sie hielten das Unkraut zwischen Daumen und Zeigefingern. Alles hier schien gebeugt, Badende liefen mit dem Bauch voran auf die knochenfarbenen Liegestühle zu, deren Plastikrippen weich geworden waren. Der Eintritt kostete fünf Dollar, ein Schließfach fünfzig Cent. Schimmel kräuselte sich in den Ecken des Umkleideraums, während ich in meine Badehose stieg.

Oola ließ sich Zeit. Ich wartete am Rand des Schwimmbeckens auf sie. Mit den Füßen wirbelte ich kleine Flutmulden auf. Missvergnügte Kinder mit zerkratzten Schienbeinen warfen mir aus den Augenwinkeln genervte Blicke zu.

Nach zehn Minuten erschien sie, in einem ungewöhnlichen Anfall von Schüchternheit fest in ein Badetuch gewickelt. Die Spätnachmittagssonne traf sie in einem Winkel, der die abgewandte Seite ihres Gesichts erbleichen ließ. Sie schaute sich um, durchsuchte die schlaffen Familien und eingeölten Männer nervös nach einem vertrauten Gesicht.

Ich winkte nicht. Ich wartete, bis sie mich entdeckte. *Hey du*, formte ich mit den Lippen.

Sie warf mir einen bösen Blick zu, doch an ihren Schultern konnte ich sehen, dass sie erleichtert war. Im Schnellschritt kam sie auf mich zu, ohne in der Nachmittagshitze ein Geräusch zu machen. Sie trat auf zahlreiche Pusteblumen, die traurig unter ihren Füßen zerstoben.

»Leck mich«, sagte sie leise, als sie mich erreichte. »Hier gibt's jede Menge eklige Typen.« Sie ragte über mir auf wie ein Funkturm. Ich zupfte an der Ecke ihres Handtuchs, das sie fest um ihren Körper gewickelt hielt.

»Was ist los? Es sind zweiunddreißig Grad.«

Sie rollte mit den Augen und antwortete nicht.

»Wie du willst«, sagte ich. Ich ließ mich ins Wasser gleiten. Sie blieb unbeweglich, den Blick fest auf den Maschendrahtzaun gerichtet, der das Schwimmbecken umgab. Ich schwamm ein paar Fuß weit weg, um einen neuen Blickwinkel einzunehmen. Vielleicht würde ich von dort erkennen, was sie aus dem Konzept brachte. Ich paddelte langsam, schob das Wasser mit meinen Handflächen auseinander, wie wenn man ein drogeninduziertes Dickicht teilt.

Als ich wieder auftauchte, war sie von der anderen Seite ins Schwimmbecken gestiegen. Sie zog mit verbissenem Ausdruck ihre Bahnen und tauchte immer seltener zum Luftholen auf. Ich schwamm in ihre Richtung, doch je näher ich kam, desto länger blieb sie unter Wasser, ihr flacher Scheitel wie eine gelbliche Qualle. Unwillkürlich wurde ich jedes Mal unruhig, wenn ihr Gesicht verschwand, ahnungslos, wie lange es dauern würde, bis sie mit einem Luftschnappen, das niemand außer mir bemerkte, wieder hervorbrechen würde. Einem Impuls folgend griff ich nach ihrem Arm, nicht um sie hochzuziehen, sondern bloß, um sie zu berühren.

Mit einem Ruck tauchte sie auf und wich von mir zurück. Ihr Gesicht war einzigartig nackt, das feuchte Haar gewaltsam nach hinten gestrichen und im Nacken geknotet. Ihr wässriges Stirnrunzeln waberte im Sonnenlicht. Ich musste an die Babyfotos denken, die ich durchgeblättert hatte, ausgeblichene Hintergründe, die eine kahle, angehende Oola trugen. Die Träger ihres Bikinis saßen zu stramm; sie hinterließen rosige Abdrücke auf ihrer Haut. Ich konnte die Härchen ihrer Augenbrauen zählen.

»Gott, Leif.« Sie bespritzte mich mit Wasser, nicht völlig spielerisch.

»Was ist los?«

Sie seufzte, was um uns herum eine kleine Welle auslöste. Langsam schwamm sie zum Beckenrand und legte eine Hand auf die Fliesen. Sie sah an ihrem Körper herunter, den das Wasser verzerrte. Er wand sich vom Scharfen ins Unscharfe, ihre Beine waren langgezogen wie Sätze (man bezichtigt mich), und ihre Taille war wie Watte, die Brüste eher Ausreißer auf jemandes Radar als Hauptblickfang. Wasser lief ihr die Nase hinab, in ihre Augen; sie hob sich auf den Beckenrand und rieb sich die Augen wie die Kinder, die gelangweilt unser Gerangel bezeugten. Sie hätten es lieber gesehen, wenn sie ertrunken wäre, wenn ich sie geschlagen hätte, bloß um der Aufregung willen, damit ihr Schrei vom Maschendraht zurückgeworfen würde, und wegen der Möglichkeit, dass Oolas Badeanzug verrutschen könnte. Der Druck ihrer Fäuste schien sie zu besänftigen, etwas an seinen Platz zurückzurücken, denn als sie die Hände sinken ließ und mich anstarrte, lag eine Art Mitleid darin.

»Bitte«, sagte sie mit einem Unterton. Ich paddelte näher, Wasser tretend. »Ich hab das alles ein bisschen satt, das ist alles.«

»Was denn?« Diese Frage war natürlich reines Ritual; ich wusste, was ihr durch den Kopf ging, seit ich sie einige Stunden früher ihre Strandtasche hatte packen sehen, vor dem Frühstück. Sie hatte erst ein Sommerkleid angezogen, war einen langen Moment lang still stehen geblieben, hatte es dann in Panik abgestreift und mein T-Shirt aus dem Wäschekorb gegriffen. Ich war neugierig, wie sie ihren Kampf formatieren würde, wie sie die Worte ordnen würde, die wie Mücken zwischen uns schwebten.

Sie tippte leicht an meine Stirn. »Leif«, sagte sie. »Mach halt nicht irgendeinen Superstar aus mir.«

»Da brauchst du keine Sorgen zu haben, Babe.«

»Ich meine es ernst«, sagte sie. »Das klang komisch. Was ich meine, ist …« Sie verdrehte die Augen und blickte so direkt in die Sonne, wie sie zu ertragen fähig schien. Sie konnte mich nicht ansehen, hatte mich aber immer noch im Griff. »Weißt du, was meine Großmutter gesagt hat? *Alles wird sich bei Licht als böse erweisen.*« Sie hatte sich vor Sorge einen Pickel im Mundwinkel geholt. »Ich bin mir zu neunzig Prozent sicher, dass sie Michael Jackson meinte. Sie machte jedes Mal ein solches Getue, wenn ich ihn erwähnte. Jeder in unserer Stadt hatte eine persönliche Beziehung zu ihm, ob gut oder schlecht. Er lebte nur ein paar Meilen weit weg. Ich glaube, meine Großmutter war vor allem beleidigt, dass er nie in die Stadt kam. Jedenfalls …« Sie legte die Hände in den Schoß. »Der Punkt ist, ich bin aufgebläht. Ich bin launisch. Ich weiß nicht, wie es mit deinem Buch aussieht, aber ... Ich kann nicht dein Ding sein, okay?«

»Mein Ding?«

»Du weißt schon. Das Ding, das dich mit allem versöhnt, was schlimm ist. Deine Ausrede dafür, Fleisch zu essen. So eine Art Sündentilger, keine Ahnung.«

Endlich war ich doch überrascht. »Du bist nicht mein Ding. Du bist das Maß aller Dinge.«

»Ich bin keine Heilige, Leif.« Sie sah mir nicht in die Augen. »Das weißt du, oder?«

»Ja«, besänftigte ich. »Darum geht es nicht.«

Ich legte mein Kinn auf ihren Schenkel, und sie lächelte halb. »Ich will nur sichergehen«, sagte sie. »Du bist *Roman*autor. Ich weiß, wie leicht du dich in etwas versteigst.«

Woher sollte sie wissen, dass sie falschlag? Ich hatte nicht den Plan, sie zum Modell zu erheben, nicht jetzt oder jemals. »Mach dir keine Sorgen«, sagte ich, und mein Blick vermaß ihren Körper, wanderte über ihre Brüste, die in ihr Bikinioberteil gequetscht waren, die verlässliche Dreifachfalte ihres Bauches, wenn sie krumm saß, die dünnen Arme, den tropfenden Bauchnabel, landete schließlich auf der geröteten, aufgerauten Haut am Verbindungspunkt zwischen Bein und Becken: ein Brand vom eiligen Rasieren. »Ich bin nicht zimperlich«, versicherte ich ihr, während ich die eingewachsenen Haare betrachtete. Die Haut hatte die Farbe von altem Kaugummi und fast auch dessen Zahnspuren. Soll ich weitermachen? Ich würde niemanden enttäuschen wollen, dich nicht, Oola nicht. Ich prüfte die Runzeln und Rötungen der empfindlichen Zone, wie stachelig ihr normalerweise glattes Fleisch an der Innenseite des Schenkels aufragte, das Standbild eines Schauers. Ich tätschelte die Stoppeln, drückte meine Wange gegen ihre Wärme, berührte die Hubbel, als wären sie die Buchstaben einer Tastatur. All das, während ich Wasser trat, ruhig zu ihr hinauflächelte. Die Sonne senkte sich langsam in ihren Haarboden: Ihr Kopf sah aus wie ein gestürzter Ananaskuchen.

Ich meinte es ernst, als ich *Mach dir keine Sorgen* sagte, als ich auf dem Weg zum Truck das glatte Bündel ihrer Haare in der Hand hielt und *Hab keine Angst* flüsterte. Der Asphalt des Parkplatzes verbrühte unsere nackten Füße. Ihr Hemd hatte dort, wo der Bikini es durchnässt hatte, feuchte Flecken, und ich ließ meine Hände über den Klecksen schweben wie ein altmodischer Wahrsager. Die teilnahmslosen Kinder hatten von ihrem Löwenzahn abgelassen und beobachteten uns noch immer.

»Willst du wissen, was *meine* Großmutter immer gesagt hat?«, fragte ich.

»Schieß los.« Sie lehnte sich gegen die Tür des Trucks, wartend.

»In den dunklen Stellen steckt das meiste Protein.«

Und obwohl sie schnaubte und schnurrte: »Dein Glück. Das Abendessen ist angerichtet«, erkannte ich doch, dass sie nur halb verstanden hatte, was ich gerade gesagt hatte. Die Rückfahrt zur Hütte war heiter, rosa erleuchtet; sie schaltete von einem Radiosender zum nächsten, ehe sie sich mit der Mariachi-Musik zufriedengab, die in dieser Gegend allgegenwärtig war.

Wäre sie tatsächlich eine Heilige, ich würde mein Taschentuch in ihr Blut tauchen.

In dieser Nacht fing das Wasser an, salzig zu schmecken.

Wir erreichten die Hütte bei Sonnenuntergang. Als wir in die Einfahrt bogen, schnupperte Oola an ihrem erhobenen Arm. »Jesus«, sagte sie. »Ich rieche schrecklich.«

»Chlor?«

Sie schüttelte den Kopf. »Ich hab im Schwimmbad geduscht. Bin beinahe von einer Siebzigjährigen angepöbelt
worden, die meinte, sie mag mein Haar, aber ich hab's getan.«
Sie schnupperte weiter an ihrer Haut, vergrub die Nase in
ihrer Armbeuge. »Was zur Hölle.«

»Ich rieche nichts«, sagte ich. Sie schien es nicht zu hören
und schnüffelte wie ein Polizeihund auf einer heißen Fährte.
»Wonach genau riecht es?«

Sie blickte mich über die Hand hinweg an, die sie ans
Gesicht gedrückt hielt, die Knöchel in die Nasenlöcher geklemmt. »Was denkst du denn?«, sagte sie. »Wie Scheiße.«

Doch als wir über den Rasen und zur Küche schlenderten, überlegte sie es sich anders. »Nicht wie Scheiße-Scheiße«,
sagte sie, während sie in der Tür stand und den Himmel betrachtete, der die rosige Farbe des Innenohrs und anderer
geheimer fleischlicher Windungen trug, ihr Handgelenk an
die Nase gepresst. »Eher wie Hund. Oder der Schlamm unter
Schlamm. Kennst du den Geruch?«

Ich kam näher und schnupperte. »Für mich riechst du in
Ordnung.« Das war eine Untertreibung: Sie roch nach nas-
sem Holz und Zigaretten und Zitrus-Shampoo, und, darunter, nach Knoblauch, es war eine Mischung, die ich aus
unserer Zeit auf Reisen kannte, wenn wir an einer Bushaltestelle nah beieinandersaßen und unseren nächsten Schach-
zug planten oder wenn wir tatsächlich Bus fuhren und mit
unseren Taschen auf dem Schoß und gefährlich gekrümmten
Hälsen einschliefen. Es wäre die erste Gelegenheit des Tages,
an der wir uns ausruhten, und ihr Geruch stieg unter den vielen Lagen von Kleidung und Gepäck empor, als hätte er bloß
den richtigen Moment abgewartet, um mich auf schreckliche
und unerklärliche Weise zu bewegen. Sie würde den Arm heben, aus dem Fenster zeigen, dabei ihren Duft freisetzen und

sagen: »Diese ganzen Kinder, die dem Zug beim Vorbeifahren zuschauen, werden später einmal Drogen nehmen«, mich mit einem Geruch und einer Beobachtung überwältigen, die nur von ihr stammen konnten. Oder sie würde sich plötzlich aufsetzen und verkünden: »Wir müssen daran denken, all die Dinge zu tun, die nur akzeptabel sind, solange man jung ist.«

»Was zum Beispiel? Schlampig zu sein?«

»Eher so etwas wie nachmittags um drei allein in der Cafeteria einen Donut zu essen.«

Ich nickte. »Okay. Schlaf weiter.« Und sie lehnte ihren Körper wieder gegen mich, vermischte ihren Geruch mit meinem, den sie abwechselnd beschrieb als »angenehm übelriechend« und »wie ein Engel, der Hüttenkäse isst«, den ich aber natürlich nie bemerkte.

»Hier«, sagte ich, als ich an der Tür zu ihr stieß. Ich hielt zwei Gläser Leitungswasser. »Trink das. Mir passiert das manchmal, wenn ich schlechten Atem habe. Dass ich denke, alles riecht. Dass meine Sinne verschmutzt sind oder so.«

Sie nahm eins. »Danke.«

Wir schluckten gleichzeitig und schauten uns an.

»Woah«, sagte sie.

Ich ging zurück zum Waschbecken und ließ mir noch ein Glas einlaufen. Es schmeckte salziger als das erste. Ich trank es aus und dann noch eins.

»Wahrscheinlich stimmt etwas mit den Rohren nicht«, sagte ich, während ich mir den Mund abwischte. Ich hatte immer noch Durst und ließ ein viertes einlaufen.

»Das kannst du trinken? Es schmeckt schrecklich.«

Ich knallte das Glas auf die Anrichte. »Ich krieg den Hals nicht voll.«

»Lustig, dass du das sagst.« Sie stellte ihr Glas auf den Fußboden, mitten in die Mitte. »Ich geh duschen.«

»Schon wieder?«

Sie nickte, schon halb die Treppe hinauf. Ich schaute ihr nach, meine Lippen brannten vom Wasser. Schon gewöhnte ich mich an den Geschmack; er war salzig, metallisch, aber nicht schlecht. Trank man vier Gläser, war der Durst gelöscht. In den kommenden Wochen würden wir lernen, das anschließende Brennen in den Mundwinkeln zu ignorieren. Wir erhöhten unsere Kaffee- und Weinzufuhr. Unter der Dusche hielten wir die Lippen fest verschlossen. Wir hörten auf, uns die Hände zu waschen. Er ging nie ganz weg, der ozeanhafte Nachgeschmack, doch bald bemerkte ich ihn bloß noch, wenn ich betrunken oder sehr, sehr traurig war. In diesen Momenten kam die Salzigkeit, mit der ich mich schon lange abgefunden und die ich unter *The Way Things Are* abgelegt hatte, Schluck für Schluck wieder durch. Der Geschmack schockierte oder ärgerte mich nicht, sondern arbeitete sich langsam in mein Bewusstsein vor, wie eine komplizierte Beleidigung, die zu erfassen eine Weile dauert. Oola für ihren Teil erwähnte ihn nie wieder.

FKK-Strand

Sie hatte mir mehrere Male gesagt, dass sie das Vögeln nie richtig gemocht hatte.

»Aber als wir frisch zusammen waren?«, protestierte ich. »In der Wüste? Wir haben doch nichts anderes getan, als es zu treiben.«

»Ich weiß«, sagte sie. »Ich mochte es, aber nicht auf die übliche Weise.«

»Du meinst, nicht so wie ich?«

Sie nickte, unbeeindruckt. »Ich mochte es, aber nicht, weil es *Sex* war. Sex ist irgendwie. Zu kommen ist irgendwie. Ich mochte es, weil es interessant war. Ich mochte *dich*.« Sie lächelte und sprach ohne Ironie. »Es war ein Abenteuer. Ich wollte sehen, was wir als Nächstes tun würden.«

Was nicht bedeutet, dass sie keine hochgradig sexuelle Person war. Sie mochte nur das Vögeln selbst nicht. Andere Zuckungen waren für sie hochinteressant – sie performte Sex so häufig (einer der vielen sie angaffenden Männer mochte sagen, sie *verströmte* ihn) und betrachtete die Welt tatsächlich durch eine solch sexuelle Perspektive, dass ihre Lust im Laufe des Tages aufgebraucht wurde. Sie benötigte keine Privatsphäre oder das strikte Ablegen von Kleidung, um sich auszuziehen, noch die andere Welt eines Schlafzimmers, um sich zu erkennen zu geben. Sie stellte Spekulationen über jedermanns

Liebesleben an: Ob alt, jung, fett, *femme*, robust, ruiniert, niemand war sicher vor ihrer hochgezogenen Augenbraue und ihrem listigen Grinsen. »Bevor ich überhaupt Sex hatte«, sinnierte sie, »bevor ich je einen Schwanz gesehen hatte, habe ich von Händen auf meinem Gesicht geträumt.«

»Wie meinst du das? Die dir wehtun?«

Sie schüttelte den Kopf. »Die mir halb die Luft abschnüren, mich halb nur berühren. Kennst du das, wenn man im Dunkeln die Wand abtastet, um den Lichtschalter zu finden? So war es.«

Das erzählte sie mir am FKK-Strand. Es war natürlich ihre Idee gewesen herzukommen.

Ihr Plan war es, in dicken Pullovern und Schneestiefeln aufzulaufen. »Das ist die einzige Möglichkeit, sich zwischen Nudisten unanständig zu benehmen!«, gackerte sie, während sie sich in ihre langen Unterhosen wand. »Wo ist mein linker Fäustling?«

Sie hatte nicht einkalkuliert, wie abgeschieden der Strand lag, eine hiesige Legende namens Cock Rock Cove. Nach Stunden, in denen wir den auf Felswände gesprühten FKK-Zeichen gefolgt waren, hatte sie sich schließlich aus bloßer Notwendigkeit bis auf die Unterwäsche ausgezogen. Sie trug nur noch die Stiefel, als wir endlich die Felszunge erreichten, die den Nacktbadestrand von Blicken abschirmte.

Ein wenig beeindruckendes Bouquet Fleisch erwartete uns. Bäuche wie Filet-O-Fish und vom Sand gesprenkelte Ärsche, Büschel und Runzeln und Abszesse, jeweils vom seltsam gleichmäßigen, neutralen Lächeln der Nudisten gekrönt. Wir schlichen aufs Ufer zu, ein wenig verdrossen. Sex war aus diesem Bild entfernt worden, und die weichlichen Schwänze und moosbedeckten Leisten erinnerten weniger an Genitalien als an fragile Meerestiere, die zu schützen unsere Bürgerpflicht wäre. Die Leute kamen nicht zum Cruisen her, wie ich zunächst erwartet hatte, da ich von der geheimen Abschleppszene in Big Sur gehört hatte (die sich meist zwischen Erbinnen und Studenten, der zerzausten Witwe und dem im Eigenverlag publizierten Dichter abspielte), sondern vielmehr, um auf stille, öffentliche Weise mit sich selbst ins Reine zu kommen und ihren Verfall mit einer bescheideneren Geste zu akzeptieren, statt den Sohn des Hausmeisters zu verführen. Besonders ein Mann beobachtete unsere Vorgehensweise, mit auf die Hüften gestemmten Händen folgte er unseren Fortschritten wie eine Sonnenblume der Sonne.

Ich fühlte mich ziemlich deprimiert und wandte mich zu Oola, die damit kämpfte, ihre Stiefel aufzuschnüren. »Schau mich nicht an!«, kreischte sie theatralisch. »Das ist obszön.« Also spähte ich in den Picknickkorb. Der kalte Nudelsalat und die weichgekochten Eier drehten mir den Magen um. Selbst Oolas Erdnussbutterpopcornbällchen waren angesichts der Umgebung irritierend. Wir aßen wie Bettler und auch wie komische Typen. Mit den Augen fixierte ich den Leuchtturm, der grotesk aufgerichtet in der Ferne stand.

»Fertig«, rief O. keinen Augenblick zu früh. Sie breitete ihre Pullover im Sand aus, und wir legten uns darauf. Die langen Unterhosen knüllte sie zu einem Kissen zusammen. Weil mir zu heiß war, um es nicht zu tun, zog ich mich bis auf die Shorts aus. Sie schaute mir mit zweifelhaftem Grinsen zu.

»Wo ist dein Anstand?«, fragte ich.

»Beachte mich gar nicht. Ich spiele bloß Mäuschen.«

»Der Spruch kommt mir bekannt vor ...«

»Weißt du, was meine Mutter gesagt hat?« Ihre Stimme war hell. »Sie meinte, ich solle mir einen hässlichen Ehemann suchen. Weil der einen immer lieben wird.«

»Hättest ihrem Rat folgen sollen.«

»Wahrscheinlich.« Plötzlich war ich mir ihres Blicks, der über meinen nackten Oberkörper glitt und durch mein verwahrlostes Haar harkte, sehr bewusst. Ich muss zugeben, dass ich ein bisschen die Muskeln anspannte. »Sie sagte, jede ihr bekannte glückliche Ehe beruht auf diesem Ungleichgewicht. Der Hässliche liebt die Schönheit für ihre Schönheit, und die Schönheit liebt den Hässlichen für seine Liebe. Man gibt, was man kann.« Sie schlug die Beine übereinander und richtete den Blick auf die Wellen. »Aber ich war immer ein eigensinniges Kind. Ich hab ihr gesagt, dass das sexistischer Scheiß ist.«

Wenig überzeugt fummelte ich an meinem Eingriff herum und sagte nichts.

Sie war in einer komischen Stimmung und wollte reden. Die Nudisten bemerkten unseren Ernst und überließen uns einen großräumigen Liegeplatz.

»Vor dir«, sagte sie, »hab ich mich immer nur *wirklich* zu Männern mit starkem Akzent hingezogen gefühlt.« Sie senkte den Kopf, als hätte sie eine Vorliebe für haarlose Tiere eingestanden.

Ich nickte, denn während unserer Reisen hatte ich diese Empfänglichkeit mit wachsendem Unbehagen registriert. Kroatien war eine besondere Herausforderung; sie unterhielt sich stundenlang mit Fischern, ihre aufgescheuerten und adrigen Unterarme kamen gefährlich nah. Das war einer der simplen Gründe, warum ich froh war, zurück in Amerika zu sein (der andere: Erdnussbutter). »Gab es einen, der es dir besonders angetan hatte?«

»Eigentlich nicht. Es geht mehr um die Anstrengung. Die Persönlichkeitsstörungen bleiben im Hintergrund. Und es ist egal, was jemand sagt, es scheint immer bedeutsam. Man sieht todunglücklich aus, wenn man bloß einen Kaffee bestellt. Und das banalste Zeug klingt tiefgründig. Eigentlich sollte man *Du bist sexy* immer lispeln.«

Ich nickte. Sie füllte Sand von einer hohlen Hand in die andere. »Ich glaube, ganz früher war ich hier und da in Jungs meines Alters verknallt. Aber ich fand es schon aufregend, einem Touristen bloß *hallo* zu sagen. Ausländische Filme waren für mich wie Pornos.« Sie lachte. »Ich meine, vom Sex mal abgesehen. Ich hatte eine Phase, in der ich Animes geschaut hab – verklag mich ruhig. All das ergab endlich Sinn, als ich Beau traf. Er war der Stiefsohn einer Dame aus der Nachbarschaft, zwei oder drei Jahre älter. Er hatte lockiges Haar und eine mysteriöse Ganzkörperbräune, einer dieser französischen Jugendlichen aus irgendeinem Dorf, die denken, freie Liebe sei immer noch ein Thema. Es verursachte einigen Aufruhr unter uns geilen jungen Mädchen, einen echten Franzosen in unserer Mitte zu haben, und Rettungsschwimmer war er außerdem. Er hatte die Frühschicht im Freibad und zog immer sein Hemd aus, selbst bei Nebel. Natürlich war ich nicht anders als die anderen Mädchen. Ich wollte diejenige sein, die er auserwählt.« Sie reckte die Faust. »Winner, Winner, Chicken Dinner.« Sie sprach es mit einem schrecklichen französischen Akzent aus.

»Selbst nachdem ich ihn besser kennengelernt und Gott weiß wie viele Stunden mit ihm verbracht hatte, blieb die Sprachbarriere zwischen uns. Etwa, wenn er nach unserem ersten Treffen sagte, *Ich rufe dich an, oo-kee?* Wie eine Frage. *Wir können eine Party machen.* Ich liebte seine SMS. *Bisoux*, schrieb er immer. *Mein Cowboy-Mädchen, wir gehen schön zusammen.*

Wenn ich jetzt daran denke, erscheint es seltsam, dass wir uns nicht auf die Nerven gingen. Es gab ungefähr fünf Unterhaltungen, die wir durchspielten und dann wiederholten, und meistens gingen wir an den Strand, um rumzuknutschen. Trotzdem wirkte es nie, als würde er das Gleiche sagen. Er versuchte normal zu klingen, indem er jeden Satz mit einem amerikanisierten *Baybe* beendete, und ich fand es unglaublich sexy, auch die seltsame Formalität, mit der er *Ich kann es nicht* oder *Wie geht es* sagte. Und andersherum funktionierte es ebenfalls – ich erinnere mich, dass er einmal so teuflisch lächelte, dass ich aufhörte zu reden. *Was ist los?*

Er lachte bloß. *Keine Sorge, nichts ist los. Nur, ich liebe, wie du sagst: der Tiep.*

Der was?

Er spitzte die Lippen: *Tiep. Der Typ. Non?*

Wir hörten einander kaum zu, und das gefiel uns. Mir gefiel, dass ich ihn eigentlich nicht kannte, denn er hatte keine großen Möglichkeiten, über sich selbst zu sprechen, außer zu sagen, er wäre ein *böser Junge*, ein *Sonnenhäschen*, und er wiederum wusste rein gar nichts über mich. Ich mochte den Gedanken, dass es irgendwo einen anderen, realeren Beau gab, der für mich außer in Bruchstücken unzugänglich war. Ich erwartete so wenig von ihm, dass er mich immer wieder überraschte. Wie als ich ihn fragte, warum er Mädchenshampoo benutzte. Er nahm meine Hand und legte sie auf sein Haar. *Es lässt mein Locken zusammenspielen!* Wahrscheinlich ist es immer so mit der Jugendlie-hi-be« – das sagte sie mit hämischem Trällern –, »aber Beau und ich hatten nicht das Gefühl, dass wir einander etwas vorspielen mussten.

Er wollte ständig idiotische Dinge tun, die er im Fernsehen gesehen hatte und die seiner Überzeugung nach jeder Kalifornier tat. In einem Cabrio herumfahren, das er gemietet hatte, Fleetwood Mac hören, bei Del Taco essen. Er meinte wohl allen Ernstes, mein Arschloch-Kaff sei das Paradies, weil es in der Straße zum Strand einen 7-Eleven gab. Aber ich machte mit. Es fühlte sich nicht so dumm an, diese Sachen mit ihm zu machen, wie mit anderen Jungs. Es war eher ein Witz. Mich faszinierte seine Art zu rauchen, die mir sehr mädchenhaft schien. Ich fand alles an ihm lustig, und da nichts, was wir taten, von Dauer sein würde, fingen wir an, uns enorme Freiheiten mit allem und jedem herauszunehmen.«

Ich schluckte vorsichtig meine Limonade herunter. »Inwiefern?«

»Oh, du weißt schon. Wir aßen Essen aus dem Mund des anderen. Wir redeten ganze Filme lang. Er nannte mich sein *petit oeuf*, was ich hasste. Wir spielten laut unsere schreckliche Musik und schlossen einen Pakt, nicht zu schlafen. Wir ohrfeigten uns gegenseitig, um wach zu bleiben. Einmal forderte ich ihn auf, an seinem Daumen zu lutschen, und er tat es. Alles aus Neugier, wie ein Kind, das an einem Schorf kratzt. Nichts war verbindlich. Ich glaube, er wusste noch nicht mal, dass ich Klavier spielte. Das kam in unseren wenigen Unterhaltungen über die Größe meiner Hände nicht zur Sprache.« Sie zwinkerte, und ich trat Sand in ihre Richtung. »Ich saß auf dem Beifahrersitz und war für nichts verantwortlich.« Sie lachte, und ich stellte mir ihre Beine auf dem Armaturenbrett vor, den Rock über den Kopf geweht. »Man könnte sagen, es handelte sich um Ausnutzung zu beiderseitigem Vorteil.«

Sie hielt inne, und mir schwante, dass es der Strand sein könnte, der sie in diese wehmütige Laune versetzt und sie an ihn erinnert hatte: die bekannte Umgebung, zu sehr wie die Dünen, in denen Beau sein Strandhäschen (*Hä-schen* ausgesprochen) gestreichelt hatte. Die Bibliothekare und Achtzigjährigen um uns herum waren in der Muskulatur abweichend, in ihrer Haltung jedoch identisch mit dem Beau in meinem Kopf: ein gebräuntes Energiebündel auf einem Bett, träge Funken schlagend. Breitbeinig, zartbäuchig. Er hat

Milchshake (*Die mag isch!*) in seinem nominellen Bart, was ihn nur noch schmackhafter macht. Wir waren gerade einmal eine halbe Stunde hier, doch schon sah ich die Ambitionen des Tages verebben; die Wellen simulierten das Lockerlassen von Bäuchen, während Neuankömmlinge die Klippen hinun terschlurften. Ich merkte es auch an mir selbst, in meinen unbewusst übereinandergeschlagenen Beinen. O. schnipste sich gegen einen Nippel, um die Stimmung zu erhalten, und fuhr fort. »Kennst du das, dass du über bestimmte Teile deines Körpers nicht mal nachdenkst, bis dir jemand ein Kompliment für sie macht? Dass deine Lippen einfach Lippen sind, bis du jemanden dabei erwischst, wie er sie anstarrt?«

Ich nickte. »Oder bis man sie bewusst verwendet.«

»So war es, hoch zehn, denn er fand sogar umwerfend, was ich zum Frühstück aß. *Avocados. Ich verstehe sie nischt.* Sagte er, während er Kaffee aus einer Schüssel trank. *Was, wenn ich dich jedes Mal küssen würde, wenn du so sagst?* Sagte er, während er einen Joint zwischen seinem Zeige- und Mittelfinger hielt, wie eine Zigarette! Und weil ich wusste, dass er mich nie verstehen würde, war ich bei ihm nie unsicher. Mit sechzehn machte das den Sex viel einfacher.«

Dabei beließ sie es.

»Wie lange hielt es?«

»Bloß einen Sommer, Gott sei Dank. Er ging im September weg, *um den Wellen zu folgen,* und ich begann mein Junior-Jahr an der Highschool. Eine Zeit lang schrieben wir uns E-Mails, in denen peinlich klar wurde, wie wenig wir einander gekannt oder gemocht hatten. Ich dachte, das Ganze sei eine einmalige Sache gewesen, bis ich Le Roy traf.«

»Lass mich raten«, sagte ich. »Quebecer? Haitianer? Schweizer?«

Sie schüttelte den Kopf. »Jetzt wird es kompliziert.«

Sie wartete, bis ein sonnenverbrannter Müllsammler vorbei-
gegangen war, der seinen Metalldetektor in recht reißerischem
Winkel vorwärtsrückte, bevor sie weitersprach. Ich drehte mich
auf den Bauch und stützte das Kinn in die Hände, begierig nach
mehr. Sie saß mit den Knien an die Brust gezogen und blickte
aufs Meer, kämmte mit den Händen durch ihre Haare.

»Ich traf Le Roy ein Jahr später. Ich war im letzten High-
schooljahr und *tot*al drüber hinweg. Ich wollte es bloß ans
Konservatorium schaffen und auf den Rest scheißen. Ich
liebte meine Eltern, aber...« Sie schien Schwierigkeiten zu
haben, das passende Wort zu finden. »Sie lebten in ihrer Welt
und ich in meiner. Inzwischen arbeitete ich nach der Schule
und an den Wochenenden in einer Bäckerei namens Sweet
Jane's. Wenn Touristen hereinkamen, eilte ich nach vorn, um
sie zu bedienen. Sie bloß Kaffee bestellen zu hören, war aufregend. Ich berechnete ihnen immer zu wenig.

Eines Tages kam dieser ältere Typ. Schwerer slawischer
Akzent, wahrscheinlich Geschäftsmann, bestellte bloß einen
Kaffee. Ich fühlte mich nicht sexuell zu ihm hingezogen, für
den Fall, dass du dir Sorgen gemacht hast, aber er interessierte
mich, und ich fand immer neue Vorwände, um hinüberzu-
gehen und mit ihm zu reden. Ich füllte wohl viermal seinen
Kaffee nach. Beim ersten Mal war er still, höflich. Doch beim
zweiten Mal hatte er diesen eifrigen Ausdruck in den Augen,
als würde er mich von irgendwoher kennen. *Mein Gott*, sagte
er. *Was tust du hier?* Ich so: *Mann, gute Frage.* Er fuhr trotzdem fort. *Ich kann sehen, dass du für etwas Besseres bestimmt
bist.* Mir war das peinlich, und ich sagte danke und ging zurück hinter den Tresen. Als ich das letzte Mal herüberkam,
hatte er seinen Mantel angezogen und wollte los. Ich nehme
an, ich sagte bis bald. *Ja*, sagte er, *ich werde dich sehr bald auf
der Leinwand sehen.*

Ich war es gewohnt, dass Kunden Bemerkungen über meine Größe machten oder fragten, ob ich einen Freund hätte. Einer fragte mich dauernd, ob ich *genug feiern ging*. Ein anderer Kerl meinte, ich hätte perfekte Haut, und es sollte für mich verboten sein, in einer Bäckerei zu arbeiten, damit ich keine Pickel bekäme. Ich dachte bloß: *Wollen Sie mich verarschen?* Doch was der Geschäftsmann sagte, wirkte nicht schmierig. Es wirkte … durchdacht. Prophetisch. Herrgott, ich war siebzehn, jede Dusche war eine Offenbarung. Ich begriff es damals nicht, doch das war der Tag, der mich ganz und gar verdorben hat. Wenn mein Leben bis dahin ein Jenga-Spiel war, hatte er den untersten Stein herausgezogen. Seitdem liege ich auf der Lauer. Es ist zwar dumm, aber das hält mich nicht davon ab, irgendwo tief drinnen zu glauben, dass mir etwas Großes bevorsteht. Bloß weil er angedeutet hat, ich wäre etwas Besonderes. Die Leinwand. Was zum Teufel. Ich wollte ja nicht mal schauspielern.«

Ihre Worte klangen sanft und gemessen, doch in ihren Augen war ein bestimmtes Leuchten aufgetaucht, grau und verzweifelt, wie wenn sie von ihrer Zeit am Konservatorium sprach. Ich rieb mit beiden Händen meinen Kiefer. Ich hatte nicht erwartet, dass ihre Geschichte in diese Richtung laufen würde, aber ich traute mich nicht, sie zu unterbrechen.

»Mein Fehler war es zu denken, dass jedem irgendwas passiert. Dass das Leben ein Geduldspiel ist. Ich bin immer passiv gewesen. Das weißt du. Während alle meine Freunde sich über ihre Sommerjobs beschwerten, gefiel mir Sweet Jane's, heimlich. Am Tresen zu lehnen, auf meine Pause zu warten, betreute Langeweile – das passte zu mir. Ich zog die langen Schichten vor. Da habe ich angefangen zu rauchen. Das gab mir etwas, worauf ich mich freuen konnte. Gleich nach der Bemerkung des slawischen Typen wurde meine Passivität absolut. Es war, als müsste ich bloß auf der Stelle treten, mich entspannen, bis etwas *Fabel*haftes passieren würde. Jeder blöde langweilige Tag brachte mich der Herrlichkeit näher. Ehrlich, das waren einige der glücklichsten Tage meines Lebens. Ein wunderbarer, großer Kuchen buk vor sich hin, und solange er im Ofen war, stand es mir frei, herumzugammeln, mich *zurückzulehnen*. Selbst schlafen führte mich zum Ziel. Ich war also auf gewisse Weise präpariert, Le Roy als Antwort zu verstehen. Er betrat mein Leben unauffällig, doch durch das Timing wirkte es wie ein Höhepunkt. Zwei Wochen, nachdem der slawische Mann mich ruiniert hatte, kam Le Roy bei Sweet Jane's vorbei. Er bestellte einen Krapfen und bumm.« Ihre Hände flatterten hoch. »Ich war glasiert.«

Ich lachte schwach. Es verunsicherte mich, ihre Schultern geduldig ausgerichtet zu sehen, während sie ihre Finger im Schoß verschränkte, als würde sie diese Geschichte wieder hervorwürgen, als stünden wir an einer Bushaltestelle, unterhielten uns bloß zum Zeitvertreib – als wartete sie auf den Viertel-nach-sieben-Bus, auf den Moment, wenn sie ihre Augen schließen und das Gespenst namens Le Roy über das Geplapper hinweg neu einschätzen könnte.

»Kanntest du ihn?«, fragte ich.

»Ich hatte ihn nie zuvor gesehen. Er sah aus wie etwa zwanzig und hatte eine sonderbare Art zu sprechen.« Sie lächelte, und ein vertrautes Leuchten brannte in ihren Augen. »Auf diese Stelle hast du gewartet, oder?«

Ich nickte. »Mach's nicht so spannend. War er ein belgischer Baron auf der Durchreise? Ein Bolivianer, ausgebildet an diversen Internaten?«

Sie schüttelte den Kopf. »Er war taub.«

Sie sagte es so schlechthin, mit solch liebenswürdigem Lächeln, dass mir ein Schauer an den Rückseiten der Beine hinunterlief. Ein undefiniertes Gefühl von Verstoß vereiste vor Empörung mein Blut, so als hätte sie gesagt, er sei zurückgeblieben. Vielleicht war es die Intuition des eifersüchtigen Liebhabers; Le Roy hatte etwas, das ich nicht hatte. Und ganz gewiss hatte sie ihre Augen geschlossen – sie hatte ihm ans zerbrechliche Handgelenk getippt, um zu fragen: *Ist dieser Platz noch frei*? Und er nahm seine Kopfhörer ab, bereitete eine Antwort vor.

»Taub?«, sagte ich dümmlich.

»Na, eigentlich halbtaub.« Sie tippte an ihr rechtes Ohr. »Es war nicht offensichtlich, wenn man ihn nicht kannte. Er sprach sehr vorsichtig, indem er seinen gesamten Mund zum Reden benutzte und jeden – einzelnen – Ton aussprach. Das tut niemand. Wenn er *hallo* sagte, konnte man beide ls hören. Er sagte *bitte* mit einem richtigen t statt einem d. Manchmal summte er, ohne es zu merken. Ich war fasziniert. Ich dachte, er sei vielleicht auf einem Trip.«

»Wie sah er aus?«

»Wie der Tod«, lachte sie. »Junger Nick Cave trifft Harry Potter. Er trug Bleistifthosen und einen schwarzen Rollkragenpullover. Es gefiel mir.

Für den Rest der Woche kam er jeden Tag. Er saß am Fenster, schrieb in ein Notizbuch und brauchte zweieinhalb Stunden, um seinen Café au Lait auszutrinken. Wir spielten das gleiche Spiel, nehme ich an. Nach einer Woche brachte ich endlich den Mut auf, ihn nach seinem Namen zu fragen. Le Roy, sagte er langsam, wie der Name eines schicken Hotels, und er heiße so zu Ehren von JT LeRoy. Ich tat, als wüsste ich, wer das war. Dann sagte er, er sei Musiker, und ich wäre fast gestorben. Eigentlich sagte er *Rock and Roller*, was, wenn man es korrekt ausspricht, wahnsinnig komisch klingt. Er behauptete, seine erste US-Tour vorzubereiten. *Immer Ohrstöp-*

sel benutzen, sagte er mir. Hast du je eine taube Person lachen hören? Rostige Scharniere.«

»Wie hieß seine Band?«

»Prosthetic Thigh Gap.« Sie schlug sich in liebevoller Erinnerung aufs Knie. »Aber nachdem sein Trommelfell gerissen war, haben sie sich umbenannt. Judith Butplug.«

Mein Herz machte einen besitzergreifenden Sprung. »War er ein Punk?«

»Wahrscheinlich.« Sie strich sich mit der Hand durchs Haar und schien tiefer in die Erinnerung hineinzustrampeln. »Ich verliebte mich, als er nach meinem Sternzeichen fragte. Es war kaum eine Affäre.« Ihre Kurzangebundenheit brachte mich um. Sie öffnete den Mund, wollte noch etwas sagen, überlegte es sich aber anders. »Verdammter Le Roy«, lautete ihr Fazit, und obwohl sie es sanft sagte, hatte ich den Eindruck, eine Spur von Herzschmerz in ihrem Ton zu bemerken.

Sie tat, als sei sie mit dem Picknickkorb beschäftigt, und ich konnte an der Farbe ihrer Wangen und der Falten um ihren Mund erkennen, dass sie keine Lust mehr zum Reden hatte und dass das Thema Le Roy, ganz gleich, was ich versuchte, nicht wieder eröffnet werden würde. Ich wurde von Fragen gebeutelt: Woher kam er? Unsinnigerweise vermutete ich Nebraska. Einer dieser dünnen, zerzausten Nihilisten. Ist seine Band groß herausgekommen? Hatte er sie respektiert? Wie lang war sein Haar? Bestellte er stets einen Donut und falls ja, welche Sorte? Blaubeer, Bürstenschnitt? War er ein Arsch? Blieb er auf der Straße stehen, um Gänseblümchen zu pflücken oder um zu pinkeln? Ein Junge formte sich in meinem Gehirn, und ich wartete ungeduldig, dass sie diese imaginäre Häutung mit Tatsachen unterbrechen würde, schnell, bevor ich meinen Ableger liebgewann, bevor ich ihn ausstattete mit dem Geruch meiner Mutter und der finsteren Miene eines Sängers, den ich einst gut gefunden hatte, diesen prototypischen Bad Boy, den es nie gegeben hatte und der darum viel besser war als ich.

Aber sie blieb still. Sie wickelte ein Popcornbällchen aus und blickte mich an, erwartungsvoll. Jetzt war ich an der Reihe, mit einem schmutzigen Stück Wäsche zu wedeln, ein gut gehütetes Kleinod auszulüften. Sie lehnte sich zurück, pickte an ihrem Popcorn. Die kernlosen Pflaumen und Geißblätter (selten gegeißelt) unserer Gefährten beugten sich kurz herüber, als sie die Aufmerksamkeitsverlagerung bemerkten, um dann die säuberliche Betrachtung von Felsen und Meer fortzusetzen. Ihre Besitzer wandten sich dem mühseligen Auftragen von Sonnencreme zu. Mit großer Anstrengung kehrte ich meine Gedanken von Le Roy ab, einen Ersatzliebhaber zurücklassend, vielleicht bloß Roy oder einen falsch verstandenen Lee, der auf dem äußersten Rand meines Bewusstseins die Beine übereinanderschlug, wartend.

»Ich hab eine komische Angewohnheit«, begann ich und kam mir etwas lahm vor.

»Ach ja? Welche?«

»Ich küsse mit offenen Augen.«

Das beeindruckte sie. »Tust du nicht.«

»Ich versichere dir, das tue ich.«

»Warum hab ich das nie bemerkt?«

»Deine Augen sind immer geschlossen.«

Sie lachte angesichts der Offensichtlichkeit. »Ich schätze, das stimmt.«

»So machen es die meisten Menschen, was meine Erfahrung betrifft.«

»Und wie umfassend genau ist diese Erfahrung?«, fragte sie mit einem Funkeln in den Augen.

Ich war geradewegs hineingetapst.

Ich bin mir nicht sicher, wer mir die Idee eingepflanzt hatte, ob Pornos oder meine Eltern oder schlechte Gedichte, doch mein ganzes Leben lang war ich seltsam davon überzeugt gewesen, dass Sex die Fähigkeit besäße, mich zu retten. Deswegen hatte ich ihn so lange nicht. Zwischen dreizehn und einundzwanzig lebte ich in Angst vor der Frage *Wie weit bist du gegangen?* und erfand eine Reihe prächtiger Märchen – pädagogische Babysitter, gutnachbarliche Mädchen von nebenan –, die ich austeilen könnte, sollte ich einmal gezwungen sein, Wahrheit zu wählen.

Wer mich bei Highschool-Partys sah, wo ich Platten für niemanden auflegte (*Mach den Emo-Scheiß aus!*) und Tay und seiner Schar nachlief, ohne Grund sturzbetrunken, hätte mich für klassisch schüchtern und verwirrt abstempeln können. Ich war beides, aber ich war auch zufrieden. Einsam natürlich, aber mit mir im Reinen. Ich unternahm manch herrliches Nachtschwimmen in den Pools meiner Freunde, Plastikbechern ausweichend. Wenn ich als Fünfjähriger die Vierundzwanzig-Stunden-Live-Übertragung aus Sarajewo schaute oder mich, viel zu bekifft, in der Tiefkühlabteilung vom Walmart verirrte und der Verschwendungsreichtum des Alltags mich zu überwältigen drohte, dann rettete ich mich mit Gedanken an jene milderen, wilderen Gefilde (SEX!), zugleich dämmrig wie ein Esszimmer und paradiesisch genau – alles würde einen Sinn ergeben, würde es wert sein, wenn ich es endlich trieb. Also drehte ich Däumchen und roch gelegentlich an den Fingern meiner Freunde. Ich sublimierte meine hormonelle Neugier in Online-Erotika (ich baute eine ziemliche Fangemeinde auf) und Spuckwettbewerben mit Tay. Es war keine Frage von Bereitwilligkeit wie in der gehauchten Frage *Bist du so weit / Bist du sicher?*, sondern eine der Verzagtheit – ich könnte nie dafür bereit sein (ist das nicht die Wesenhaftigkeit des Himmels?), sondern bloß traurig genug, schwach genug, endlich das Fasten zu brechen.

Ich war im Junior-Jahr im College, als ich schließlich einknickte. Es bedurfte des Todes eines Klassenkameraden (schlechtes Ecstasy), um die Sache eindeutig klarzumachen: Man könnte und würde als Jungfrau sterben. Vier Tage später traf und vögelte ich Mazzy.

Sie war Modestudentin und ein unbedeutendes Clubkid. Sie besuchte ihre Schwester – die im Zuge der banalen, schwarzen Magie des Familienlebens einen weniger rüschigen Namen erhalten hatte (Kate) und daher Geschichte der Mathematik studierte – und hatte während der langen Nachmittage nichts zu tun. Bei einem Kaffee in der Studentenmensa hatte sie mir ihr Skizzenbuch gezeigt. Sie hatte Genesis P-Orridge eine ganze Seite gewidmet und eine andere einer Liste bekannter puritanischer Namen. Sie zitierte Queer-Theorie und Texte von Britney Spears. »Das ist fantastisch«, versicherte ich ihr. Ich hielt das Buch geöffnet bei einem Foto von Cicciolina, unter das sie *Handle recht, nichts fürchte* geschrieben hatte. »Im Ernst.« Mazzy zurrte und zerrte am Exzess der Welt und trug an diesem langweiligen Dienstag knallpinkfarbene Crocs und einen Nerz (*Secondhand*, erklärte sie, *er war also schon tot*). Während ich mich über die Seiten beugte, bemerkte ich meinen eigenen Hunger nach schönen Dingen, einen Hang nicht nach links (ich nahm an, dass sie Politik verachtete), sondern in Richtung Horizont, eine ungeheuerliche Zärtlichkeit, die für all die falschen Dinge verschwendet wird. Sie nahm eine Menge K und sprach so leise, dass ich für sie bestellen musste. Kurz gesagt, unsere Geschmäcker trafen sich.

Wir liefen zu den Wäldern hinter der örtlichen Grundschule, einer dünnen Kieferngruppe oberhalb eines Baches, an dem die Kinder in der Pause zu angeln vorgaben. Ihre Äste waren dürr, doch sie filterten das Sonnenlicht auf eine Art, die mir romantisch erschien. Es geschah um fünf Uhr. Es war nicht klar, warum wir dorthin gingen und nicht in mein Zimmer oder das ihrer Schwester. Man könnte es dem sogenannten Eifer des Gefechts zuschreiben, aber wir waren beide ziemlich still und beherrscht (ich würde die Szene in Lavendeltönen malen, mit blassen Lichtstrahlen); tatsächlich denke ich, dass es an einem gemeinsamen Glauben an die Reinheit der Natur lag. Wir brachten diesen Glauben nicht zum Ausdruck, denn ihn laut auszusprechen, hätte sicherlich verraten, wie lächerlich er war, wie jung wir waren; doch ich fühlte den Gedanken zwischen uns schweben, eine Art schweres Eau de Cologne.

Mit einundzwanzig wollte ich unbedingt daran glauben, dass die Dinge, die ich schätzte, ethisch waren. Schließlich studierte ich Literatur – jeden Tag überwältigte mich die freudestrahlende Sinnlosigkeit all meiner Lieblingssachen. Schönheit stand sicher ganz oben auf der Liste. Wurden hübsche Orte nicht vom Krieg verschont? Wohnte einer baumbestandenen Straße nicht automatisch Gutes inne, wenn im Mai Kirschblüten den Asphalt übersäten? Falls Schönheit ethisch war und Natur ethisch war oder zumindest neutrales Gebiet, dann musste Sex in den Wäldern rein sein. Das Gegenteil stimmte ebenfalls: Es schien moralisch falsch, sich mittags einen Film anzuschauen, wenn vor den Gardinen die Sonne schien. Matineen waren der Zuständigkeitsbereich der Kranken und Verkommenen. Das war einer der Gründe, warum ich mich, als ich dort war, nie an Berlin gewöhnen konnte; es schien ungehörig, meine Begierden auszubreiten wie ein Feinkosthändler Rinderbacken hinwirft, Drogen zu nehmen, wenn ich doch hätte picknicken können, einen Dark Room einem sauberen, gut ausgeleuchteten Ort vorzuziehen und in düsteren Bunkern ohne einen Puffer für meine Lust zu feiern. Konnte Lichtqualität einen üblen Ort erlösen, das Trauma durch eine Veränderung im Ton ausbessern? Fragte ich mich, während ich durch meine Nachbarschaft spazierte, im lieblichen, scheußlichen Neuengland. Jeden 4. Juli saß ich im Garten eines Familienfreundes, Gardenien in voller Blüte, die Luft bog sich vor Duft, war so greifbar warm wie eine sehr glatte Wange, die gegen jeden Zoll des Körpers gedrückt wird, und darunter das Zischen des Meeres, das alle bei der Stange hielt, und ich fragte mich, wie etwas so Schönes (*Sommer! Körper! Strand!*) jemals in Frage gestellt werden oder je etwas anderes sein könnte.

Erst später, am 5. Juli, im mit schweren Gardinen verhangenen Gästezimmer des Hauses meines Familienfreundes, wo ich fünf Mojitos wegschlief, erkannte ich diese Macht als Einschränkung. Immerzu war ich gefesselt und geknebelt und geliebt worden. Konfrontiert mit den Tragödien der Welt wollte ich stammeln: A-aber heute sind wir Pflaumen pflücken gegangen! Der Kuchen kühlt auf dem Fensterbrett. Heute hat sie mir ihre Spalte gezeigt, und die Musik spielte leise... Nichts zu machen, Casanova. Unsere poetischen Einsätze werden uns mit der gleichen Strenge beigebracht wie die Nationalhymne. Wir lernen sehr früh, bei Feuerwerken *ooh* und *aah* zu machen. Dort stand ich, heftig beschwipst, betrachtete, wie die Sonne über dem oder eher im Atlantik unterging, und hielt die Brandung in meinem Magen fälschlicherweise für einzigartig. Es dauerte einige Jahre als sexuell aktiver Erwachsener, bis ich erkannte, dass wir tatsächlich schreckliche Dinge für Schönheit tun. Wir denken uns Ausreden für sie aus. Wir lassen uns von ihr täuschen. Wir benutzen sie als Bestechung, als Leinwand, als blendende Glasur. Wer weiß, was zwanzig Fuß von den Kirschblüten entfernt vor sich geht? Selbst in Big Sur erwischte ich mich dabei, dass ich Oola anstarrte, die in gleißendem Licht mit dem Gesicht nach unten auf ihrem Handtuch lag, und mir sicher war, dass die beiden Vertiefungen auf ihrem unteren Rücken alles, was ich tat, wiedergutmachten, dass nichts Böses uns widerfahren könnte, solange wir unsere Verbindung pittoresk hielten. Nur eines hat sich zwischen Teenagerzeit und dem Alter von fünfundzwanzig Jahren geändert: Ich weiß, dass diese Gedanken dumm sind, manipuliert. Mein Herz schmilzt weiter. Es wird immer schlimmer.

Zurück zu Mazzy. Wir setzten uns ins Laubbett und teilten einen Joint, dankbar für die halbdurchlässige Privatsphäre der Drogen. Als ich mein Hemd auszog, konnte sie ihre Enttäuschung nicht verbergen, meine Brust war feenhaft wie die eines Kindes, und meine Scham trieb mich an, machte mich tollkühn und ein wenig verderbt, und so stürzte ich mich auf ihren eigenen Körper, der von offensichtlicher Perfektion war, forderte heraus, dass sie fragen würde: *Können wir eine Verschnaufpause einlegen?* Sie tat es nicht. Vorsichtig faltete sie ihren Nerz und legte ihn sich unter den Kopf. Sie trug einen wasserblauen Spitzen-BH mit dem Verschluss vorn – *secondhand*, so stellte ich mir vor, würde sie sagen. Sie schaute zu mir herauf, geduldig. Der Kontrast zwischen unseren Oberkörpern ließ flüchtig ein Gefühl von Zärtlichkeit in mir aufblitzen, für sie (so gutmütig, zierlich) und dann überraschenderweise für mich selbst, mein zerrütteter Körper versus ihr erstklassiges Fleisch, sie tapfer kommend und ich gehend, gehend, verschwunden, verloren im Zwischenspiel von Schatten und Licht, das ein anderer Kerl schlicht ihren Brustkorb nennen mochte. Wir taten es. Anschließend holte sie wie im

Film ein Päckchen Vogue-Zigaretten hervor. Wir rauchten und sprachen leise über gar nichts. Ich war nicht enttäuscht, genauso wenig fühlte ich mich beschwingt; in einem seltsamen, schmerzlichen Zen-Zustand hatte ich keinerlei Empfindung und mochte es.

Später fand ich heraus, dass sie auf dem Weg in eine Entzugsklinik in Vermont war. Sie hatte Halt an meinem College gemacht, um ihrer Schwester, die sie die nächsten sieben Monate nicht sehen würde, Lebewohl zu sagen. Woran sie krankte, fand ich nie heraus, doch für den Rest des Semesters grübelte ich vor dem Schlafengehen über die verschiedenartigen Dinge nach – Tiere, Gemüse, Minerale –, von denen sie abhängig gewesen sein könnte. Von all den Bildern, die mir im Gedächtnis geblieben sind, sehe ich am häufigsten vor mir, wie sie aufsteht, um zu gehen (*Ich esse mit Kate zu Abend; sie hasst es, wenn ich zu spät komme*) und sich zärtlich die Blätter vom Nerz klopft.

Zu diesem Bild in Endlosschleife schlief ich ein, eine dicke Traumschicht auf den Zähnen. Arme Mazzy. Wer weiß, wie lange sie dort oben im Norden blieb, mit Junkies an der Schwelle zu Kanada Dame spielte, einen Sonnenuntergang erhoffend, der sie retten würde.

Am Strand stand ich rasch auf. »Lass uns schwimmen gehen.«

Oola zog eine Augenbraue hoch, erlaubte mir aber, der Frage auszuweichen.

»Splitternackt?«

»Ich schätze schon.« Ich blickte mich unter den anderen Strandgängern um und versuchte, jemand Halbnacktes zu entdecken. Am nächsten kam dem ein Mann mittleren Alters, der im Begriff war, seine Boxershorts auszuziehen, ein Anblick, der mir mühsam intim schien. Ich konnte Hodensäcke aus verschiedenen Winkeln verkraften, doch ein Banker in Socken brach mir das Herz. Ich wandte mich ab, errötend, während er seine Shorts faltete und vorsichtig seine Brille obendrauf legte.

Oola wartete auf keinen Mann. Ich blinzelte, und sie hüpfte in die Brandung, den Hintern vom Schaum marmoriert.

»Du hast die Show verpasst!«, rief sie mir zu.

Ich atmete tief ein und streifte meine Shorts ab. Ich wartete, dass etwas passieren würde – dass jemand schrie, applaudierte, *Steck das weg!* rief –, und als nichts geschah, trippelte ich aufs Wasser zu, versuchte, beiläufig zu tun. Ein unbekannter Teil von mir wurde enttäuscht durch die Gleichgültigkeit der anderen Nudisten; das Äußerste, was eine von ihnen tat, war herüberzuschauen, zu blinzeln und sich dann wieder Nicholas Sparks zuzuwenden. Bis ich im Wasser war, hatte ich angefangen zu überlegen, ob ich den Reiz des Nudismus missverstanden hatte; vielleicht war er ein wenig sexuell, ein Wettbewerb wie alles andere im Leben, der aber insofern das Muster durchbrach, als dass es nichts zu gewinnen gab. Diese Auswahl an leicht verderblichen Waren war ein memento mori, belebt von der nautischen Brise.

Ich betrachtete meinen Penis, der sanft von der Strömung hochgehoben wurde. Ich hatte mich meinem Schwanz nie sonderlich verbunden gefühlt. Ich war immer jemand von der Sorte, der im Sitzen pinkelt. »Ziehst du Lines da drinnen?«, neckte mich Tay, wenn wir ausgingen, und hämmerte an die Tür der Kabine. »Gib mal was ab!« Dabei mied er Urinale selbst, mit der Begründung, sie seien geschmacklos. »Ich kann dieses männliche Räuspern nicht ertragen«, gestand er. Unter Wasser war mein Penis verschwommen und blass, kaum mehr als ein Tippfehler. Ich blickte zu dem alten Mann auf der anderen Seite des Strands hinüber, der immer noch mit seinem Schwanz auf drei Uhr Wache stand. Er ließ mich sich ansehen, und ich ließ ihn im Gegenzug mich ansehen, ein Kräftemessen zwischen Clowns. Ich würde lügen, wenn ich sagte, es sei nicht intim gewesen.

Oola planschte an meine Seite und folgte meinem Blick. Ihre Anwesenheit trennte die Verbindung zwischen dem alten Mann und mir, und ich küsste sie zur Begrüßung. Sie schien sich absolut wohl zu fühlen, als wäre sie sich ihrer Nacktheit nicht bewusst. »Er erinnert mich an einen klassischen Musiker.« Sie nickte in die Richtung des alten Mannes, wodurch sie die winzigsten Beben in ihren Brüsten auslöste. Ich blinzelte heftig. Es schien anachronistisch, meinen Lieblingskörper in diesem fremden, neuen Umfeld zu betrachten, so wie um zwölf Uhr mittags aus einem Nachtclub zu kommen und verantwortungsbewussten Menschen dabei zuzuschauen, wie sie Busse nahmen, Mittagspause machten. Ich musste mich anstrengen, nicht hinzustarren, während ihre Schamhaare von Wellen angeschubst wurden. »Meinst du?«

»Er hat diesen Blick. Hast du mal das Gesicht eines Pianisten beim Spielen gesehen?«

Wusste sie, mit wem sie sprach? »Ja.«

»Sie bekommen diesen orgastischen Blick, weißt du? Verzückt, leer. Als würden sie Zwiesprache mit dem Jenseits halten.«

Wir betrachteten ihn gemeinsam, Schulter an Schulter. Dieses Mal schaute er an uns vorbei. Es erinnerte mich an einen ähnlichen Abend in Dubrovnik.

Ich schätze, ich habe nicht viel über unsere Anfangszeit geschrieben, als wir zusammen reisten und von einem zu hütenden Haus zum nächsten pendelten. Was gibt es darüber zu sagen? Genau wie Kinder sind Reisen nur für diejenigen interessant, die direkt betroffen sind. Alle anderen machen gute

Miene zur fröhlichen Litanei. Wir waren auf wohlige Weise straffällig, unsere Verstöße unbedeutend, von der ungefährlichsten Sorte S&M – an Benzin riechen, nicht schlafen – und fühlten uns auf sträfliche Weise wohl, wie nur Verliebte es können. Wir ließen uns in diesem Fett brutzeln; oh, wir waren köstlich. Wohin wir auch gingen, wir waren Supermarkt-Superstars. Wir zierten die Titelblätter unserer Magazine, eine ewige Collage aus blauem Himmel und guter Laune, untermalt von schepperndem Postpunk. Wir waren zum Leben erwachte Werbesprüche – *Hat nie besser ausgesehen; Eine wahre Geschichte.* Wo Worte versagten, übernahmen unsere Körper mit Begeisterung. Wir waren hager und gebräunt und uneinheitlich muskulös. Sie trug in einem österreichischen Dorf ein bauchfreies Top und brachte einen Pferdewagen zum Stehen. In Rumänien bekam ich buchstäblich Ameisen in die Hose. Wir aßen Babynahrung an einer Bushaltestelle, und unser Bus tauchte nie auf, aber wir fanden einen Karton ungeöffnete Zigaretten im Müll. Wir zelteten an einem Strand in Kroatien und gingen schwimmen.

Es war sieben Uhr abends in Dubrovnik, der Strand lag verlassen und neigte sich unter dem Gewicht eines Sonnenuntergangs, der so leuchtend war, dass ich mich unwohl fühlte, als störte ich die Eigenliebe der Natur. Die Adria rieb sich in den Himmel, ein pochendes Rot, und ich ging ins Wasser, wie man ein gerade beschmutztes Badezimmer betritt. Oola war weggegangen, um einen Flaschenöffner zu suchen; ich war allein, einzig eine Jacht ankerte eine Meile vom Ufer entfernt. Ich paddelte in ihre Richtung.

Als ich näher kam, erschienen vier oder fünf Gestalten an Deck. Die Sonne stach mir in die Augen, doch ich konnte sehen, dass sie nackt waren und ihre Handtücher durch die Luft schnappen ließen. Von weitem sahen sie aus wie Figuren aus einem Gemälde von Egon Schiele, geschmeidig, kinetisch. Ich hörte ein schwaches Getöse von Gelächter und schätzte, dass es sich um eine Familie handelte, obwohl Alter und Geschlecht unklar waren. Sie tollten herum wie Musen, ihre schlanken Glieder verzerrt und noch länger, noch rotbrauner im erlöschenden Licht. Blasse Streifen erinnerten an Hintern, Daumenabdrücke im Rot des Sonnenuntergangs, während zuckende Ellenbogen und raue Stimmen Pubertät andeuteten. Ich konnte es nicht abwarten, Oola von ihnen zu erzählen, wer immer sie waren, ein leuchtender Clan knochenloser Schönheiten. Ich zog die Arme durch, begierig auf eine bessere Sicht.

Die Jacht war weiter weg, als ich gedacht hatte. Ich wollte ihnen etwas zurufen, sie bitten, auf mich zu warten. Als ich endlich näher kam, waren sie wieder nach drinnen gegangen, ihre Handtücher hatten sie über der Reling hängen gelassen. Ein Mann mittleren Alters war an Deck geblieben, verblüffend massiv. Er war ledrig und müde, wie ein Verkäufer in einem Laden. Er tat, als sähe er mich nicht, oder es war ihm egal. Er stand mit dem Schmerbauch zur Sonne, die Augen vor Vergnügen zusammengekniffen, und pinkelte vom Rand der Jacht ins Meer.

Zusammen schauten wir zu, wie der Himmel sich verdunkelte.

Der Gedanke an diesen Sonnenuntergang fühlte sich klamm an. In der Cock Rock Cove drehte ich mich zu Oola. Ich sah ihren Bauchnabel tropfen. »Du siehst schön aus«, quatschte ich daher. Mein Herz war eine rotierende Kühlvitrine, eine, die von innen beleuchtet ist, Schichttorte und Kuchen des Tages anbietet, und ich wollte, dass sie eine Sorte auswählte, einen Bissen nahm, so dass ich ihren Bauch anschwellen und dann wieder flach werden sehen konnte. »Wie eine Meernymphe.«

Sie griente und verschränkte die Arme. »So bin ich. Niemals der Dichter, immer die Trope.«

Ihr Ton besorgte mich. »Das war nicht herablassend gemeint.«

»Mach dir keine Gedanken.« Sie sprang davon. »Ich bin froh, dass mein Körper inspirieren kann.«

Bevor ich sie bitten konnte, das auszuführen, war sie unter einer Welle verschwunden.

Schlechte Tage

Es ging abwärts, als Oola aufhörte zu schlafen.

Ich habe reichlich Zeit gehabt, über den genauen Umschlagpunkt nachzudenken, an dem sich das Gewicht der Dinge verschob, der Zahn sich ein Stückchen aus seiner Position drehte, in eine Fehlstellung, die bloß bei ausgewählten Ausdrücken (von Heiterkeit, Trauer, Überraschung) sichtbar wurde: Seitdem habe ich es zu meiner Vollzeitbeschäftigung gemacht, diesen Moment zu untersuchen, sämtliche Fotos zu sammeln und zu studieren, durch die pinkfarbene Gummimasse zu bohren, die den Großteil der Erinnerungen verklebt, und dies ist das Ergebnis, zu dem ich gekommen bin.

Sie litt nicht unter Schlaflosigkeit – zumindest nicht von Natur aus. Sie blieb einfach länger wach, während der August sich zum September verdünnte. Sie verbrachte mehr Zeit im Badezimmer, dehnte ihre Mahlzeiten aus und brauchte Stunden, um sich fürs Bett fertig zu machen: Ein durchschnittliches Bad ähnelte in Erhabenheit und Länge einer Séance. Zunächst schien das normal, eine Reaktion auf die Einsamkeit und den Wechsel der Jahreszeiten. Doch als die Nächte kälter wurden und Blätter die Einfahrt verstopften, bemerkte ich doch eine Erschöpfung in ihren Bewegungen, eine Schwere, wenn sie ihr Brot erdnussbutterte oder nach ihrem Feuerzeug suchte. Die Fasern ihrer Gedanken hatten sich gelockert wie ein Zopf, mit dem man geschlafen hat, und fälschlicherweise hielt ich das für einen neuen Stil.

Ich wünschte, ich könnte mehr über die frühen Stadien ihrer Schlaflosigkeit sagen, doch in der Regel ließ ich sie zwischen dem Abendessen und unserer üblichen Routine zur Schlafenszeit in Ruhe. Es war die Zeit, zu der ich die Notizen des Tages durchsah und korrigierte, im Schneidersitz auf dem Schlafzimmerfußboden sitzend. Oola badete vermutlich in der japanischen Wanne, spülte das Geschirr ab, wenn sie an der Reihe war, rauchte und kämmte sich das Haar. Wir waren durch eine Treppe getrennt, und ich bedaure sagen zu müssen, dass ich wegen dieses Entgegenkommens wichtige Informationen verpasst habe. Für ihren geistigen Zustand in den Stunden zwischen acht und zehn Uhr, dann elf Uhr, dann fast Mitternacht, kann ich bloß eine fundierte Vermutung abgeben. Ich wartete im Schlafzimmer und versuchte, mich nicht sitzengelassen zu fühlen. Schließlich hatte sie ein Recht auf Zeit für sich; als Forscher war es meine Aufgabe, vom seifensauberen Geruch ihres Haares abzuleiten, wie sie sie verbracht hatte, wenn sie endlich hereinkam, und später von der Stelle, an der sie die Meerohrmuschel auf der Brüstung zurückgelassen hatte. Ich habe bloß ein paar Hinweise aus diesem Zeitraum, diesem langsam brennenden Herbst, als der Ärger langsam aufstieg wie der Rauch einer Bong: Ich habe sie in einem Flickwerk um mich herum angeordnet und warte darauf, dass etwas klick macht (hochhackige Schuhe auf Hartholz?).

»Fertig?«, fragte ich sie, wenn sie ins Schlafzimmer kam. Ihr Anblick linderte sofort meine Verärgerung. Ich fühlte mich wie ein Hahnrei, geläutert von ihren langen, bloßen Gliedern, die sich gefällig auf die Steppdecke falteten. Natürlich konnte ich mich glücklich schätzen, sie zu haben.

»Fertig«, sagte sie.

Doch sie war es nicht.

Einmal fand ich sie um Mitternacht auf der Veranda, auf der Brüstung sitzend, vor sich hin paffend. Theo leistete ihr Gesellschaft, sein Bauch hing auf beiden Seiten über das Geländer. Unerklärlicherweise trug sie ein Bikini-Oberteil zu alten Seidenboxershorts; ich konnte sehen, dass ihr Haar noch vom Baden nass war und den Boden ihrer Shorts benässt hatte. Wenn ich damals in ihrem Verhalten nichts Ungewöhnliches bemerkte, so schiebe ich es darauf, dass es eine solch duftende Nacht war. Irgendwo in der Nähe musste gerade ein Jasminbusch verendet sein. Der schwere, aufreizende Geruch von Blumen hing in der Luft und hätte schon dafür ausgereicht, dass ein jeder sich etwas träumerisch aufgeführt hätte. »Was ist los?«

Sie starrte mich durch einen Rauchschleier an. »Nichts«, sagte sie und schien es ernst zu meinen.

»Du siehst besorgt aus.« Ich zog eine Zigarette aus dem Päckchen, das sie in ihren Hosenbund geklemmt hatte.

»Du auch«, sagte sie. »Was ist los?«

»Nichts.«

Sie lachte. »Siehst du? Schieb's auf meine nordischen Wurzeln, wenn du willst. Wir neigen zum Grübeln.«

Ich stupste sie mit dem Fuß an, und sie reichte mir ihr Feuerzeug. Einen Augenblick lang rauchten wir schweigend; es war friedlich, und der Rauch verband uns in unserer gemeinsamen, ziellosen Angst, umnebelte unsere verbissenen Kiefer.

Als ich aufstand und gähnte, erdolchte sie ihre Zigarette demonstrativ auf dem verschrammten Holz der Brüstung. Sie machte weder Anstalten, mir zu folgen, noch zündete sie sich eine neue an. Sie blieb, wo sie war, das Kinn in die Hand gestützt, die Augen zu fernen Hügeln wandernd. »Schlafentzug ist die einzige Droge, die umsonst ist«, sagte sie, ohne sich umzudrehen. Ihr Ton war freundlich und informativ, als gebe sie Trivialwissen weiter.

»Heißt das, du wirst gerade high?«

Sie rollte mit den Augen. »Ich bin völlig hinüber.«

Ich öffnete die Tür. »Ich bin dann im Bett, wenn du mit dem Feiern fertig bist.«

Vom Schlafzimmer konnte ich sie durchs Fenster sehen. Ich beobachtete sie, während ich mich umzog. Sie zündete sich eine weitere Zigarette an und rauchte langsam und methodisch, als wollte sie sich daran erinnern, wie es geht. Mücken formten einen zweiten Heiligenschein um ihren Zigarettenrauch, und das Terrassenlicht einen um die Mücken, und über allem anderen hing der fast sichtbare Duft der Blumen. Sie wedelte die Insekten nicht weg. Die einzige Bewegung, mit der sie ihren immateriellen Kokon durchtrennte, bestand darin, sich über die Brüstung zu lehnen und so weit zu spucken, wie sie konnte, ihr kleiner weißer Asteroid stürzte ins Gras.

Im Oktober lief alles aus dem Ruder, und von da an ging es sehr schnell.

Ich fand heraus, warum sie nicht geschlafen hatte, zugegebenermaßen per Zufall. Ich wollte nicht neugierig sein, als ich sie fragte, warum sie die Badewanne umgestellt hatte. Es kam mir einfach unlogisch vor, weil sie jetzt einen Eimer mit dem Gartenschlauch füllen und den ganzen Weg über den Rasen zu dem schattigen, kleinen Flecken schleppen musste, an den sie Wanne und Holzpaneele verpflanzt hatte. Momentan stand sie unter einer Gruppe Redwoods, die Pflanzensaft und Nadeln in ihr Bad fallen ließen und dem Quellwasser die Farbe von Schnodder verliehen.

»Nervt das nicht?«, fragte ich. Wir verdauten unser Abendessen im Wohnzimmer.

Sie schaute kaum von ihrem Magazin auf. »Nun, sie können mich dort nicht sehen, also würde ich sagen, das ist es wert.«

»Was?« Visionen von spähenden Wanderern und fleischhungrigen Einsiedlern vernebelten mein Gehirn. »Wer kann dich nicht sehen, O.?«

Sie blickte wieder auf, leicht verärgert über mein Unverständnis. »Die Außerirdischen«, sagte sie. »Ich hab's satt, dass sie mich sehen«, und senkte abermals den Kopf. Die Überschrift in ihrem Magazin ist mir eingebrannt: WISSENSCHAFTLER BEWEISEN, DASS BLONDINEN WIRKLICH MEHR SPASS HABEN!

Ich ging hinaus auf die Veranda und schüttelte eine Zigarette aus dem Päckchen, das sie auf dem Geländer liegen gelassen hatte. Ich befand mich in einem vor-emotionalen Stadium, systematisch und kalt. Ich dachte über die letzten zwei Wochen nach, durchsiebte meine Erinnerungen nach Hinweisen. Wie hatte ausgerechnet ich es nicht kommen sehen können? Ich wusste allerdings noch nicht, worum genau *es* sich handelte oder wie sehr es unser Leben bestimmen würde.

Ja, ich hatte bemerkt, dass sie Mondsteine im Internet bestellt und in einem speziellen Astralmuster um die Badewanne gelegt hatte. Aber sie hatte sich immer in Astrologie versucht, ihre Sätze mit Gerede von Auren und guten Schwingungen durchsetzt. Wie konnte ich dieses Cali-Mädchen fassen, einen reulosen Wassermann? Und ja, sie hatte kürzlich ihre Eisenzufuhr bemerkenswert erhöht. Wenn wir in den vergangenen Monaten einkaufen gingen, hatte sie sich mit Eisen angereicherte Brote und kadaverfarbene Tofublöcke spendiert. Eines Nachmittags schaute ich ihr dabei zu, wie sie eine ihrer vielen Zwischenmahlzeiten zubereitete: eine Schüssel Haferbrei mit getrockneten Aprikosen und Kürbiskernen, getränkt mit zwei ominösen Löffeln schwarzer Melasse. Dreimal hintereinander machte sie Süßkartoffeln zum Abendessen und bestand darauf, dass wir beide auch die Schalen aßen. Als ich sie fragte, ob sie sich für anämisch halte, zuckte sie die Achseln. Sie überschüttete ihre Kartoffelschalen mit Salz, ebenfalls angereichert. »Ich muss meine Legierungen ausgleichen. Meine Metalle sind aus dem Gleichgewicht.«

Ich kaute einen Moment lang, erinnerte mich, dass ich in einem ihrer Magazine gelesen hatte, dass geringe Eisenwerte oft ein Symptom unregelmäßiger Menstruation seien, und auch, dass roter Lippenstift dunkle Augenringe ausgleichen kann. Ich machte in Gedanken eine Notiz, mir Ersteres zu merken. Wie hätte ich wissen sollen, dass nicht ihre Periode schuld war? Sie schien eine naheliegende Erklärung für sämtliche unterirdischen Eigenarten zu sein, das Pochen oder die Launen, die meinem Auge entgingen. Dies war das Gebiet, auf dem sie sich mir leicht widersetzte, und es war die untypische Befangenheit, die sie bei dem Themenkreis an den Tag legte, die mich mehr ärgerte als der versperrte Zugang zu ihren eigentlichen Eierstöcken. Zu manchen Punkten zeigte sie sich redselig, etwa zu den Krämpfen, die sich anfühlten, als würde ein Göffel ihren Uterus auskratzen wie einen Spaghettikürbis, aber zart besaitet zu anderen, etwa zu der Frage, warum sie nur Pearl-Plastic-Applikatoren benutzte. »Warum?«, blaffte sie. »Soll ich einen Bleistift nehmen?« Manchmal wollte sie darüber sprechen – »Ich fühl mich wie eine Seekuh«, würde sie willkürlich jammern –, und manchmal wurden meine Fragen mit frostigen Blicken bedacht. Am nächsten kam ich einer Erklärung, als wir uns in einem Vorort von Phoenix in eine Tankstellentoilette quetschten, damit sie das Toilettenpapier wechseln konnte, dass sie als Notbehelf verwendet hatte: »Beim Sex genießt man seinen Tierkörper. Hierbei« – sie schwenkte das Bündel in der Luft – »erkennt man, dass alle Tiere bloß Fleisch sind.« Es genügt wohl zu sagen, dass es ein wunder Punkt zwischen uns war, seit ich gefragt hatte, ob ich ihren Tampon in meinen Tee hängen könnte.

Es erschien am klügsten, das Thema Eisen fallen zu lassen. Außerdem würde mehr Spinat uns wohl kaum schaden.

Eine weitere Sache: Sie hatte begonnen, das Radio auf die geringste Lautstärke zu stellen, es stundenlang unhörbar spielen zu lassen. Als ich den Fehler beging, es lauter zu drehen, umschwirrte mich das weiße Rauschen einer unverständlichen Frequenz wie eine Schar Bienen. »*Fuck!*«, schrie ich auf und schaltete es aus. Oola, die im Wohnzimmer las, schien nicht beunruhigt. »Nicht Hardcore genug?«, rief sie mir zu. »Such den Klassiksender. Da soll Puccini laufen.« Ich tat, wie sie mir geheißen, doch als ich am nächsten Nachmittag aufs Radio schaute, war der Sender auf eine andere, unbekannte Zahl gestellt, die Lautstärke kratzte an der Null.

Da war auch noch ihr Bemühen, sich mit den örtlichen Krähen anzufreunden. Sie erzählte mir, dass sie als Kind davon gelesen hatte: Wenn man ihnen Essen hinwürfe, würden sie einem im Gegenzug Geschenke bringen. Sie verstreute altes Brot auf dem Rasen, ein heiliger Franziskus in Jogginghosen. »Du wirst sehen.« Tatsächlich tauchte eine Woche später ein knallpinker, leicht gebogener Acrylnagel im Unkraut auf. Er funkelte im Gras wie ein giftiger Pilz. Das schien ihr noch besser zu gefallen als Theos blutige Tribute. Er saß auf meinem Schoß, und leicht verbittert sahen wir dabei zu, wie sie ihr Geschenk auf dem Kamin platzierte. Im Laufe der folgenden Woche warf ihr Vogelbrieffreund den kompletten Satz Nägel ab, plus die dazugehörige zerdrückte Tube Kleber und etwas, das entweder eine Feder oder eine falsche Wimper war. Oola musste nicht einmal *ich hab's doch gewusst* sagen.

Ich möchte gern glauben, dass unsere Liebesgeschichte Klischees ausließ, offensichtliche Symbole wie eine geheimnisvolle Rasierklinge oder ein einzelnes gebleichtes Haar im Badezimmer. Die Haare, die sich im Abfluss oder an den gekachelten Wänden sammelten (von der schlimmsten Sorte blond), extrahierte ich vorsichtig und hängte sie in meinem Fenster auf wie Dörrfleisch zum Trocknen, und ich tat es aus Interesse, nie aus Misstrauen. Unser Sex war nie normal gewesen, der Keim der Unzufriedenheit konnte also kaum dort zu finden sein. Die Flöhe in unseren Laken blieben sicher aufgeschlossen, wenn Oola sich tot stellte und ich apportierte. Bloß ein einziger Moment stach für mich klar heraus, ahnungsvoll blinkend wie ein ZIMMER-BELEGT-Schild. Es war an einem Samstag, *Indian Summer*, wenn du mir den Ausdruck gestattest. Ich weiß, dass er nicht politisch korrekt ist, aber irgendwie beschreibt er am besten die Geräusche und Gerüche jener außergewöhnlichen Hitzewelle, es war spät im September, und die Verkäufer bewahrten die Schokolade in der Kühltheke auf, aus Angst, sie würde schmelzen. Nichts war normal, aber nichts allzu bizarr, bloß eine subtile Neuordnung der Dinge, die für uns selbstverständlich waren, Wetter oder Sprache etwa, die sich verschoben, während wir schliefen.

In dieser ungewöhnlich schwülen Nacht gab Oola bekannt, dass sie am nächsten Morgen an den umliegenden Waldwegen Blaubeeren pflücken würde. Der Subtext war: *allein*. Es störte mich damals nicht, weil die Vormittage für mich Studienzeit waren und es vermutlich bedeutete, dass sie etwas Ambitioniertes zum Abendessen zubereiten würde. Mit Beerenkuchen im Sinn willigte ich ein, sie bei Sonnenaufgang zu wecken.

Als ich um zwölf nach unten kam und sie noch nicht zurück war, spürte ich den ersten Stich eines Unbehagens. Es war jedoch erneut nur ein leichter Kitzel, der etwa zwanzig Minuten später durch ihr Auftauchen als Punkt in der Auffahrt beruhigt wurde. Ich konnte sie vom Fenster über der Spüle aus erkennen und beeilte mich, das Mittagessen auf den Tisch zu bringen. Doch sie ging langsam, ihr Blick schwirrte in alle erdenklichen Richtungen, und ich war bei meiner zweiten Tasse Kaffee, als sie endlich hereintrippelte.

»Na, wie geht's?«, rief ich.

Sie lächelte mich freundlich an. »Oh, so sieht man sich wieder.« Sie schien Schwierigkeiten zu haben, ihre Schuhe auszuziehen.

»Erfolgreich gewesen? Wo ist die Beute?« Der Korb, mit dem sie am Morgen aufgebrochen war, fehlte.

Sie kicherte. »Ich hab sie verloren.«

Bevor du übereilte Schlüsse ziehst, bedenke, dass wir hier von Oola sprechen. Oola, die ihr letztes Hemd verlieren könnte und verloren hat (*Das klingt versaut*, würde sie schreien). Oola, die einmal vor einer Prüfung ihre Notenblätter auf der Toilette vergessen hatte und eine ganze Sonate aus dem Gedächtnis spielen musste. Oola, die nicht bloß einen einzelnen Schlüssel verloren hatte, sondern auf dem Weg zum Schlosser, wo sie ihr drittes Exemplar hatte anfertigen lassen wollen, auch den Generalschlüssel (*Ich bin unverbesserlich!*, hörte man sie oft klagen). Dieses Wort fiel mir ein, als ich bloß vier Wochen später in ein lilafarbenes Unterhemd schlüpfte, das sie im Schlafzimmer in ihrer untersten Schublade vergessen oder aber zurückgelassen hatte. Kurzum: Wir schlossen die Hütte nie ab, doch wenn sie einen Schlüssel besessen hätte, würde er mittlerweile sicher im Pazifik treiben. Ein Korb Beeren war kein Grund zur Aufregung.

Sie griff nach der Kaffeekanne, und da bemerkte ich die Kratzer an ihren Armen. Sie bedeckten sie vom Handgelenk bis zur Schulter, viele waren frisch und perlten erneut. Aus einer besonders schlimmen Schnittwunde am Ellenbogen drohte es auf den Teppich zu tropfen. Ich schnellte in meinem Stuhl nach vorn und presste eine Serviette darauf. Oola nahm die Serviette und schob mich dann sanft weg.

»Was ist passiert?«, fragte ich.

»Die Beeren haben sich gewehrt.« Sie schien unbeeindruckt, tupfte ihren Ellenbogen ab, während sie sich ein Brot belegte. Sie machte eins ihrer berüchtigten Sandwiches: zwei Scheiben Pumpernickel bestrichen mit extragrober Erdnussbutter und drei koscheren sauren Gurken. Sie konnte diese Kaventsmänner in übernatürlicher Geschwindigkeit zubereiten und, wie sich herausstellte, einhändig. »Das sind meine Kriegsverletzungen.«

»Geht's dir gut?«, fragte ich nach einer Pause, obwohl jeder weiß, dass man mit dieser Frage bereits aufgegeben hat.

»Natürlich«, sagte sie. »Ich hab ja schließlich gewonnen, stimmt's?«

Ich wich zurück. Sie hatte Dreck auf dem T-Shirt und kleine Äste im Haar, die wie von einem Lüftchen erfasst wippten, wenn sie kaute. Ich war konfrontiert mit der Durchsichtigkeit ihrer Lüge, aber auch mit der Durchsichtigkeit ihres T-Shirts, unter dem sich ihre Rippen abzeichneten, schweißgefleckt von welchem Abenteuer auch immer, und weil ich keine anderen Alternativen hatte, legte ich meine Hand an ihre Taille und sagte: »Stimmt.«

Diese Lüge war weder größer noch kleiner als die unter Liebenden allzu regelmäßig geäußerte Beteuerung: *alles in Ordnung*. Ein leichtes Rascheln. *Mach weiter; es gefällt mir.* Es schien, als wäre sie von einer langen Reise zurückgekehrt, und ich würde sie nun fragen, wie es gewesen sei. Nach meinen zwei Jahren im Ausland hatte meine Mutter mich vom Flughafen abgeholt und das Gleiche gefragt.

»Toll«, hatte ich gesagt, und obwohl sie mich anlächelte, mehr erwartend, war das das Äußerste, was ich herausbringen konnte.

Nach einer Pause hatte sie meine Wange berührt. »Meine Güte, du bist so braun. Und brauchst ein paar Proteine. Dein Vater und ich probieren gerade eine neue Diät, vor zwei Uhr nur Flüssigkeiten, aber keine Sorge, heute Abend mache ich etwas Schönes. Erinnerst du dich an die Johnstons? Ihre Katze hat Diabetes. Diabetes!« Und einfach so wogte das Leben weiter. Wir liefen zum Parkplatz; kommentierten beide das T-Shirt eines Kleinkindes mit der Aufschrift BORN TO BE BAD. Man sucht sich stets das Präsens aus, bloß um sich über Wasser zu halten.

Auf der anderen Seite des Tisches lächelte Oola grobstückig, den Mund voller Gurke. Sie wechselte das Thema; wir tranken Kaffee; sie buk Pfefferkuchen zum Abendessen. Sie sollten die Form kleiner, geschlechtsloser Menschen tragen, mit Rosinen als Augen, erwiesen sich aber als knollig und verkohlt, wie Figuren aus *Mad Max*. »Keine Sorge«, sagte sie, während sie eine besonders verkniffene Dame enthauptete. »Ich werde sie an meine Vogelfreunde verfüttern.«

Ich musste an die Blaubeeren denken, und mir wurde eiskalt. Als sie sich abends zu mir auf die Veranda setzte, hatte ich eine Liste von Fragen vorbereitet. Ich trug sie so nonchalant vor, wie ich konnte. Ich fühlte mich dabei etwas schwerfällig, wie das Elternteil, das den Geheimvorrat seines Kindes gefunden hat und, während es Leif jr. zur Rede stellt, um die dringlicheren Fragen herumschleicht, nämlich: BIST DU EIN METHHEAD und GEHST DU FÜR DROGEN AUF

DEN STRICH? Dieser Vergleich hätte Oola amüsiert, aber ich wollte es nicht riskieren, vom Thema abzukommen. Erleichtert verfielen wir in unser Frage-Antwort-Format.

»Also«, begann ich, meine Stimme heiter haltend. Ich tat, als würden wir über einen Film sprechen, den sie gesehen hatte und ich nicht. Wie sahen die Außerirdischen aus?

»Wenn ich das bloß wüsste!«, lachte sie. »Ich stelle sie mir gern als antike Lampen vor, mit fransigen Schirmen.« Sie hielt inne. »Aber wenn ich darüber nachdenke, sind sie wahrscheinlich klein. Klein und leicht. Wie Staubmilben oder Baumwollfasern.«

Freie Radikale? Ich spekulierte. So schnell erlag ich einem poetischen Verfahren.

Sie nickte. »Oder Wollmäuse.«

Hatten sie uns schon lange beobachtet?

»*Mich* beobachtet«, präzisierte sie. »Nicht lange. Aber sie haben sich schon seit einiger Zeit bemerkbar gemacht.«

Wie das?

»Sie spielen Streiche. Sie haben das Wasser versalzen. Sie lassen die Bienen sterben. Sie lassen die Blumen durchdrehen.«

Die Blumen?

»Du weißt schon, die Pollen. Heuschnupfenhölle.«

Das war eine weitere seltsame Begebenheit, die mir in meinen Akten über entschlüsseltes Traumgerede und lang haltendes Lipgloss entgangen war. Eines Morgens im August erfüllten Pollen die Luft. Gewaltige Bahnen von Gelb verdrängten die Sonne; ich konnte bloß einen Fuß weit blicken. Wir sangen *Fields of Gold*, mit Tüchern vor unseren Nasen. Sie ähnelten einer lyrischen Plage, der vergoldete Himmel beschwor zugleich biblische Fabeln und Musikvideos, und ich freute mich, weil sie O.s Bewegungen auf die Küche und das Wohn-

zimmer begrenzten. Es war ein wundervoller, kindischer, ver-
dorbener Nachmittag. Aus bloßer Langeweile ließ sie mich
Doktor spielen. Ich probierte den mit Gold versetzten Sand
unter ihren Nägeln. Sie brachte mir bei, wie man flüssigen
Eyeliner aufträgt, in einem perfekten Schwung, und ich über-
redete sie, mich mit einem Zigarettenstummel zu verbrennen, genau hier, an der Hinterseite meines Beins. »Hardcore«,
kicherte sie und rollte mit den Augen. »Noch mal«, bettelte
ich, die Augen verdreht.

Fühlte sie sich jemals sicher?

Sie schürzte die Lippen. »Ich fühle mich nicht von ihnen
bedroht. Ich wünschte bloß, sie würden auch mal aufhören.
Einen Acht-Stunden-Tag, mehr verlange ich doch gar nicht.«

Wie war es, wenn sie schlief?

»Dann sind sie am aktivsten. Ich hab seit Ewigkeiten nicht
geschlafen. Nicht mehr als eine Stunde.«

Ich wurde aus meiner schulmeisterlichen Gelassenheit ge-
rüttelt. »Das stimmt nicht! Ich hab dich beobachtet.«

Sie starrte mich an, mit gerunzelter Stirn und fast mitlei-
digem Blick. Die Wahrheit brach über meinem Kopf auf wie
ein Ei: Ich hatte mich geirrt. Ich dachte an all die Nächte, in
denen ich an ihrem Bett gewacht, das Wälzen und die Atem-
züge einer zweitklassigen Schauspielerin im Auge behalten
hatte. Sie drehte sich weg, um sich eine Zigarette anzuzünden,
und ersparte mir dadurch, die unverhohlene und schreckliche
Tatsache auszusprechen: dass sie hinter verschlossenen Augen
unerreichbar war. Entgeistert stellte ich meine letzte Frage.

Wie fühlte es sich an?

Sie atmete bedeutsam aus und dachte nach. »Vertraut.
Es gibt da ein Gefühl, wenn ich sehr still an der Bushaltestelle sitze und merke, dass ich beobachtet werde. Ich bin mir
nicht sicher, von wem, aber es ist sehr deutlich.« Sie drehte

ihr Gesicht von mir weg und betrachtete die Schlucht. »Ich bekomme diese kribbelige Empfindung: Ein Gefühl wie ein Einschalten, eine Kinoleinwand, die zum Leben erweckt wird. Manchmal fühle ich es sogar, wenn niemand in der Nähe ist, wenn ich zu Hause auf dem Sofa sitze. Aus irgendeinem Grund stelle ich mir einen Ornithologen vor, der mit einem Fernglas im Garten hockt. Ich kann das Einstellen der Linse fühlen. Wenn ich gerade morbide bin, ist es ein Scharfschütze, und ich schwöre dir, ich *merke*, wie ich ins Visier gerate, mitten hinein in sein Fadenkreuz. Wenn ich aufstehe, spüre ich, dass er sich mitbewegt. Seltsamerweise finde ich es gar nicht *so* unangenehm. Es ist fast tröstlich, wie die Augen einem folgen. Man hält inne, sie halten inne. Man bewegt den Kopf zu schnell und kann spüren, wie man verschwimmt, bloß für eine Sekunde, dann wird man wieder klar, ist wieder scharfgestellt. Wenn man nicht aufpasst, fängt man leicht an zu übertreiben. Man trinkt seinen Kaffee und sagt *AH!* und leckt sich die Lippen. Man liest weniger, als dass man die Pose eines Menschen einnimmt, der in ein Buch vertieft ist. Manchmal halluziniere ich sogar Applaus, überraschtes Luftholen, wenn ich mein Shirt ausziehe.« Sie zog lange und sinnlich an ihrer Zigarette und blies den Rauch demonstrativ von sich, wie um mir zu zeigen, was sie tat, wenn sie allein war.

»Als ich jünger war«, fuhr sie fort, »konnte ich ihn abschütteln, wenn ich ins Kino ging. Seine Aufmerksamkeit wurde auf die Leinwand gelenkt und meine auch. Es war unglaublich effektiv. Ich stellte das ›Popcornessen‹ ein, ich meine das ›Genießen jedes einzelnen köstlichen, buttrigen Korns‹ und begann, einfach Popcorn zu essen und in meinen Zähnen herumzustochern. Vielleicht saß er zwei Reihen vor oder hinter mir. Ich sah mich nie um, aus Angst, seine Aufmerksamkeit zu erregen.« Sie lachte leise. »Als Kind schlich ich mich in die Nachmittagsvorführungen und pustete Leuten in den Nacken. Das Kino war größtenteils leer, und die fünf oder sechs Anwesenden saßen weit auseinander, darum war es leicht, sich zu verstecken. Ich bewegte mich auf Händen und Füßen von Reihe zu Reihe. Ich erkannte bald Gesichter wieder, die Stammgäste. Witwen und Einzelgänger und Perverslinge, vermutlich. Es gab einen sehr alten Mann mit Federhut, der jeden Donnerstag kam, ausnahmslos. Das Komische war, dass sie sich in neun von zehn Fällen nicht umdrehten. Ich weiß, dass sie es merkten – ihre Schultern spannten sich an, ihr Haar sträubte sich –, doch sie starrten weiter geradeaus. Kein Einziger wies mich je zurecht.« Sie seufzte. »Wo war ich? Oh ja. Es gibt Vormittage, ich weiß nicht, wie ich es anders erklären soll, an denen ich mich wie ein Polaroid fühle. Weißt du, es beginnt grau, und dann kommen die Farben hinzu, und das Bild nimmt Form an? So fühle ich mich: als sei ich vor Mittag nicht ganz. Aber ich bin nicht derjenige, der dem Bild beim Entstehen zuschaut.« Sie lachte trocken. »Und du auch nicht.« Sie schnipste ihre Asche ins Gras. »Jetzt endlich begreife ich, wer es all diese Zeit war.«

Wer?

»Die Außerirdischen, Einstein. Sie sitzen mir im Nacken. Darum weiß ich, dass es nicht bösartig ist – weil ich es selbst mal getan habe. Es ist … neutral. Sie sind bloß ein bisschen neugierig.«

Bevor wir noch weitergehen, muss ich dich fragen: Wie seltsam ist das tatsächlich? Hast du nie ein Porträt blinzeln sehen? Bist du nie von dieser Zeitfalte genarrt worden?

In meiner Kifferjugend und der folgenden Ära zielloser Reisen ist mir das recht oft passiert. Wenn ich durch die Vororte lief, durch Narnia, blinzelte ich in den rosafarbenen und friedlichen Himmel, davon überzeugt, dass sich hinter dieser

Schleimhaut die verkümmerten Glieder und blutigen Knospen des eigentlichen Lebens befanden. Alles Feste war in Wirklichkeit ein dünner Strumpf! Zurück in meinem Schlafzimmer bedurfte es nur ein paar weniger Züge, und der Stoff, auf den meine Freunde und mein Bett und mein Körper gestickt waren, würde sich von einem schweren Hotel-Servietten-Leinen in jenen luftigen Stoff aus Löchern verwandeln, der, glaube ich, ironisch oder nicht, Lochstick heißt. Der Stoff der Jungfrauen, eine Peepshow für Gänsehaut, der Stoff, der in den Wind blinzelt und doch alles sieht.

Das ist eine blütenweiße Lüge (oder eine eierschalenweiße, gewissermaßen), denn ich weiß sehr genau, dass er so heißt. Oola trug eine Lochstickbluse, als wir am 16. Mai in Watercolor, Florida, zusammen essen gingen; Monate später, als ich sie anzog, konnte ich mich mit verblüffender Klarheit an den Geschmack der Muscheln in Weißwein erinnern, die wir geteilt hatten.

Eine naheliegende Frage wäre wohl: Wann fing ich an, ihre Kleider zu tragen? Ich nehme es dir nicht übel, dass du fragst. Es überraschte uns beide, auf die stumme Art, mit der sich ein Körper verändert – plötzlich ist die Warze da, obwohl sie sich über die letzten eineinhalb Jahre herangebildet hat; beide Parteien bemerken es im gleichen, ärgerlichen Moment, und beide entscheiden sich, nichts zu sagen. Ich machte die Wäsche. Es war im späten Juli, was bedeutete, dass es die erste Wäsche war, die wir wuschen, seit wir nach Big Sur gekommen waren. Ich bestand darauf, das allein zu übernehmen, meine und Oolas Kleider gleichermaßen, so dass ich mir mit jedem Stück Zeit nehmen, es auseinanderfalten, glätten, einatmen, jeden Knick und jede Schliere in Zeit und Raum verorten konnte. Oola war zu ungeduldig, sie warf die Kleider armeweise hinein, ungeachtet des kreativen Werts eines Spermaflecks.

Die Hütte hatte eine Waschmaschine im Keller, in dem das Licht immer regungslos und trüb hing und man nie wusste, welche Uhr- oder Jahreszeit gerade war, und eine Wäscheleine im Garten. Im gelben Schleier des einzigen Kellerfensters breitete ich die Kleider um mich aus und versuchte, mich zu erinnern, was in welchem passiert war, wie und wann das Bustier bespritzt wurde und mit welcher Zutat (immer vermutete ich zuerst Senf), ehe ich jedes Stück vorsichtig in die Waschmaschine legte. Ich löste die Pullover aus ihrer letzten Umarmung; ich drehte ihre Nylons endlos von innen nach außen. Die Krümel von Prousts Madeleine fand ich eingebettet in einer Jeansjacke (sie hatte also genascht, nachlässiges Mädchen). Auf diese Weise gestaltete ich ein Album, segelte mithilfe zusammengeknüllter Kniestrümpfe, die noch nach Frühling rochen, zurück zu spontanen Picknicks und Bilderbuchmomenten, während ich vornüber gebeugt im atemporalen Verderben des Kellers stand. Spitzeneinsätze waren mein fliegender Teppich. Ich ging in Position: Unterhosen zur Nase, eine Pose, die nicht nur gedächtnisstützend, sondern auch schützend war, während Fiberglaspartikel abwartend umhertrieben.

Die Entwicklung verlief natürlich. Zunächst hielt ich das Kleidungsstück gegen das Licht, untersuchte es auf Spuren, die meiner Erinnerung weiterhelfen würden. Bald begann ich, es mir anzuhalten, wie eine Verkäuferin ein Kleid vorführt (*Sie werden es lieben, da bin ich mir sicher*), was mir eine genauere Kenntnis von Geruch und Haptik vermittelte. Doch erst als ich meine Hände in ein Paar Strumpfhosen hineingewunden hatte, erkannte ich plötzlich das Naheliegende: Um die Erinnerung auszudrücken, die jedes Kleidungsstück heraufbeschwor, musste ich es bloß anziehen.

Voilà. Es war eine fast absurd buchstäbliche Weise, in ihre

Fußstapfen zu treten (oder zumindest in ihre verrückten Socken). Es war bestürzend, wie gut mir alles passte, allerdings nicht völlig überraschend angesichts ihrer Vorliebe für übergroße Männerhemden und ihrer gelegentlichen Streifzüge durch meinen eigenen Kleiderschrank. Frauenmagazine stellen das immer als Ausschlusskriterium dar: *Würden Sie mit einem Mann ausgehen, der die gleiche Jeansgröße trägt wie Sie?* Ich habe nie verstanden, warum das etwas Negatives sein soll.

Das erste Teil, das ich anzog, war, ziemlich dezent, ein Sweatshirt, das uns beiden hätte gehören können. Es war verschlissen und weiß und hatte eine Zielscheibe über der Brust. Sie hatte die Ärmel abgeschnitten, so dass lose Fäden meine Schultern kitzelten, und die Plastikenden der Kordeln abgekaut. Sie hatte es ein paar Tage, nachdem wir uns kennengelernt hatten, zu einer Party getragen.

Wie ich schon erwähnt habe, waren wir in der ersten Zeit schüchtern, wir nutzten Tays Netzwerk aus Fashionistas und Journalisten und ihre Veranstaltungen, um zufällig aufeinanderzutreffen. Immer wieder fanden wir uns in einer Galerie oder Lagerhalle wieder, die vollgestopft war mit aufstrebenden Talenten, aufgetakelten Kunststudenten und gertenschlanken Mädchen, die kaum sprachen, aber mit ihrem Lächeln abräumten, jede und jeder war DJ *und* Model, das auch fotografierte, bereit für den kometenhaften Aufstieg, alle von einem neuen, stumpfsinnig betitelten Magazin (*Ponyboy, Pizzaface, R.I.P. Kate*) als aufsteigende Sterne gehandelt. O. und ich waren, schien es, die Einzigen, die zufrieden damit waren, auf der Stelle zu treten. Die Party ging unweigerlich in drei After-Partys über, und wir trösteten uns damit, mindestens einmal pro Stunde über die schönen, geneigten Köpfe dreier drogenstummer Musen (deren fahle Ansätze sich für einen Augenblick im grauen Morgenlicht zeigten) den Blick des anderen zu suchen. Wir unterhielten uns, trennten uns dann, kartierten in Gedanken die Wärme des anderen, während wir auf der anderen Seite des Raums herumtrieben.

Meistens war ich es, der sich bemühte, nach einer Party der Erste zu sein, der wieder auf den Beinen stand. Angesichts von Tays amphetaminierter Clique bedeutete das aber eine echte Herausforderung. Es war 8 Uhr 30 morgens an einem Sonntag, auf dem Anwesen des Großonkels von irgendwem am Stadtrand von Oxford. Ich wanderte im Garten umher und begutachtete die Verwüstung, als ich Oola in die Arme lief. Sie trug das Sweatshirt und keine Hosen, bloß einen Bikinislip mit Zebramuster, in den ich später ebenfalls hineinschaudern würde, und Bergsteigersocken, die, wie ich aus dreißig Fuß Entfernung erkennen konnte, vom Tau durchnässt waren.

Sie hatte die Kapuze aufgesetzt, wodurch sie aussah wie ein Tomboy und auch ein bisschen wie eine Witwe, ihr Haar war versteckt, als sie den Tisch inspizierte, an dem Tay und Konsorten schon ein improvisiertes Frühstück aus Champagner und (nicht ganz durchgegarten) Pfannkuchen eingenommen hatten. Sie fuhr mit den Fingern über das Tischtuch, das gleichermaßen von Butter und Alkohol verschmutzt war, und drehte jedes Glas, an dem sie vorbeikam, in einer Art persönlichem Ritual um. Sie hielt inne, einen Kognakschwenker in der Hand, als ich mich näherte.

»Dieser Mann«, sagte sie und meinte unseren Gastgeber, »wird niemals alle seine Löffel zurückbekommen.« Sie deutete Richtung Garten, wo sie im Gras glitzerten wie sonderbare Ostereier.

»Versuchst du hier aufzuräumen?«

Sie schüttelte den Kopf, ein wenig verlegen. »Mich interessieren die Nachwirkungen.« Später gab sie zu, dass es ihr peinlich gewesen war, mich zu treffen, weil ihr Sweatshirt und ihr Slip nicht zusammenpassten.

Ich stand neben ihr und spürte einen vergessenen Haustürschlüssel in einer Pfütze Sirup auf.

»Was ist mit dir?«, fragte sie. »Warum bist du wach?«

Die Ahnung eines Comedowns und das Bedürfnis nach Koffein ließen mich ehrlich antworten. »Du hast ein Zopfgummi verloren. Letzte Nacht, als Tay seine dritte Brustwarze herumzeigte.« Eine zarte Pause entstand, in der sie halb auflachte. »Ich hab gesehen, wie es herunterrutschte.« Ich klopfte linkisch an meine Tasche. »Es lag bei der Primel.«

Sie blickte mich mit erschütternder Dankbarkeit an. »Gott«, sagte sie. »Danke. Das ist wirklich zu lieb.«

Ich hatte keine andere Wahl, als es auszuhändigen.

Wir unterhielten uns noch etwas, gingen dann hinein, um Kaffee zu machen und zum Rest der Gruppe zu stoßen, der über die zahlreichen Antiquitäten des Großonkels verteilt lag. Dünne Glieder, post-orgiastisch, ergaben neue Muster auf den persischen Teppichen. Calvin Kleins trafen zerknitterten Samt, während der Gastgeber traurig in einem zu engen Fruit-of-the-Loom-Pullover in seiner Küchendurchreiche döste. Als wir uns nebeneinander auf ein dick gepolstertes Zweiersofa setzten, berührte Oola mich leicht an der Innenseite des Ellenbogens, dort, wo Krankenschwestern Spritzen anzusetzen pflegen, und fragte: »Warum sehen wir uns nicht öfter, Leif?«

Dieser Aufruf, kaum durch ihren scherzhaften Ton verschleiert, verdrängte jedes Gefühl von Verlust, das ich wegen des Haargummis verspürt hatte. Es war das erste Mal seit unserem Kennenlernen, dass ich sie meinen Namen sagen hörte.

»Weiß nicht«, sagte ich. »Ich hab keine gute Ausrede.«

»Ich auch nicht«, sagte sie. »Wir sind erwachsene Menschen. Lass uns das ändern.«

Sie kaute auf ihrem Kapuzenband, was ich in jenem Augenblick für Flirten hielt. Doch als ich das Sweatshirt viele Monate später trug, begann auch ich instinktiv, daran zu knabbern, während ich an die Backsteinmauer des Kellers in Big Sur starrte. Ich ließ Revue passieren, wie sie meinen Namen gesagt hatte, leise, damit die anderen nicht aufwachten, und die Beklommenheit jenes Augenblicks, die Blöße des Verlangens brachte mich dazu, mich tiefer in das Sweatshirt hineinzuwinden, genau wie sie es meiner Erinnerung nach getan hatte.

Ich fing an, jede Woche die Wäsche zu machen, verbrachte meine Vormittage nun im Keller, ausstaffiert. Oola bemerkte die Veränderung natürlich, konnte sich aber nicht beschweren. »Guter Junge«, sagte sie, wenn sie ein blitzsauberes T-Shirt überzog. »Ich fühle mich fast anständig.« Sie hängte die Stücke gern zum Trocknen auf, und ich sah ihr gern dabei zu, wie sie es tat, wie sie in meinem Sichtfeld auf- und abtauchte, während sie mit den Spannbettlaken kämpfte. Wenn wir auf der Veranda saßen, schlingerte ein griechischer Chor aus Leggins und Spitzen umher, und nachts applaudierten lange Ärmel stumm unseren Liebesszenen.

Ich wurde mutiger, stellte Outfits mit der Geduld und Finesse eines Historikers zusammen, scheute keine Mühe, um genau das Paar Strumpfhosen zu finden, das sie an *dem* Nachmittag zu *dem* Fußballtrikot (Nr. 69) getragen hatte. Ganz von allein begann ich, ihre Gesten zu imitieren; ich verstand nun, warum sie ihren Saum abnutzte, und die unerklärliche Behaglichkeit, die darin lag, sich die Ärmel über die Hände zu ziehen wie ein bockiges Kind. Es dauerte nicht lange, bis ich mich nach längeren Haaren sehnte, obwohl meine mir schon bis auf die Schultern reichten, sei es bloß, um sie in einen Pferdeschwanz zu zwirbeln und in den Kragen zu stecken, wie sie es bei ausgewählten Pullovern tat. Es gab so viel zu lernen. Wenn ich mich in Röcken hinsetzte, war ich verblüfft, wie oft mein nackter Hintern den Stuhl berührte, ich fummelte hoffnungslos an BH-Trägern herum, eine Auswahl wütender roter Abdrücke ansammelnd; ich empörte mich über die durch Reißverschlüsse verursachte Einschnürung meiner Taille. Eng anliegende Teile ließen mich meinen Bauch in einem ganz neuen Licht betrachten, als wildes Wesen, das über meinen Aufstieg oder Fall entschied, und ihre Unmengen Trägertops führten mir vor Augen, welch ein entzückender v-förmiger Knochen genau unter dem Schlüsselbein sitzt und was für einen hervorragenden Verlauf meiner besaß.

Bald bereitete es mir fast ebenso viel Vergnügen, Strumpfhosen anzuziehen und meine Schenkel gegeneinander zu reiben, wie es mir Vergnügen bereitete, Stunden später O.s Schenkel gegen meine unbelassenen und immer unübersehbareren zu reiben.

Ich fühlte mich nicht unbedingt feminin, da die meisten ihrer Kleider zu unisex oder zu weit waren, um gegendert zu sein. Ich fühlte mich einfach wie sie, als wäre ich in einen anderen Blickwinkel geschlüpft, wie in jenen Kinderfilmen, in denen der Protagonist sich mithilfe eines jugendfreien Voodoozaubers in eine Ameise oder einen Stuhl oder in die gemeine ältere Schwester verwandelt. Wahrscheinlich könnte man sagen, dass ich ab einem gewissen Zeitpunkt mein verliebtes Selbst satthatte. Mein Körper war randvoll, gab nach; der Druck all dieser überschwappenden Liebe bereitete mir Kopfschmerzen, riss mir den Arsch auf. Darüber hinaus hatte mein verliebter Körper begonnen, mich zu langweilen. Ich kannte seine Prozesse in- und auswendig. Ich wusste, wann ich zum Höhepunkt kommen würde; wann mein Bauch sich blähen würde; wann ich mich sexy oder wertlos oder ekelhaft fühlen würde. Plötzlich war mir eine Möglichkeit in den Schoß gefallen, ein anderer verliebter Körper zu sein, zu fühlen, wie anders die Dinge schwirrten und sich rieben, mit winzigen Seidenhöschen als klassische Trope für Bedürfnis. Ich brannte darauf, verstopft, aufgefüllt zu werden.

Ich war so hingerissen von dieser Methode, dass ihr Widerstand mich überraschte.

Hier sind zwei weitere Erinnerungen, wachgerufen von einem wunderbaren Samtkleid, das sie nur selten ausführte, obwohl es eines ihrer Lieblingsstücke war. »Ich hab nie einen Anlass, es zu tragen«, wandte sie ein. »Jedes Mal bin ich enttäuscht. Kein Ereignis wird ihm gerecht. Und schau, wie hübsch es im Schrank hängt.« Es war mitternachtsblau, ärmellos und besaß die wundervolle Fähigkeit, unter dem Rock Luft einzufangen, so dass Schenkel und Leisten kühl blieben. Ich hatte sie es nur zweimal draußen tragen sehen. Nachdem ich es im Wäschekorb gefunden hatte, umschwärmten mich beide Erinnerungen, buhlten um das Rampenlicht.

Ein paar Wochen, nachdem wir in die Hütte gezogen waren, fuhren wir nach San Francisco zu einer Opernvorstellung. Es handelte sich um die Premiere einer experimentellen belgischen Arbeit – *mutig*, sagte die Presse, *eine feministische Tollerei* –, die Freuds Dora als Blumenkind und chronisches Groupie neu entwarf. Wenn ich mich recht erinnere, trug das Werk den Namen *Good Vibrations*. Meine Mutter hatte uns die Karten besorgt. Der Mann einer ihrer Verbindungsschwestern saß im Vorstand, und ihr Sohn hatte sich auf einer Skireise das Bein gebrochen. »Habt ein richtiges Date!«, hatte sie durchs Telefon gejammert. Der Empfang wurde schlecht, und ihr nächster Satz klang in etwa wie *Geht irgendwo schön pressen, ich mahle.*

Ausnahmsweise war Oola perfekt gekleidet, völlig in ihrem Element. »Ich schwöre bei Gott«, sagte sie, während wir die Treppen hinaufstiegen, »ich erkenne einige meiner Förderer vom Curtis.« In der Lobby griff mehr als eine vergoldete Erbin sie am Arm, um »Nun *sieh* dich an!« zu japsen. Eine bestand sogar darauf, dass sie in ihrem Kleid eine Drehung hinlegte, woraufhin eine Gruppe Silberfüchse applaudierte. Ich schaute von der Seitenlinie zu und fühlte mich in meinen schwarzen Jeans und dem Button-Down-Hemd ein wenig wie eine Kartoffel, das Haar hoffnungslos gegelt und in einen Dutt gestrichen. »Du siehst fabelhaft aus«, sagte O. und kraulte mein Kinn mit dem Neunundneunzig-Cent-Fächer, den sie für diesen Anlass gekauft hatte. »Wie der Empfangschef eines richtig guten Restaurants.«

»Was tun Sie?«, unterbrach uns ein augenscheinlicher Milliardär. An jedem Arm hatte er eine Schauspielerin im Ruhestand.

»Ich bin Schriftsteller«, sagte ich schnell, »und sie ist Pianistin.«

Das löste eine Woge greiser Begeisterung aus. »Wo spielen Sie?«

»In meinem Zimmer«, gackerte Oola.

Ich wurde rot, besorgt, dass ich das Falsche gesagt hatte. »Sie nimmt eine Auszeit.«

Oola zwinkerte, unbeeindruckt. »Du nennst es verjährt, ich nenne es gescheitert.«

Zu meiner Überraschung lachten alle um uns herum. Ich schätze, ich verstand die Sprache klassischer Musiker nicht.

»Eines Tages sitzt du wieder auf dem hohen Ross«, sagte jemand.

»Wenn sie Chefin der Wurstfabrik ist!«, grölte jemand anderes.

»*Ich* habe ein Pferd«, fügte jemand anderes kraftlos hinzu, »das Amadeus heißt.«

Ich war erleichtert, als die Glocke läutete, uns hineingeleitete. Da die Tinkelspiels in Lake Tahoe festsaßen, hatten wir die besten Plätze des Hauses für uns. Beschwipst vom Gratis-Champagner überblickten wir von unserer Loge aus ein Meer weißer Köpfe. Als die Lichter gedimmt wurden, nahm ich ihre Hand. Sie lächelte, so strahlend und entspannt, wie ich sie nie zuvor gesehen hatte, bevor sie in der Dunkelheit der Konzerthalle verlosch. Schniefen und Husten bildete unter uns einen brandungsartigen Rhythmus. Ich zählte leise im Flüsterton vor mich hin, mit meinem Daumen ihr Handgelenk drückend. Ich hielt ihre Hand nicht wie ein liebesblinder Trottel. Ich schaute auf meine Uhr. Ich nahm ihren Puls.

Erst nach der Hälfte des ersten Akts drehte sie sich mir zu. »Was ist los?«, formte sie mit den Lippen. »Brauchst du etwas?«

Ich schüttelte den Kopf und blickte zur Bühne. Die erste Sopranistin hatte gerade eine Arie mit dem Titel »Papa war ein Rolling Stone« angestimmt. Ein jesusähnlicher Freud mit Kopftuch ließ sich auf einem Sitzsack nieder, jede Strophe mit einem lebensüberdrüssigen *Ja* unterbrechend. Ich muss zugeben, dass ich raus war. Ich hatte nicht die Sänger beobachtet, sondern Oolas Reaktion auf sie. Wenn sie nach Luft schnappte, schnappte ich nach Luft. Ihre Augen wurden während der schönen Stellen glasig, und ich bekam stellvertretend Gänsehaut. Zur Pause war ich erneut dazu übergegangen, ihr Profil zu betrachten, und nahm bloß schemenhaft wahr, dass Flora (mit geändertem Namen) begonnen hatte, der Neureichen-Rockband The Electras and the Oedipals die kalifornische Küste hinab zu folgen. Die Lichter gingen an, und ich wandte meinen Blick ab.

»Fantastisch!«, rief Oola, mit ihrem Fächer wedelnd.

»Fantastisch.« Ich nickte in vehementer Zustimmung. Ich musterte unsere Schuhe. »Einfach hysterisch.«

Der zweite Akt verlief ganz ähnlich. Wir waren beide in unserem Element, die Augen aufgerissen, ekstatisch schwitzend. Anschließend gingen wir schön essen, wie von meiner Mutter gewünscht. Wir saßen auf der Dachterrasse, mit Blick über die Brücke. O. bestellte als Erste, eine vegane Variante des Tagessalats – Extra-Gurken, viel Dressing – und ein kaltes Glas Wein.

Der Kellner wandte sich zu mir. »Ich nehme das Gleiche«, sagte ich schnell.

Sie zog eine Augenbraue hoch. »Wirklich? Willst du nicht etwas Normales?«

»Nee.« Ich lächelte verlegen, versuchte, überzeugend auszusehen. »Ich *liebe* Auberginen.«

»Selbst schuld«, sagte sie, und der Abend träumte weiter vor sich hin. Wir aßen jeweils einen Korb Brot, Oola mit Öl, ich, bedauerlicherweise, mit Butter.

»Aha!«, rief sie. »Ich wusste, dass du da nicht mithalten kannst!«

Ich senkte beschämt den Kopf.

Das zweite Mal, dass sie das Kleid trug, war weniger toll.

Es war September, die Sommerstimmung erstarb langsam. Wir waren zu Costco gefahren, um uns einzudecken: Lebensmittel, Benzin, Magazine. Es ist rätselhaft, warum sie das Kleid überhaupt anzog; vielleicht war Waschtag.

Es hatte sich nichts Besonderes ereignet, bis wir vom Parkplatz fuhren und den Highway 1 verstopft vorfanden. Es war einer dieser Staus, bei dem die Leute auf dem Autodach sitzen, mit plärrendem Radio, und ihre schon lange leidenden Hunde auf dem Mittelstreifen spazieren führen. Die Szene hatte fast etwas Festliches, und ich entdeckte ein paar schludrige Picknicke aus wiedergefundenen Müsliriegeln und warmer Gatorade, die sich auf den Flecken zwischen den geparkten Autos entfalteten.

Sie spähte aus ihrem Fenster. »Verdammte Scheiße«, brüllte sie. »Ich verhungere.« Es war Viertel vor sieben, und wir hatten seit dem Frühstück nichts gegessen.

In der Ferne konnte ich das Wirbeln eines Rettungswagens entdecken. »Ich glaube, jemand ist gestorben.« Eine alte Frau ging von Auto zu Auto und verkaufte Tamales.

O. sank gegen das Fenster. Das Licht war aus ihren Augen verschwunden, und in ihrem Partykleid sah sie aus wie ein überzuckertes Gör. »Das ist doch rücksichtslos.«

Vor nicht allzu langer Zeit hätte diese Art von Schlamassel uns amüsiert. Er hätte uns einen Vorwand geliefert, die Fenster herunterzukurbeln und christliches Popradio zu kritisieren oder uns über geteilte Zigaretten mit Leidensgenossen anzufreunden. So war es, als wir Reisende waren und weniger entschlossen verliebt. Jetzt, als Einsiedler, eingeschworen auf unsere kleine Welt, waren wir unvorbereitet und offen gesagt verärgert über die Unannehmlichkeiten der echten. Ihre Trubel und Mühen erschienen nicht mehr glamourös, sondern eher bedrohlich. Der plötzliche Zufluss von Stimuli – schreiende Familien, Fast-Food-Schilder, blinkende Scheinwerfer, eine barsche Männerstimme, die *Geena!* rief, jemand anderes, der *Verstanden!* kreischte, die schmelzenden Sanddünen des Carmel River auf der einen Seite, die schmelzenden McDonald's-Restaurants und Steinbeck-haften Erdbeerfelder auf der anderen – drohte den membranartigen Frieden, der Oola und mich umgab, zu überspannen. Wir hatten uns ein-

geschneit, sozusagen, mit Liebe, und jetzt, auf dem sonnen-
untergangheißen Asphalt, sehnten wir uns nach unserer weißen Welt und darüber hinaus nach unserem weißen Zimmer
mit seinen gleichmäßig bemessenen Fenstern und obligato-
rischen Ruhezeiten. Ich zuckte zusammen, als ein pickliger
Teenager ans Fenster klopfte, mit den Händen fragend, ob wir
ein Feuerzeug hätten. *Rauchen tötet*, formte Oola mit den Lippen. *Bock zu vögeln?*

Weil uns keine andere Wahl blieb, fuhren wir ab und zu
einem Denny's.

»Erschieß mich«, seufzte sie. »Das ist ja, wie nach Hause
zu kommen.« Unser Fahrzeug war eins von dreien auf dem
Parkplatz.

»Willst du woanders hin?«

»Ist schon in Ordnung.« Auf dem Weg zur Tür hüpfte sie
über eine Pfütze Diesel. »Hab ich dir erzählt, dass ich mal
in einem Denny's gefingert wurde? Ich war dreizehn.« Sie
schlüpfte nach drinnen.

Ich teilte ihr Unbehagen nicht. Ich habe immer eine Schwäche für Pit-Stop-Diners gehabt, mit ihrer fegefeuerartigen Beleuchtung und den roten Plastiknischen, die noch immer die
Geister vergangener Ärsche in ihren Abdrücken trugen. Ich
mochte die gummierten Speisekarten und das schwerbrüs-
tige Servicepersonal. Von all den Läden, die ich besucht und
in denen ich ein wenig geweint hatte, war Denny's der un-
angefochtene König: Schauplatz und Ursache böser Vorah-
nungen, ein Leuchtturm am Straßenrand für eklige Typen,
Pädophile, Altersheimausreißer mit einem Faible für Schin-
kensteak. Wie viele gebrochene Herzen hatten sich über einer
unendlich oft nachgefüllten Tasse seines Kaffees ausgeblutet?
Mir schien, dass ich, sollte die Zivilisation zusammenbrechen,
bei Denny's immer Zuflucht finden könnte. Die Mädels der

treffend betitelten Friedhofsschicht würden nicht mit der (wie ich sehe, mit Boo Hoo Blue verspachtelten) Wimper zucken. Denn was hatte Denny's noch *nicht* erlebt? Abtreibungen im Badezimmer, Überdosen über dem Dessert; ich erinnere mich, dass meine Mutter mir von dem Hilfskoch erzählte, der ein vermisstes Mädchen erkannte, als es mit seinem Entführer auf einen Milchshake hereinkam. Die Liebenswürdigkeit des Entführers berührte mich. Warum nicht die Apokalypse zum Dienstplan hinzufügen? Denny's, die letzte Ausfahrt, tischt das letzte Abendmahl für gleichbleibende 4,99 Dollar auf. Sie servieren es mit mehr Toast, als du verdienst. Niemand hetzt dich. Niemanden interessiert's.

Eine ausgemacht freundliche sechzehnjährige Empfangs-dame winkte uns herein. Ich erwiderte ihr idiotisches Lä-cheln, noch ermuntert von der Idee, dass dies einst hätte Oola sein können, und atmete den Geruch von Achselhöhlen und Pommes-Frites-Fett ein, der schärfer war, als ich ihn in Erin-nerung hatte.

»Setzen Sie uns irgendwo abseits«, murmelte Oola. »Wir sind berühmt.«

Wir nahmen einen Fenstertisch, was Oola ausnutzte. Sie starrte ihr Spiegelbild an, betrachtete sich beim Schlucken. Selbst im trüben Licht sah ihr Kleid teuer aus. Ich musste an etwas denken, das sie während unserer Gespräche beim Abendessen gesagt hatte: In der Schule hatte sie sich, wenn sie sich langweilte, vom Unterricht entschuldigt und war auf die Behindertentoilette gegangen, um in den Spiegel zu schauen.

»Aus allen Winkeln«, hatte sie gesagt. »Ich hob meinen Rock hoch, bog mich zur Seite, versuchte, mein Haar von hinten zu sehen. Es hatte überhaupt nichts mit Eitelkeit zu tun. Die Stellungen, die ich hinbekam! Turnerisch. Ich spielte verschiedene Gesichtsausdrücke durch, um zu schauen, wie sie aussahen. Sarkastisch, besorgt, fleißig, geziert. Das belebte mich wieder. Ich fühlte mich fest.«

Ich schenkte ihr Wasser ein. Sie trank es, betrachtete, wie ihr Hals sich verengte.

»Schau doch mal hierher«, sagte ich matt.

»Würde jetzt auch keinen großen Unterschied mehr machen, oder?«, antwortete sie überraschend frostig und begann, ihr Haar zu richten.

Ich betrachtete schweigend mein Bacon-freies BLT-Sandwich.

Nachdem ich Tipis aus den Krusten gebaut hatte und zu den gedrehten Pommes übergegangen war, sah sie mich endlich an.

»Kennst du dich mit Bienen aus?«

»Nicht wirklich«, sagte ich. »Ich hab in einem Artikel gelesen, dass sie aussterben.«

Sie klopfte leicht mit dem Löffel gegen den Rand ihres Bechers. Das war einer ihrer vielen musikalischen Ticks. »Weißt du, was *ich* gelesen hab? Die Bienenkönigin ist überhaupt keine Königin. Sie besitzt keine Autorität über die anderen Bienen. Ihre einzige Aufgabe ist es, gevögelt zu werden.«

»Und Eier zu legen«, fügte ich hinzu. »Ist sie die am besten aussehende Biene?«

»Weiß ich nicht.« Sie klopfte weiter. »Sie sitzt einfach den ganzen Tag da und wird vom Schwarm, ihren Kindern eingeschlossen, vergewaltigt. Sie ist die Staatsmatratze.«

»Summ, summ.«

Sie tauschte den Löffel gegen eine Gabel, aß aber kaum. Sie blickte ihrem Spiegelbild in einer Lache Sirup auf dem Teller in die Augen. Ich betrachtete ihren Oberkopf, der sich zu mir neigte. Sie war ein Spektrum aus Weiß, Eierschale, Silber, durchsichtig, Ecru. Nicht zum ersten Mal wünschte ich, ich wäre Phrenologe.

Ich stupste ihren Teller mit meinem an. »Honey?«, sang ich. »Honey pie?«

Sie fand es nicht lustig.

Die Kellnerin tauchte auf, eine Gottgesandte in hinternstraffenden Turnschuhen. Aus tief verankerter Nostalgie oder abgehobener Ironie trug sie eine Strassbrille an einer Kette und ihr blondiertes Haar in einem hoch aufragenden Kegel. Auf ihrem Namensschild stand CHERYL.

»Kann ich euch noch was bringen?« Beim Anblick meines Tellers zog sie die Luft ein. »Nun, ihr Kinder habt ja kaum etwas gegessen.« Sie schwenkte den Zeigefinger. »Es lag aber nicht am Essen, oder?«

Ich lachte schwach. Ihr Südstaatenakzent kam mir unecht vor. Oola verschränkte die Arme, weigerte sich aufzuschauen.

»Ich bin bloß ein langsamer Esser«, sagte ich.

»Na, lass dir Zeit, Liebes«, sagte die Kellnerin. Sie wollte gerade gehen, doch Oola fasste sie am Zipfel ihrer Schürze.

Die Kellnerin drehte sich um, die ausgemalten Augenbrauen überrascht hochgezogen.

»Kennen Sie sich mit Bienen aus?«

»Oola …«, sagte ich leise und versuchte, der Kellnerin zuzulächeln.

»Ich weiß, dass sie Honig herstellen«, sagte die Kellnerin mit einem angespannten Lachen. Ihr Ton war nicht so beschwingt, dass ihre Ungeduld nicht durchgesickert wäre.

Sie hatte Resopalflächen abzuwischen, Baisertorten herzurichten. Oola mochte schön sein, aber, ob du es glaubst oder nicht, Cheryl war einst selbst eine Perle gewesen, damals, und sie kannte alle Tricks. *Lass dich nicht von meinen Nylons täuschen*, mochte sie zu einem stämmigen Lastwagenfahrer sagen. *Ich bin alle vier Jahre zum Abschlussball gegangen.* Sie dirigierte seine dicken Finger. *Fühlst du das?* Ein knappes Nicken. *Gute Beine behält man.*

»Wussten Sie, dass sie ihre Toten begraben?«, fragte Oola, die blinzelte wie eine Einser-Schülerin. »Es gibt spezielle Bienen, die die Körper wegtragen.« Sie lächelte. »Ihr Haar hat mich bloß daran erinnert.«

Ein wenig benommen berührte die Kellnerin ihren Korb aus Locken. »Oh, das alte Ding«, sagte sie wenig überzeugend.

Aber Oola lachte fröhlich. »Es ist klassisch. Ich liebe es!« Cheryl und ich waren geneigt, ihr zu glauben.

»Könnte ich eine Tasse Kamillentee bestellen?« Sie lehnte sich leicht nach vorn. »Natürlich mit Honig.«

Cheryl legte ein Lächeln auf: Dieses Drehbuch kannte sie. »Kommt sofort, Liebes«, sagte sie, flüchtig auf ihren Block kritzelnd. Sie drehte sich zu mir, war augenblicklich mit Oola verbündet. »Und du, iss auf. Sie schindet Zeit für dich.«

Die Frauen lachten wissend, und Cheryl rauschte davon, ihren Grabstein von Haar tätschelnd.

Ich schaute Oola an. Ihr Lächeln war verschwunden. Sie drehte ihren kleinen Finger im Sirup. Ich öffnete den Mund, um etwas zu sagen, doch mir fiel nichts ein. Sie spürte meinen Blick und zwinkerte, aber verbittert. »Was für ein Dinosaurier«, sagte sie mit einem gewissen Unterton. Ihre Grausamkeit, wie theatralisch sie auch sein mochte, brachte mich aus dem Konzept. »Ein Wunder, dass sie nicht umfällt.«

Wir blickten über den gefliesten Boden hinweg dorthin, wo Cheryl sich gegen den Tresen lehnte, mit dem Koch schwatzte. Ihre Strassbrille baumelte gefährlich nah über dem Grill, und ich musste bemerken, dass ihre Nylons sich an den Knien stauchten. Mein Magen drehte sich um. Es war das gleiche flaue Gefühl, das ich spürte, wenn ich auf der Straße an einem Amputierten vorbeilief und flüchtig seinen ausgestellten Stumpf erblickte. Ich konnte nichts gegen die schlagartige Übelkeit tun. Sie traf mich vor Logik oder Mitleid. Oola machte mit der Zunge an den Zähnen ein zischendes Geräusch. Ein Klecks Sirup hing am Saum ihres Kleids. Ich erwähnte ihn nicht.

Als ich den Fleck ein paar Tage später entdeckte, während ich den Stoff über meine Hüften strich, spürte ich das Kribbeln eines schlechten Gewissens. Im Zwielicht des Kellers war der Punkt kaum sichtbar. Ich munterte mich dadurch auf, dass ich mich im Kreis drehte, so wie Oola es auf den rot gepolsterten Stufen in der Lobby des Opernhauses getan hatte. Da war dieses himmlische Unterlüftchen. Meine bestrumpften Füße machten kein Geräusch auf dem Zement. Wenn ich mich konzentrierte, konnte ich die Beifallsrufe der Operngänger hören. *Brava, brava.* Brocken von schwachem, aber aufrichtigem Applaus; und dahinter das gleichmäßige Dröhnen der Waschmaschine.

Ich hatte ihre Stalaktiten berührt. Selbst im blendenden Sonnenlicht, wenn sie im Garten sonnenbadete oder ihre Wanne mit dem Schlauch füllte, konnte sie für mich nicht länger sauber aussehen. Das ist kein Werturteil: Sie war ein unordentliches Mädchen, sie hinterließ Spuren. Sie warf die Brocken – ich machte Notizen. Das war das Wesen unserer Übereinkunft, unseres betriebsamen kleinen Freudentanzes.

Wir saßen noch immer auf der Veranda, so wie es schon ewig gewesen zu sein schien und sein würde, in unserem schäbigen Stillleben von den Bergen überragt. Mir waren die Fragen ausgegangen, und wir verfolgten auf eine Art, die wie friedliche Stille wirkte, unsere privaten Interessen. Sie kratzte die Rückseite ihres Beins mit einem Essstäbchen. Asche hing an ihrem Hosenbein. Von drinnen summte das Radio. Theo war zu uns gestoßen, auf einem unfruchtbaren Kressetopf früherer Bewohner kauend. Um mich zu beschäftigen, hatte ich angefangen, Wäsche zusammenzulegen. Ich hatte die letzte Ladung Unterhosen von der Wäscheleine gepflückt, die noch ein wenig steif waren vom wundervollen Geruch luftgetrockneter Baumwolle im Herbst, und rollte sie nach der Art meiner Mutter in Pakete, schichtete sie wie Tamales in dem großen Weidenkorb zwischen meinen Beinen auf.

Was sie als Nächstes sagte, erschütterte mich.

»Was du da tust, ist ein bisschen seltsam, Leif. Gib es zu.«

»Bitte?«, ich blickte auf, eine Unterhose in der Hand. Instinktiv schlug ich meine Beine übereinander. »Sitze ich wie eine Hebamme? Das passiert mir manchmal.«

Sie schüttelte den Kopf. »Dieses Transen-Ding.« Sie zeigte auf den Korb. »Findest du das nicht seltsam?«

»Seltsam?« Mir schoss das Blut ins Gesicht. »Wenn ich mir die Nägel lackiere, stört dich das doch auch nicht.«

»Das ist etwas anderes.«

Die Heftigkeit meines Ärgers überraschte mich. Ich trat den Korb weg. »Oh ja, ist es das? Was zum Teufel, Oola? Sind wir nicht ein Paar des einundzwanzigsten Jahrhunderts? Soll ich etwa Bier trinken, dich mein Weib nennen? Gerade du würdest das doch hassen. Und Transe ist verunglimpfend, damit du es weißt.«

»Du *weißt*, was ich meine«, sagte sie, relativ unbeeindruckt. »Es ist … Ach, verdammte Scheiße, es ist seltsam. Es ist – unnatürlich.«

Ich lachte laut auf, barsch, und dachte an die Wogen von Pollen, die den Himmel vergoldet hatten. Ich dachte an die Raupen, die sich auf der Veranda gehäuft hatten. Ich deutete zu den pulsierenden Hügeln. »*Das* ist also natürlich?«

»Willst du eine Frau sein, Leif?« Ihre Stimme war plötzlich grell vor Zärtlichkeit. »Ist es das? Sag's mir. Es ist okay.« Sie drückte ihre Zigarette aus und lehnte sich zu mir herüber, die Hand ausgestreckt. »Sei bloß ehrlich.«

Ihre Dummheit verblüffte mich. »Nein«, sagte ich hitzig, »ich will du sein.«

Dann wurde alles still, noch stiller als zuvor. Es war eine künstliche Stille, wie der Unterschied zwischen einem Stillleben und einer gestellten Fotografie. Eine schwache Brise rüttelte an der nun leeren Wäscheleine und den struppigen Gräsern des Rasens. Nur Theos leises Schnurren war zu hören. Sie stand auf. »Das ist ziemlich dumm«, sagte sie leise. »Ich würde sagen, eine ist genug.« Sie wischte sich die Hände ab. »Ich geh baden.«

Sie ging nach drinnen. Ich faltete weiter, schwer atmend. Und blickte zu den Hügeln; ein leichter Nebel rollte heran. In der Ferne rief ein Kojote. »Sieh dich vor«, warnte ich Theo. Er blinzelte mich an, noch immer schnurrend. Ich machte die Ladung Wäsche fertig und duckte mich in die Küche. Sie war leer. Das Radio war eingeschaltet, jammerte für niemanden. Ich stellte es mit unnötiger Gewalt aus, nahm dann, nach kurzer Überlegung, die Batterien heraus. Die anschließende Stille war dick wie Dunst. Jetzt gab es außer uns nichts mehr: keine Ablenkung, keine anderen Planeten. Alles intelligente Leben würde sich hier zusammenfinden müssen. Ich kippte das Radio um und steckte es in eine Schublade. Gewärmt von diesem klitzekleinen Racheakt verbrachte ich meinen Abend wie gewohnt. Um elf waren O. und ich im Bett.

Vielleicht wäre alles weniger schnell auseinandergebrochen, wenn sie nicht krank geworden wäre. Vielleicht hätte die Auflösung zumindest länger gedauert oder einen konventionelleren Verlauf genommen. Alles hätte zerfallen mögen wie ein Apfel, dessen bräunliches Fleisch hinabrutscht, ein natürliches Ende. Das Schicksal eines jeden: Brei. Doch da sie nicht schlief und sehr wenig aß – an den Abenden, an denen sie kochte, bereitete sie bloß Reis zu, den sie dick mit Senf bestrich, als ob das einen großen Unterschied gemacht hätte – und darauf bestand, in der Oktober-Finsternis draußen zu baden, war ihre Krankheit so unvermeidlich wie unser Aneinandergeraten auf besonders leicht entzündliche Weise. Meine Oola: zur gleichen Zeit flamboyant und todgeweiht, die Arme opernhaft ausgebreitet.

Am nächsten Morgen konnte sie nicht aufstehen. Es war ein düsterer Tag mit einer kalten Brise, der Nebel der vergangenen Nacht lungerte noch herum. Ich trug dicke Socken und geisterte über die Dielen. Es war fast Mittag, und sie hatte sich nicht gerührt. Ich glitt an ihr Krankenbett.

»Alles in Ordnung?«, fragte ich den bedeckten Hügel.

In ihrem fiebrigen Zustand fand sie die Frage urkomisch. Ich erkannte meine Dummheit selbst. »Sag mir, was dir weh-tut. Mach langsam. Nimm dir Zeit.«

Sie stöhnte. »Ich hab einfach Schmerzen, Leif. Ich kann's nicht genauer sagen. Lass die Jalousien runter, ja?«

Ich tat, worum sie gebeten hatte, stand dann am Fenster, die Hände ringend. Sie zeigte keine äußerlich sichtbaren Zeichen von Krankheit. Ihr Haar war verfilzt; sie trug ein altes Curtis-T-Shirt. Ich versuchte, den Gefahrenherd aufzuspüren, herauszufinden, wo es wehtat, doch je länger ich sie beobachtete, desto mehr wurde ich mir meines eigenen Körpers bewusst und desto weiter weg schien ihrer, als würde ihr Leiden ein Schlaglicht auf meine Gesundheit werfen. Mein Herz schlug rechthaberisch, und meine Haut knisterte, ein körperliches *Ich hab's dir doch gesagt*. Ich war entsetzt über dieses innere Rückwärtsgleiten. Wie sehr ich es auch versuchte, ich konnte eine gewisse Selbstgefälligkeit nicht abstreifen, eine Leichtigkeit der Glieder, die definitiv meine waren. Unfähig, noch länger still zu stehen, floh ich in die Küche und bereitete ihr ein prächtiges Frühstück. Ich arrangierte es auf einem Tablett und brachte es ans Bett, zusammen mit einem Stapel Magazinen.

Sie hatte sich in der letzten Stunde nicht bewegt. Nur mit größter Anstrengung hob sie den Kopf, um auf mein Eintreten zu reagieren.

Ich stand am Fuß des Bettes. »Du solltest etwas essen.«

»Oh«, hauchte sie, das Festmahl mit glasigen Augen erfassend. »Das ist lieb von dir. Vielleicht später.«

»Komm schon, Oola«, schmeichelte ich. »Du wirst es mögen.«

»Ich will es nicht«, nuschelte sie. »Aber danke.« Sie drehte sich um, und ich konnte nicht anders, als mich gekränkt zu fühlen.

»Natürlich willst du es«, sagte ich, das Tablett in ihre Richtung stoßend. »Es ist dein Lieblingsessen.«

Ich spürte, wie ihre Stimme unter den Decken hart wurde. »Leif, mir ist übel. Lass mir einfach einen Moment.«

Ich schaltete die Lampe an und setzte mich auf den Bettrand. »Oola, du *brauchst* es. Hör einfach zu.«

Reich ausgeschmückt beschrieb ich die Mahlzeit, die ich angerichtet hatte: eines ihrer Erdnussbuttergurkenbrote mit abgeschnittener Kruste, eine Tasse halbwarmen Kaffee mit ausreichend Sojamilch, um ihn hellbraun, aber nicht beige zu färben (*wie ein Nippel in der Sonne*, würde sie scherzen), eine Handvoll getrockneter Aprikosen (sie aß nie mehr als sechs auf einmal), ungebuttertes, aber reichlich gesalzenes Mikrowellenpopcorn, eine Schüssel Chia-Schokoladenmousse, dessen Rezept sie an die Kühlschranktür geklebt hatte und fast beherrschte. Ich hatte alles auf dem Keramikgeschirr platziert, das sie in Salinas am Straßenrand gefunden hatte, und das Vorratsglas Senf mitgebracht.

»Es ist alles genau so, wie du es magst«, versprach ich, während ich gegen den Drang ankämpfte, hinzuzufügen: *Ich habe es nur für dich gemacht.* Ich nahm etwas Mousse auf den Löffel. »Hier«, sagte ich und hielt ihn an ihre Lippen. »Entspann dich einfach.«

Als sie nicht reagierte, stemmte ich ihren Mund mit meinem Zeigefinger auf und zwängte den Löffel hinein. Sie öffnete die Augen und schlug meine Hand mit unerwarteter Kraft weg. Der Löffel flog davon. »Was zum Teufel tust du da?«, schrie sie.

»Ich *versuche*, mich um dich zu kümmern.«

Sie verbarg ihr Gesicht unter der Decke.

»Großer Gott«, sagte ich, während ich mir Schokoladenpampe vom Ärmel wischte. »Du könntest es wenigstens probieren.«

Sie ließ langsam die Decke sinken und starrte mich an. »Du könntest mich wenigstens interessieren.«

Von dort, wo ich saß, sah ihr Gesicht aufgedunsen aus. Ihre Augen waren glanzlos und grau. Im Handumdrehen hatte ich sie wieder verloren. Ich stellte das Tablett vorsichtig auf den Boden. »Mach, was du willst.« In Blitzmomenten wie diesen war sie glatt, prismatisch, brach Licht direkt in meine Augen. Sie wich mir nicht nur in zufälligen Winkeln aus, auch ihr Körper hatte sich in den vergangenen Wochen verändert, hatte sich verhärtet, war dahingeschwunden, während sie weniger aß und mehr rauchte. Ich fand jeden Abend neue Schorfe, vermutlich von ihrem Kratzen.

»Mach das Fenster auf«, rief sie unter zwanzig Pfund Kissen heraus. Sie hob ein wenig den Kopf. »Bitte.«

Ich betrachtete die prallen, purpurfarbenen Säcke unter ihren Augen, und etwas in mir wallte auf. Ich dachte wieder an die warmen Winter, die senfgelben Himmel. Ich dachte an die flüsternden Hülsen der Raupen. Hatten Tomaten im Dezember mich einst beflügelt, als würde ein Durchbruch zwischen den Jahreszeiten bedeuten, dass selbst die Natur zweifelte und dass die Grenzen zwischen anderen Duos (männlich/weiblich, du/ich) endlich aufgeweicht worden waren, empörte mich diese atmosphärische Aufregung nun. Ich öffnete das Fenster und schaute auf den Rasen hinab, der mit verfrühten Blumen bedeckt war (vielleicht waren sie auch zu spät) und sehnte mich mit plötzlicher Heftigkeit nach einem erkennbaren Gott, einem ultracoolen, tiefgründigen Typen statt all der kleinen Dichter, mit denen wir uns begnügen mussten. »Ich hasse Modernität«, fauchte ich. Es klang noch dümmer, als ich es laut aussprach; ich riss mir das Sweatshirt herunter und brachte die Aprikosen auf Oolas Tablett durcheinander.

»Fluide Modernität«, berichtigte sie, ohne den Kopf zu heben. »Post-postmodern.« Sie hob eine schlaffe Hand und deutete aus dem Fenster hinaus zum Briefkasten. »Postamt. Briefposten.« Sie änderte die Richtung des Fingers. »Bettpfosten.«

Ich wollte sie an den Füßen packen, sie auf den Kopf stellen und so lange schütteln, bis ein festes Selbst wie ein Penny herausfiele.

Stattdessen zog ich meine Schuhe aus und legte mich neben sie ins Bett.

»Was tust du?«, murmelte sie.

Ich schlang meine Arme um ihre Taille und vergrub mein Gesicht in ihrem Haar. Es war strähnig, ungewaschen und roch wie ein Garten – mehr Dreck als Rosen. Ihr Hals pulsierte fiebrig.

»Was denkst du?«, fragte ich ihre Schlüsselbeine.

»Lass das.« Sie war entweder zu müde oder zu resigniert, um sich davonzuwinden. Stattdessen drückte sie nur an meinen Fingern herum wie ein Kind, das den Flohwalzer spielt. »Du wirst krank werden«, säuselte sie.

»Bingo.«

Sie seufzte, und ich spürte, wie ihr Körper planetengleich dem Schlaf entgegenkreiste. Unendlich winzige Muskeln erlahmten. Ich fühlte sie schwinden, als würde meine Aufmerksamkeit sie ausbleichen. Ich war ein Sommer, manchmal glühend, und sie ein altes Paar Levi's, von meinem Blick ausgefranst. Ich schob die Hände bis zum Gummi ihrer Unterhosen und knetete den Stoff anstelle des Fleisches.

»Was trägst du?«, brachte sie heraus.

Ich rieb weiter und überlegte. »Nichts von dir.« Bei mir selbst dachte ich: *Rayon. Möglicherweise eine Mischung.* Ich suchte nach dem Schild, zog es kurz hervor, bestätigte meine Hypothese. Mit einem Aufwogen von Genugtuung lehnte ich mich wieder gegen sie. Dies war für mich eine neue Technik, taktil statt Transvestit; je länger ich den Stoff berührte, desto geschlossener war die Erinnerung, die sich bildete, und desto näher kam ich einer Art Ganzkörper-Déjà-vu. Das Tableau, das Form annahm, stammte aus der frühen Zeit unseres gegenseitigen Umkreisens in London, als bestimmte Teile unseres Körpers uns noch unangenehm waren und wir betrunken sein mussten, um uns zu unterhalten. Wir standen vor einem Club; sie rauchte. Ich hatte gefragt, ob ich mit ihr zu der Wohnung laufen könnte, in der sie zur Miete untergekommen war. Sie hatte gezögert, abgewinkt. »Tut mir leid«, hatte sie schließlich hervorgestoßen. »Du kannst nicht mitkommen. Es ist dämlich, aber …« Sie schaute weg. »Ich hab einen ausgeleierten Slip an.«

Ich lachte so heftig, dass die anderen Raucher stutzten.

»Du hast mich erwischt«, sagte ich. »Ich will ihn mir über den Kopf ziehen.« Ich bat um einen kurzen Einblick, den sie direkt dort auf der Straße gewährte.

Seit dieser Nacht war er bloß noch schlabberiger geworden. Das Gummi hatte fast sämtliche Spannung verloren; das Gewebe war genoppt und dünn. Der Stoff war mit einstmals rosigen Äpfeln bedruckt, die ebenfalls gealtert zu sein schienen, sich verkleinert und verdunkelt hatten. Für einen schwindelerregenden Moment verwechselte ich die Hitze ihres Fiebers, Präsens, mit der Hitze ihres Errötens an jenem Abend in London. Sie sagte meinen Namen, sie bettelte. Ich brauchte einen Augenblick, um die Worte zu ordnen, die Eckpunkte unserer Körper mit dem Bett, auf dem wir lagen, in Einklang zu bringen.

»Du wirst es auch bekommen«, haspelte sie, am äußersten Rand des Bewusstseins. »Es gräbt sich in die Baumwolle.«

»Wer?«

»Das Jucken.«

Ich fuhr mit den Nägeln ihre Wirbelsäule herunter, und sie erschauerte in Dankbarkeit.

»Es ist wegen der Eier«, versuchte sie es erneut.

»Wessen Eier?«

»Die der Außerirdischen.« Sie hatte keine Kraft für Ungeduld. »Sie lagern ihre Eier ein, kleine Eier, und die jucken.«

»Schlaf jetzt.«

»Kratzt du ein bisschen weiter unten?«

Ich gehorchte und fühlte ihren Körper flimmern. »Wie viele Finger halte ich hoch?« Ich legte meine Hand an ihren glühend heißen Bauch.

»Ich hab dich gewarnt. Es ist ansteckend.« Sie schwebte über jenem tiefen, seidigen Vakuum, war dem Schlaf so nahe, dass ihre Worte widerzuhallen schienen.

»Du wirst es bekommen.«

Ihre letzte Ermahnung: »Nimm eine Dusche.«

In diesem beschlagenen Friedenszustand, zart wie ein Augenlid, nickten wir beide ein.

Es war der erste tiefe Schlaf, den wir beide seit sehr langer Zeit bekommen hatten. Als ich aufwachte, sah ich sie über mir stehen, einen Föhn in der Hand. Er war wie eine Elektroschockpistole auf meine Schläfe gerichtet.

»Hände hoch«, knurrte sie.

Benommen gehorchte ich.

Mit mütterlicher Geduld und ärztlicher Präzision bewegte sie den Föhn über meinen Körper, bei niedriger Hitze. Sie verweilte über meinen Achselhöhlen, schaute den Haaren beim Flattern zu, bis meine Haut zu brennen begann.

»Was soll das?« Ich fühlte mich unsicher, der Routine entrissen. Ich konnte mich nicht erinnern, wann sie das letzte Mal vor mir aufgestanden war. Die Vorhänge waren zugezogen, und es sickerte bloß ein unbestimmtes, graues Licht herein.

»Ich säubere dich«, sagte sie schlicht. »Vorsicht ist besser als Nachsicht. Du glaubst nicht, wie diese bösen Babys sich eingraben. Sie *haften*.«

Ich brauchte einen Moment, um zu verstehen, dass sie von dem Jucken sprach. Ich versuchte mich aufzusetzen, aber meine Arme waren Glasnudeln. Ich wusste nicht, wie spät es war. Oola hatte sich komplett angezogen: schwarze Strumpfhosen, schwarze Stiefel, ein kurzer schwarzer Rock, ihr Zielscheiben-Sweatshirt und eine kamelhaarfarbene Wildlederjacke. Sie sah eindeutig todschick aus. Erst als sie am Fenster entlanglief, konnte ich die Überreste ihrer Krankheit ausmachen: eine Fahrigkeit in den Gesten, eine ungefähr zwei Nuancen zu blasse Farbe auf den Wangen.

»Gehst du irgendwohin?«, fragte ich. Meine Nasennebenhöhlen waren watteverstopft, und die Ecken des Schlafzimmers schienen furchtbar weit weg. »Ich fühl mich nicht gut«, hörte ich mich selbst sagen, obwohl ich mich tatsächlich klar fühlte, schwer und leicht zugleich, so als könnte man mich zusammenfalten und in eine Tasche stecken oder mich einfach wegpusten.

»Keine Überraschung.« Mit einer raschen Bewegung stellte sie den Föhn aus, wickelte das Kabel ein und steckte ihn in einen Seesack auf dem Teppich neben ihr. Ich blinzelte, und die Tasche vervielfachte sich.

»Ich fahre nach Hause«, sagte sie knapp.

Ich schmunzelte über ihre fiebrige Verwirrung. »Du bist zu Hause.«

Sie schüttelte bloß den Kopf. Ich kniff die Augen zusammen und sah, dass sie einen neuen Lippenstift aufgelegt hatte, einen satten Pflaumenton namens Dark Continent. Einen kranken Moment lang war ich sicher, dass sie mich vergiftet hatte. Dann war ihre Hand auf meiner Stirn, strich mein Haar zurück. »Tut mir leid«, sagte sie. »Ich hab dir gesagt, dass du dich anstecken würdest. Ich lass dir Magnesiumtabletten da.«

»Aber wohin gehst du?«, fragte ich, während mir die Galle hochkam. Ich fühlte mich ausgeschabt, mit einer Million Fingern, die ich nicht koordinieren konnte.

»Irgendwohin mit hohen Decken.«

»Was?«

»Hier ist es nicht sauber«, sagte sie, während sie sich mit der anderen Hand am Knöchel kratzte. »Meine Haut ist nicht meine eigene.« In einem erstarrten Zustand des Grauens beobachtete ich, wie sie ein Loch mitten durch ihre Strumpfhose kratzte. »Wie sagen sie noch im Film? Ich kann nicht atmen.«

»Oola«, stieß ich hervor. »Ich bin immer nur nett gewesen.« Mein Mund fühlte sich dick an, und die Worte kamen nicht heraus. Ich sah die Umrisse von Schorfen durch ihre Strumpfhose.

»Armer Leif. Du verstehst es nicht.« Sie begann, ihren Mantel zuzuknöpfen. Vor dem letzten Schnappen legte sie eine gedankenvolle Pause ein. »Weißt du, was das Gemeinste ist, das jemals jemand zu mir gesagt hat?«

Ich zerbrach mir den Kopf. Diese Frage hatten wir noch nicht bearbeitet. »Was?«

»Es war jemand, der mir vor langer Zeit etwas bedeutet hat.«

Am Ton ihrer Stimme erkannte ich ihn: Le Roy, der verfluchte Le Roy, der Slender Man, der durch unser beider Träume stakste.

Sie knöpfte den letzten Knopf zu. »Er sagte: ›Ich mag dich am liebsten im Abstrakten.‹« Sie schulterte ihren Seesack. »Er wollte nicht fies sein. Er dachte, ich würde das Gleiche empfinden.«

»Das würde ich nie denken!«, schrie ich oder versuchte zu schreien. »Ich mag dich im Mark am liebsten – ich meine, in Fleisch und Blut, bis hin zum Nagelbett! Ich würde mich dir in die Haarwurzeln reiben. Hand aufs Herz, sonst soll mich der Blitz treffen.«

Sie lächelte traurig. »Versprochen?«

Ich nickte wie ein Schoßhund, und sie berührte meine Wange. »Ich bin mir nicht sicher, ob das besser ist, Liebes.«

Sie wich nicht von meiner Seite, durchschritt aber trotzdem den Raum. Das Geräusch ihrer Stiefel brachte die Fensterscheiben zum Klirren. Sie sammelte sich in der Tür, eine Tasche auf jeder Schulter. Und warf mir eine Kusshand zu. »Es ist sicherer«, erklärte sie, wobei mir nicht klar wurde, ob sie den berührungsfreien Kuss oder ihren zukünftigen Aufenthaltsort meinte. Sie machte einen Schritt, dann drehte sie sich um. Hinter ihr blühte das Flurlicht. »Denk daran, die Laken auszuschütteln«, sagte sie, und mit einem bloß minimalen Tusch der sonnengewölbten Bodenbretter knipste sie das Licht aus und war verschwunden.

Erst vierundzwanzig Stunden später, nachdem ich das Grundstück mit einer Wärmflasche in der einen Hand und einer Dose Thunfisch in der anderen durchkämmt hatte, merkte ich, dass sie Theo mitgenommen hatte. Der Truck stand in der Einfahrt. Sie musste bei jemandem mitgefahren sein, bei Rocko oder den College-Studenten, die in sonnengecremten Horden zum Trippen nach Big Sur kamen, oder vielleicht einfach bei einem einsamen Autofahrer, der rein zufällig in unsere kaputte Erzählung gesteuert war. In diesem Moment stieß ein kalter Wind den Meerohr-Aschenbecher um, und die Einsamkeit brachte mich auf den Boden der Tatsachen zurück. Mein Bademantel wehte auf. Die Redwoods waren Zeugen meiner Schmach. Ich setzte mich in ihre Badewanne, die klebrig war vom Pflanzensaft, und weinte vierundzwanzig weitere Stunden.

Tagesausflug

Die Tragik liegt nicht in der Tatsache, dass schlimme Dinge geschehen. Sie liegt in der Tatsache, dass die Dinge einfach weiterlaufen, in engen Kreisen mähen, in Bibliotheksstimmen raunen, in der Tatsache, dass du am nächsten Tag aufwachen und über das nachdenken wirst, was du als Letztes gelesen hast.

EX-PORNOSTAR PACKT AUS.

Oder das Letzte, das jemand zu dir gesagt hat, was niemals tiefgründig sein wird, jedenfalls nicht in der Art, wie du es dir wünschen würdest. *Bar oder Karte? Jetzt die Pomuskeln anspannen. Alles in Ordnung, Liebes? Schöner Tag.* Du wirst deine Hausschuhe anziehen. Du wirst dir Sorgen über den Klimawandel machen. Du wirst auf jeden Fall Kaffee kochen. Der Fernseher läuft immer irgendwo im Hintergrund und dahinter das geistlose Geschwätz der Vögel. Banalität gewinnt, selbst infolge des Fantastischen oder Schrecklichen. Man geht einkaufen, wenn der Schock nachgelassen hat, und greift, wie eh und je, zur gleichen Marke Cornflakes. Vielleicht mag man sie nicht essen, man mag die Verpackung aufreißen und sie sich ins Bad streuen, doch im Moment der Wahrheit, den Einkaufswagen schiebend, spricht einen der Name doch an. Das Bedürfnis nach einer Aspirin, die Angst vor Bienenstichen ... Das Klingeln der Genugtuung, wenn man es passend hat … Davor kann dich keine Katastrophe bewahren, Liebes. Trotz einer Geschichte voller Tränen isst die Welt noch immer Eiskrem.

Genauso grausam ist, dass man es vergessen wird. Der Schmerz lässt nicht ganz nach, aber er verlagert sich. Wir können nicht mehr so gut ausdrücken, was und wo es wehtut. Meine Mutter und unzählige andere pflegten, wenn schlimme Dinge passierten, zu trösten: *Die Sonne scheint weiter! Wir können sicher sein, dass heute Nacht der Mond aufgeht.* Ich persönlich finde das empörend.

Die Hütte veränderte sich nicht über Nacht; die Bäume bebten nicht, der Ozean schäumte nicht. Kein schwarz gekleideter Mann klopfte an meine Tür. Sie war rasch aufgebrochen, ohne viel Zeit zum Packen. Die Flure und Schubladen rochen noch nach ihr. Ich blieb mit einer Spur zurück wie mit den Trümmern einer großen Party: die zärtlichen Sprengfallen meiner Liebschaft. Ich muss zugeben, dass ich die ersten paar Wochen leise auftrat, ohne Schuhe, als würde ich an einem Tatort wohnen.

Unmittelbar, nachdem sie gegangen war, tat ich das Übliche: Ich gab ihr ein paar Tage, um sich zu beruhigen. Ich ließ die Lichter brennen für den Fall, dass sie nachts zurückkäme. Ich hielt die Hütte tadellos sauber. Ich rief Freunde an, wappnete mich gegen ihr Mitleid, ihre heuchlerischen Verkündungen, dass *diese Dinge ganz normal sind, lass ihr einfach ein bisschen Freiraum, Mann,* ihre wenig beiläufigen Versuche, die ganze Geschichte zu erfahren – *hast du etwas angestellt, Leif? Ich muss einfach fragen.* Nach einer Woche gingen mir die Leute aus, die ich anrufen konnte. Ich hatte keine Ahnung, wie ich ihre Familie erreichen sollte. Ich war mir nicht sicher, welches schäbige südkalifornische Städtchen, das in den Vororten der Vororte von L.A. vor sich hin träumte, ihres war. Ich konnte bloß weiter arbeiten, den rechten Moment abwarten. Ich wusste, es war nicht vorbei. Und dennoch schien mein Gehirn sie abzuwehren. Bloß in meinen Träumen erschien sie mir vollständig, für kurze Augenblicke. In den Wochen nach ihrem Auszug dachte ich viel an meine Mutter und an Tay, den ich gelassen als meine erste Liebe anerkannte, und an Kindheitsfreunde. Ich dachte an Orte, an die ich gereist war und die ich eigentlich nicht gemocht hatte, wie Wien. Ich dachte an meinen Golden Retriever. Ich dachte an Museumshäuser, scheinbar fade Institutionen, die nichts vorzuzeigen haben und auf diese Tatsache stolz sind. Ich habe Dutzende besucht, als ich reiste, weil sie billig waren, egal, wer einmal in ihnen gewohnt hatte. Die Häuser von George Sand, Freud, Yates, Gustave Moreau, Wilhelm Reich, General Vallejo, Henry Darger, Anne Frank, Kurt Cobain; die Sommerhäuser niederer Adeliger, simulakrische dänische Dörfer, die traurigen Mietzimmer kaum gelesener Dichter; Robinson Jeffers' Tor House, das zwanzig Minuten entfernt lag. Erst in meinem eigenen Heim, dieser düster klaffenden Hütte, die jedenfalls auch meine hätte sein können, verstand ich endlich, worum es ihnen die ganze Zeit gegangen war. Die Aufgabe des Museumshauses ist es, Leere frisch erscheinen zu lassen, so als wäre der Bewohner dem Bild gerade erst entstiegen. Asche auf dem Fensterbrett, Kaffeesatz in Tassen. Das sind die Dinge, die Schauer auslösen, die den Geist antreiben. Sie wird jetzt jeden Moment zurück sein, mit Zigaretten, mit Eis. Halte durch. Das geheime Leben ihrer Dinge wird sie nicht sterben lassen. Wie in einem Cartoon hielt ich Zwiesprache mit einer Teetasse, noch mit Zahnabdruck. Solange ihre Rollkragenpullover in Form blieben, hatte ich Hoffnung; doch am Ende würde ich derjenige sein, der sie ausfüllte.

Dies war der Winter meines gotischen Abstiegs. Ich ähnelte

einem Exzentriker aus dem siebzehnten Jahrhundert (ein Euphemismus für *Weichei*), kümmerte mich um Orangenbäume und gab meinen Zimmern Namen – Braune Kammer, Karierte Bibliothek, Rückzugsraum. Langsam veränderte sich die Hütte. Ich legte mir einen eBay-Account zu, wie es alle ans Haus Gefesselten tun müssen. Ich suchte Flohmärkte in nahegelegenen Surforten heim. Ich lud Freunde ein, in den freien Schlafzimmern zu übernachten, in die hoffnungslose und obskure poetische Gesten eingeschrieben werden sollten: ein (leicht verbeulter) Rosenholztisch, eine Schüssel Süßigkeiten am Bett, ein vielsagender Einsatz von Damast, verdammt, auf dass er oder sie den Widerhall meiner Liebe in der Schwere besonderer Betttücher spüren mochte. Niemand kam. Meine E-Mails waren zu lang, glaube ich.

Genau wie die der tuntigen Lords von einst wuchs meine Opulenz in direktem Verhältnis zu meiner Einsamkeit. Stellt euch ein schlankes Wesen in Pantoffeln vor, das seine Kammern begutachtet – Sternenraum, Waffenkammer, Purpur-(vormals Besen-)Schrank –, dabei sein Herz ziehen lässt wie einen Teebeutel. Es erinnert sich laut an die Namen großer Dichter, großer Schlachten, großer Liebhaber, die Großen Seen. In diesem Zustand wäre eine Verwandlung bloß natürlich. Sagte ich mir. Die Femininen sind unsere Erinnerer. Erinnere dich daran. Der *femme*-Körper ist gezeichnet, was einerseits verflucht und ausgesondert und andererseits eingekerbt bedeutet. Dinge hinterlassen Spuren. Blaue Flecken, Knutschflecken, grüne Kleckse von Nickelarmbändern. Ich richtete mich für einen Winter ein, in dem ich meine Wunde lecken würde, und wurde dabei zu einer Art Messie. Mehr Flieder, mehr Schnickschnack. Mehr Materie zum Fühlen. Ich ließ meinen Körper bauschen, und die Brüste kamen mit der nächsten Bestellung Holzäpfel. Silikonbrüste, ein Cyber-

Schnäppchen; ich hatte sie aus China bestellt. Ich bestellte auch Basilikum für den Garten, einen Wasserspeier aus Terrakotta und drei Ballen elfenbeinfarbener Charmeuse.

Ich stürzte mich bereitwillig in meine neue Rolle des Doktor Frank-N-Furter von Big Sur, der in seinem Haus auf dem Hügel nichts Gutes im Schilde führt. Big Sur konnte ein gewisses Maß an »Typen« verkraften. Ich war nicht der einzige Mann, der sein Haar im Flechtzopf trug, bei weitem nicht. Was mich abhob, war die Schleife, die ihn zusammenhielt: gefunden in der Tasche von Oolas Regenmantel, zusammen mit einer halbgegessenen Karotte. Meine Vorbilder waren, neben Richard O'Brien, die Shelleys und Ed Wood. Und Oola, Oola, Oola. Grace Jones' Stil gefiel mir auch ganz gut.

Was passierte also tatsächlich?

Ich schrieb weiter. Ich war nicht besorgt um Oola. Einsam vielleicht, aber nicht besorgt. Das konnte nie und nimmer das Ende gewesen sein. Und bis die Zeit unserer Abrechnung gekommen wäre, hatte ich einiges, um mich zu beschäftigen. In gewisser Weise war es schön, sie nicht hierzuhaben – eine Ablenkung weniger von meiner Arbeit.

Ich trug weiterhin ihre Kleider. Als ich mit dem durch war, was sie zurückgelassen hatte, bestellte ich mehr im Internet – nicht meinem Geschmack entsprechend, sondern ihrem. Das war ein wichtiger Moment. Ich versuchte sogar, so am Schreibtisch zu sitzen, wie sie es getan hätte, ruhelos mit einem Fuß wippend, eine Hand über dem Mund. Ich dekorierte, wie sie es gewollt hätte – viel Malvenfarbe. Ohne Studienobjekt begann ich, Erinnerungen zu notieren, wann immer sie auftauchten. Wenn die Worte nicht kamen, verlegte ich mich auf Gesten. Was würde Oola jetzt tun? Wie würde sie dieses Glas öffnen? (Meinen seidenen Tunnelzughosen zuleide: ziemlich ungeschickt.) Wie hielt sie ihre Zigarette, ihre

Bürste? An den Abenden, an denen wir auf Partys gegangen waren, hatte ich ihr gerne dabei zugesehen, wie sie Lippenstift auflegte; viele Monate später rief ich mir den Winkel ihres Handgelenks in Erinnerung, griff mir einen Stift Pulp Fiction und versuchte, den reflexartigen Ablauf aus Schwung, Schmatzer und anzüglichem Grinsen nachzuahmen. So brachte ich mir selbst bei, mit ihrem Make-up umzugehen, bis ich nach zahlreichen misslungenen Versuchen die Farbverläufe perfekt beherrschte. Ich entwickelte eine Vorliebe für scharfen Senf. Ich fütterte weiterhin ihre Krähe. Ich sonnte mich, wurde braun. Es gab nicht viele Menschen, mit denen ich reden konnte, aber im Kopf übte ich ihre bevorzugten Ausdrücke, redigierte Flüche und Pausen in meinen Bewusstseinsstrom hinein. Ich hielt sie lebendig in meinen Träumen, die unruhig waren, und lebendig in meiner alltäglichen Routine, die ruhig war. Ich wurde nicht zu jemand anderem. Ich wurde nichts, was ich schon immer gewesen war. Ich wurde zu jemandem, den ich sehr gut kannte. Meine wahre Identität war die des Verschmähten.

Warum ist es für Hetero-Jungs in Bands normal, sich bei dem Versuch, jemand anderes zu sein, die Haare lang wachsen zu lassen und Blumenmuster zu tragen, aber nicht für Schriftsteller? Ich verliebe mich gewohnheitsgemäß in alle Sänger, auf deren Konzerte ich gehe. Manchmal erregt ein Bassist meine Aufmerksamkeit, aber fast immer sind es Frontmann oder -frau, die verfangen. Ich gebe mein Bestes, um Blickkontakt herzustellen, an ihrem Augenblick im Scheinwerferlicht teilzuhaben. Einmal, das schwöre ich, sah mir der Sänger einer Band namens Considerable Discharge in die Augen, ohne auch nur einmal zu blinzeln. Als das Lied zu Ende war, gluckste er »Irre!« und kippte um, offenbar mit einer Überdosis.

Auf der Veranda, in Oolas pelzbesetzten Pantoletten, verspürte ich eine ähnliche Aufmerksamkeitsverschiebung. Verzeih, wenn mir das Rampenlicht gefiel, auch wenn es größtenteils aus meiner eigenen Vorstellung stammte oder von den Bäumen kam. Ich sollte es Tannenlicht nennen. Es gab Zeiten, in denen das Gefühl, beobachtet zu werden, nicht angenehm war. Es begann dezent; wenn ich in Salinas einkaufen ging, trug ich weite Pullover und getönten Lippenpflegestift. Ich flocht mein Haar, um surferähnlich auszusehen. Doch es dauerte nicht lange, ehe ich anfing, mich unredlich zu fühlen; wenn Oola den Blicken trotzen, ihre berüchtigten Glieder unter Kontrolle bringen und die Pfiffe ertragen musste, bloß um einen Starbucks zu durchqueren, um Sahne in ihren Kaffee zu geben oder um von A nach B zu laufen (versammelte Männer würden sagen: zu *schlendern*), dann musste ich das, wollte ich wirklich erfolgreich sein, auch tun.

Ich probierte es auf dem Bauernmarkt bei Esalen. Nichts besonders Auffälliges – schwarze Strumpfhosen, schwarzer Eyeliner, die fabelhaften Kuhmuster-Clogs, die ich online bestellt hatte. Ich trug mein Haar offen; inzwischen, im späten November, reichte es mir einen Zoll über die Schultern. Als ich mich durch die Menge an nackt- und dickarmigen Farmarbeitern zwängte, durch wirbelnde Kunstgewerbler, bekiffte Anwohner und schreiende Kinder, rasteten viele von O.s öffentlichen Angewohnheiten ein: Oft hatte sie Fragen gestellt wie *Hab ich Dreck im Gesicht? Sieht mein Haar okay aus? Ist meine linke Arschbacke feucht?*, ohne aber den Antworten zuzuhören; in großen Menschenmengen richtete sie den Blick auf einen fernen Punkt, den ich nicht sah, und schritt voran, als würde sie über eine Piratenplanke gehen; der unbedeutende Tick, mit dem Kiefer zu knacken; eine vage und beständige Nervosität, die ich immer mit Bürgern der ehemaligen DDR verbunden hatte. Jetzt spürte ich sie auch.

Es war keine Gezeitenwende, eher eine Unterströmung, ein subtiler Sog, wenn ich vorüberging, und das Kitzeln von Blicken, wie von versunkenen Seetangwäldern, an jenen Teilen meines Körpers, die nicht leicht zu überwachen waren. Ich konnte spüren, wie ich mit einem Sternchen markiert wurde – Einkaufende hielten inne, um herüberzuschauen, sich zu wundern, womöglich wissende Blicke zu wechseln. Es war unklar, ob es daran lag, dass ich endlich ein Jemand (von Interesse! Von Belang!) geworden war oder bloß ein Irgendetwas. Zwischen handgefertigten Seifen und extravaganten Konfitüren, Orangenmarmeladen, die in der Dunkelheit leuchteten, und zwanzig Sorten Honig würde ich erst später eingeordnet – oder, in gewalttätigeren Fantasien, aussortiert – werden. Nicht alle Aufmerksamkeit war unfreundlich, doch für mich, eine relative Jungfrau beim Thema Schulterblicke, war die Unfähigkeit, neutral zu sein, einschüchternd. Ich kopierte O.s Haltung: ein ausdrucksloses Bitch-Face und weit ausfallende Schritte und ein strahlendes Lächeln für die Bauern, die mich bedienten. »Noch einen Wunsch, Ma'am?«, fragte eine ledrige Oma, während sie meine Pluots doppelt verpackte. Ich hätte sie küssen können. Stattdessen flüsterte ich »nein, danke« und hinterließ ein mordsmäßiges Trinkgeld in ihrem Einweckglas.

Ich passte mich an. Was sonst hätte ich tun sollen? Ich kümmerte mich um mein Haar. Ich kümmerte mich um den Garten; wir hatten einen Avocadobaum, zwei Orangenbäume. Bei einer Kost aus Tortillas und Dijon verlor ich Gewicht. Es war überraschend einfach, ganz vegan zu werden; einzig die Butter auf meinem Brot vermisste ich. Oola rasierte sich kaum die Beine, und ich probierte es bloß einmal, aus Neugier. Ich starrte ihr Klavier an, auf dem sich der Staub sammelte, und stellte mir mich selbst dabei vor, wie ich draufloshämmerte.

Das Wort *Transvestit* erschien mir umständlich, nicht genau genug; es ergab vielleicht Sinn für den Teenager, der meine Einkäufe mit ungewöhnlicher Geschwindigkeit eintütete, aber zu Hause, in meinem Morgenrock, das Haar in einem Knoten, schienen *Verehrer, Sexbombe* oder *armer Teufel* weit besser zu passen. Der angemessene Ausdruck änderte sich mit meiner Laune, wenngleich *Freak* (ausgestoßen von einem selbsternannten Cowboy in der Schlange für den jüngsten Blockbuster) hängen blieb. Meiner Meinung nach war der Hexenring Pilze, der im Garten emporgeschossen war, freakiger als meine bestrumpften Beine; über Wochen schaute ich ihm beim Wachsen zu, und als ich anfing, mit einem metallischen Geschmack im Mund aufzuwachen, konnte ich nicht anders, als das mit der Machtübernahme der Pilze in Verbindung zu bringen. Sie waren unheimlich und niedlich wie ein Knabenchor, kleine weiße Kleider in Reihen. Ich wünschte, Theo wäre noch da, um sie anzupinkeln.

Es gab natürlich Momente, in denen das Alleinleben mich herunterzog: wenn ich einen Laib französisches Brot kaufte, von dem ich wusste, dass es schal werden würde, bevor ich es aufessen konnte, oder das Licht im Flur ausschaltete, ohne vorher fragen zu müssen. An einem besonders traurigen Abend holte ich mangels eines Fernsehers oder genauer gesagt mangels fremder Stimmen und Geräusche das Radio aus dem Schrank und schaltete die Nachrichten ein, während ich aß. Von da an schien es immer zu laufen: Klassik für Oola und manchmal der Studentensender der UC Berkeley für mich, halblaut, unaufdringlich in der Küche platziert, küstenweit der Schutzengel einsamer Esser. Gelegentlich erwachte ich zur Titelmelodie von NPR, nachdem ich in der Orangerie (ehemals Wohnzimmer) auf der Couch eingenickt war; selten hatte ich mich derart deprimiert gefühlt. Ich musste aufspringen und etwas Lebendigeres einstellen, Samba oder Synth, um mein Blut in Wallung zu bringen. Ich mied mein Spiegelbild, fürchtete, es würde lächerlich aussehen. Es gab aber auch Momente am Spätnachmittag, wenn ich in einem korridorartigen Lichtstrahl stand und mit meinem neuen Geschenk von der Krähe angab (vor dem Wasserspeier), mein Augen-Make-up dabei ganz genau so aussah, wie Oola es aufgelegt hatte, und ich mit dem gleichen verschlafenen Stolz lächelte, mich hielt wie sie, den Hals leicht gekrümmt und die linke Hüfte zur Seite abgeschrägt, und ich wusste, dass ich den Nagel auf den Kopf getroffen hatte. Dies war genau, was sie gespürt hätte, bis hin zum Radieschengeschmack in der hinteren Mundhöhle und der C-Form ihrer Wirbelsäule. Die Redwoods harkten das Dach mit ihren Fingern und nickten in verdrogter Zustimmung.

So wie ich es jetzt sehe, hatte es nie eine andere Option gegeben: Ich musste sie am Ende verlieren. Es war die einzige Möglichkeit, sie lebendig, klar zu erhalten. Nachdem sie gegangen war, befand ich mich stets auf der Hut, aus Angst, sie könnte verblassen. Hatte ich einst einen Acht-Stunden-Tag gehabt, wurde ich nun zum 24-Stunden-Romantiker. *Das* wird aus jenen mit den gebrochenen Herzen: Nachtwache. Nur meine Sehnsucht war stark genug, tief genug, alles von ihr zu enthalten, jedes Haar, das in der herbstlichen Brise wehte. Ich persönlich ziehe es vor, angeschmachtet, gegen die Badezimmerwand geheftet und in wiederkehrende Träume eingeweckt zu werden. Das Herz ist solch ein entzückendes Einmachglas. Lieber der gut erhaltene Fötus als der Samthase, der so lange umarmt wird, bis sein Fell abreibt.

Ich erinnere mich an etwas, das mir ein Mann im Flugzeug erzählt hat. Ich war in meinem zweiten Jahr im College und auf dem Weg nach Hause für die Weihnachtsfeiertage.

Wir warteten auf den Start, machten höfliche Konversation. Er war ein unauffälliger Geschäftsmann, in Manhattan aufgewachsen, mit dem Ziel O'Hare. Er war adrett gekleidet, grauer Wollanzug und Nadelstreifenkrawatte, auch wenn der Sicherheitsgurt seine Wampe betonte. »Anschlussflug?«, fragte ich.

Er schüttelte den Kopf. »Heim.«

Ich fragte, warum jemand, der sein Leben lang in New York gewohnt hat, in den Mittleren Westen ziehen würde. »Auf der Suche nach Service mit einem Lächeln?«

Er schüttelte ernst den Kopf. »Ich bin nach Chicago gegangen, weil ich das Meer so liebe.« Er rückte seine Aktentasche zurecht. »Capisce?«

Aus irgendeinem Grund brachte uns das zum Kichern. »Capisce.«

Dann betranken wir uns mit Bloody Marys, und er schlief mit dem Kinn auf meiner Schulter ein. Er nannte mir seinen Namen und gab mir seine Adresse, für den Fall, dass ich jemals in Chicago festsitzen und ein Bett brauchen sollte – *meine Frau ist eine wunderbare Köchin!* –, doch natürlich sind beide Einzelheiten in Vergessenheit geraten. Irgendwie erinnere ich mich bloß noch an den Namen des Hundes seiner Tochter: ein Pitbull aus dem Tierheim, den sie Catfish getauft hatte.

Es hätte Gott weiß wie lang so weitergehen können, wenn ich nicht ihr Tagebuch gefunden hätte.

Es war nicht größer als ein Taschenbuch und eingeschlagen in zottiges Kunstfell. Der schicksalhafte Name, Le Roy, tauchte mindestens zweihundert Mal in ihrer spindeldürren Halbschreibschrift auf. Am Tag der Entdeckung endete mein selbstauferlegtes Leben als alte Jungfer. Doch so spielt das Leben, oder? Man verbringt seine Tage im Garten, die Nase in einem Buch, behelligt niemanden, isst und sieht und denkt jeden Abend das Gleiche *(hätte ich bloß nicht… ihr Haar im Licht der Lampe…)*, bis bum! – mentale Vollkatastrophe – alles auf einmal passiert.

Der erste Aufruf zum Handeln kam, schätze ich, in Form einer Postkarte.

Gesendet hatte sie mein Zahnarzt, ein ehemaliges Tenniswunderkind namens Jiffy, dessen Alter (späte Zwanziger) und Unterarme (stark geädert) mich immer wieder aufs Neue überraschten. Nachdem er Tennis aufgegeben und Zähne entdeckt hatte (es hatte mit einer fehlerhaften Ballmaschine zu tun), hatte er sich fünfzehn Minuten entfernt von seiner Alma Mater in einem sonnigen zweistöckigen Haus in Berkeley niedergelassen. Meine Mutter hatte ihn empfohlen, als Oola und ich gen Westen zogen. Er war der Neffe einer ihrer Bridgepartnerinnen; angeblich hatten wir als Kinder zusammen Tennis gespielt. »Das College hat ihn verändert«, erzählte sie mir mäßig beschwipst. »Ich glaube, er hat Gras geraucht.« Ihre Wortwahl beeindruckte mich. Die zwei oder drei Male, die wir ihn besucht hatten, hatte ich es aufregend gefunden, sie in dieser fremden Umgebung zu sehen, gekleidet in ihrem flippigsten Twin-Set (apricotfarben, Alpaka), höflich sein hausgemachtes Baba Ghanoush ablehnend (vermutlich ihre neue Diät: *Ich esse nichts mit mehr als zwei Silben, danke*), sich schüchtern nach Jiffys Rückhand erkundigend. Kurz nachdem das Wasser begonnen hatte, salzig zu schmecken, mussten wir regelmäßig feststellen, dass unser Zahnfleisch kribbelte, vor allem, wenn es bewölkt war. Der verirrte Zahn in Oolas Pastinaken ging zu weit: Wir fuhren nach Berkeley, um uns von Jiffy bestätigen zu lassen, dass er keinem von uns gehörte. »Alles in Ordnung«, zwitscherte er. »Abgesehen von den Löchern. Du lieber Himmel, ihr beiden, im zweistelligen Bereich!« Wir lachten laut auf, als er fragte, ob wir Zahnseide benutzten. »Ach, die ist nicht optional?«, gackerte O. Er trug uns für eine Notfallreinigung gleich am nächsten Tag ein.

Die Postkarte zeigte einen Halloween-Kürbis mit der Überschrift *Halloween ist vorbei – lass dir von deinen Löchern keine Angst einjagen!* Dem Kürbisgrinsen fehlten diverse Zähne. Auf der Rückseite erinnerte sie mich daran, dass meine Vorsorgeuntersuchung anstünde und wen ich dafür anrufen sollte. Unten hatte Jiffy eine persönliche Notiz hinzugefügt: *Lange nicht gesehen, Leif. Ich bin nicht gruselig, ich versprech's!* Er schien entschlossen, diesen Halloween-Witz auszureizen. Ich kicherte trotzdem wie eine Großmutter. Jiffy besetzte eine Nische: Seine Klientel bestand hauptsächlich aus langberockten Rentnerinnen, ehemaligen Hippie-Mädels, die Zucchini-Dinkel-Muffins mitbrachten (*zuckerfrei*, sagten sie mit einem Augenzwinkern) und eine eigenartig hohe Toleranz für Novocain besaßen. Das nach Zitronengras duftende Wartezimmer erinnerte oft an ein Love-in, Klappstühle wurden umgestellt, um die unvermeidliche Massagekette einzurichten. Die Frauen besprachen Mondzyklen mit Oola und tätschelten meine Hände.

Störe ich?, brüllte Jiffy, wenn er die Tür seines Operationsraums mit amtlichem WASP-Grinsen aufstieß.

Entspann dich, mein Lieber!, schmetterte ein Stimmenchor. *Da ist ja der Goldjunge! Wenn ich zehn Jahre jünger wäre … Du würdest einen Chiropraktiker brauchen, wenn ich mit dir fertig wäre.*

Als ich eines Morgens die Postkarte las, dämmerte mir, dass der metallische Geschmack in meinem Mund von einem Loch stammen könnte – dass etwas an einer unerreichbaren Stelle faulte. Mir dämmerte auch, dass ich seit Monaten nicht in San Francisco, geschweige denn Berkeley gewesen war. Seit

Oola gegangen war, hatte ich keine weitere Strecke auf mich genommen als bis zum Costco in Monterey. Mich überkam eine plötzliche Sehnsucht nach der Market Street, der Geschäftigkeit von Fährpassagieren, Cable Cars voller Touristen, die ihre Mäntel vergessen hatten, dem eindringlichen Meergeruch der Bucht, der sich mit gemahlenem Kaffee und Krebsen vermischte, die schimmernden Nebelrinnen, die hohe Gebäude abschnitten und über die Hügel von Marin quollen wie die Füllung eines aufgeschnittenen Kissens. Ich beendete mein Frühstück und rief in Jiffs Praxis an.

»Sie haben Glück«, sagte das Mädchen am Telefon munter. »Dr. Jiffy hat diesen Freitag am Mittag einen Termin frei. Danach ist er bis zum Valentinstag ausgebucht.« Sie kicherte. »Und Sie *wissen*, was dann passiert.«

»Das tue ich.« Ich wurde von einem Flirtanfall erfasst. »Schenkt Ihr Freund Ihnen Zuckerherzen?«

»Ich esse keine Süßigkeiten«, sagte sie ein wenig kurz angebunden. »Und Gladys schenkt mir immer Seife. Soll ich Sie eintragen?«

Der Termin war für elf Uhr angesetzt. Ich würde die Küste hinauffahren und meinen Truck in der Hochgarage in Millbrae abstellen; von dort würde ich die BART durch San Francisco und unterhalb der Bucht hinein nach Oakland und Berkeley nehmen. Ich würde Big Sur frühmorgens verlassen, wenn der schmale Highway nur bevölkert war von Bauarbeitern auf dem Weg zur Baustelle – zweifelsohne irgendeine mehrere Hektar große Ferienranch –, außerdem von ein paar Ausreißern in verbeulten Autos und sonnengebräunten Punk-Kids auf Fahrrädern mit Schlafsäcken auf den Rücken und rasselnden Schlüsselanhängern, die ethnisch schlecht informierten Dreadlocks von Tau benetzt. Die Sonne würde mit mir aufstehen, den Sand der Strände rosa färben, auf denen sie eben noch kampiert hatten. Die Kühe würden auf riesigen, festgestampften Feldern ihre Farbe von einem stumpfen Braun in ein stumpfes Orange wechseln, ihre Kiefer nie auch nur einen Augenblick stillhaltend. Ich würde nicht über Nacht bleiben müssen. Ich würde Berkeley um drei Uhr verlassen, so tun, als wäre ich ein Professor. Ich würde in Gilroy zu Abend essen, der Knoblauchhauptstadt der Welt; der Geruch ihrer Felder machte mich stets sehr hungrig, denn die Luft suggerierte Abendessen auf diese perfekte, vorstädtische Art, als wäre ich ein Schüler und käme vom Leichtathletiktraining nach Hause, im Wissen, dass warmes Essen und warme Blicke auf mich warteten, Hühnchen und Pasta riechend, noch ehe ich in die Einfahrt bog. Die Kühe würden immer noch kauen, vom Orange wieder braun werden. Der Highway würde ein wenig verstopft sein von den Pendlern und Urlaubern, deren weiße Scheinwerfer die unsichtbare Brandung imitierten, die sich irgendwo weiter unten erhob und brach. Spätestens um neun Uhr würde ich zurück in der Hütte sein und meinen Zahn pflegen. Wie herrlich es sein würde, meine Pantoffeln anzuziehen, mein Gesicht auszuziehen. Vielleicht würde ich mich nach der Fahrt eines langen Tages sogar mit einem schönen, kalten Chardonnay belohnen.

Seit O. gegangen war, hatte ich aufgehört zu trinken, was man, das ist mir klar, von einem allein lebenden Schriftsteller schwer glauben mag. Big Sur im Speziellen verfügte über eine Heerschar ernsthafter Denker und schwerer Trinker, wie der Tankwart mich eifrig unterrichtete, und ich muss zugeben, dass es einfach gewesen wäre, am Rand des Kontinents zu stehen, auf mehr Ozean zu blicken, als man je erfassen könnte, und sich zu entschließen, dieser vernichtenden Gewalt von Wasser und Himmel seine eigene, sehr viel weniger eindrucksvolle Zerstörung entgegenzusetzen. Dennoch hatte ich kein Verlangen danach, mich diesen ranzigen Reihen anzuschließen, den Morgennebel, der in der Dämmerung einen Fuß hoch über dem Boden hing, noch künstlich zu verlängern und zu erhalten. Trotz meiner hallenden Räume, hotelsauber, und gelegentlicher Unterhaltungen mit dem Gesicht im Spiegel war ich kein Jack Nicholson (zumindest noch nicht). Ich ließ mich bloß gehen, wenn ich Unkraut jätete. Im Garten war ich ein Tier; die Ameisen kannten meinen Zorn. Ich taumelte mit erhobener Schaufel zwischen den Beeten umher und jagte Efeu. Ansonsten war ich mönchisch, trank Tee. Mein Projekt, falls du dich erinnerst, war eins der Bewahrung, ein fast nichtfiktionales Werk, und ich musste klar denken, vor allem jetzt, da Oola weg war.

Es spielte keine Rolle, dass ich bisher nicht angefangen hatte, das eigentliche Manuskript zu schreiben, oder dass ich bis Ende November bloß Gliederungen angehäuft hatte, insgesamt fünf, für fünf stark unterschiedliche Handlungsverläufe, alle drehten sich um den hochwichtigen und sich ständig weiterentwickelnden Figurenentwurf eines jungen Mädchens namens Oolah. Ehrlich gesagt blickte ich auf die Künstler herab, die nach Big Sur kamen, um sich zuzudröhnen, die Hügel mit Hüften zu vergleichen (sieh an), besinnungslos ins Gras zu fallen und das damit zu verwechseln, eins mit dem Land zu werden. Jeffers, Kerouac, der glorreiche Langweiler Miller: Sie alle reklamierten ihre Verbundenheit mit diesem Stück Erde und nahmen es zur Geliebten, doch soweit ich das beurteilen konnte, war ich der Einzige, der eine echte Verschmelzung mit seiner Muse anstrebte. Nach langem Hin und Her legte ich eines Abends im Dezember die Veranda mit alten Magazinen aus und bleichte mein Haar. Es gab letztlich nur einen Weg herauszufinden, ob Blondinen wirklich mehr Spaß hatten. Mein Ausflug zum Zahnarzt würde ein weiterer Test meiner Entschlossenheit sein. Es war ein Tagesausflug, den ich dringend nötig hatte, aber auch eine Art Debüt, und deshalb nahm ich mir, als der schicksalhafte Freitag schließlich näher rückte wie Weihnachten, eineinhalb Stunden Zeit, um mich fertig zu machen.

Ich sah todschick aus, das lässt sich nicht leugnen. Ich achtete darauf, es nicht zu übertreiben, wie es die Eingesperrten und Verkannten oft tun. Ich trug ein gelbes T-Shirt mit abgeschnittenen Ärmeln und schwarze, hoch geschnittene Hosen, beide vormals Oolas und makellos sauber. Sie hatte nie viel Hintern gehabt, darum passten mir die Hosen perfekt, sie waren bloß ein wenig locker an den Oberschenkeln. Auf dem Shirt prangten große schwarze Filzbuchstaben: LEAVE MICHAEL ALONE. Ich kombinierte es mit einer schwarzen Wollstrickjacke und meinen Kuhmusterclogs. Ich kämmte mein Haar und trug es offen, dazu schwarze Katzenaugen, ein wenig Bronzer und violetten Lippenstift (Lavender Menace). Als Handtasche benutzte ich ein Einkaufsnetz, wie es die alten Frauen in Paris tun, in das ich meine Zigaretten, den Lippenstift und zwei Schreibblöcke warf. Es war kalt, als ich nach draußen trat; ich drückte meine Thermosflasche Kaffee gegen die Halskuhle und eilte zum Truck. Ich entdeckte die neueste Gabe der Krähe: eine Austerngabel, klein und Silber, ragte aus dem Gras. Ich war beeindruckt von ihrem Geschmack und machte eine Gedankennotiz, sie einzusammeln, sobald ich nach Hause kam. Ich würde sie zu meiner Geschenksammlung hinzufügen, die sich rasch auf dem Kaminsims ausbreitete und mich mit einem unangenehmen Schauer an die persönliche Habe einer Erbin erinnerte.

Ich steckte den Schlüssel ins Zündschloss, drehte Heizung und Radio auf und bog mit einem letzten Blick in den Rückspiegel auf die Straße.

Dr. Jiffys Praxis war klein und sauber, über einer Apotheke in einer ruhigen und fast verdächtig gut beleuchteten Wohnstraße mit Blick auf den Campus der UC Berkeley gelegen. Seine Nachbarn waren angenehm alternde Professoren schöner Dinge wie Botanik oder Traumwissenschaft, außerdem ein paar Studenten und Gerüchten zufolge eine *Tiger Mom*, die ihrem Sohn von Andover nach Kalifornien gefolgt war. In seiner Praxis brannte ein einzelnes Räucherstäbchen ab, während Cat Stevens im Hintergrund tirilierte.

Dr. Jiffy selbst war sonnengebräunt, gedrungen und barst vor Energie, ungefähr wie die Paranüsse, die er jede Stunde aß. Er besaß das dauerhaft rote Gesicht so vieler Männer aus Neuengland, das zugleich auf gute Gesundheit, kalte Winter und eine Familiengeschichte mit Alkohol hindeutete. In den sonnigen Staat verpflanzt, wo Surfen ein Wintersport war und Leinsamen beängstigend reichlich vorhanden, berauschte sich dieser frühere Privatschulschönling am Leben, die Muskeln seiner stämmigen, festen Waden beulten seine Chinos aus. Er trug ein dünnes gewebtes Armband am dicken Handgelenk, ein Andenken von einer Reise nach Bolinas und, wie mir klar war, ein gewaltiges Zugeständnis an seine liberale Umgebung. Er schritt auf mich zu, den Quadrizeps so heftig angespannt, dass er zu schimmern schien.

»Der berüchtigte Leif!«, jauchzte er und klopfte mir auf die Schulter. »Ist es denn möglich?« Falls mein Make-up ihn aus der Fassung brachte, verbarg er es bewundernswert feinfühlig. »*Lange* nicht gesehen. Was gibt es Neues?« Sein Blick blieb eine Sekunde zu lange an meinem BH-Träger hängen, der mir in einem Gerangel aus Umarmungen und Wie-geht's-dir mit den Wartezimmerdamen von der Schulter gerutscht war. »Läuft das Schreiben? Schlägst dich noch immer mit dem großen amerikanischen Roman rum?«

Ich lächelte zurückhaltend. »So in der Art.« Ich rückte den BH-Träger zurecht. »Es wird.«

»Hervorragend. Und erzähl – wie geht's Oola? Ich muss sagen, ich bin überrascht, dass sie nicht mitgekommen ist. Lass mich raten«, er beugte sich vor, »sie hat keine Zahnseide benutzt.«

Ich nickte, und er stieß ein gewissenhaftes Lachen aus. »Schlimmes Mädchen.« Er fasste mich am Ellenbogen und legte mich in seinen Stuhl. »Sag ihr, dass wir sie vermissen, hier, in der wirklichen Welt, und dass sie sich nicht schämen muss. Es gibt jede Menge Menschen wie sie, das versichere ich dir. Sie kann sich nicht ewig verstecken!«

Ich erwog es. Sein Ton bewegte und beruhigte mich, während er über mir herumwuselte, auf seinem Rollhocker hin- und hersauste, seine Hände wusch, Instrumente aufreihte. »Mach ich«, sagte ich. Ich versuchte, zu ihm hinaufzulächeln, doch im gleichen Moment schaltete er seine Behandlungslampe ein. Im weißglühenden Lichtschein verflüchtigte sich das gebräunte, angenehme Gesicht zu Pixeln, und ein schwebendes Paar schwerer Hände tauchte auf, zu männlich, um einem Engel zu gehören.

»Jetzt entspann dich erst mal.« Ich hörte das Schnappen der Latexhandschuhe, und seine Stimme trieb zu mir herüber wie aus einem Traum. »Weit aufmachen.« Er rollte näher heran. »Ich verspreche, dass ich vorsichtig sein werde.«

Ich öffnete den Mund und schloss die Augen, gab mich ihm hin.

Warum ist nicht mehr darüber geschrieben worden, über das erotische Schreckensfest der Zahnreinigung? Nach Monaten in der Hütte war ich nicht vorbereitet auf diese Art von Kontakt, abwechselnd zärtlich und brüsk. Schon bald würgte und wand ich mich. »Du bist in guten Händen«, intonierte er.

Wie zur Demonstration ergriff er fest mein Kinn und drehte meinen Kopf von einer Seite zur anderen. »Aufmachen«, befahl er, was ich tat. »Weiter«, rief er, und ich folgte pflichtbewusst. »Zunge runter«, wies er an, und ich fühlte mich gedemütigt. »So«, gurrte er, und es schien, als hätten wir es geschafft. Er richtete die Behandlungslampe neu aus und bewunderte mich in einem anderen Licht. Er streichelte mein Handgelenk, als ich aufstöhnte. Ich ließ ihn mir beim Sabbern zusehen und musste ihn auch noch um Erlaubnis bitten, auszuspucken. »Dort«, er deutete, »ins Waschbecken. Sehr gut. Na so was, Blut. Ich muss es langsamer angehen lassen.«

Ich hingegen wurde mit seinen Bartstoppeln vertraut, deren tierisches Gefälle sich unter dem Kinn und über den Hals ausbreitete wie eine Flutwelle in geringer Auflösung. »Das wird nur ein wenig wehtun«, beruhigte er, während er eine Sieben-Zoll-Spritze ans Licht hielt. »Du wirst einen winzigen Stich spüren, das ist alles. Vertrau mir, okay?« Ich konnte mein Einverständnis bloß gurgeln.

Ist es zu naheliegend, Sexträume über seinen Zahnarzt zu haben? Das fragte ich mich, während er mein Zahnfleisch befühlte, meine Lippen mit seinen latexüberzogenen Daumen zurückschob und so nah an meinem Gesicht ausatmete, dass meine Wimpern flatterten. Wäre es so langweilig, wie von seinem Professor zu träumen? »Schhh, sagte er bei jedem Stechen. »Keine Sorge, Kumpel. Du machst das gut. Eins-a-Arbeit.« Und ich glaubte ihm, strahlend wie ein Klassenstreber. Ich bereute, dass ich nie die Gelegenheit ergriffen hatte, Oolas Zähne mit solcher Genauigkeit zu untersuchen – welche Spalten und Gruben hätte ich finden mögen, welche neue Nässe in welchen Tiefen? Ich besänftigte meine Reue dadurch, dass ich mich wieder auf seine Stoppeln konzentrierte: Ich konnte sogar erkennen, wo die braunen Haare begannen, blau auszusehen. Es berührte mich, dass er kürzlich Kaugummi gekaut hatte: Pfefferminz.

Am Ende einer Stunde, die gleichermaßen mühsam und erhebend war, nahm er mir behutsam den Kittel ab. »Upsi«, sagte er und lehnte sich wieder vor, um meine spuckeglatten Wangen mit dem zusammengeknüllten Kittel abzutupfen. »Kein Problem«, flüsterte er. Er tupfte weiter. »Du musst entschuldigen, ich glaube, ich habe deinen Lippenstift ruiniert.«

»Isch okay«, sagte ich verzückt. Gott sei Dank lag ich schon.

Wie ein Prinz streckte er eine Hand aus und half mir auf die Beine. Er führte mich zurück ins Wartezimmer, wo er mir die Schulter tätschelte. »Bis zum nächsten Mal«, sagte er, und seine warmen Augen knitterten. »Lass mich nicht warten.«

»Werde ich nicht«, versprach ich, mich an der Kante des Empfangstresens festhaltend.

Er zwinkerte. »Ich glaube dir.« Er blickte auf sein Klemmbrett und wandte sich dem Zimmer zu. »Ethel?«, brüllte er. Während die Glückliche ihre Schals zusammensuchte und sich aus dem Stuhl schob, drehte er sich wieder mir zu. »Grüß Oola von mir.« Dann verschwand er mit Ethel am Arm.

Mein Blick traf den der übrig gebliebenen alten Dame. Wir lächelten und seufzten gemeinsam, sagten, ohne es laut zu sagen: *Was für ein Mann!* Sie legte eine brotweiche Hand auf mein Handgelenk und blinzelte hinter orangegetönten Brillengläsern zu mir hinauf.

»Möchtest du eine Kaki?«, fragte sie. Sie holte eine aus dem Nichts hervor. »Du siehst aus, als könntest du sie gebrauchen.«

Ich nahm sie wie ein Juwel. »Es gibt nichts, was ich lieber hätte.«

Sie war kühl und glatt und auffällig gefärbt. Ich rollte sie zwischen den Handflächen und ging zur Tür hinaus, die Treppe hinunter, die raffiniert beschattete Straße entlang. Ich hielt sie an meine Wange, während ich die Stufen zur BART-Station hinaufstieg, und klemmte sie zwischen Schulter und Kinn, als ich eine Fahrkarte kaufte. Ich warf sie beim Warten hoch wie einen Tennisball. Erst als ich bequem auf der langen Sitzbank gegenüber den Fenstern saß, dachte ich darüber nach, sie zu essen.

Wir sausten dahin, der Zug war zu dieser ungünstigen Nachmittagsstunde nicht einmal halb besetzt und der Wagen voll von Herbstlicht. Wir fuhren auf den Hochgleisen, in den Baumwipfeln der Stadt. Schornsteine und Fenster zum fünften Stock peitschten vorbei, nicht wenige waren mit Regenbogenfahnen oder dem Orange und Schwarz der Giants verhängt. Indem ich geradeaus starrte, konnte ich es alles vorbeisingen sehen: die Fußballfelder weit unten, die abgekürzten Werbetafeln und in der Ferne die blendende Bucht, wie ein Weinglas, das zerborsten auf dem blauen Tischtuch einer fantastischen Dinnerparty liegt.

Jemand saß mir gegenüber. Ein völlig unscheinbarer Mann. Mit einem flüchtigen Lächeln schaute ich hinüber. Ich war schockiert, als ich sah, dass er feuchte Augen hatte. Er starrte an mir vorbei aus dem Fenster auf die vorbeiströmende Landschaft, die Wetterfahnen, die mein Haar kämmten; ich bezweifle, dass er mich als mehr wahrnahm als eine benachbarte Wärme, eine Form, gegen die seine geheimen Gedanken stießen. Wovon diese Gedanken auch handelten, sie müssen schrecklich gewesen sein oder zumindest zutiefst erschöpfend oder vielleicht schön, denn Tränen bildeten sich in seinen Augen und rollten still seine Wangen hinab. Ein tief fliegendes Flugzeug schleifte seinen Skalp, und noch immer rollte die Stadt vorbei: Schlote, Kirchtürme, Aussichtsposten. Ich wusste nicht, was ich zu ihm sagen könnte. Ich dachte an ein Mal, in den guten Zeiten, als Oola und ich in einem

Park saßen; wo oder wann, spielt kaum eine Rolle, bloß, dass es ein Park war, wahrscheinlich sonnig, mit Babys und Hunden. Jene Sämlinge, die zu Boden trudeln wie Spielzeugkreisel, fielen von den Bäumen und landeten um uns herum im Gras. »Windräder«, sagte ich. So hatten wir sie in der Grundschule genannt, als wir sie auf dem Spielplatz jagten und fingen. Doch Oola schüttelte den Kopf. »Kamikazen.« Der Name war ihr als Kind beigebracht worden, von wem, wusste sie nicht; in der Schule waren sie ihnen nie hinterhergejagt, hatten stattdessen düster ihren Flug bezeugt. Meilenweit von zu Hause entfernt sahen wir den Sämlingen dabei zu, wie sie auf die Erde fielen, in Freudentanz oder Selbstmord.

Ich war so abgelenkt von dieser Erinnerung und von dem weinenden Mann, dass ich nicht bemerkte, wie der andere Mann in den Zug stieg. Er ließ sich schwer neben mir nieder. Er stank nach Körperausdünstungen, trug einen schmutzigbraunen Jogginganzug und eine abgegriffene Giants-Kappe. Strähniges, einstmals blondes Haar sickerte darunter hervor. Er strahlte mich an: Thunfischsalat und Tabak mischten sich mit der Schärfe seines Schweißes.

So neutral wie möglich rutschte ich einen Zoll von ihm ab. Leise kichernd kam er hinterher.

»Lach doch mal, Schätzchen«, gurrte er.

Das Einzige, was mir dazu einfiel, war: »Warum?«

Einen unverfälschten Moment lang schaute er verdutzt; sein Gesicht war ausdruckslos. Dann wurde seine Miene sauer. »Schwuchtel«, murmelte er und rückte weg. Er nickte erst einer in der Nähe sitzenden Krankenschwester zu, die nicht von ihrer *Newsweek* aufblickte. Ich blickte mich im Zugwaggon um, der plötzlich brechend voll war. Es gab kaum genug Platz zum Stehen, kaum genug Platz, dass die Krankenschwester ihre Seiten umblättern konnte. *Wann sind all diese*

Leute eingestiegen?, fragte ich mich. Dann passierte etwas Komisches, ohne Tusch oder Vorwarnung: Wie choreografiert drehten sich alle Fahrgäste herum und blickten mich an. Sie bewegten sich in perfektem Einklang. Ihre Gesichtsausdrücke waren neutral, ihre Augen seltsam leuchtend. Die Krankenschwester in ihrem OP-Kittel; ein spärlich bekleidetes Mädchen mit makellosen Augenbrauen, das iPhone erhoben; ein Crust-Punk-Paar, identisch gekleidet in MEAT IS MURDER-T-Shirts; die über den gesamten Wagen verteilte Punktierung von Geschäftsmännern; eine zusammengekauerte Frau und ihr Blindenhund, der auch herüberschaute. Der weinende Mann, dessen Wangen noch feucht waren. Eine Handvoll Babys, die aus ihren Kinderwagen spähten, schweigend und tolerant. *Was ist los?*, wollte ich sagen. Ich starrte zurück, und es wurde noch seltsamer.

In der Ecke stand ein Hare-Krishna-Jünger und nickte, als habe er das alles geplant. Ein dünner Junge in einem Unterhemd hob eine Kruste auf, hielt sie hoch. Eine Mick-Jagger-Kopie warf mir einen genervten Blick zu. Der speckige Mann neben mir kicherte, streichelte den Hund, der nicht aufhörte, mich anzuschauen. Als die Krankenschwester blinzelte, blinzelten alle. Als sie sich am Ellenbogen kratzte, folgten fünfzig andere ihrem Beispiel. Die Babys gaben keinen Ton von sich; schläfrige Mütter stocherten in ihren gemeinschaftlichen Zähnen herum. Das hippe Mädchen filmte die ganze verdammte Angelegenheit, während es mit der anderen Hand einen Plateauschuh löste. Sie war offenbar Insta-berühmt. Ich hielt mir die Hände vors Gesicht. *Mir geht's gut!*, versuchte ich zu schreien. *Verpisst euch!*

Stattdessen stand ich auf, wobei ich die exakt gleich festen Körper der Geschäftsmänner benutzte, um mich aufrecht zu halten. Sie sagten nichts, sondern starrten weiter, als würden sie Nachrichten schauen. Einer sah doch tatsächlich so aus wie Tay, zurechtgemacht und in einen Anzug gesteckt, und ich widerstand dem Drang, sein Gesicht zu berühren, um eine Erklärung zu bitten. Ich sagte *Entschuldigen Sie* zu den Punks, die mir mit ihren gespaltenen Zungen zuzüngelten. Wir näherten uns einer Station, deren Namen ich nicht richtig lesen konnte. Alle fünfzig Köpfe drehten sich auf der gleichen Achse, um zuzusehen, wie ich mich durch den Waggon schob. Ein Baby hob die Faust wie zum Gruß.

Die Türen zitterten auf, und ich sprang auf den Beton, noch bevor der Zug zum Stehen kam. Ich rannte auf die andere Seite des Bahnsteigs, ehe ich mich umdrehte. Meine Kaki, im Eifer des Gefechts vergessen, rollte von der Bank herunter und auf den Boden. Sie machte winzige dumpfe Hüpfer. Ich konnte noch immer ihre Blicke spüren, als der Zug wieder zum Leben erwachte und die Türen zurauschten. Die eine Hälfte des Wagens formte die Worte von ABBAs »Dancing Queen«, die andere Hälfte zog ihre singuläre Augenbraue hoch. *Entschuldigen SIE sich mal*, schaffte ich zu flüstern, während das Rückfenster des Zuges im Nebel verschwand und ein Kleinkind sein schmutziges Gesicht gegen das Glas drückte, noch immer grinsend. Ich suchte nach einer Zigarette, in der Hoffnung, mich zu beruhigen. Meine Hände zitterten zu heftig, um sie anzuzünden.

Was zum Teufel war das?, wollte ich fragen, aber niemand war da, um mir zu antworten.

Mein Plan für den Tag war erfolgreich ruiniert.

Ich musste eineinhalb Stunden warten, bis der nächste Zug kam. Er war voll von aneinandergedrängten Pendlern, die sich an die Handgriffe klammerten und die Schweißflecke auf ihren Anzügen entblößten. Zumindest hielten sie den Blick abgewandt, gaben keinen Laut von sich. In Millbrae konnte ich mich nicht erinnern, auf welcher Etage ich geparkt hatte, und verlief mich in der riesigen Garage. Als ich nach Gilroy kam, waren alle Restaurants geschlossen. Der Knoblauchgeruch verhöhnte mich. Ich fuhr zu einem McDonald's, doch am Drive-in geriet ich in Panik.

»Wie kann ich Ihnen helfen?«, setzte die geschlechtslose, stets bereits genervte Stimme in der Gegensprechanlage an.

Mir fiel als Bestellung bloß ein mittelgroßer Milchshake ein.

»Welcher Geschmack?«, schnüffelte die Stimme herum, vor Langeweile fast sterbend.

»Vanille«, krächzte ich. Ich bereute es sofort. Weder Oola noch ich mochten Dinge mit Vanille. Ich parkte am Straßenrand und stürzte das Zeug herunter, um mich selbst zu bestrafen. Die Magenkrämpfe waren schnell und grausam. Es bedurfte all meiner Kraft, den Becher nicht aus dem Fenster und in die bläulichen Knoblauchfelder zu werfen.

Als ich schließlich nach Hause kam, war es halb zwölf. Ich fühlte mich schmutzig. Alles, was ich wollte, war ein langes, heißes Bad. Ich beschloss, besagtes Glas Wein zu trinken und mich in Oolas Badewanne einzuweichen, bis ich einnickte. Die Kombination von scharfer Nachtluft und harzigem Wasser mochte mein Selbstgefühl wiederherstellen, hoffte ich, und das Gefühl der Blicke, beständig und unerbittlich, wegwaschen.

Ich war splitternackt bis auf ein Handtuch auf dem Kopf, mit einem Glas Wein in der Hand, und durchwühlte den Schrank im ersten Stock nach Badesalzen, als ich es fand, oder, so schien es, als es mich fand. Das Scheusal zog mir eins über wie eine große struppige Fledermaus. Mit einem überraschten Schrei hob ich den Gegenstand auf – ich wusste fast sofort, dass es ein Tagebuch war. Ich dachte allerdings nicht, es sei Oolas; ich dachte nicht, ich hätte etwas so Maßgebliches übersehen können. Zuerst nahm ich an, dass es einem früheren Hüttenbewohner gehörte, einer Freundin meiner Tante vielleicht, irgendeiner Mixed-Media-Künstlerin mit Vorliebe für Kitsch, einer dieser D-Prominenten aus New York, die Türkis und Zickzackmuster tragen und zu oft das Wort *fabelhaft* benutzen. Aber es war die Art Tagebuch, die man im Ramschladen kauft; es hatte sogar ein winziges Schnappschloss.

Hämisch vor mich hinlachend trug ich den Wein und das Tagebuch nach draußen zur Badewanne. Wenige Dinge sind so aufregend, wie das Tagebuch von jemand anderem zu lesen. Dann griff ich eine Taschenlampe aus der Küche und ließ alle Lichter brennen; ihr Schein erreichte gerade so die Badewanne, beleuchtete ein Bruchstück vom Badewasser. Als ich hineinstieg, fühlte ich mich wie ein Astronaut, die Badewanne war mein Raumschiff; außerhalb des Kreises der Hausbeleuchtung ragten bedrohlich die Weiten des Weltraums auf, und solange ich mich der Wärme entgegenlehnte, meine Knie im gelblichen Bereich des Wassers beließ und das Tagebuch auf den Knien balancierte, war ich sicher. Deshalb bewegte ich mich kaum, während ich es las. Ich drehte oder blickte mich nicht um, denn das hätte den Bann gebrochen. Ich drosselte sogar meinen Atem, und die Nacht schien das Gleiche zu tun, das gewohnte Sägen der Grillen, Brechen winziger Zweige, Anschwellen und Auftreten weit entfernter Wellen leiser zu stellen.

Mit beherrschtem Erstaunen las ich, was sich als Oolas Tagebuch aus ihrem ersten Jahr am Curtis entpuppte. Das war natürlich kurz nachdem sie Le Roy in der Bäckerei kennengelernt hatte. Sie war achtzehn: strotzend, dünn und unanständig. Dem Ton ihrer Einträge nach zu urteilen, hatte sie sich bis zu dem Zeitpunkt, als wir uns vier Jahre später kennenlernten, erheblich beruhigt. Oder vielleicht war dies die Art, wie sie ihre Liebe erzählen, sich selbst die verrückte Geschichte verrückter Taten schildern wollte. Ein gequälter, aufgedrehter, ungestümer Ton war dieser Zeit in ihrem Leben nur angemessen, als ihr Sinn für Selbstbeherrschung über Bord geworfen wurde, als sie Dinge fühlte und sagte und wollte, die sie sich selbst später, wenn sie sie, ausgerüstet mit allen Vorzügen der Retrospektive, in ihrem nach Räucherstäbchen riechenden Zimmer aufschrieb, selbst nicht richtig erklären konnte. Sogar das Aussehen ihrer Schrift – kritzelige Schreibschrift mit ganzen durchgestrichenen Zeilen, in die Ränder gepflügt und oft in Großbuchstaben – verriet ein zum Bersten gefülltes, junges Herz.

Natürlich erfuhr ich mehr über Le Roy als je zuvor, von den paar Einzelheiten abgesehen, die sie mir an jenem Tag am Strand erzählt hatte. Ich hatte sie auch nie so viel über Musik sprechen hören. Ich war ihr fast unmittelbar, nachdem sie eine Pause vom Klavier eingelegt hatte, begegnet; da wenige unserer gemeinsamen Erinnerungen etwas mit ihrer Art von Musik zu tun hatten (sie sagte, sie habe sie satt), war es leicht zu vergessen, dass das Klavier einst ihr ganzes Leben gewesen war. So wie ich es verstand, schnitt sie am Curtis gut ab, war aber nicht die beste Studentin, was ihr zusetzte. Sie war in ihrer Altersgruppe berühmt für ihre Fähigkeit, leise zu spielen; das war ihre Spezialität, die pianissimoste aller Hände. Ihr Ruhmeswerk war Ligetis *pppppp*. Ich erinnerte mich selbst an diese schmetterlingsartige Berührung, die in der Kühle so vieler Schlafzimmer zu unterschiedlichem Einsatz kam. Unsere abnormsten Zusammenstöße – unser Abstecher nach Arizona eingeschlossen, als ich ihre Narben mit Vaseline einrieb – schienen eher eisig denn hitzig und passender von Grillen und vermischten Nachtgeräuschen begleitet als von Musik, trotz dieser Zurückhaltung aber nicht weniger erotisch. Wenn sie schließlich Kontakt herstellte, war ihre Berührung geradezu schaurig präzise, so als besäße sie Zugang zu einem Wissen über mich und meinen Körper, das ich selbst nicht besaß und nie besitzen könnte; vielleicht lag es an ihrem harten Weichheitstraining. Sie wusste, wie man Menschen von den Sitzen riss. *Das bedeutet*, schrieb sie, *dass ich nur traurige Sachen spielen kann.* Was ihr an Technik fehlte, machte sie mit Gefühl wett. Sie wurde ständig fürs Zuspätkommen gerügt und war mehr als einmal von ihrer Meisterklasse ausgeschlossen worden. Lehrer wiesen sie an, sich *reinzuknien* und *Ernst zu machen.* Sie schrieb: *Ich DACHTE, das täte ich.*

Sie benutzte wunderbare Worte, um den Klang ihrer Konkurrenten zu beschreiben: *wabbelig, klar, hüllenlos, aalglatt.* Sie notierte Wettbewerbsergebnisse und Ergänzungen zu ihrem Repertoire – massenweise Nocturnes. Fauré und Schumann waren ihre Favoriten. Sie lästerte über Professoren, sorgte sich übers Vorspielen, schrieb musikalische Witze hin, die mir zu hoch waren (*wenn Raoul mich noch einmal antatscht, mache ich ihn zum Kastraten*). Abwechselnd lobhudelte oder zerriss sie ihre Klassenkameraden. Jemandes Körperhaltung war träge; jemand besaß Können, ließ aber Leidenschaft vermissen; jemand war für Großes bestimmt, sofern er sich nicht vorher umbrachte; jemand war ein echtes Wunderkind, aber nachlässig; jemand anderes sollte *es mit Jazz versuchen* (ihre vernichtendste Beleidigung); jemand übte zu viel und zog sich ein Karpaltunnelsyndrom zu, genau wie sie *gesagt* hatte. Sie urteilte am schärfsten über andere Pianisten und fand bloß freundliche Worte für Sänger. Aus irgendeinem Grund überraschten mich die Seiten, die sie einem jugendlichen Tenor widmete. *Ich beneide die Sänger*, schrieb sie. *Diesen Klang in sich selbst zu finden, während wir* – also die Pianisten – *in ihrem Schatten vor uns hin ackern.* Häufig begleitete sie ihre Sängerfreunde: *Leicht verdientes Geld,* schrieb sie. *Mittlerweile kann ich Sondheim im Schlaf spielen.* Sie schien zu sparen. Ich brauchte dutzende Seiten, um herauszufinden, wofür.

Als sie am Curtis anfing, waren Le Roy und sie zusammen. Die nächsten sechs Monate ging es hin und her. Judith Butplug würden im Frühling auf Tour gehen, um eine portugiesische Fangemeinde zu erschließen, von der sie erst kürzlich erfahren hatten. Sie brauchte Geld, um ein Ticket nach Lissabon zu kaufen. Von dort aus würde die Gruppe (Le Roy, Otis, Peewee, Curt und Oola) sich durch Europa schlagen, in Sexclubs, Bars mit furchtbarer Beleuchtung oder den Wohnungen von Freundesfreunden spielen, um schließlich nach Helsinki zu gelangen, wo ein recht merkwürdiges Konzert in einer Sauna angesetzt war. *Ich schätze, das macht mich zum Groupie,* schrieb sie im März. *Hoffentlich nimmt LR sein Angebot nicht zurück. Ich brauche einen Tapetenwechsel. Ich muss mich wieder darauf besinnen, warum ich Musik liebe. Es muss nicht so sein* – sie hatte einen Pfeil zu einem älteren Eintrag über einen Konzertwettbewerb für Unterzwanzigjährige gemalt, bei dem ein Preisrichter ihr Punkte abgezogen hatte, weil ihr das Haar ins Gesicht gefallen war (Kunstfertigkeit: 9; Haltung: 2,5). *Vor allem muss ich mit ihm zusammen sein. Auch wenn ich bloß da bin, um sein Bett zu wärmen, das macht mir nichts aus. Er kann andere küssen. Das ist nicht das Problem.* Sie hatte etwas durchgestrichen und oben darüber geschrieben: *Ich fürchte, wenn er ohne mich fährt, werde ich nie wieder von ihm hören. Schließlich ist er Waage.*

Doch er nahm das Angebot nicht zurück, und im März brachen sie auf. Sie ließ sich für den Rest des Quartals freistellen und führte Gründe geistiger Gesundheit an.

Es gab einen Eintrag, der mich besonders störte und den ich immer wieder las, die Taschenlampe erhoben wie einen Dolch. Er war während ihrer Zeit im Ausland geschrieben worden, als ihre Tagebucheinträge erratischer wurden. Ihr Ton änderte sich ebenfalls; sie war glücklich, zumindest für eine Weile, berichtete ausführlich von Tourbuskapriolen und Megafans, streute oberflächliche, aber optimistische Randbemerkungen zu ihrer Beziehung mit Le Roy ein.

Wir haben im Berufsverkehr einen Chinese fire drill hingelegt (darf man das sagen???), und ich habe einen Schuh verloren…

Ein Vierzehnjähriger hat LR angebettelt, ihm in den Mund zu spucken…

Während langer Fahrten hören wir Harry-Potter-Bücher auf Kassette. Manchmal glaube ich, dass nur Jim Dale uns bei Verstand hält…

In Madrid stellte sich ein fettes Goth-Mädchen vor den Van und weigerte sich, aus dem Weg zu gehen, bis sie mit jedem aus der Band die E-Mail-Adressen ausgetauscht hätte. KEINE BERUFS-E-MAIL!, schrie sie immer wieder. MUSS PRIVAT SEIN!

LR schläft gern mit den Füßen aus dem Fenster und dem Kopf in meinem Schoß auf dem Rücksitz. Peewee (der Schlagzeuger) sagt, das sei süß…

Von allen Orten, an denen sie waren, gefiel ihr Deutschland am besten. Während eines Zwischenstopps in Hamburg erzählte sie ihrem lieben Tagebuch, was in Berlin passiert war. Ich schämte mich, dass wir nie zusammen Hamburg besucht hatten; so konnte ich mir bloß eine bestandsmäßige deutsche Stadt vorstellen, stählern und grau. Sie schrieb, in besonders flüchtigem Gekrakel:

Was für eine verrückte Nacht! Es ist zwei Uhr nachmittags, und wir beladen den Van. Wir haben zum Tanken in Ham-

burg angehalten. Alles ist noch etwas seltsam, aber wir werden darüber hinwegkommen. Peewee ignoriert mich. Ich sitze auf dem Bordstein und trinke eine exzellente heiße Schokolade. LR wollte nicht, dass ich beim Beladen helfe. »Ruh dich aus«, hat er gesagt. Etwas sexistisch, aber trotzdem nett, schätze ich. Selbst schuld, ich wollte eh nicht.

Wie soll man letzte Nacht zusammenfassen?? Ich versuche gerade noch, sie zu verarbeiten. Alles begann aus einer Laune heraus. Ein paar Punks vom Konzert, ich erinnere mich nicht an ihre Namen, hatten uns zu einer Party eingeladen, wir gingen mit und chillten im Garten einer wirklich netten Genossenschaft am Berliner Stadtrand. Sie lag in einer verlassenen Hundefutterfabrik, die ein paar Freunde umgebaut hatten. Reifenschaukeln hingen an den Deckenbalken, und es gab ein Wasserbett mit Fischen drin (ist das human??). Das Haus wurde Hundehütte genannt. Die Leute vom Konzert hatten es besetzt und stellten uns ihre Mitbewohner vor – superinteressant, haufenweise Musiker, jemand machte einen Master in Pornografie an der Freien Universität, eine andere war tagsüber Sozialarbeiterin und nachts eine professionelle Domina. Sie waren so international, Leute aus Schweden, der Türkei, Ghana, Griechenland. Ich fühlte mich schuldig, weil ALLE Englisch sprachen und ich nur ein bisschen Deutsch aus meiner Wagner-Zeit konnte, aber sie sagten, ihnen gefalle die Übung. Ihre Akzente klangen HIMMLISCH. Es gab einen besonders schönen Jungen aus Südafrika (wie war sein Name?!?), dem ich die GANZE Nacht hätte zuhören können.

Jedenfalls setzten sich ein paar von ihnen zu uns, sie reichten eine Flasche Wein herum, jemand fragte, ob wir zusammen seien. Wir verstanden erst nicht richtig. »Wer?«, fragte LR, »sie und ich?« Das brachte sie zum Lachen. Sie zeigten auf uns alle. Wir Amerikaner saßen aufgereiht auf einer durchgeweich-

ten, alten Couch. »Wer schläft mit wem?« Sie sprachen so offen und freimütig darüber, dass sich niemand unwohl fühlte. Ihre Fragen schienen nicht mal besonders sexuell, sondern sachlich, wie: Was sind deine Hobbys? LR sagte: »Sie schläft mit mir.« Ich freute mich, ihn das sagen zu hören. Und sie nickten und zeigten auf Otis und sagten: »Was ist mit ihm?« Ich verstand nicht, also erläuterten sie. »Hast du auch mit ihm Sex?« Als ich nein sagte, zeigten sie auf LR. »Und er?« Als LR nein sagte, lachten sie. Sie müssen uns für völlig puritanische Amerikaner gehalten haben!

Zu mir sagten sie: »Warum nicht? Findest du ihn nicht attraktiv?« Sie meinten Otis. Alle kicherten, wir waren Mädchen auf einer Pyjamaparty. Ich musste ehrlich sein und sagen: »Darüber habe ich noch nie nachgedacht.« Und sie sagten: »Also, denk jetzt darüber nach.« Das brachte mich in eine komische Lage, aber alle waren so entspannt, dass es mir nicht peinlich war und Otis auch nicht. Er lächelte und starrte seine Hände an. Ich meine, ich habe Otis NIEDLICH gefunden. Nicht sexy, niedlich. Er ist klein, aber er hat ein hübsches Lächeln und ist immer nett zu mir gewesen. Also musterte ich ihn und sagte: »Er ist süß.«

Dieses Wort fanden sie urkomisch. »Was soll das bedeuten?«, fragten sie. Diese gerissenen Berliner! Wir waren jetzt alle darin verwickelt. LR sah amüsiert aus, und niemand schien sich besonders daran zu stören, also sagte ich: »Das bedeutet, ich würde ihn wahrscheinlich auf den Mund küssen, aber ohne Zunge.«

»Also gut!«, sagten sie. »Und was ist mit dir?« Jetzt fragten sie Otis. Er warf mir ein verschämtes Lächeln zu, so süß, und dachte eine Sekunde lang nach und sagte: »Sie ist heiß. Ich würde sie auch küssen.« Obwohl ich nie das kleinste bisschen in Otis verknallt gewesen war, muss ich zugeben, dass es mich rot werden ließ, ihn das sagen zu hören. Ich wurde sogar ein klein wenig geil.

»Also gut!«, sagten sie. Sie blickten uns an, als sei der nächste Schritt klar, und offen gestanden war er es auch. Einer von ihnen rieb mein Bein und zwinkerte und flüsterte »Leb deine radikale Utopie« oder etwas ähnlich Dummes. Also lehnte sich Otis über LRs Schoß und küsste mich! Ein kurzer Kuss auf die Lippen – er ließ ein bisschen Zunge hineinschlüpfen, aber bloß für eine Sekunde. Es war so einfach, alle schauten zu, und es fühlte sich an wie die natürlichste Sache der Welt.

Wir waren alle auf einer Wellenlänge, darum überraschte es mich nicht, als das griechische Mädchen LR frage, was ER mit IHR machen würde. So ging es im Kreis und eskalierte sozusagen. LR sagte, er würde ihr einen Knutschfleck machen, also tat er es. Das griechische Mädchen sagte, sie würde Curts Hals lecken, also tat sie es. Curt sagte, er würde an ihren Brüsten saugen. Sie holte sie raus, und er tat es! Mittlerweile waren, glaube ich, alle ziemlich geil, wahrscheinlich auch betrunken. Eine Menge Leute befummelten schon ihre Nachbarn, aber auf freundliche Weise, mit viel Blickkontakt – sie scheinen hier Blickkontakt zu lieben, mir ist das ein bisschen viel. Dann sagte einer der Punks, er wolle Otis einen Rimjob verpassen, und ich dachte nur, okay, WHOA, anschnallen, jetzt geht es LOS. Niemand hätte jetzt gehen können. Es war faszinierend und sexy und etwas schwer mitanzusehen. Wer hätte Otis das zugetraut!!

Sagen wir einfach, wir ließen uns hinreißen. An den Rest erinnere ich mich nur verschwommen. Woran ich mich erinnere, ist, dass mich jemand auf seinen Schoß zog und der südafrikanische Junge sagte, er wolle zuschauen, wie ich LR einen blase. Ich MOCHTE es! Der Junge griff mich direkt danach, bevor ich's herunterschlucken konnte, und küsste mich und griff dann LR und küsste ihn. »Jetzt weißt du, wie du schmeckst«, sagte er. Das war neu. LR und ich schauten uns an: VERDAMMT.

Schließlich sah ich, dass bei Peewee nichts lief. Ich schätze, er merkte, dass ich herüberschaute – großer Fehler. Er sagte, einigermaßen laut, dass er mich vögeln wollte. LR machte etwas mit jemand anderem, aber ich wusste, dass er zuhörte. Ich war echt einigermaßen ärgerlich, dass Peewee das überhaupt vorschlagen würde – offen gesprochen, der Typ ist FETT. Und wir haben alle Andeutungen über seinen schrecklichen kleinen Schnurrbart gemacht. Wenn er sich nicht helfen lassen will, c'est la vie. Ich würde nicht mal seine schmierige Wange küssen wollen. Ich habe meine Grenzen! Vielleicht war ich eine Schlampe, aber ich würde niemals SO schlampig sein. Ich wollte die Stimmung nicht verderben, also schüttelte ich bloß den Kopf und griff mir jemand anderen. Ich schätze, mittlerweile war es eine ausgewachsene Orgie. Sie schien Stunden zu dauern. Ich hatte immer gedacht, eine Orgie wäre schmutzig und unangenehm, aber es war wirklich unglaublich. Anschließend saßen wir alle herum und redeten und tranken mehr Wein, und jemand reichte Speed herum, und dann zogen wir uns an, um Falafel zu holen. Jemand kannte den Besitzer, und er jubelte, als wir hereinkamen. Wir müssen ziemlich schuldbewusst und deplatziert ausgesehen haben, wie wir dort standen und ins Neonlicht blinzelten wie eine Gruppe angetörnter Maulwürfe.

Auf dem Weg dorthin tauchte der südafrikanische Junge hinter mir auf und legte seine Hände auf meinen Bauch. Er sagte etwas Kitschiges wie »Du bist wirklich einzigartig« und schob meinen Rock hoch, unauffällig. Ich trug das satinartige gelbe Nachthemd mit dem Schlitz am Rücken, von dem LR gesagt hat, dass er es mag. Ich trug auch das billige Strumpfband, das LR bei Goodwill gefunden und mir aus Witz geschenkt hatte (»für meine Kindsbraut«). Ich wusste nicht, wo LR war, aber *ich fühlte mich mit diesem Jungen so wohl, dass es mir völlig egal war. Ist das schlimm?? Wir suchten uns hinten im Falafel-laden einen Tisch und taten, als wäre alles normal. Er klemmte irgendwie mein Bein zwischen seine Schenkel und fingerte mich, bis das Essen kam. Ich versuchte SO sehr, keine Miene zu verziehen. Er winkte seinen Freund heran und tat, als würde er seine Finger in Tahinipaste tunken. »Probier mal«, sagte er. Der Junge hatte eine verdammte FIXIERUNG! Ich glaube nicht, dass sein Freund merkte, was los war. »Gutes Zeug«, sagte er, was ich wahnsinnig komisch fand.*

Als wir zum Van zurückkamen, war es zehn Uhr morgens, und wir mussten uns BEEILEN. Jetzt bin ich verdammt er-schöpft, meine Brüste sind mit blauen Flecken übersät. Ich habe einen komischen Geschmack im Mund … Ich will gar nicht wis-sen, wovon. Otis und Curt und ich lächeln uns immer wieder gegenseitig dümmlich an. Ich fühle mich nur ein winziges biss-chen sündhaft. Ich ignoriere Peewee; er kann meinetwegen an einem Twinkie ersticken. Zwischen LR und mir scheint alles entspannt zu sein. Er ist genauso schuldig wie ich, falls er etwas daraus machen will. Aber wahrscheinlich ist alles in Ordnung, er ist bloß still. Ich wette, das war sein Traum. Eine Orgie in Berlin, sehr originell. Es gab sogar einen zärtlichen Moment zwischen uns, inmitten des Fickfests, als er mich »fand« (so fühlte es sich an, als schiebe man durch eine Menschenmasse) und meinen Mund abwischte und mich einfach anblickte. Wir taten nichts anderes, als uns gegenseitig anzustarren. Dann nahm er mein ganzes Ohr in den Mund und sagte: »Du bist gut in Form.« Es klang sexy und formell, wie ein Trainer, der sei-nen Schüler lobt. »Es war mir nicht klar, bis ich dich beobachtet habe.«

»Tja, ja«, sagte ich. »Weil du immer abgelenkt bist.«

Er grinste und sagte: »Aber jetzt sehe ich es.«

»Was genau?«, fragte ich. Es hätten wirklich so viele Dinge sein können.

Doch er antwortete nicht, und irgendwer fing an, meinen Schenkel zu reiben und irgendwas zu murmeln. Ich schätze, er verstand das als sein Stichwort, sich zu entfernen. »Mir gefällt, wie du damit umgehst«, sagte er, und dann passierten eine Million Dinge gleichzeitig, und ich verlor ihn aus den Augen. Gott, Berlin ist HOCHEXPLOSIV. Ich kann es nicht erwarten, wieder dorthin zu kommen. Hamburg wirkt ziemlich langweilig. Von dieser heißen Schokolade wird mir irgendwie übel, ich werde sie wegschmeißen. Oder vielleicht möchte Peewee einen Schluck... PECH GEHABT, DICKER.

Und sie hatte einen Zwinkersmiley gemalt.

Nachdem ich diese Passage so oft gelesen hatte, dass ich die Schlüsselsätze zitieren konnte (und ich würde sie in dieser Nacht noch viele Male mehr lesen), stieg ich aus der Wanne und trocknete mich ab. Ich zog meinen Schlafanzug an, ging aber nicht ins Bett. Inzwischen war ich aufgekratzt. Ich saß auf der Veranda und starrte den Hexenring Pilze an, der leuchtete wie die Plastiksterne, die Kinder an ihre Zimmerdecken kleben. Es war, als hätte ich einen Durchbruch erreicht; ich spürte ein winziges Ploppen, das Einrasten, das ich vor Monaten, die mir jetzt schienen wie Jahre, im Strandhaus der Orbitsons gespürt hatte, mit den Einkäufen im Arm, als ich dieses wahnsinnige Projekt begann und Oola zu meiner Muse nahm.

Ich hatte das Mädchen aus diesem Abschnitt nicht wiedererkannt. Die reizbare Schlampe, die Teen Queen auf Tour. Das war nicht das Mädchen, das ich Oola nannte oder Oolah oder lover-come-over; *diese* Oola, diese rauflustige und glückliche Version war mir fremd, und es war diese Kollision, die mich störte – geblasene Schwänze konnte ich verkraften, aber nicht kognitive Dissonanz. Die Oola, die *ich* kannte, tauchte erst gegen Ende auf, als sie den armen Peewee sitzen ließ. Obwohl mein Herz schmerzte, musste ich an der Stelle lachen. Diese Ehrlichkeit war mir bekannt; ich hatte selbst schon ihren Stich gespürt. Oola hatte eine seltsame Art, Grenzen zu setzen. Sie war wild, bis zu einem gewissen Punkt. Sie war offen, aber niemals weit. Ihre Schüchternheit mäßigte stets ihre Perversionen. Wenn ein Mann sie in einem Restaurant anstarrte, ging sie zu seinem Tisch rüber und sagte sachlich: »Wollen Sie mich vögeln, oder hab ich was im Gesicht?« Er war zu perplex, um zu antworten. Sie reichte ihm eine Serviette. »Das ist Ihre Chance. Tupfen Sie.« Da er nichts tat, seufzte sie und kehrte an ihren Platz zurück, mit erleichtertem Ausdruck. »Ich war wohl ein bisschen paranoid«, lachte sie. »Schätze, es war nichts.« Ich hatte Oola ein paar verrückte Dinge tun sehen, eine Handvoll einigermaßen versauter Dinge, doch nie mit dem kindlichen Jubel, der ihre Nacherzählung *jener* Nacht ausmachte. Die Oola, die ich kannte, *mochte* Sex nicht mal. Und sie würde sicher nie ein Strumpfband – ein *Strumpfband!* – tragen, selbst wenn es ein Geschenk wäre. Ich konnte es mir kaum vorstellen. Am hitzigsten hatte ich sie erlebt, wenn sie mit Theo raufte oder den letzten Tropfen Soße aus der Flasche quetschte. Aber andererseits war sie achtzehn. Sie ließ sich treiben. Le Roy hatte es selbst gesagt: Es hing von der Form ab.

Le Roy. Während ich das Tagebuch streichelte wie eine Katze, erkannte ich, dass Le Roy nicht nur Dinge über Oola wusste, die ich nicht wusste, und Seiten von ihr gesehen hatte, die ich später bloß ausspionierte, sondern auch etwas in ihr hervorgerufen hatte, dem nie zuvor Form gegeben worden war, Ichs oder Halb-Ichs, die nur in seiner Gegenwart existierten und wahrgenommen werden konnten. Es klang fast wie

Science-Fiction: Er war aus der Vergangenheit zurückgekehrt, um die Liebe meines Lebens zu entführen, er hatte Dinge mit ihr gemacht, sie ganz leicht verändert, ihr pH-Wert war aus dem Gleichgewicht, sie bekam Kopfschmerzen; er hatte ihr seine eigenen Träume und Wünsche eingepflanzt. Ich brauchte einen Exorzisten; und einen Drink. Wenn Le Roy nicht neben ihr saß, mit seinen Fingern auf ihr Knie tippte, war es sehr wahrscheinlich, dass Oola selbst in ihrem Tagebuch eine völlig Fremde antreffen könnte. Sie mochte über die Freimütigkeit der Erzählerin erröten oder über ihren Ton schmunzeln. *Damals war ich ein anderer Mensch*, mochte sie sagen, zum Klischee greifend. *Du hättest dabei sein müssen. Alle haben's getan. Berlin hat mich verändert. Ich hab losgelassen.* Das hatte sie ganz sicher. Etwas an Le Roy hatte sie befreit, ihre Gelenke geölt, sie schamlos gemacht – oder vielleicht hatte etwas an mir sie gehemmt. Sie hatte mich eigentlich nicht angelogen. Aber sie hatte Dinge verheimlicht. Ich wollte sie an den Schultern packen, schreien: *Warum vertraust du mir nicht?* Zum ersten Mal seit Monaten reichte es nicht aus, in den Spiegel zu blicken und den dreieckigen Knochen zwischen meinen Brüsten zu berühren, um meine Sehnsucht zu vertreiben.

Zum ersten Mal war ich mit meiner Arroganz konfrontiert. Ich hätte wissen sollen, dass das passieren würde. Natürlich würde es Konkurrenten im Wer-kannte-sie-am-besten-Spiel geben. Es war mein Fehler zu denken, ich hätte bereits gewonnen. Ich hatte nicht verstanden, dass die Erinnerten in Sachen Romantik oft die Oberhand haben. Selbst das T-Shirt, das ich trug (lila) bezeugte diese traurige Tatsache. Ich wollte ihn erdrosseln, aber auch Erfahrungen austauschen. Ich sah immer wieder das Bild von ihm bei der Orgie vor mir, wie er ihre Lippen abwischt und mit onkelhafter Zuneigung zu ihr heruntergrinst, als wollte er sagen: *Meine Güte, bist du groß geworden.* Seine Version von Oola konnte unmöglich mit der übereinstimmen, die mir lieb und teuer war. Ich konnte nicht behaupten, sie durch und durch zu kennen, solange *er* herumschlich und auf Partys rührselig von einem Mädchen quatschte, das er einst gekannt hatte, oh Mann, du hättest sie sehen sollen. Wenn ich es bloß könnte!

Solange Le Roy noch da draußen war, seine Erinnerungen an eine achtzehnjährige Oola herumtrug, die lustigen auslüftete und die heißen hortete (wie sie als Mutprobe ihre Brüste in einem Club in Dublin entblößte), konnte mein Projekt nie vollendet werden. Meine Arbeit wäre ein Schwindel, bestenfalls zu achtzig Prozent genau.

»Ein *Strumpfband*?«, schrie ich heraus.

Doch der Himmel lehnte jeden Kommentar ab. Ich schleuderte das Tagebuch über den Rasen. Es segelte über den Hexenring und landete mit einem Keuchen außerhalb der Bildfläche. Als wollten sie Zustimmung ausdrücken, breiteten die Pilze sich aus. Wenn dieser Ring weiter wuchs, würde er bald das Haus umgeben.

Ich taumelte auf die Füße. Wie in alten Romanen über Verehrer und Duelle, in denen Halbjungfrauen ihre Laken wieder glattstrichen, war die Antwort klar – ich musste diesen Le Roy finden. Ich musste ihn auswringen, meinen Rivalen, im Namen der Vollständigkeit. Meine Verpflichtung war schließlich allumfassend. Ich machte mich umgehend daran, ein Outfit zu planen. Ich suchte tief in ihrem Kleiderschrank, bis ich fand, was ich wollte. Es gab keine Zeit zu verlieren. Ich lackierte meine Nägel im Mondschein. Die Hexenjagd würde am nächsten Morgen beginnen.

Super 8

Wie sich herausstellte, war Le Roy nicht schwer zu finden.

Ist das heutzutage irgendwer? Selbst ich, der ich abgeschnitten und weit weg von Freunden und Familie lebte, gab mich nicht der Illusion hin, unauffindbar zu sein. Vielleicht nicht wiederzuerkennen, aber immer noch gebunden an eine Zeit und einen Ort, den jeder Computer auskochen könnte. Im Falle Le Roys reichte eine Google-Suche, und schon poppte ein Foto auf. Hier erfuhr ich, dass Judith Butplug sich nach einer desaströsen Südamerikatour aufgelöst hatten, dass jedoch Le Roy, jener Frontmann von *schillerndem Gusto* und *seelenzermürbender Kraft*, dem Blog eines Highschoolschülers zufolge, eine neue Gruppe mit dem weniger eingängigen Namen Corny Roy and the Pregnant Seahorses gegründet hatte. Ich suchte nach ihren Tourdaten, und, siehe da, sie waren die Hausband eines Restaurants in einem beliebten Küstenort kurz vor L.A. Ich notierte mir ihre Zeiten und die Adresse des Restaurants. Ich speicherte das Foto auf meinem Handy, eher um mein Blut in Wallung zu bringen, als um sein Gesicht zu studieren. Ich würde ihn erkennen, wenn ich ihn sähe; daran bestand kein Zweifel. Und nach einer Nacht voller Grübelei, in der ich im Pyjama auf der Veranda herumgerannt war und Kette geraucht hatte, wusste ich, was ich mit ihm anstellen würde, wenn wir uns von Angesicht zu Angesicht gegenüberstünden. Es würde nicht leicht sein, doch ich hatte mich entschieden.

Es war ein älteres Foto, aufgenommen, bevor die Band auf Europatour ging. So musste er damals für Oola ausgesehen haben, als sie größtenteils zusammen waren und sie Dinge für ihn tat. Er war sechs Jahre älter, ein beachtlicher Unterschied zu dieser Zeit in ihrem Leben, als seine Unabhängigkeit und scheinbare Klarsicht ihrem gerade erst aufkeimenden Selbstempfinden entgegengesetzt waren. Er war in seinem Verhalten ebenso glatt, wie sie sich roh fühlte, sie war noch immer ans Klavier gefesselt und rief jeden Sonntag zu Hause an, um sich zu beschweren, dass sie »in der Luft hing«.

Er ist kohärent, schrieb sie in ihr Tagebuch. *So ganz. Alles, was er sagt oder tut, ergibt völligen Sinn für ihn. Er hat sich selbst zu etwas gemacht und ist so verdammt konsequent – bis hin zu den Kleidern, die er trägt, oder der Musik, die er spielt. Selbst seine Art, sich Musik ANZUHÖREN, passt dazu. Er vergräbt die Hände in den Taschen, sein Unterkörper ist starr, aber er nickt so heftig mit Kopf und Schultern, dass er vor- und zurückschaukelt, ohne dabei je die Füße zu bewegen. Die Leute können gar nicht anders, als ihn zu bewundern.*

Ich musste zugeben, dass der Mann Stil hatte. Das Foto schien es einzufangen: Le Roy, wie er reinen Le Roy verströmte, selbst außer Dienst. Er saß auf einem Geländer, in schwarzen Jeans und einem gestärkten blauen Posthemd, die Ärmel hochgekrempelt, mit einer Mischung aus Zuneigung und Verzweiflung in die Kamera blinzelnd, als würde er sagen: *NOCH ein Foto? Nur für dich, Babe.* Er hielt den linken Arm quer über die Brust gelegt, die Hand in den Kragen gesteckt, den frisch rasierten Nacken reibend, während der andere Arm weit ausholend mit einer Zigarette gestikulierte. An der sichtbaren Hand trug er mehrere Ringe, schlicht und silbern. Sie passten zu seiner Gürtelschnalle, einem großen silbernen Pentagramm. Er besaß die verführerische Gestalt eines Rockstars, aber die Haltung eines Yogis. Er sah aus wie jemand, der Bücher knickte, selten aß und Kakteen auf dem Sims über dem Bett stehen hatte. Er war härter als ich, aber auch ruhiger. Er war gerade dabei, etwas zu sagen, und seine Lippen waren zurückgezogen, stellten unregelmäßige Zähne zur Schau. Ich wollte sehnlich wissen, wovon er schwafelte; fast konnte ich seine leise, gemessene Stimme hören, die Präzision, mit der er seine Ts und Qs abfederte. Man hatte den Eindruck, dass Menschen um ihn herum, versammelt knapp außerhalb des Bereichs der Kamera, an seinen Lippen hingen; ganz offensichtlich hatte er gerade gelacht, und die leichte Neigung des Fotos schien auf die Zuckungen des Fotografen hinzudeuten. Neben ihm auf dem Boden stand eine Riesenflasche Orangenlimonade. Da saß er, vor oder nach einem Konzert: lässig, aber umwerfend, geputzt, aber ungeziert. Ich war mir meiner gespaltenen Nervenenden faszinierend bewusst. Ein PR-Vertreter hätte es nicht besser inszenieren können.

Ich mache mir Sorgen, schrieb Oola, *dass ich nicht zu seinem Image passe. Oder dass ich zwar dazu passe, aber nicht perfekt. LR ist Perfektionist. Und außerdem –* sie fügte eine Reihe Xe ein – *die WAHRE Liebe meines Lebens. Manchmal fühle ich mich mit ihm, ich weiß auch nicht, sündhaft, aber ich kann nicht anders... Mich hat's erwischt!!!*

Genauso schmerzhaft war es für mich, jene Passagen zu lesen, in denen sie seine Art zu küssen beschrieb – *grob, so als wäre mein Mund ein Rätsel, von dem er weiß, dass er es lösen kann* – und ein besonders plastischer Schlafzimmer-Spielbericht, den sie mit schockierender Eindringlichkeit zusammenfasste: *Ich wünschte, er wäre mein Erster gewesen. Vieles wäre anders gelaufen.*

Dieser lyrische Leckerbissen verfolgte mich. Er stand nur der Orgienszene nach, die mir, sobald ich mit dem Schmollen fertig war, die Energie verlieh, zu packen, zu putzen und meinen zweiten Roadtrip zu planen. Ich nahm mir sogar die Zeit, meine Haare zu glätten.

Um acht Uhr morgens machte ich mich auf den Weg, der Motor schnurrte praktisch noch vom Ausflug des vorangegangenen Tages. Doch statt unten in der Ausfahrt nach rechts abzubiegen, Richtung Carmel, wie ich es normalerweise tun würde, fuhr ich nach links in Richtung Hearst Castle und schließlich L.A. Auf diesem glitschigen Highway am Rande aller Dinge, am äußersten Ende des amerikanischen Kontinents, erschien es mir merkwürdig, dass meine Hütte ein Mittelpunkt geworden sein sollte, exakt gelegen zwischen einer möglichen Zukunft (San Francisco, ohne sie; eine vorurteilsfreie Atmosphäre, keine Fragen, ich würde mich finden können, mit Programmieren oder Yoga anfangen) und einer unvergesslichen Vergangenheit (Oolas Ex, der bloß einen Steinwurf entfernt von ihrem Heimatstädtchen, in dem sie sich kennengelernt hatten, Musicallieder spielt, sofern der Ort nicht von Waldbränden ausgelöscht worden ist, in welchem Fall ich trotzdem versucht wäre, den versengten Fleck abzuschreiten, die immerschwarzen Gräser, auf denen sie einst Fußball gespielt hatte und später high geworden war). Es schien fast zu einfach: rote Pille, blaue Pille, links oder rechts. Ich machte mir nicht die Mühe zu blinken.

Ich trug ein Trägerkleid aus Cord, olivgrün, zu einem kastanienbraunen Rollkragenpullover und schwarzen Strumpfhosen. Ich fühlte mich flott, fast sportlich mit meinem zum Fischgrätzopf geflochtenen Haar (ich hatte geübt). Ich sah aus wie eine College-Studentin, die den Highway entlangbraust und nach einem langen Wochenende zurück auf dem Weg zum Campus (UCLA? CalArts? Curtis?) ist. *Mach dich bereit,* hätte ich gerne geflüstert, eine unsinnige Warnung an den schlafenden Le Roy. *Du wirst nicht wissen, wie dir geschieht.* Das Gleiche galt für mich, doch an diesem schönen, schwung-vollen Morgen, an dem mich die Meeresbrise umwehte, war ich noch zweihundertdreiundzwanzig Meilen davon entfernt, es herauszufinden. Die Klarheit meines Ziels – *Le Roy dranzu-kriegen* – ließ mich bloß positive Vorzeichen erkennen, etwa die Heißluftballons, die ich in der Ferne entdeckte. Ich be-obachtete, wie sie, irren Wolken gleich, aufs Meer hinauszo-gen. »Du hast keine Chance«, sagte ich (laut zu denken, ist eine schlechte Angewohnheit, die vom Alleinleben kommt). Auf der bröckelnden Straße ging ich in die Kurven wie eine Verrückte. Um neun Uhr abends musste ich geschniegelt sein und bereit für ein Konzert. Ich musste hübsch in der ersten Reihe sitzen, und wenn es mich umbrachte.

Das Aussehen des Fishbones traf mich unvorbereitet. Ich hatte etwas Prachtvolleres erwartet. Nach einer ausgezeich-neten Fahrt, unterbrochen bloß von einem Ausflug zu Good-will und einem zehnminütigen Halt in San Simeon, um die See-Elefanten zu beobachten, war ich überrascht, mich in einer verblichenen und verschlafenen Küstenstadt wieder-zufinden, ein blasser Knutschfleck am ausgestreckten Hals Kaliforniens. Ich sah noch einmal auf dem GPS nach: Ja, hier sollte das Konzert stattfinden. Wie viele kalifornische Städte trug diese den Namen eines spanischen Mädchens, er wirkte bittersüß, als sei die Stadt ihr Denkmal, wer immer sie auch gewesen war, oder, noch trauriger, ein Versuch, sie zurück-zuerobern. Ihre graubraunen Ferienwohnungen standen den Großteil des Jahres leer, sobald die Urlauber beim ersten Hauch des nahenden Herbstes ihre Geländewagen beluden, wenn das unverkennbare Klingeln des Schulanfangs in der Luft hing und sie zu ihren Geschäftszweigen ins Landesinnere zurückkehrten, wo die Blätter das ganze Jahr lang die gleiche Farbe trugen. In diesem Strandort gab es weder Bäume noch Bibliotheken oder Parks; es gab eine sonnenverdörrte Grundschule mit einem weitläufigen Asphalthof und eine angegliederte Tagesstätte in einem aufgebockten Wohnwagen. Es gab eine hübsche, kleine Kirche mit Turm und Glocke, doch sie sah verschlossen aus, als ich vorüberfuhr. Überall Wischputz und Siena, außerdem Beton und abgeblätterte Farbe. Ich konnte mir vorstellen, dass die Stadt in den Sommermonaten einen gewissen abgehalfterten Charme besaß, eine bescheidene, treibholzartige Lässigkeit, mit der Kinder ohne Beaufsichtigung von Haus zu Haus drifteten und schwere Körper braun wurden und für den traumhaften Zeitraum des Junis schön waren, in Boardshorts und mit Sanddollars an billigen Ketten. Die Stadt hatte ein Postamt, einen Surfshop und ein Super-8-Hotel. Wahrscheinlich fuhren die meisten Leute mit dem Auto zum Einkaufen oder zum ein paar Meilen entfernten Marie Callender's. Neben dem Fishbones gab es nur ein einziges anderes Restaurant in der Stadt, eine Taqueria namens Burro's (Tagesgericht: Rache für Junipero). Die Straßen waren um drei Uhr nachmittags ausgestorben; ich sah eine Menge an Verkehrsschilder und Gittertüren gekettete Fahrräder und keine Autos.

Als ich in die Pension eincheckte – ein pfirsichfarben gestrichenes Americana-Motel mit minzgrünen Türen –, saß ein dicklicher, vorpubertärer Junge in einem Hollister-T-Shirt an der Rezeption, starrte in die Luft und war selbst zum SMS-Schreiben zu gelangweilt. Er gab mir meinen Schlüssel und vermied Blickkontakt. »Schon mal dort gewesen?«, fragte ich und deutete auf sein Hemd. »Die Stadt Hollister liegt nämlich nicht weit weg von hier. Nördlich von Salinas. Warst du schon mal in Salinas?« Er machte sich nicht die Mühe zu antworten. Selbst die komische Fake-Frau konnte ihn nicht aus der Ruhe bringen. Er ließ mich mein Zimmer allein suchen.

Es war die Standardausführung für fünfzig Dollar die Nacht: beigefarbene Wände, die abgekaut aussahen, schwammartiger Teppich, ein niedriges rosafarbenes Badezimmer (*Whirlpool-Wanne!*, verkündete das Schild draußen), das an eine Endoskopie denken ließ, eine bescheidene Kochnische, ein Doppelbett mit einer Tagesdecke, deren geblümtes Muster im Dämmerlicht aussah wie Camouflage, ein Fernseher auf einem Tisch und zolldicke orangefarbene Vorhänge. Ich zog das Kleid an, das ich in Oolas Schrank gefunden hatte: ein zitronengelbes Negligé, das bis über die Knie reichte, mit je einem gestickten Schmetterling auf Brustwarzenhöhe. Ich tauschte die Stiefel gegen Riemchensandalen und machte mich fix frisch. Das Motel befand sich auf der einen Seite der Stadt und kennzeichnete seinen äußersten Rand. Das Fishbones lag auf der anderen Seite, es war, abgesehen von den Schneisen aus festgetretenem Schutt, die hinunter zum Strand führten, und dem riesigen Betonhof der Grundschule, das Erste, was man sah, wenn man vom Highway 1 abfuhr, um nach dem Weg zu fragen, der einen wieder auf den Highway 1 brachte.

In der Hochsaison diente das Fishbones, da bin ich mir sicher, als Treffpunkt der Stadt; das dunkel vertäfelte Stammlokal mit Blick auf den Strand, das von der Sonne schläfrig und gesprächig und neugierig gewordenen Urlaubern gebratenen Fisch servierte. Die Spezialität waren Kabeljau und Polenta, zwei golden glitzernde dreieckige Hügel. Das Gericht wurde mit einem Lätzchen serviert, das die Aufschrift KÜSS MICH – ICH BIN FISCHIG trug. Letztlich handelte es sich um ein aufgehübschtes Bubba Gump mit einer Jazz-band in Geiselhaft. Die Einrichtung bestand aus einer Floh-markt-Mischung geflickter Sessel und perserartiger Teppi-che; Lichterketten hingen über der Bar und blinkten einem verqueren Kalender wichtiger Ereignisse folgend in orange und grün und rot und blau. Kleine Skelette baumelten von einem Lichterstrang, wo sie Umgang mit blauen Davidster-nen pflegten. Die Männertoilette war mit *Baywatch*-Artikeln zugepflastert und die der Frauen mit Postern sämtlicher Staf-feln von *Survivor*, über dem Waschbecken hing außerdem eine Kette getrockneter Chilischoten. Die Rückseite des Res-taurants bestand aus blauem Glas und zeigte rund um die Uhr im Live-Stream, wie die Wellen das Ufer anfielen. Vor diesem Fenster, auf einer Bühne aus Getränkekisten, mit Sombreros auf den Köpfen, spielten Corny Roy and the Pregnant Seahor-ses für ein Publikum von zehn Personen, mich mitgezählt. Es war so leer, dass ich in beide Toiletten schauen konnte, ohne ausgefragt oder aufgehalten zu werden.

Ich bestellte eine Limonade und setzte mich an die Bar. Die Hocker waren aus rotem Kunstleder; die Barfrau mitt-leren Alters höflich, aber schüchtern. Es waren eindeutig nur Einheimische da. Sie brachte mir mein Getränk, stellte keine Fragen und zog sich in den Hintergrund zurück, lehnte sich aufs Waschbecken, den Blick auf Corny Roy gerichtet. Sie sah aus, als sei sie einmal mit einem Hells Angel zusammen gewe-sen, ehe sie sich mit einem Klempner namens Hank in einem Wohnwagen niedergelassen hatte. Ich identifizierte ihren Lid-schatten, Blue Monday, ein wenig dick aufgetragen. Ich folgte ihrem Blick und sog die Szenerie auf.

Corny Roy und seine Band – wie eine Gruppe Väter auf Urlaub – spielten mit straff eingeübter Leichtigkeit sämtliche Klassiker durch: »Autumn Leaves«, »The Very Thought of

You«, ein kleines bisschen Geplänkel, etwas Van Morrison, »Summertime«, ein Eagles-Cover, eine Pause. Corny Roy stand vorne und zupfte an einer Gitarre, während die Pregnant Seahorses auf umgedrehten Getränkekisten hinter ihm saßen. Sein schwarzes Haar war gegelt und zu einer rockerartigen Tolle gekämmt. Bei »Hotel California« riss er sich den Sombrero vom Kopf und warf ihn ins Publikum (niemand fing ihn auf). Sie klangen deutlich zu gut dafür, dass sie so erbärmlich aussahen. Es schien, als würde man einer echten Band beim Aufwärmen zuschauen, als quälten sie uns mit dem kleinen Einmaleins und könnten in genau dem Augenblick, wenn ich aufstehen und pinkeln gehen würde, aus dem Autopilot ausbrechen und (zur Freude aller Väter im Publikum) eine bewegende Darbietung von Pink Floyds »Great Gig in the Sky« anstimmen, während Corny Roy, noch immer jaulend, auf der Bühne einen Anfall erleiden würde. Stattdessen war das Wagemutigste, was sie zu bieten hatten, ihre Version von »Summertime«, bei der Corny Roy sich zur Überraschung der Band entschloss, die letzte Strophe zu summen. Eine Nanosekunde lang lächelte sein Bassist. Ihr Auftritt dauerte eine Stunde und fünfzehn Minuten.

Während ich ihn beobachtete, war ich hin- und hergerissen. Es war schon Le Roy; ich erkannte seine Hände wieder, mit denen er so flüssig umging wie ein Fluglotse, die langen, dünnen Finger waren mit Ringen dekoriert. Ich erkannte die Bleistifthosen. Doch etwas hatte ihn erschüttert. Er besaß die Haltung, aber nicht die Konzentration. Seine Lässigkeit war verkalkt; seine Lederjacke sah geschmacklos aus. Obwohl er noch immer ein sehr attraktiver Mann war, hatte sein Charme etwas Morsches, so als könnten der gespenstische Blick und das grüblerische Auftreten sich jeden Moment mit einem über den Kiefer fallenden Schatten als sirupsimple Traurigkeit zu erkennen geben und das gehetzte Aussehen (Bartstoppeln vom Vortag, rote Augen) als Reaktion auf ziemlich reale Geister. Sein Körper schlaffte ab, wie es das Schicksal vieler selbsterklärter Rock-'n'-Roller ist. Am bemerkenswertesten war die Plastikschnecke in seinem rechten Ohr, erfolglos von einer Haarlocke verdeckt: ein fleischfarbenes Hörgerät.

Sie beendeten ihr Set mit einem Liebeslied: »I'll be there« von den Jackson Five. »Ein Wunsch«, sagte er grinsend, und als er sang, sah ich in seinem Gesicht das alte Feuer, inzwischen auf die Flamme eines Zippos reduziert, aber immer noch fähig, Hitze zu erzeugen, die glimmende Asche eines Bad Boys, der zum Verrückten geworden war. Er hatte tiefliegende Augen und eine Art, mit völliger Ruhe aus ihnen herauszuschauen, die, ob es ihm gefiel oder nicht, an eine Taxierung erinnerte; er könnte einen nach der Uhrzeit fragen, und man würde nervös werden, flatterig, sein abschließendes Urteil abwartend: *Zwei minus.* Zumindest empfand ich das so, als er, nachdem er dem Publikum eine gute Nacht gewünscht hatte – »seid nett und seid vorsichtig«, sagte er mit einem Augenzwinkern –, zur Bar herüberkam und in tadelloser Aussprache einen Whiskey bestellte.

Die Barfrau lächelte, ihre Augen knitterten. »Gutes Set.«

Er lächelte zurück, und ich allein, ein paar Zoll entfernt, sah die Anstrengung, die es ihn kostete, zu schmunzeln: »Nur für dich.« Er warf den Kopf herum in den sich leerenden Raum, und sie tätschelte seine Hand.

»Sei keine Diva.« Ihr Ton verriet jedem in Hörweite so unmissverständlich wie der Wetterbericht, dass sie ihn liebte, aber im Gegenzug nichts erwartete.

Sie stellte ihm seinen Whiskey auf den Tresen und verschwand ans andere Ende der Bar. Sie betrachtete die leere Getränkekistenbühne noch genauso aufmerksam wie vorher, als er dort gestanden hatte. Er setzte sich auf den Hocker neben mir und faltete die Hände. Seine Ringe fingen das Licht, während er seine Spirituose betrachtete.

Schließlich sagte er, nicht unfreundlich: »Hast du dich verirrt?«

Er schaute mich nicht an, doch es gab niemand anderen, den er hätte fragen können. Die extreme Sorgfalt, mit der er seine Worte aussprach, wie er das r und das t aus *verirrt* gegen das Flaschenregal klirren ließ, sorgte dafür, dass mir Seidenraupen den Rücken herunterliefen. Le Roy.

Ich drehte mich vorsichtig zu ihm um. »Nein.« Ich schluckte, versuchte einen neutralen Gesichtsausdruck. »Vertreibe mir nur die Zeit. Ihr Jungs wart gut.«

»Bitte?« Er deutete mit bewegender Gelassenheit auf sein Hörgerät. »Tut mir leid«, sagte er, »aber mein Gehör ist kaputt.«

Mit einem Aufruhr von Verlegenheit rückte ich näher. »Ihr Jungs wart gut.« In meinem Bemühen, überdeutlich zu sprechen, spuckte ich in seinen Drink. Er schien es nicht zu bemerken.

»Oh, danke. Das ist sehr nett von dir.« Die tiefbraunen Augen ließen Aufrichtigkeit vermuten. »Du hattest wahrscheinlich kein Privatkonzert erwartet, was?«

»Ich Glückspilz«, sagte ich sanft.

»Du Glückspilz.« Er nahm einen großen Schluck. »Ach, na ja, es ist ein ruhiger Abend. In einem ruhigen Städtchen. Die ruhige Jahreszeit.« Sein r hätte Glas zerschneiden können. Als ich nichts entgegnete, blickte er mich von der Seite an. »Und du scheinst eher der ruhige Typ zu sein.«

Ich nickte. »Das bedeutet wohl, dass ich hierher passe.«

»Nicht direkt.« Er lehnte sich herüber, und ich erkannte mit einem kalten Schlag in den Magen, dass er voll war. *Der anmutigste Betrunkene, den ich je gesehen habe*, hatte Oola in ihr Tagebuch geschrieben. Nur die Weichheit seines Blicks verriet ihn; seine Aussprache war noch immer perfekt, seine Stimme noch immer ruhig, seine Gesten noch immer kontrolliert. Er schien allerdings mit einem Punkt oberhalb meiner Schulter zu sprechen. »Ich meine, das ist etwas Gutes«, murmelte er. »Denn diese Stadt ist ein Drecksloch.«

»Wirklich?«, sagte ich, dem Drang widerstehend, mich ihm zuzudrehen. Ich behielt die Beine übereinandergeschlagen, die Hand auf der Handtasche. Die Barfrau beobachtete uns aus dem Verborgenen, ohne direkt herzuschauen. »Ich finde sie irgendwie nett.«

Er lachte: rostige Scharniere. »Nett?« Er setzte sich gerade und schien sich zum ersten Mal auf mein Gesicht zu konzentrieren; ein Flattern des Wiedererkennens lief über seine Züge wie ein Hase über ein Feld. »Das ist komisch«, sagte er, »du erinnerst mich an jemanden. Ein Mädchen, das ich mal gekannt habe.«

»Oola.«

»Bitte?«

»Oola.« Ich holte Luft. »Sie ist auch eine Freundin von mir.« Ich spielte am Verschluss meiner Tasche, beruhigte mich mit den Gedanken an das, was darin lag. »Tatsächlich hat sie diesen Laden empfohlen. Sie sagte, du bist talentiert.«

»Wirklich?« Ein verträumter Blick lockerte seinen Kiefer. »Mir hätte sie so etwas nie gesagt.« Er nahm einen großen Schluck von seinem Getränk. »Wir kennen uns schon lange, sie und ich.«

Ich nickte, mein Blut rauschte. »Wir uns auch.«

»Freunde aus Kindertagen?«

»Sozusagen. Du?«

»Na, wir waren zusammen.« Er starrte aus dem großen

Fenster, einen wächsernen Ausdruck in den Augen, die nun dankenswerterweise von meinen Zuckungen abgelenkt waren. »Ja, vielleicht hat sie mich erwähnt. Ich habe mich damals Le Roy genannt.«

»Le Roy? Nie gehört.«

Ich beobachtete, wie sein Kiefer sich spannte. Er fuhr sich mit einer großen Hand durchs Haar, vom spitzen Haaransatz zum Nacken und wieder zurück, wie um einen Reißverschluss zu schließen. »Ah, nun, sie war verschlossen, was uns anging. Sie wollte nicht, dass ihre Eltern etwas mitbekamen. Wir trafen uns immer in diesem Restaurant – na ja, es war eher eine Bretterbude. Stand neben einem Flugfeld für Privatmaschinen. Vielleicht kennst du es? Es lag neben der Highschool.«

Ich mühte mich ab, keine Miene zu verziehen. »Nie dort gewesen.«

»Du hast nicht viel verpasst. Es ging hauptsächlich darum, am Fenster zu sitzen und die Maschinen losfliegen und landen zu sehen. Michael Jacksons Ranch lag in der Nähe. Wenn man ihn entdeckte, bekam man umsonst ein Stück Kuchen.« Durch seine klare Aussprache klang er manchmal, als wäre er reich, so weit gereist, dass er keinen vorherrschenden Akzent hätte, stattdessen ins Britische, Spanische, Französische verfallen würde. »Ich bin letztens daran vorbeigekommen, als ich von der Klinik nach Hause gefahren bin. Oder besser gesagt, dort vorbei, wo es früher war. Das ganze Ding ist weg. Kein Flugzeug in Sicht.« Er musterte mein Glas. »Kann ich dich auf ein Getränk einladen?«

»Nein, danke.« Mein Herz dröhnte. Ich hatte nie zuvor von dieser Bude gehört. Ich wollte ihn anflehen weiterzusprechen, doch ich hatte Angst, mich zu verraten. Ich nahm einen großen Schluck Limonade, die nun größtenteils aus Eis bestand, um mich zu sammeln. Er sah mich mit einer Mischung aus

Mitgefühl und Bestürzung an, so als seien wir gemeinsam Trauernde, doch er könne sich nicht erinnern, wer gestorben war.

»Das muss hart sein«, sagte er.

»Was?« Ich versuchte meine Stimme munter klingen zu lassen.

»Sie so zu sehen.«

Ich verstand nicht. Ich fragte mich, wie betrunken er eigentlich war. Ich biss mir auf die Unterlippe. »Ich bin mir nicht sicher.« Ich schluckte. »Ist es hart für *dich*?«

Er nickte. Und bevor ich ihn bitten konnte weiterzusprechen, mir zu erzählen, was sie in der Flugplatzbude bestellt und was sie getragen und wie sie es Stunden später in der klimatisierten Sicherheit seines gemieteten Zimmers ausgezogen hatte (albern? Schüchtern? Gefesselt und geknebelt?), trank er seinen Drink mit einem Ruck aus und stand auf. »Genug von diesem traurigen Zeug. Willst du dir einen Film mit mir ansehen?« Seine Augen glänzten seltsam. »Du musst allerdings fahren. Ich bin im Arsch.«

Ich hatte keine andere Wahl, als mich zu fügen. Er war so nah, dass ich ihn riechen, die Kammabdrücke in seinen zurückgegelten Haaren zählen konnte wie Gabelabdrücke im Zuckerguss; ich durfte ihn jetzt nicht verlieren. Er marschierte auf die Tür zu. Die Barfrau, die Gläser wusch, hielt mitten im Abreiben inne, um uns beim Gehen zuzusehen.

»Gute Nacht, Eileen!«, rief er ihr zu. »Sei nett.«

»Sei vorsichtig«, plapperte sie nach, wandte sich dann wieder ihren Gläsern zu.

Er hatte nicht übertrieben, was das Betrunkensein angeht. Sobald wir zu meinem Truck kamen, sank er im Beifahrersitz nach vorne, die Stirn ans Armaturenbrett gedrückt. *Mein Gott*, dachte ich, ein Grinsen unterdrückend. *Das ist ja fast zu einfach.* Ich vergewisserte mich, dass meine Waffe noch gut verstaut war, tief in meine Handtasche geschmiegt. Dann legte ich eine Hand auf seinen Rücken, behutsam, zwischen seine rechtwinkligen Schulterblätter.

»Alles okay?«

»Bitte?«

Ich beugte mich zu seinem guten Ohr vor. »Das Motel, in dem ich wohne, liegt zehn Minuten von hier entfernt. Nichts Besonderes. Es hat Kabelfernsehen, glaube ich.« Ich befeuchtete meine Lippen. »Warum fahren wir nicht dorthin? Du kannst dich einen Moment ausruhen. Das Zimmer hat sogar eine Kaffeemaschine.«

Mit großer Anstrengung nahm er eine halb sitzende Position ein. Er blickte mich mit verschwommener Dankbarkeit an. »Wir können immer noch einen Film schauen«, sagte er, wie um mich zu beruhigen. Minute um Minute glitt die berühmte Anmut von ihm ab wie Ziegel von einem Dach, brachte dabei etwas Klebriges zum Vorschein. Ich versuchte, mir O.s Worte zu diesem Thema in Erinnerung zu rufen: *LR hat mal wieder eine seiner Depri-Phasen, Junge, Junge!* mochte ihm am nächsten kommen.

Ich legte meine Hand zurück aufs Lenkrad. »Ja«, sagte ich und nickte. »Wir werden schon etwas Gutes finden.«

Er nickte ebenfalls, als hätten wir ein Geschäft besiegelt. Er betrachtete sich im Seitenspiegel, während wir fuhren. »Jesus«, flüsterte er. Das s schnellte noch immer hervor, als würde er zum Erlöser selbst sprechen. »Ich bin abscheulich.«

»Warum das?«

Doch er schüttelte bloß den Kopf.

Als wir den Motelparkplatz erreichten, zog er einen kleinen gewebten Beutel aus der Tasche. »Macht dir das etwas aus?«, fragte er, den Sicherheitsgurt noch angeschnallt.

»Nein, nein.« Ich wedelte mit der Hand in seine Richtung, im Glauben, er würde sich eine Zigarette drehen. Ich stieg aus dem Truck und zündete mir selbst eine an.

»Möchtest du was?«, rief er von drinnen, und ich sagte nein, ehe mir klar wurde, dass er mir eine Line anbot.

Meine Haut spannte sich, ich lief über den Parkplatz, stieg in hohen Schritten über Diesel-Pfützen und wartete an der Tür auf ihn. Die Drogen waren neu. Ich rauchte heftig und sah ihm beim Herkommen zu. Ob im Arsch oder nicht, von weitem gab er eine gute Figur ab, vorwärtsschreitend, kaum schwankend, die Hände in den Taschen vergraben. Wie elegant schleppt man dieses sterbliche Fleisch herum? Viel mehr, als wir zugeben, läuft darauf hinaus, eine Frage des Auftretens, und Le Roy wusste selbst an seinem Tiefpunkt ganz genau, welche schlenkernde Pose er vorzulegen hatte: den Kopf hoch, Schultern gerade, die Daumen locker in die Gürtelschlaufen gehakt. Selbst wenn dieser Köper stotterte, ihn in die Irre führte, hielt er sich so hoheitsvoll, dass ich mich einen Augenblick lang fragte, ob er nicht eigene Pläne haben könnte, so wie ich Pläne für ihn hatte. Ich kann es nicht bestreiten: Der Gedanke reizte mich.

»Verzeih mir«, sagte er, während er sich gegen den Türrahmen lehnte. Sein Grinsen war fast jungenhaft.

»Wofür?«

Er lachte. »Ich weiß es nicht genau, schätze ich.«

Während er weiterlächelte, stupste ich ihn zur Seite und schloss die Tür auf. Ich ging voran, schaltete die Lichter ein. »*Home sweet home*«, zwitscherte ich falsch.

Die Hände noch immer in den Taschen, schritt er an mir vorbei und wanderte mit in den Nacken gelegtem Kopf im Raum umher, so wie man in einer Kirche oder an einer Unfallstelle herumwandern mochte. Er pfiff. »Schönes Zimmer.«

»Ist das dein Ernst?« Ich blieb im Türrahmen stehen, stöberte in meiner Tasche herum, als suchte ich nach einem Kaugummi.

»Natürlich.« Er setzte sich ans Ende des Bettes. Er schlug sich mit den Händen auf die Knie, ein musikalischer Tick, den ich wiedererkannte. »Du solltest mal sehen, wie *ich* wohne.«

»Ist das in der Nähe?«

»Leider.« Er ließ sich nach hinten plumpsen und befasste sich mit der Decke. Ich verriegelte die Tür doppelt. »Aber es ist nicht für immer. Ich ziehe bald weiter.«

»Wohin?« Ich ergriff die Gelegenheit, samt Handtasche ins Bad zu schlüpfen. »Lass mich überlegen«, sagte er. Ich wagte nicht, in den Spiegel zu sehen. Ich musste schnell handeln. Ich nahm das Strumpfband aus der Tasche und schob es mein Bein hinauf. Es schnappte in Position. Beinahe vergaß ich, das Goodwill-Etikett abzureißen. »Irgendwohin, wo was los ist«, schleuderte er hervor. In letzter Minute entschied ich, meine Highheels anzubehalten. Ich trat aus dem Badezimmer, bloß leicht zitternd, und hackte mein Fleisch auf ihn zu.

»Muss noch entschieden werden«, sagte er. Er setzte sich auf und fixierte mich mit einem gewinnenden Lächeln. »Irgendwelche Vorschläge?«

Ich setzte mich auf die Bettkante, die der Tür am nächsten war. »Woher soll ich das wissen?« Ich kreuzte meine Knöchel. »Wir haben uns gerade erst kennengelernt.«

»Ich weiß nicht.« Er hatte wieder diesen Blick, völlig ruhig, die Pupillen matt, als würde er mich abschätzen. »Du wirkst, als hättest du einiges erlebt.«

»Du wirkst auch so.«

Diese Bemerkung gefiel ihm; sein Gesicht füllte sich aus. »Hab ich auch«, sagte er nervös und lehnte sich herüber. »Wenn *das* nicht wäre«, er deutete auf sein rechtes Ohr, »hätte ich berühmt werden können. Ich weiß, das hört sich scheiße an, aber es stimmt.« Panik huschte über sein Gesicht. »Hat sich das für dich scheiße angehört?«

»Nur ein bisschen.«

»Ich wünschte, ich könnte es dir beweisen.«

»Kein Problem.« Ich behielt meine Hände im Schoß. Seine Aufregung bereitete mir Unbehagen, der vertraute, aber zerstörerische Geruch von Leder drohte mich durcheinanderzubringen, jetzt, da ich mich am meisten konzentrieren musste. »Hast du mal über Berlin nachgedacht?«

»Bitte?«

»Berlin. Viele junge Leute gehen dahin.« Ich griff nach der Fernbedienung. »Vielleicht inspiriert uns das.« Ich schaltete den Fernseher an, doch er drehte sich nicht von mir weg.

»Es ist komisch«, sagte er, und womöglich war ich bloß paranoid, aber sein Ton klang beißend. Ich musste mir in Erinnerung rufen, wer hier wen jagte. »Du kommst mir *so* bekannt vor. Bist du sicher, dass wir uns nie begegnet sind?« Er kniff die Augen zusammen. »Oola hat uns nie vorgestellt?«

»Nie«, flüsterte ich und vergaß, dass er nicht hören konnte.

»Arme, alte Oola.« In einer fließenden Bewegung zog er den Reißverschluss seiner Jacke auf und warf sie zu Boden. Der Überschwang seiner Emotionen beunruhigte mich. »Warst du dort, um sie zu besuchen?«

»Wie bitte?« Ich drehte die Lautstärke hoch.

Er war zu hinüber, zu versunken in einem Schwall von Traurigkeit, um sich an meinem Ton zu stören. Sein Blick fiel auf meine Schlüsselbeine, die in dem Kleid freilagen. »Sie sagt, sie ist einsam. Dass niemand sie besucht.«

Ich wechselte den Kanal. Das Licht wurde zu Butter.

»Sie wo zu besuchen?«

»In der Klinik.« Er hatte wieder diesen mitleidigen Blick,

als wollte er meinen Kopf tätscheln, mir das Haar hinter die Ohren streichen. »Ich dachte, deswegen bist du zurückgekommen.«

Ich schaltete in manischer Geschwindigkeit durch die Kanäle, bemühte mich, ruhig zu bleiben. »Sie ist krank«, sagte er vorsichtig, auf meine Reaktion wartend. Ich klickte weiter. Werbespots rasten vorbei, färbten unsere Gesichter violett und orange. »Sie hat sich selbst eingewiesen«, sagte er. »Irgendwas stimmt mit ihrer Haut nicht, aber niemand weiß, was.«

Das Licht des Fernsehers überblendete den Teppich; auf dem Bett sitzend fielen wir hinein in einen Strudel aus Spielzeug und Bräuten und massenweise Cornflakes. Ich konnte nicht aufhören zu klicken. Im Durcheinander von Bildern und auswurfartigen Farbtönen – Frauenstimme in Dauerschleife, abgehackten *I-love*s, den O-Gesichtern von American Idols, dem flackernden Schulporträt einer Vermisstenmeldung (*falls Ihnen dieses Gesicht bekannt vorkommt, melden Sie sich bitte unter...*) – fühlte ich mich wie Dorothy mit dem Arsch nach oben im Wirbelsturm von Oz.

»Warte!«, schrie Le Roy. »Lass das an!«

Ich ließ die Fernbedienung fallen, als würde sie brennen. Er drehte sich zu mir, die Augen seltsam leuchtend. »Ich habe dieses Lied geschrieben«, sagte er.

Boy Georges Cover von »The Crying Game« lief im Hintergrund eines Werbespots für wasserfeste Wimperntusche.

»Oh, wirklich?« Ich zog in einem Versuch, lustig zu sein, eine Augenbraue hoch, doch meine Stimme klang schneidend. Sein Gesichtsausdruck änderte sich nicht.

»Das meine ich ernst«, sagte er, noch immer starrend. Er sah aus wie ein Hund, der ein Kaninchen entdeckt hat. »Ich habe dieses beschissene Lied geschrieben.«

»Ich glaube dir«, sagte ich und probierte einen beschwichtigenden Ton. Etwas in seinem Ausdruck machte mich nervös. Er beugte sich vor, die Schultern angespannt, als wäre er bereit, sich auf mich zu stürzen.

»Ich habe es versaut«, sagte er. »Ich habe es versaut, aber ich bin immer noch gut.«

»Natürlich bist du das«, murmelte ich.

»Du musst mich für einen totalen Verlierer halten«, sagte er.

»Tu ich nicht.«

»Doch, tust du.« Er fuhr sich mit den Händen durchs Haar, seine Stimme war von Verzweiflung abgeschnürt. »Natürlich bin ich ein Verlierer. Nein, schlimmer noch – ich bin *gruselig*. Ich bin der Typ, von dem man hofft, dass er sich nicht neben einen setzt. Gott! Schau mich doch an! Ich dröhne mich an einem Dienstag zu und gehe mit irgendeiner He-She nach Hause!« Er hielt sich die Hände vor den Mund. »Tut mir leid«, sagte er. »Bitte verzeih mir.«

Er griff nach meinem Arm, und ich zuckte zusammen. Seine Augen flackerten. »Gott, tut mir leid. *Siehst* du? Ich bin ein Verlierer. Ich verliere alles.« Er bedeckte sein Gesicht mit den Händen und stieß ein Stöhnen aus. Es klang schaurig erstickt. »Ich werde es nie aus dieser Scheiße herausschaffen.«

Ich schob sanft eine Hand weg. »Schon okay«, sagte ich leise. »Ich hab ein dickes Fell.«

Er spähte flehend zu mir herüber. »Du bist so nett zu mir.«

Ohne den Blickkontakt zu unterbrechen, ergriff ich sein anderes Handgelenk und löste es von seinem Gesicht. Ich hielt seine beiden Handgelenke in meinem Schoß; er wehrte sich nicht. Sein verkorkster Gesichtsausdruck löste sich langsam auf. Ich zog einmal kurz an seinen Gelenken, und er kippte in meine Richtung, mit irrem Blick. Blut rauschte in meinen Ohren, blendete den Fernseher aus. Er fragte, wobei die Bewegung seiner Lippen und seine Stimme nicht ganz synchron schienen: »Wie heißt du?«

Jedes Haar meines Körpers schwirrte, als wäre sein Blick, lang und schwermütig, ein magnetisches Feld; er schwächte meine Knochen, ließ meine Zähne anschwellen, und sie stürzten hervor wie kühne Ballons, um seine zu begrüßen, als ich grinste: »Rate.«

Er grinste zurück, fast dümmlich, und rückte jenen entscheidenden Zoll nach vorn, bis unsere Nasen sich berührten. *Endlich!*, rief ich niemandem zu. Der Moment der Wahrheit nahte, kam – unsere Münder drückten aneinander, er küsste mich, ich war achtzehn Jahre alt, er schmeckte unsauber, und ich fand es unwiderstehlich, Orangenlimonade und Schnaps, plus eine Spur After-Shave-Zeugs mit Kiefernduft, eine Tabak-Basisnote, seine Bartstoppeln zeichneten mich, meine hatten nie existiert, ich liebte ihn, ich verachtete ihn, ich hatte ihn, schlaff und betrunken und taub, aber auch jung und umwerfend, ein halbtauber Herzensbrecher, unsere verbundenen Münder waren ein Kontinuum, das ich ekstatisch durchreiste, eine Wasserrutsche in die Vergangenheit, er wusste, wer ich war, und natürlich wusste ich es auch, als seine Hand mein Bein entlangwanderte, um auf meinem Oberschenkel zu landen, seine Silberringe fühlten sich kühl an, wir waren eins, aber auch vielzählig, überall und völlig daneben, als er an das Strumpfband kam, mit den Fingern gegen den Verschluss stieß, mein kleines Geheimnis, meine Zeitbombe, als er plötzlich zurückfuhr, unsere Lippen unsanft auseinanderschmatzten und er zum Fenster rannte, eine Lampe umwarf und wie ein kleiner Junge (zu klein, um so geküsst zu werden) schrie: »Verdammte Scheiße, hast du das *gesehen*?«

»Was?« Ich setzte mich auf und rückte den Träger meines Kleids zurecht.

»Da war ein Ufo! Komm her!« Er winkte mich mit wilden Gesten zu sich. »Komm, sieh dir das an!«

Er kniete am Fenster, die Nase gegen das Glas gepresst, ganz genau so, als wäre Weihnachten, und er würde nach dem Weihnachtsmann Ausschau halten. Ich drückte das Fenster auf und betrachtete den Himmel, doch alles, was ich in der Dunkelheit erkannte, war das leuchtende Schild des Motels, das seinen nicht gerade überraschenden Leerstand anzeigte.

»Ich seh's nicht«, sagte ich ruhig, als wäre es ein Tier, das verscheucht werden konnte.

»Jetzt ist es weg«, sagte er, die Stimme dünn vor Verwunderung. »Das war das dritte Mal diese Woche. Ich habe eins gesehen bei einer Zigarettenpause im Fishbones. Es ist über den Strand geflogen und im Meer verschwunden.«

»Wie sehen sie aus?« Ich sog seinen Geruch ein, Whiskey und Kiefer und etwas Moschusartiges, das mich an das Genick einer Katze erinnerte.

Er schüttelte den Kopf. »Du wirst es erkennen, wenn du eins siehst. Ich kann es nicht in Worte fassen.« Er war völlig erschöpft, seine Schultern fielen ein, während das Adrenalin seinen Körper verließ wie Öl einen umgestürzten Laster. »Ich frage mich, wer sie sind«, seufzte er, die Arme aufs Fensterbrett gestützt und das Kinn auf die Arme. »Ich frage mich, was sie von uns wollen.«

Er schloss die Augen, das Gesicht noch immer zum Himmel gerichtet. Ihn anzusehen machte mich müde. Ich kletterte über das Bett, dessen erbärmliche grüne Überdecke relativ unzerknittert war, und lehnte mich gegen die Badezimmertür. Ich musste mein Gesicht abwaschen.

»Oola könnte's wissen«, nuschelte er, zum ersten Mal erschlaffte seine Aussprache.

»Bitte?« Aber ich hatte ihn verstanden.

»Sie hat mir von ihnen erzählt, als ich sie besucht hab.«

Ich war plötzlich selbst zum Neugierigsein zu müde; ein winziger Teil von mir ärgerte sich über die Einmischung. »Hat sie?«

Er antwortete nicht. Selbst am anderen Ende des Zimmers konnte ich sehen, dass er eingeschlafen war, die Ellenbogen aufgestellt, die Nase drückte gegen das Fensterglas. Es war leicht, ihn mir mit Oola am Flugfeld vorzustellen, nach dem King of Pop Ausschau haltend, während er Pfirsichkuchen herunterschlang. Er mit dunkler Brille, wie er die Zeit totschlug, bis in alle Ewigkeit füßelnd; Oola in Sporthosen (sie war direkt vom Sportunterricht gekommen), die sich in diesem Kaff endlich wie jemand fühlte. Nie entdeckten sie Michaels Flugzeug, doch sie kamen immer wieder, bestellten Kaffee, der nach Bleifstiftspänen schmeckte. Er kritzelte auf Servietten; sie pinnte eine über ihr Bett. Sie machte sich über die Musik lustig, doch beide wippten sie mit. Gott, er sah gut aus. Pommes frites brutzelten, Kinder lachten. Sie musste bis zur Schlafenszeit nirgendwo sein (ihre Mutter arbeitete lange), und sie hatten nichts anderes zu tun, als einander anzuschauen, der süßeste Zustand für zwei Verliebte. Ich berührte meine Lippen; jetzt wusste ich, was der ganze Wirbel sollte. Ich schwärmte doppelt – für sie, für ihn. Ich würde mich ausziehen, wenn er mich darum bitten würde. Ich würde mein Blut in Flaschen abfüllen. Ich umklammerte meine Brüste und floh ins Badezimmer. Fast konnte ich die Flugzeuge abheben hören. Fast konnte ich das Frittierfett riechen.

Ich trank ein Glas Leitungswasser, glücklicherweise unsalzig, und zog mit großer Anstrengung meine Kleider aus. Ich faltete sie säuberlich auf dem Spülkasten: Strumpfhosen, Strumpfband, gelbes Kleid. Sie mussten noch für vierundzwanzig Stunden schön bleiben.

Ich konnte mich nicht überwinden, das Bett oder die Whirlpoolbadewanne zu benutzen. Ihr Porzellan schimmerte boshaft. Ich zerrte die Decken vom Bett und legte sie um Le Roy. Ich kniete mich neben sein schlechtes Ohr. »Träum süß«, flüsterte ich. Er rührte sich nicht.

Ich hob seine Jacke hoch und klopfte sie ab. Ich knüllte sie zum Kissen zusammen und legte mich auf den Badezimmerfußboden. Ich wusste, dass meine Lust sich am Morgen wie Nebel verzogen hätte. Mir würde meine Schläue bleiben, unser geteiltes Gefühl von Sünde. Was für ein wilder Dreier! O.s Worte trieben in mir herum: *Er küsst grob, so als wäre mein Mund ein Rätsel, von dem er weiß, dass er es lösen kann.* Ich war gleicher Meinung.

Und gerade bevor ich einschlief, erinnerte ich mich an etwas Entscheidendes. »The Crying Game« war eines ihrer Lieblingslieder gewesen, damals, als wir unser Spiel mit der Strumpfhose spielten, vor einer Million Jahren. »Traumhaft«, hatte sie gewiehert, »traumhaft.« Ich hatte es seitdem nicht gehört, doch ich kannte jedes seiner Worte. Sie waren in mir eingelagert gewesen, wie Daten, wie Eier, die aufbrechen wollten.

Die Klinik

Le Roy gab mir die Adresse von Oolas Klinik.

»Ist seit zwei Monaten dort, oder länger«, sagte er.

Wir tranken Pulverkaffee in der Kochnische des Motels. Es war zehn Uhr morgens. Er war früh aufgestanden und hatte geduscht; ich erwachte, als er mit tropfender Haartolle über mir stand. »Tut mir leid, dass ich dich wecke,« sagte er. »Darf ich mal pinkeln?« Gedemütigt erhob ich mich und ließ ihm seine Privatsphäre. Ich saß auf dem Bettrand, seine Jacke um meine Schultern drapiert. Das frühe Licht verlieh den Vorhängen die Farbe von Butterblumen und der Tagesdecke, die wieder auf dem Bett lag, ein Flaschengrün.

Während wir uns in der Kochnische bewegten, waren wir herzlich miteinander, hatten das andere, was immer es gewesen war, das wir gebraucht hatten, hinter uns gelassen. Das nächtliche Bedürfnis war versickert. Er hatte mich mit hochgezogenen Unterhosen gesehen, ich sein Haar ohne Gel oder Tolle; ruckartig erblühte eine Freundschaft.

»Du hast keine Zahnpasta, oder?«, fragte er schüchtern, den Kopf aus dem Badezimmer gereckt.

Ich musste innehalten und nachdenken. »Verdammt. Hab ich vergessen.« Ich wölbte eine Hand über meinem Mund und prüfte meinen Atem. »Schlecht.«

Er lachte in sich hinein. »Das ist okay.« Und einfach so, wie in den besten und schlimmsten Beziehungen, waren wir Mitwisser am Schmutz des anderen.

»Die Ärzte können es sich nicht erklären«, sagte er, während er auf seinen Kaffee pustete, der bestenfalls lauwarm war. »Ihre Testergebnisse sind normal, aber sie siecht dahin. Sie weigert sich zu essen. Sie hat mir erzählt, dass es dadurch eingedrungen ist – das Ungeziefer, das sie krank gemacht hat, meine ich. Die Ärzte sagen, sie ist wahnhaft, doch ich habe sie gesehen – sie leidet. Ihre Haut schuppt sich. Sie blättert in großen Stücken ab, wie Kuchenkruste. Ihre Haare fallen auch aus. Und keiner weiß, warum.«

Er trank seinen Kaffee aus und stand auf. Er ließ die Hände in die Taschen gleiten und blickte aus dem Fenster. »Willst du eine Line für die Fahrt?«

Ich nickte.

Artig wartete er im Flur, während ich mich anzog. Auf dem Parkplatz fasste er meine Schulter. Seine Berührung war unerschrocken. Seine Augen leuchteten, doch sein Körper war abgeschlafft. »*Sayonara, girl.*«

Er zündete sich eine Zigarette an und sah zu, wie ich wegfuhr; von weitem sah er schneidig aus, sein dünner werdendes Haar und sein aufgequollener Bauch wurden durch den Schleier der Hitze entschuldigt, die sich schon jetzt, um halb elf, darangemacht hatte, Beton aufzuweichen und die Schrauben im Weltbild von Pendlern zu lockern.

Es war eine unkomplizierte Fahrt, ein gerader Schuss den Freeway entlang. Ich fuhr mit heruntergelassenem Fenster und ließ mein Haar wehen. Im Radio lief Janis Joplin, und ich fühlte mich wild und schön. Das ist der Satz, wie er mir in den Sinn kam – *wild und schön*. Ich sagte ihn sogar laut (schlechte Angewohnheiten sterben langsam). Ich hielt an einem Supermarkt, um einen Blumenstrauß und einen Schokoriegel zu kaufen. Der Schokoriegel schmolz über den gesamten Beifahrersitz. Mit einer Hand am Lenkrad beugte ich mich zur Seite und versuchte, ihn aufzulecken. Eine Stunde später umkreiste ich ein zweistöckiges Gebäude mit cremefarbenem Stuck, unauffällig gelegen in einem Mittelklassevorort, belaubt und nichtssagend, gegenüber einer Pizzeria und Planned Parenthood. Der Parkplatz war eigenartig leer. Neben meinem gab es hier nur zwei weitere Autos. Das Geräusch meiner Absätze hallte auf dem Asphalt wider. Ich brachte mein Haar in der Spiegelung des Klinikhaupteingangs in Ordnung, dessen Glas funkelnd sauber war. Die Eingangshalle war ebenfalls leer, genau wie die Flure. Keine Fahrstuhlmusik spielte. Kein Patient hustete. Die Rezeptionistin im Wartezimmer des ersten Stocks wirkte fast überrascht, als ich mich ihrem Tresen näherte, was auch an meinem Outfit gelegen haben mochte, das fantastisch aussehen sollte, und an etwas, was meiner Vermutung nach eine Aura halb-sexueller Zerzaustheit war.

»Ruhiger Tag?«, fragte ich, unsicher, ob das eine taktlose Frage war.

Doch sie lächelte. »Unsere Patienten brauchen mehr Ruhe und Frieden, als man in unserer hyperaktiven, modernen Welt für normal hält.« Sie lachte, ein bisschen blechern, und tippte ein paar Zahlen ein. »Aber wenn liebevolle Zuwendung als abnormal gilt, soll man mich gerne einen Freak nennen. Findest du nicht auch?«

Ich nickte unbestimmt. Sie war jung und geschmackvoll gekleidet, mit einem tiefen Dutt von der Farbe und dem Glanz eines gebutterten Toasts. Ihr beigefarbener Lippenstift war makellos aufgetragen.

»Ich bin hier, um eine Patientin zu besuchen«, sagte ich. »Ihr Vorname ist Oola.« Ich strich mit einer Hand mein Kleid glatt. »Ich bin ein Freund.«

Sie sah mir in die Augen. »Wie schön. Ein Freund?«

Ich ordnete meinen Griff um die Blumen neu. »Ja. Ein Freund.«

»Einen Moment bitte.« Ich wusste nicht, ob es an den Drogen lag oder an der Leere des Gebäudes oder den Aktivitäten der vergangenen Nacht, aber ich spürte etwas Sektenhaftes im Ton der Rezeptionistin, etwas Seltsames in der Art, wie sie lächelte und sagte: »Oola! Oo-la. Was für ein schöner Name.«

»Ich weiß«, sagte ich ein wenig zu nachdrücklich nickend. »Oh ja, das weiß ich.«

Sie erhob sich wie eine Ballerina. »Komm bitte mit.«

Sie führte mich den Gang herunter und in einen Fahrstuhl. Als sie den Knopf zum zweiten Stock drückte, verursachte ihr french-manikürter Nagel ein befriedigendes Klicken auf dem Plastik. Während der Fahrstuhl nach oben fuhr, starrte sie unumwunden meine Beine an. »Du hast einen schönen Körper«, sagte sie. Ihr Lächeln war breit und freundlich.

»Danke«, sagte ich.

Im zweiten Stock blieb sie vor dem letzten Zimmer auf der linken Seite stehen. Die Tür war verschlossen. Darüber stand auf einem Schildchen: MONDZIMMER.

»Da wären wir«, sagte sie, die Hand an der Türklinke. »Wir geben allen Zimmern Namen.«

»Schön«, sagte ich aufrichtig.

»Guten Aufenthalt.« Sie lächelte erneut; ich identifizierte den Farbton ihres Lippenstifts: Dustbowl. Ich atmete tief ein und schob mich hinein. Sie schloss sanft die Tür hinter mir.

Die neue Oola lag im Bett.

Man merkte kaum, dass ihr Haar ausfiel, weil man sie kaum sehen konnte, so weiß waren die Laken und das Kissen und ihre Haut, wie durch ein Sieb betrachtete Wolken, als ich den großen, ultrasauberen Raum durchquerte.

Ich stand am Fuß ihres Bettes, presste die Blumen, die ich mitgebracht hatte, gegen meine Brust. Es war ein gemischter Strauß, die Mitleidsmischung, Rosen und Sonnenblumen und Zinnien, in glänzendes Regenbogenpapier gewickelt, das knitterte, wenn ich einen Schritt machte. Ich konnte sie ihr nicht geben. Ihre Arme existierten kaum noch, waren auf die Breite elektrischer Kabel verschmälert und aktivierten bloß sporadisch die toten Glühbirnen, die einmal ihre Hände gewesen waren. Also hielt ich die Blumen dicht an mich gedrückt und spähte durch die Blütenblätter auf die Skizze ihres Gesichts.

Es war, als wäre sie zu oft durchgewaschen worden. Die spitzen Knochen ihres Gesichts waren in eine allgemeine Aufgedunsenheit übergegangen, während ihre Schlüsselbeine und Handgelenke hervorstachen. Mein Wildfang, privatisiert. Ihr rechter Arm war an eine Infusion angeschlossen, in der eine sanft rosafarbene Flüssigkeit tröpfelte, der Ständer und ihr Unterarm hatten ungefähr die gleiche Breite. Ich musste an die Kirschseife denken, die es auf Tankstellentoiletten gibt. Ihre Wangen und ihre Stirn waren von Schorfen gesprenkelt, Rosinen in Brotteig. Sie war so fest zugedeckt, die weiße Decke flach über das Brustbein und unter die Achseln gezogen, dass der Rest ihres Körpers zu verschwinden schien. Wozu auch hätte sie jetzt Beine gebrauchen können? Selbst die Form ihrer Brüste wurde durch das straff gespannte Laken verschleiert. Nur ihre langen, nackten Arme, die auf der Decke ruhten, deuteten eine ehemals bumsbare Statur an. Sie waren ebenfalls mit schwarzen Blutklümpchen übersät. Die Spitzen ihrer Finger waren vertraut blau.

Als sie ihre Augen öffnete, spürte ich ein Schwindelgefühl. Ich taumelte. Sie in diesem Moment anzuschauen, war, wie auf dem Rücken im Bett zu liegen und an die Schlafzimmerdecke zu starren, ausdruckslos, bereit, geträumt zu werden, ihre Augen zwei Wasserflecken. Sie leckte sich über die Lippen, und eine lange Pause schneite uns ein.

»Es ist nicht ausgedacht«, krächzte sie schließlich.

Ich nickte, brachte die Blumen zum Rascheln.

»Keiner weiß, was es ist«, sagte sie, »aber es ist nicht ausgedacht. Sie halten es für psychosomatisch. Das ist Schwachsinn.«

»Ich weiß«, sagte ich.

»Wie hast du mich gefunden?« Sie lächelte, indem sie ihren Mund ein bisschen weiter öffnete. »Es sollte mich wahrscheinlich nicht überraschen.«

Ich lächelte ebenfalls, wobei ich aufpasste, meinen Lippenstift nicht zu ruinieren. »Es war nicht schwer«, sagte ich. »Le Roy hat's mir erzählt.«

»Roy?« Sie leckte sich wieder über die Lippen, um Zeit für ihr vermodertes Gehirn zu schinden. »Welcher Roy?«

Ich sagte nichts. Ihr Blick wanderte von meinem Gesicht herunter zu den Blumen, dann zu dem Körper hinter ihnen. Er schien an meinem Ausschnitt hängen zu bleiben, aufgespießt von den Knochen in meiner Brust.

»Was hast du an?«, bekam sie heraus. Sie blinzelte, konnte aber nicht den Kopf heben oder näher kommen. Alles, was sie bewegen konnte, waren ihre Augen, die mich einer Leibesvisitation unterzogen. Als sie meine nackten Arme und Beine maß, huschte Panik über ihr Gesicht. Eine gesunde Frau hätte sich auf mich gestürzt, hätte vielleicht an einem Spaghettiträger gezerrt oder mein bereiftes Handgelenk gepackt. Oola schaffte es nur, »Leif?« zu stammeln. Ihre Stimme war strumpfdünn. »Ist das mein Kleid?«

»Das, was Le Roy gefällt.«

»Was?«

»*Ich trug das satinartige gelbe Nachthemd mit dem Schlitz*

am Rücken, von dem LR gesagt hat, dass er es mag.« Ich holte Luft. »Und er hat es mir selbst gesagt. Er hat es mir *gezeigt.«*

»Leif.« Sie schien Schwierigkeiten mit dem Atmen zu haben; der Mittelteil des weißen Rechtecks, zu dem sie zusammengefasst worden war, zuckte unbestimmt. »Das ist nicht lustig.« Tränen durchtrennten ihre Stimme, zogen Laufmaschen in ihre nylonartigen Beschwörungen. »Wovon zum Teufel redest du?«

»Weißt du das nicht?« Ich legte den Strauß ans Fußende ihres Bettes. Ich streifte einen Schuh ab, winkelte dann das Bein an und legte meinen Fuß neben den Blumen ab. Der Rock schob sich hoch, bauschte sich um meine Hüfte. Oola schaute zu, wie ich mit den Fingern mein bestrumpftes Bein hinab- und dann hinauffuhr. Ich konnte spüren, dass ihr Blick seine adrige, ummantelte Länge nachzeichnete, meine Hände antrieb, sie umkreiste, wenn ich am Knie verweilte, meine Kniekehle massierte, oder langsamer wurde, wenn ich mich dem Ende des Schenkels näherte. Ich fummelte an dem weißen Strumpfband, das das Nylon in Position hielt, ein dünnes Teil, weggeworfen von einer Peroxid-Braut, achtzehn und leicht dicklich, jedenfalls hatte ich es mir so ausgemalt, als ich es am Tag zuvor aus der Grabbelkiste gefischt hatte. Noch bevor ich es öffnen konnte, mochte Oola es mit ihrem Blick abgeschnitten, das Spitzenimitat mit ihrem ungläubigen Starren versengt haben. Ich rollte den Strumpf mit ungeteilter, krankenschwesterartiger Aufmerksamkeit herunter, die zur Stimmung zu passen schien. Ich lockerte ihn am Knöchel und zog ihn ab.

Befreit schwang mein Bein vom Bett. Ich griff den schlaffen Strumpf wie eine Strumpfbandnatter, deren Kopf von einer Hacke eingeschlagen worden war – ein unbedeutender Sieg. Ich war versucht, ihn wie ein Pendel von einer Seite zur anderen schwingen zu lassen, widerstand aber. Stattdessen hinkte ich auf sie zu. Unsere Rollen als Liebhaber und Geliebtem, aktiv und passiv, Zufügendem und Einstecker waren nie offensichtlicher gewesen. Ich kann es nicht verhehlen: Ich war aufgeregt. Ich wollte angeben. Ich legte eine Hand auf den Nachttisch und kniete mich hin, so dass unsere Gesichter nah beieinander waren, unsere Nasen sich fast berührten. Ich konnte ihren Atem riechen, durch Krankheit fremd geworden: Mehltau und Broccolisuppe.

»Es ist überhaupt nicht lustig«, gab ich zu.

»Ich hab das hier nicht gewollt«, japste sie. Ihre Stimme war leise und angespannt. »Ich wollte dich, ganz im Ernst.« Sie suchte mein Gesicht nach einer Reaktion auf diese Eilmeldung ab. Ich blinzelte nicht. »Wie hätte ich wissen sollen, dass es so laufen würde?«, sagte sie. »Wie hätte ich *jemals* darauf vorbereitet sein können, dass du so viel wolltest? Meine Art zu wollen ist anders als deine, Leif. Wir können uns nicht alle aufgeben. Es tut mir leid, wenn ich … reservierter bin.«

Mein Schweigen trieb sie an. Ein innerer Filter war zerbrochen, und jetzt musste sie weitermachen. »Bin ich unfair gewesen?«, zischte sie. »Es gab nie einen Vertrag. Ich kannte nie die Konditionen.« Zwanghaft stellte ich mir vor, wie ihre Augen aufflackern würden, wenn sie es noch könnten, dass sie für mehr Nachdruck meinen Arm ergreifen würde. »Ich war dumm. Mir gefiel dein Aussehen, du warst sexy, ich hab mich mit dir gut gefühlt. Lag ich so falsch, als ich dachte, das reicht? Natürlich tat ich das. Du warst interessant, Leif, aber du hast mir Angst gemacht. Jedes Mal, wenn ich dich auf einer Party getroffen hab, hatte ich Angst. Aber die Party war wertlos, wenn du nicht kamst. Ich wollte dich, okay?« Sie schrie jetzt, soweit sie konnte. »Ich schätze, ich hab nicht verstanden, was das bedeutete. Ich war neugierig und fühlte mich geschmeichelt und von dir angezogen. Und hatte Angst, die ganze Zeit über, vor der Art, wie du mich angeschaut hast. Aber alle diese Dinge kann man auch gegenüber einem Mann auf der Straße empfinden. Bei jemandem, der im Bus hinter einem sitzt.« Die Finger ihrer linken Hand krampften. »Ich *weiß*, dass es wehtut, etwas zu wollen, Leif. Aber es tut auch weh, etwas herzugeben. Warum musst du den ganzen beschissenen Kuchen essen? Was ist so falsch daran, bloß mal probieren zu wollen? Du« – wie um auf mich zu zeigen, zuckte ihr kleiner Finger – »hast gegessen, bis du kotzen musstest. Ist dir das klar?«

Ich lächelte. »Metaphern waren nie deine Stärke.«

Sie hatte die Auswahl an Ausdrücken aufgebraucht, die ihr Gesicht zulassen würde; jetzt konnte sie nur noch starren, ihre Zunge hing leicht aus dem Mund, hatte die Farbe eines alten Apfelgehäuses. Ich versuchte mich an die Zeiten zu erinnern, als sie sich in und auf mir bewegt hatte, eine Zunge, die metonymisch für sie gewesen war, ihr Wesen oder ihre Seele, zumindest wenn wir betrunken waren, noch bei den Orbitsons, unsere Glieder sandig waren, wir zu viele Austern gegessen hatten, unsere Bäuche aneinanderprallten, als wären wir kleine Kinder nach einer Geburtstagsparty, uns in jenem Exzess versuchend, der eines Tages unser Erwachsenenleben definieren würde, doch alles, was ich sah, war Abfall, weil ein Organ, das seine Funktion zu küssen, zu schmecken, zu necken verloren hat, den Trümmern übergeben wird, ein weiterer Gegenstand, der den Abstand zwischen Menschen, die sich nach Liebe sehnen, verstopft.

»Leif«, flüsterte sie, »weißt du, dass ich sterbe?«

Ich nickte.

»Wirst du zurückkommen, um mich zu besuchen?«

Sie sah auf jegliche Weise verbraucht aus. Ich wusste, was sie wollte. Sie wollte, dass ich mich neben sie legte, die Positionen einnahm, die wir einst für neuartig und irgendwie tief-gründig gehalten hatten. Sie wollte den Satin ihres jüngeren Ichs an ihrer Haut reiben fühlen, an dem, was von ihrer Haut übrig war, welche Plastikhülle auch immer sie ersetzt hatte. Nach klassischen Maßstäben waren die beiden Dinge, die sie so musenwürdig gemacht hatten (das lange blonde Haar, der lange weiche Körper), verbrannt – folglich litt sie. »Bitte«, sagte sie. »Es macht mich fertig. Niemand kommt mehr. Keiner glaubt mir.«

»Ich glaube dir«, sagte ich.

Sie atmete geräuschvoll aus, mit etwas, das Erleichterung zu sein schien. »Leif«, sagte sie. Ihre Augen rollten über mein Gesicht, lose Murmeln. »Vielleicht könnte ich eines Tages lesen, was du über mich geschrieben hast.«

Ich antwortete nicht. Ich hatte mich zum Fenster gedreht. Ich hielt immer noch den Strumpf in einer Hand und knüllte ihn zu einem Ball.

»Leif?«, sagte sie mit versagender Stimme. »Wäre das okay?«

Ich drückte stärker.

»*Leif?*«

Ich schloss die Augen: »Hast du mich überhaupt je geliebt?«

Ihre Stimme war kaum hörbar. »Ich weiß nicht.« Sie schluckte. »Sag du's mir.«

In einem Moment mörderischer Klarheit stürzte ich vor, zog ihre Lippen auseinander und stopfte den Strumpf in ihren Mund. Sie empfing den Knebel wie eine Eucharistie, ergeben zu mir hinaufblinzelnd. Als ich die Tränen in meinen Augen aufsteigen spürte, griff ich den Blumenstrauß vom Bett und schlug sie. Ich hielt das eingewickelte Ende mit beiden Händen fest und traf sie ins Gesicht, bis die Blütenblätter begannen, sich zu lösen. Es machte ein angenehm hauendes Geräusch, Blume gegen Fleisch, genau so wie es klingt: *hau, hau, hau.* Irgendwann war ich nicht mehr sicher, was ich schlug; sie war hinter einem scharlachroten Nebel verschwunden, der Strauß wie Blut im Wasser, eine sanft malvenfarbige Wolke. Erwartungsgemäß würde ich sie durch Liebenswürdigkeit töten, sie mit meiner heißen Liebe elektroschocken. Eine weniger mildtätige Person mochte ihr die Nase zugehalten, ein Kissen benutzt, sie festgehalten haben, während sie um sich schlug, diesem traurigen Spektakel ein Ende setzen. Doch ich stoppte mich; meine Arme wurden lahm, die Blumen fielen auseinander.

Ich streifte meinen Schuh wieder über. Ich bauschte den Strauß auf und steckte ihn in eine bereitstehende Vase auf der leeren anderen Seite des Raumes. Er hatte sich über den gesamten makellosen Fußboden gemausert. Ich drehte mich nicht um, um auf Wiedersehen zu sagen, obwohl ich ihren Blick auf mir spüren konnte. Sie atmete heftig. Ich zerrte die Hinterseite meines Kleides herunter und ging zur Tür hinaus.

Heimwärts

Ich fuhr durch die Nacht. Ich wusste, dass das nicht ratsam war – ich hatte mit Le Roy fast keinen Schlaf bekommen –, aber ich war aufgekratzt, putzmunter. Tatsächlich fühlte ich mich gut. Besser als gut. Großartig. Ich kaufte einen extra-großen Kaffee bei 7-Eleven und zwei dieser glänzend roten Würste, die sich an einem Spieß im Fenster drehen. Ich be-grub sie unter Sauerkraut und scharfem Senf und aß sie auf der Motorhaube meines Pick-ups. Es war eine laue Nacht, junihaft trotz des Gemunkels von Weihnachten, erkennbar an den lamettageschmückten Kühlergrills vieler Sattelschlepper und der Werbung für Eierpunsch an jedem Tankstellenimbiss. Ein Mann in einem überholenden Laster pfiff mir zu; alles, was ich in der Dunkelheit erkennen konnte, war der Schirm seiner Mütze. Ich grinste zurück, mit vollem Mund: »Komm und hol's dir!« Ein Stück Hotdog traf mit einem befriedigen-den Klatschen sein Fenster. »Erstick dran, Schlampe«, brüllte er, bevor er davonbrauste. Ich leckte mir über die Lippen und salutierte.

»Wie Sie wünschen«, sagte ich seinen Rückleuchten.

Ich schaffte es bis zu jenem einsamen Stück auf dem High-way 101, wo die Straße meilenlang flach und gerade verläuft, Walnussplantagen auf einer Seite, Mandeln und Orangen auf der anderen, ehe das erste Gurgeln des Jüngsten Gerichts einsetzte. »*Fuck!*« Ich legte eine Hand auf meinen Bauch. Ein haarsträubender Furz entwich mir. Ich bemühte mich, mir meinen Schließmuskel vorzustellen, ihm Lob und Danksagungen zu senden. Doch es war zu spät. Nach Monaten mit Oolas veganer Ernährung ließ sich der Fleisch-Dünnpfiff nicht mehr abwenden.

Mit wachsender Verzweiflung suchte ich den Horizont ab. Wenn, um meine Metaphern überzustrapazieren, Kalifornien ein Hals war, war dieses Gebiet eine Sehne, glattrasiert, die mich langsam in Richtung Adamsapfel schob, dem Ziel: zu Hause. Zwischen unternehmensgeführtem Nichts und den gekrümmten Geistern von Bäumen, eingedellten Straßenschildern (HARRIS RANCH, LETZTE AUSFAHRT) und Neonschnörkeln – noch mehr 7-Elevens, mehr Super-8-Hotels mit Zimmern, die fast identisch mit dem waren, das ich gerade geräumt hatte, die Vorhänge vielleicht einen Hauch mehr taupefarben, mit ähnlich verpuffenden Liebschaften darin, den gleichen Werbespots in den gleichen Fernsehern, die ähnlich gewinkelte Körper mit den gleichen Lichtklecksen bespritzten, das Regenbogenekzem, das alle zugewandten Gesichter befällt – was sonst hätte ich in der Ferne entdecken sollen als ein beleuchtetes Denny's-Schild? Es war ein Omen. Beinahe hätten meine Eingeweide bei seinem Anblick nachgegeben. »Ich komme!«, kreischte ich und trat aufs Gas.

Ich hatte Glück, dass der Parkplatz leer war. Ich raste über weiße Linien, zerrte mit einer Hand meinen Slip herunter, zog mit der anderen am Türgriff, bevor ich überhaupt geparkt hatte. Quietschend kam ich bei den Müllcontainern hinter dem Restaurant zum Stehen. Weiter ging es nicht. Ich taumelte aus dem Truck, den Saum meines Kleides auf Augenhöhe hochgezogen, und hockte mich hin, von der geöffneten Tür vorurteilsfrei in Schutz genommen. Jeder Muskel ließ locker. Mit einem Ruck verflüssigten sich meine Rippen. Die Scheiße blühte aus mir heraus, ein heißer, wilder Strom.

Ich war mir vage bewusst, dass mein Mund offen hing, mein Kopf nach hinten gekippt war. Alles verließ mich, sie war ein Paradigmenwechsler, diese Scheiße, eine Explosion an einem Sommertag, die einen wissen lässt, wie sehr man tatsächlich aus Fleisch gemacht ist. Selbst meine Fingermuskeln krampften von dieser sintflutartigen Ausscheidung. »Verdammt noch mal«, keuchte ich immer wieder. »Verdammt noch mal.«

Dort, während ich nach Luft schnappte, sah ich es. Es schien erst ein abstürzendes Flugzeug zu sein, am Himmel trudelnd, ein Feuerball in der Finsternis, der plötzlich innehielt. Es erstarrte, mitten im Sinkflug, als überdenke es seine Möglichkeiten. Ich schaute voller Entsetzen zu, wie es am Horizont schwebte. Es hatte den weißen Schein von Zahlen auf einer Digitaluhr, die 11.11 in einen dunklen Raum buchstabierte, und pulsierte auch so. Ich beobachtete es, und es beobachtete mich. Es glitt ein kleines Stück tiefer, berührte fast die Oberseite eines Tankstellenschildes; dann, so still und inkonsequent wie ein ausgepustetes Streichholz, war es verschwunden. »Nein!«, gurgelte ich. Ich wollte nicht allein sein. Ich konnte Le Roys ehrfurchtsvolles Gemurmel hören: *Das macht vier in einer Woche.* Scheiße rann meine Beine herunter, sammelte sich um meine Schuhe. Alle meine Ventile öffneten sich, ich hatte die Kontrolle verloren, schluchzte auch. Es war ein so tiefes Tief, dass es fast glorreich war. Mit nacktem Arsch, verklebten Nylons, x-beinig, war ich erfolgreich vom Schicksal niedergestreckt worden. Ich war scheußlich, zu hundert Prozent, war zu etwas ganz Neuem geworden, etwas Unaufhaltsamem. Mein Kleid, mein wunderbares gelbes Kleid, so raffiniert und so schmeichelhaft, würde nicht gerettet werden können. Ich musste es sofort ausziehen, meine Beine mit ihm abtupfen und es in den Müllcontainer werfen. Nach kurzem Überlegen warf ich auch meine Schuhe, die Nylons und den Slip hinein.

Ermutigt von meiner Ankunft am Tiefpunkt lief ich langsam zurück zum Pick-up. Ich spürte die kühle Nachtluft auf meiner Brust und hob die Arme über den Kopf. Mein Geruch mischte sich auf schöne Weise mit dem fernen Gestank von Viehhöfen und dem Schein von Denny's Eiskrem und dem reinen Geruch einer offenen Straße in einem kalifornischen Tal, der schwer in Worte zu fassen ist, aber der mich, und nun auch dich, immer an den scharf geschnittenen Winkel zwischen Hals und Schulter eines sehr jungen Mädchens in einem weißen Baumwollholdertop erinnert, ihre unmöglich gerade, unbeschädigte Muskulatur, ein Flugzeug, das darauf wartet, losgeschickt zu werden, der Geruch von etwas Bloßem und Feinem, weder unschuldig noch böse. Die Landschaft als Geliebte, ehe sie überhaupt zu lieben gelernt hat. Ich stolzierte an ihr vorbei, durch sie durch, zum Truck. Ich saß für einen Augenblick mit geöffneter Tür, die gestriemten Beine schräg heraushängend, einen letzten Luftstrom genießend, der die klebrigen Schlieren hart werden ließ. Dann ließ ich den Motor an. Ich musste los. Ich hatte Arbeit zu tun. Ich musste meine Wäsche aufhängen, die Orangerie auslüften. Ich musste mich um meinen Garten kümmern. Ich musste meine Notizen durchgehen.

Ich habe es mir nicht leicht gemacht.

So viel steht mittlerweile fest: Sie ist nie der ideale Gegenstand gewesen. Manch einer mag mit gutem Grund sagen, ich hätte mir eine andere Geliebte suchen sollen, eine robustere, verantwortungsvollere, ebenso kühl wie stabil – eine Rübe. Haar, das im Dunkeln nicht leuchtet. Augen, die beim

Anblick von etwas Schönem nicht schmelzen. Sie trug Männer-T-Shirts, XXXL, wild entschlossen zur Auslöschung, trotzdem schick. Mein Boo im gespenstischen Sinne; meine Flamme, weil sie zischte. Vielleicht hätte ich das Poster einer Teenqueen von ihrer Größe und ihrem Gewicht gebraucht oder eine Geschäftsfrau im geschlitzten Rock, die mich unterstützt hätte, früh aufgestanden wäre. Etwas Geradliniges, keine Rutschbahn – aber wir hatten so viel Spaß dabei, oder nicht, uns kopfüber hinabzustürzen? Ich hätte zumindest ein Mädchen wählen können, das mehr Fleisch als Hypothese gewesen wäre, eine, die auszuziehen nicht einem Maislabyrinth gleichen würde. Ich suchte unter ihren Mu'umu'us herum, benommen, pflichtschuldig. Ich schätze, eine weniger offensichtlich verlorene Seele hätte es auch getan, ein Ausreißer, der es nicht erwarten kann, seinen Kummer abzuladen, ein geprügeltes Babe auf der Suche nach Liebe. Ich hatte Liebe. Ich hatte sie eimerweise, bezweifle das nie. Ich hätte jemanden gebraucht, der seine Knochen stolz vorgezeigt, der seine Nacktheit präsentiert hätte wie einen Führerschein. Jemanden, der nicht so undicht wäre, schätze ich; jemanden, dessen Glas voll wäre. Ich mochte die Phantomjagd. Aber ich wurde müde. Verirrte mich. Und sieh dir das Chaos an, das wir angerichtet haben.

Ich wäre der Erste, der zugeben würde, dass dieses Buch Mängel hat, wie Oola selbst. So wie sie sich auflöste, in ihrem selbstprophezeiten, extraweißen Krankenhausbett weniger als eine Frau oder selbst ein Mädchen war, sollte ich doch meinen, dass dieses Manuskript es ihr als peinlich genaues, historisches Dokument gleichtun muss. Ich habe getan, was zu tun ich beabsichtigt hatte: Ich habe geliebt wie niemand zuvor, bin dorthin gegangen, wo sich niemand anderes hingewagt hat. Ich habe meine Fahne auf dem Mond gehisst – ihn dann im Ganzen verschluckt. So süß und so kalt: eine gehäutete Pflaume. Ich habe eine gewisse Wildnis gewählt, und es ist tatsächlich wild geworden. Man kann trotzdem nicht sagen, dass es umsonst war, eine Schlacht, die vergeblich geschlagen wurde. Du und ich hatten auch unseren Spaß dabei, mein lieber Leser, der Vergangenheit an die Wäsche zu gehen. Oola wird jetzt für immer weiterleben, in Text und Fleisch und Blut. Ich achte darauf, mich täglich einzucremen, mit der gleichen Regelmäßigkeit, mit der man Blätter von einer Gedenktafel fegt. Was soll ich sagen? Manche Mädchen sind für Großes bestimmt. Andere sehen als Geister besser aus. Welches bist du?

Fühl dich nicht schlecht wegen dem, was Oola und mir passiert ist. Falls du eine Erinnerung brauchst, du hast sie nie gesehen. Du hast nie einen Blick auf meinen Wildfang geworfen, ihre Beine oder ihre Haare, also mach dir keine Sorgen – du bist schuldlos. Es sei denn, sie wollen eine Filmadaption von diesem Buch drehen, in welchem Fall sie doch wohl hoffentlich wissen, dass es auf der ganzen, weiten Welt nur eine Person gibt, die fähig ist, die Rolle zu spielen. Ich werde am Telefon warten, während ich mein Haar lufttrockne. Ich habe einen neuen Morgenmantel bestellt, lavendelfarbene Seide; er lässt mich aussehen wie ein gelangweiltes Starlet, das die Zeit zwischen Aufnahmen totschlägt.

Was mich zu einem anderen Punkt bringt. Verzeih meine Vermessenheit, aber sofern du jetzt keine nächtlichen Schweißausbrüche hast, dein Herz beim Anblick von Dijon-Senf nicht schwillt, hol tief Luft und komm wieder zu dir. Du hast dich nicht in Oola verliebt. Niemals, nein, nicht mal annähernd. So ist es. Du hast dich in mich verliebt, und ich wäre dir verbunden, wenn du einem traurigen Mann seine schmutzigen, kleinen Taten lassen würdest. Ich bin immer noch hier, in der Hütte. Die Krähe bringt mir immer noch Geschenke, meistens Modeschmuck. Ich lege ihr Essensreste in den Hexenring, Zimmerservice auf einem Tablett. Dem Garten geht es blendend; es ist fast Erntezeit. Die Avocados haben die Größe von Brüsten, und die Orangenblüten sind berauschend. Die Honigbienen fliegen Zickzack in der schweren Purpurluft. Es ist ein Wunder, dass ich mich bei dem Geruch von gerade Aufgebrochenem konzentrieren kann, obszön und süß, der unter allen Türen hereinkriecht, mit meinem Schweiß austritt, sogar an den Böden von gusseisernen Pfannen klebt und das Frühstück verdirbt.

Es war an einem solch herrlichen Morgen, dass ich meinen letzten Gast empfing.

Ich trank Kaffee auf der Veranda – es ist dieser Tage immer warm genug –, als ein unbekanntes Auto sich die Auffahrt hinaufwand, langsam, als hätte der Fahrer Angst vor der Straße. Ich war so lange geschieden gewesen von den Sooren, dem Surren und dem Scheiß der Dinge, dass jede Abweichung gottgesandt schien. Ich stand schnell auf, knotete den Gürtel meines Morgenmantels neu und trat dem Eindringling entgegen. Es war eine große Frau, die ich nie zuvor gesehen hatte, ungefähr im Alter meiner Mutter. Sie trug ein Hard-Rock-Cafe-T-Shirt mit einer Biker-Lederweste darüber, eng anliegende Jeans und fellbesetzte Pantoffeln. Sie hatte peroxidblondes Haar, das von einer Spange zusammengehalten wurde. Sie war einmal schön gewesen; man konnte es an ihren Wangenknochen erkennen. Jetzt sah sie vor allem müde aus. Die Säcke unter ihren Augen waren schillernd, die Spitzen ihres überbleichten Haars wie Pfeifenputzer. Sonnenflecken sprenkelten ihre Unterarme. Sie hielt eine Transportbox aus Plastik, die oben Löcher hatte und an der einen Seite ein Metallgitter, und hielt sie mir ziemlich abrupt hin.

»Bist du Leif?« Sie sprach schnell und leise, mit einem kaum wahrnehmbaren skandinavischen Akzent.

Ich nickte und dachte an ABBA. Sie versetzte der Box einen Ruck. Durch die Gitterstäbe konnte ich ein bekanntes Augenpaar ausmachen, teufelsgelb, das mich kühl anschaute.

»Die ist für dich«, sagte sie und setzte die Transportbox ab. Sie schien es eilig zu haben und abgeneigt, Blickkontakt herzustellen. Sie vergrub die Hände in den Taschen ihrer Weste, spiegelte dabei, wie ich meine Hände in meinem Morgenmantel verbarg. »Sie gehört jetzt dir«, informierte sie eine Butterblume zu ihren Füßen.

»Er«, berichtigte ich. »Danke.« Es entstand eine abgewürgte Pause. »Möchten Sie ein Glas Wasser?«

Sie zuckte mit den Schultern, also rannte ich nach drinnen und ließ am Hahn ein Glas einlaufen. Vom kleinen Fenster über dem Waschbecken aus beobachtete ich, dass sie sich eine Zigarette anzündete und sich misstrauisch umschaute wie auf unerforschtem Gebiet. Als ich über den Rasen zurückgesprungen kam, zwang sie sich zu einem Lächeln. Ihre Zähne waren im Eimer.

»Stört es dich?«, sagte sie und wedelte mit der Zigarette.

»Gar nicht«, sagte ich. »Hier.« Sie nahm einen Schluck und verzog das Gesicht. Ich unterdrückte ein Lachen. »Keine Sorge«, sagte ich über den Salzgehalt. »Sie gewöhnen sich dran.«

Doch sie gab mir das Glas zurück, wobei sie darauf achtete, keinen Hautkontakt herzustellen. Sie nahm einen Zug und blickte auf einen Punkt gerade über meinem Kopf. »Also«, sagte sie. »Du bist Oolas Kerl?«

Ich zog eine Grimasse. »Mehr oder weniger.«

Sie nickte ernst, als würde das völligen Sinn ergeben. Ich konnte sehen, dass sie nachdachte. Sie hatte nur eine Gelegenheit; wir wussten es beide. Wenn sie einmal gegangen war, würde sie nie wieder hierher zurückkommen. Ich bemerkte das ausgeblichene Tattoo eines Mondes an ihrem Handgelenk.

Ihre Stimme war kaum ein Flüstern. »War sie glücklich?«

Ich versuchte, tröstlich zu sprechen. »Das war nicht wirklich Oolas Stil.« Es folgte eine knisternde Stille, in der sie diese Tatsache überdachte und Theo in seinem Käfig raschelte. »Aber ich hab sie geliebt«, sagte ich und fühlte meinen Puls steigen. »Ich hab dafür gesorgt, dass sie das nie vergaß.«

»Das hast du?«

»Ja, hab ich.« Ich legte die Hände ans Herz und sprach langsam. »Oola war mein Ein und Alles.«

»Oh.« Ihre Stimme war sogar noch leiser, als sie meine nackten Beine ansprach. »Und vermisst du sie?«

»Nein.« Ich fuhr mir mit der Hand durchs Haar. »Das muss ich nicht.«

»Ich verstehe.« Sie nahm einen letzten Zug, ihre Schultern sanken ein. Ihr Gesicht verzeichnete Misserfolg. Sie hatte es nicht geschafft, Oola besser zu verstehen, oder die Freaks, mit denen sie ihre Zeit verbracht hatte. »Nun«, sagte sie leise, »ich habe eine lange Fahrt vor mir.«

»Sie können hierbleiben, wenn Sie wollen.« Ich gestikulierte in Richtung Hütte. »Ich habe viel Platz.«

Zum ersten Mal sah sie mich direkt an. Ihre Augen waren unnatürlich blau, wie Swimmingpools vom Flugzeug aus gesehen; schwarz umrandet drohten sie, einen zugrunde zu richten. »Nein«, sagte sie. »Nein, ich denke nicht.« Sie blinzelte meinen Morgenmantel an, dann mein Gesicht. Ihr Ausdruck lockerte sich, und ihre Stimme war zärtlich und müde. »Die Farbe steht dir.«

Ich lächelte. »Danke.«

»Einen schönen Tag, Schatz.« Sie drückte ihre Zigarette mit

dem Fuß aus, drehte sich um und lief zurück zu ihrem Auto. Ich machte mir nicht die Mühe, ihr nachzusehen.

Stattdessen stellte ich das Glas ab, eine Pusteblume zerquetschend. Ich kniete mich hin, so dass Theo und ich auf gleicher Höhe waren. Ich fuhr mit den Nägeln, gerade frisch gemacht, die Metallstäbe des Gitters entlang. »Hallo«, sagte ich.

Er blieb drinnen zusammengerollt, erratisch schnurrend. Wir schauten einander ohne viel Emotion an. So verharrten wir für eine Ewigkeit, bis die Hitzewelle nachgelassen hatte, bis der Tag zusammenbrach, die Sonne vom Meer verdaut war, bis der matte Nebel sich durch die Blätter kämpfte. Asche zu Asche. Der Nebel fiel um uns nieder. Wer als Erster blinzelte, verlor alles.

Dank

Mein Herz ist gefährlich voll. Ein einzelnes Schmuddelmäd-
chen kann unmöglich so viel Freundlichkeit verdienen, und
dennoch finde ich mich von ihr überhäuft, von der Schönheit
und wilden Weisheit der Menschen um mich herum. Wenn
das Leben traumartig scheint (und ich weiß, dass dies ein
Traum sein muss, von der ewig hellen kalifornischen Art),
kann einzig Liebe die Konstante sein – und glaubt mir, ich
fließe über vor Liebe. Ich werde schnell schreiben, ehe die
Dankbarkeit mich verstummen lässt (was mittlerweile täglich passiert).

Danke an meine Mentoren: Shimon Tanaka, für die kriti-
sche Unterstützung in der frühen Phase; Monika Greenleaf,
für die seltene Ehrlichkeit; Tobias Wolff, für Offenheit und
Güte; und besonders Harriet Clark, für erstaunliche Einsicht
und entsetzlichen Scharfsinn. Es war mir ein unglaubliches
Privileg, von solch glorreichen Geistern umgeben gewesen
und unterstützt worden zu sein.

Danke, Lara Hughes-Young, die das alles möglich gemacht
hat. Danke, Zoe, für deine lebensverändernde Großzügigkeit
und die stets absurd freundlichen Worte. Ich werde versuchen, den irrwitzigen Glauben, den du in mich gelegt hast,
nicht zu hinterfragen. Danke, Sarah und Jim und Charlotte,
dass ihr mich mit solchem Enthusiasmus aufgenommen und

an *Ein Sommer in Big Sur* geglaubt habt. Ihr seid alle so geduldig mit mir gewesen. Und ein GROSSES Danke an Kerry, für deine Rund-um-die-Uhr-Fabelhaftigkeit. Ich weiß, dass ich den Jackpot geknackt habe.

Danke an meine Eltern, die mutigsten und klügsten aller Ratten. Wir haben es auf unsere Weise gemacht, nicht wahr? Meine Rauflustigkeit habe ich von euch gelernt. Die Babyratte jagt dem Licht entgegen; zupft an meinen Schnurrhaaren, und ich komme gerannt. Paparatte, Mann der Berge, danke für die täglichen drei Umarmungen und das Big-Sur-Blut; ich sehe Jesussandalen in deinem breiten Grinsen. Mamaratte, von den vielen Königinnen in meinem Leben bist du die erste. Falls ich eine Künstlerin bin, dann wegen dir und der seltsamen Schönheit, die zu suchen du mich gelehrt hast. Zweifle nie, Miss Rat: Es ist alles für dich.

Danke, Eric. Mein Wurm, meine Frau. Mein erster Leser, mein letzter Lacher. Auf unser queeres Paradies. Alles, was wir lieben, ist verdreht, auf die eine oder andere Weise. Ich könnte mir nicht mehr wünschen.

Über die Autorin

Brittany Newell, die häufig unter dem Pseudonym Ratty St. John schreibt und auftritt, schloss 2017 an der Stanford University ab. Sie wurde für den Pushcart Prize nominiert und ist mit dem Norman Mailer Award for Fiction ausgezeichnet worden.

Inhalt

Haruki Murakami

Von Männern,
die keine Frauen haben

Roman

256 Seiten, btb 71425
Aus dem Japanischen von Ursula Gräfe

Von Männern, die keine Frauen haben versammelt
sieben neue Erzählungen Murakamis –
»long short stories«, die wohl zum Zartesten
und Anrührendsten zählen, das je von ihm zu lesen war.

»Murakamis Geschichten sind Orte, an denen Neues
beginnt, Knotenpunkte, wo sich das Gewöhnliche und
das Unerhörte begegnen, wo man von der Routine ins
Abenteuer umsteigen kann.«
Die Welt

btb